「俺はスワンプマンとして扱われるべきなんだ。
全てを隠してオリジナルとして振る舞うのは裏切りだと思う」

# 芦屋珠雄

Tamao Ashiya

（沼雄）

Numao Ashiya

17歳の高校二年生。家の事情である種の神秘を修めていたが進路は決めかねていた。【意識の連続性を遮断する装置】の処置を受けたと聞かされた後は自らを沼雄と名乗り、七瀬と共に装置の行方を追うこととなる。

# 犬飼所長

Inukai shocho

「行く当てに悩むならここを新たな居場所に考えてくれてもいい。
そういう選択があると言うことは覚えておいてくれ」

七瀬の雇用主。神秘絡みの仕事も請け負う、犬飼探偵事務所の所長を務める。とある事情により人の肉体を失い、現在は黒猫の姿となっている。

# 七瀬由理

Yuri Nanase

「情が移ったのは確かなので、今回は私が助けてあげますよ。
私なりの方法になりますけど」

17歳の勤め人。珠雄が処置を受けた『意識の連続性を遮断する装置』の行方を追っており、珠雄の求めに応じ、共に装置の行方を追うこととなった。とある事情により一年以上前の記憶を失っている。

「帰ってきたら話したいことが
あるんだけど、聞いてもらえるかな?」

# 萱野美咲

Misaki Kayano

珠雄の幼なじみ。半年ほど前から珠雄に異性として好意を抱いていたが、はっきりと気持ちを伝えることはできていなかった。装置の処置を受けた後の珠雄は、彼女にどう向き合うべきかで悩むことになる。

# 佐倉浩一

「大分厳しめだが解決策はあるぞ。
安心しろ。難しいことは何もない」

珠雄の幼なじみ。両親を亡くした珠雄の保護者役として振る舞うが、浩一自身も珠雄に強めに依存している。今回の事件では珠雄から半ば強引に事情を聞き出した上で助言してくるが——

Koichi Sakura

「あれ？先輩、少し変わりました？」

# 鈴音紅李

Akari Suzune

浩一と珠雄が所属するＳＦ研究部の後輩。一般人であるため事件の詳細を知る立場にはないが『部活の一環』として話題を振られ、見解を求められることも。作家になるという夢に向かって邁進中。

# 高塚誠

Makoto Takatsuka

２１歳の大学生。珠雄が処置を受けた『意識の連続性を交換する装置』を開発した人物を父に持つ。父のせいで生じた諸々の不都合を放置できず、彼の遺した遺産を正負問わず引き継ぐこととなった。

「せっかくだから、
検討の経過も共有してみようか。
見落としがあるかも知れない」

「時代錯誤と思われるかも知れませんが、
私にはそれを守る意義が
あると思っています」

# 柊伊予

Iyo Hiragi

18歳。十全な形で実家の術を引き継げなかったため、妹である伊月の補佐役を務めることとなった。家の在り方を守ることを自らの役目と信じている。

# 柊伊月

Itsuki Hiiragi

12歳。珠雄とは別の神秘を引き継ぐ。信州のとある村の屋敷で高額の報酬と引き換えに相談に応じているが、外の世界に憧れを抱いている。

「それで、お姉さん達はどこから来たの？ 東京？ 私、一回行ってみたいんだけど」

# スワンプマン芦屋沼雄（暫定）の選択

小林達也
イラスト――みすみ

# contents

# 第一話

# プロローグ

あなたはスワンプマンの思考実験をご存じだろうか。

アメリカの哲学者ドナルド・デイヴィッドソンが考案したこの思考実験は、自己の同一性やアイデンティティ等の問題を考える上で非常に興味深い視点を提供してくれるもので、その内容は次の通りだ。


ある日、沼地を散歩していた男が、不運にも雷に打たれて命を落としてしまう。

このときに雷は沼にも落ち、落雷を受けた男と同じ身体反応を引き起こしたことで、沼の泥に不可思議な化学組成を持つ存在が生まれてしまうことになった。

脳の構造まで完全にコピーされたその存在は、記憶も人格も元の男と全く同じである。

スワンプマンと名付けられたその存在は——英語で沼男を意味する——自分の持つ記憶に従って死んだ男の家に帰り、死んだ男の家族と談笑し、死んだ男が読み進めていた本の続きを読んで眠りにつき、翌朝には死んだ男の職場に出勤するが、誰もこの入れ替わりに気付かない。


この場合、オリジナルの男とスワンプマンは同一の存在と考えていいのだろうか。


——と、そういう話である。

色々と突っ込みどころはあると思う。

そのプロセスなら泥だらけで誕生したはずなのに疑問に思わなかったのかとか、服はどうしたのかとか、傍《かたわ》らのオリジナルの死体には気付かなかったのかとか、そもそもの前提が荒唐無稽すぎるとか。

だが、今はそうした脇道に逸《そ》れるのは止《や》めて、この思考実験の本質について考えてほしい。

入れ替わっても誰も——本人でさえ——気付かないなら、オリジナルとスワンプマンは一体何が違うのか。

初めてこの話を聞かされたときは、正直なところ大した関心は抱けなかったし、唯物論系の哲学者の中に肉体も精神も同一なら同じ存在であるという見解を示す者がいると聞かされても、そういう考えもあるのかも程度にしか思えなかった。

だが、ある装置を巡る一連の騒動を経験した今は違う。

何も知らないうちに巻き込まれ、翻弄され、何を成《な》し遂《と》げられたかも疑問ではあったが、それでもこの問いに対する答えを得ることができた。

そんなの別の存在に決まっているだろう。

同じだと言う人間は、あの装置を被《かぶ》せてスイッチを押すぞと脅してやりたいと思う。

そうすれば誰でも宗旨替えするに違いないと、自信を持って断言することができた。

# 第一章　ことの始まり

## 1

五十万円。

それが、たった一時間の実験に協力するだけで得られる報酬だった。

破格である。急に大金が入用になった身としては、有り難いことこの上ない。

何の実験かは聞かされていない。何も聞かないことが条件の一つなのだ。

ついでに言えば、この仕事を持ちかけてきた相手の正体も定かではなかった。

金策に悩み高校からの帰りに駅の無料求人誌を手に取った際に、声を掛けられただけの関係なのだ。

新村《にいむら》と名乗った男は聞き覚えのない研究所の職員だと告げてきたが確かめる術《すべ》はない。

さらに言えば、実際に目にした装置も意味不明の代物だった。

実物を見てからでも、と案内された雑居ビルの一室の中央には、奇妙な椅子が鎮座していた。

椅子は無骨な木製で、拘束用と思《おぼ》しき革のベルトが要所に備え付けられている。背もたれには被れば目元まで覆ってしまうヘルメット状の機器が据え付けられていて、そこからリモコンと思しき装置が有線で接続されていたが、何のためのものかは想像できない。

一応、この実験は法律で保障されているいかなる権利を侵害するものではないと聞かされてはいたが、それは嘘《うそ》でこのまま拉致され臓器を抜かれる可能性もゼロではないと思う。

だが、一応は世間一般の常識から外れた術を引き継ぐ身である。

仮にそうなったところで問題なく切り抜けられる自信はあった。

その際は返り討ちにした後、時給分は財布から抜いても罰は当たらないだろうと考えたが、今は亡き両親の教えと我が身に及ぶ様々な社会的制約を思い出して考えを改める。

ただ、そこまで考える一方で、本当に報酬を得られる可能性もゼロではないと考えていた。

世の中には永久機関や万病に効く治療装置を発明できたと本気で主張する人間がいることは知っている。彼がその類いなら、その妄想に付き合って報酬を得るくらいは許されるはずだ。

そして今——俺は拘束を受け入れ、謎の装置を頭から被り、実験の開始を待っていた。

「それでは、これより実験を開始します」

右手から新村が落ち着いた声で告げてくる。

被せられた装置のせいで姿は見えないが、年の頃三十程度の、特徴がないことが特徴のような、茫洋《ぼうよう》とした印象の男の姿が思い出される。

「アシタニマサオさん、よろしいですか？」

「はい」

適当に騙《かた》った偽名で確認を求めてくる新村に、短く答えを返す。

この偽名は本名の芦屋《あしや》珠雄《たまお》をもじったものである。

本名と違いすぎるととっさに反応できなくなると昔読んだ小説にあったことを思い出しての対応である。ついでに発音だけだと女の名のように聞こえる下の名前は——幼い頃に珠緒《たまお》という女性名があると知ったときは本気で衝撃を受けた——低めの身長と並ぶ密《ひそ》かなコンプレックスだったので、あえて男らしいものにしてみた。

「では、処置を行いましょう」

男がそう言ったのとほぼ同時に、装置を操作する音が聞こえる。

頭に被せられた装置が重低音を発し、次第に意識が遠のいていく感覚に襲われ——完全に意識を失う寸前に、カチリとスイッチを押す音が聞こえたような気がした。

「——が確認できました。おめでとうございます。これで実験は成功しました」

朦朧《もうろう》とする意識の中、新村の声が耳に入ってきた。

気の利いた言葉でも返してやろうと思ったが、尋常ではない倦怠感《けんたいかん》が全身を包んでいて、気を抜くと意識を失いそうになる。舌を動かすこともできない。

だが——

「喜ばしいことだな」

俺の代わりに野太い男の声が新村に答えた。

被せられた装置のせいでその姿を窺《うかが》うことはできないが、新村の言葉はいつの間にか現れた謎の男に向けられてのものだったらしい。

「それでは、約束のものをお引き渡しいただけますか？」

「まあ待て。これから用意する」

「……それは約束が違うのでは？」

「いくら私でもあれを持ち出すのは容易ではない。立場さえ危ぶまれる。最低限の確認も済んでいなかった状況で動けというのは酷《こく》というものだろう」

僅かに険を帯びた新村の声に、謎の男は尊大な声で言葉を返す。

「二度目ですよ、これで」

「これが最後だ。安心しろ、約束は守る。そうだな――十日待て」

傍《はた》から聞いても、著しく信義にもとる発言だと思う。

「わかりました。よろしくお願いします」

だが、新村は意外にも、それに応じた。

一体彼らは何を話しているのだろう。疑問に思うが意識が遠のいていく。

抵抗する意思さえも、身体《からだ》を支配する謎の倦怠感に飲まれ――再び思考は闇に落ちた。

2

そして――新村に起こされ、拘束を解かれたときには既にもう一人の男の姿はなかった。

一体あの男は何者だったのか。先程の装置はどういったもので、俺を実験台にすることで何を確かめたかったのか。本当に身体に悪影響はないのか。

様々な疑問が頭に浮かび、新村を問い詰めたい衝動に駆られたが、何も聞かないことも含めての報酬であったことを思い出して、結局は何も尋ねず報酬だけ受け取って雑居ビルを去ることにする。

渡された茶封筒に入れられた、五十枚の諭吉《ゆきち》の厚みはどこまでも現実的かつ説得力のある報酬だったが――自分が何を代価にそれを得たのか理解できないことは、想像以上に思考に影を落とし、素直に喜ぶことはできなかった。

だが、いつまでも悩んでいても仕方がない。

気分直しに本でも買って帰ろうと思う。確か今日は先が気になっていたＳＦ小説の下巻の発売日だったはずだ。

「なあ、俺ってなにか変わったことはないかな？」

実験の日から二日後の金曜日の下校中のことである。

駅前を歩きながら、浩一《こういち》のＳＦ談義が一段落ついたところで幼なじみ二人に尋ねてみた。

「え？　なにかあったの？」

「いや、特にどうってわけじゃないんだけど」

心配そうに尋ねてくる美咲《みさき》に曖昧に言葉を返す。

「身長が二ミリ伸びたのに気付いてほしいとか？」

「違う」

余計なことを言う浩一の言葉を強めに否定する。

人のコンプレックスに気安く触れるな。

「じゃあ、何が言いたいんだ？」

「いや、上手《うま》く言えないんだけど、なんとなく変わったことってないかなと」

「なんだ、そりゃ」

呆《あき》れたように浩一が言う。

気になっていたのは一昨日《おととい》受けた実験についてだった。

新村に言われたとおり心身共に不調はないが、精神的なしこりは感じていた。

ただ、あんな怪しげなバイトのことは話すつもりになれなかったので言葉を濁す。

まあ、幼い頃から自分をよく知る二人が気付かないのだから、特に変化はないのだろう。

「悪い、気にしないでくれ」

「まあ、いいけどな」

と、特に気にした風もなく浩一は言った。

「そういえば、来月の二十日は美咲の誕生日だったな」

そして浩一が新たな話題を振ってくる。

三人で誕生日を祝うのはここ最近の慣習だったが――

「悪いが、その日は予定が入った」

「そうなんだ」

「ちなみに、デートだ」

その『デート』という単語で恋愛色が場の空気に混じる。多分、計算尽くだと思う。

「自慢か」

一応入れた突っ込みを、浩一は素知らぬ顔で流した。

「仕方がないよ、デートなら」

美咲はフォローするように言って、軽くため息を吐《つ》く。

そこに不満の色は一切なく、単純にデートというものに憧れを感じているように見えた。

その様はまさに恋に恋する女子高生といった感じだ。

計ったかのようなタイミングで吹いた風が腰まで届く黒髪をなびかせる様は、これでもかというくらいに絵になっていた。

「それで、お前はどうなんだ？」

「……特に予定はないけど」

「なら安心だ。俺の分まで祝ってやってくれ。美咲、こいつは結構ため込んでるみたいだから、色々とねだってみればいい」

それは事実である。

一時、財政難に陥りかけたが、それは何とか解決した。

「そんな、悪いよ」

美咲は慌てたように言うが――

「いや、そんなことはない」

殆《ほと》ど反射的に否定して、少し悩んで言葉を足す。

「期待してくれていいから」

「……そうなんだ。じゃあ、楽しみにしてるね」

そう言って美咲は俺に向けて、花のような笑みを浮かべてみせた。

幼なじみの贔屓目《ひいきめ》を差し引いても、十分すぎる程《ほど》に魅力的に思えた。

この笑顔を自分に向けようとして玉砕した男が少なくとも五人いることも、その際の最近の断り文句が「好きな人がいるから」だったことも浩一から聞かされている。

そうした話も思い出し、必要以上に意識してしまう。

美咲は美咲でこの場での進展は想定外だったようで、怖《お》じ気《け》づいたかのように辺りを見回す。

「ええと。それじゃ、今日は寄るところがあるから」

元々そういう予定だったと聞いていたので、深くは追及しなかった。

「またね」

「ああ、またな」

最後に浩一に視線を向け、軽く目で礼を伝えた辺り、色々見ていると思う。


「――それで、お前は何が不満なんだ？」

美咲と別れてすぐ、長話の前振りか駐車場の自販機前に立ち止まり浩一が言った。

現在の浩一の身長は百八十弱で、身長差は十五センチほど。真正面を向けば肩のあたりを見ることになる視線を上げると、端正な顔立ちに厳しい表情を浮かべているのが確認できた。

「何が言いたいかはわかるよな」

「まあ、それくらいは」

夏の前から美咲の態度に変化があった。

何かと一人暮らしの俺の世話を焼こうとしてくるし、恋愛関係の話を振ってくる機会も増えた。他の女子といるとあからさまに気にした素振りを見せたりもする。

どれも決定的ではないが、これだけ続けば流石《さすが》に好意を向けられているのは理解できた。

それでも最初の三ヶ月は素で流してしまっていて――気付いた今は、どうするべきか答えが出せず、意図的に流してしまっている。

そしてもう十月になっていたが、流石にいつまでもそんな態度でいいとは思っていない。

「正直言って、何の不満もないけど――よくわからない」

「なるほどな」

浩一はここまでは想定通りとばかりに頷《うなず》いてみせる。

「なら、どうすればいいか教えてやろうか」

「……聞かせてくれ」

若干の上から目線が気にならなくはなかったが――身長的な意味も含めて――相手は紆余曲折《うよきょくせつ》を経て彼女を手にした人生の先達なので、ここは素直に助言を求める。

「まず、美咲との今までの付き合いを思い出してみろ」

言われたとおりに試みると――当然ながら、苦もなく記憶を呼び起こすことができた。

美咲は浩一と同じく、物心ついたときからの幼なじみである。

両親亡き今、俺を最もよく知るのはこの二人で、思い出の大半は美咲と浩一と共にあると言ってよく、この友人関係はずっと続いていくものだと漠然と思っていた。

だが、美咲の方はそうは思わなかったらしい。

最近になって俺を異性として認識し――かつ好意を抱いてくれているようである。

それに気付いて色々と考えを巡らせてはみたが、やはりどう思っているのか自分でもわからない。

改めて考えても、疑いようもない優良物件だと思う。

最近は少しぎこちなくなることもあるが、基本的には気心の知れた幼なじみなので一緒にいてストレスを感じることはない。顔立ちも派手さとは無縁だが十分すぎるほどに整っているし、表情豊かで雰囲気も明るい。おまけにスタイルだって悪くない。

正直よくて人並みの俺には――身長は平均以下だがそれはともかく――もったいない程だと思う。

さらに言えば、もし美咲が他の男と付き合い始めたら絶対にいい気分にならない自信があった。

だが、そうした諸々《もろもろ》の理由は、恋愛感情を持つこととイコールではないような気がする。

「その上で、だ」

と、思考が一段落ついたところで浩一が切り出す。

「来月の美咲の誕生日の時点で、お前の方から告白してもいいくらいに好きだと思っていたなら、プレゼントを渡したときに告白しろ」

「もし、そうなっていなかったら？」

「そのときは、そのまま流せ」

一切の容赦のない口調で浩一は言う。

「自分で好意を告げず、相手に好意を抱かせて動くように仕向ける、なんて手段を選んで相手の心を動かせなかったなら、それは美咲の責任だ。お前が気にする必要はない」

なかなかに厳しい言葉だった。流石にそこまで辛辣にはなれない。一応、腹案はあった。

と、そんな考えを読んだかのように、浩一は険しい顔を作る。

「まさかとは思うが、好きでもないけど告白するのも一つの手だ、なんて考えてないよな？」

「……ダメなのかな？」

「ダメに決まってるだろ」

間髪を容《い》れずに否定された。

「例えばだ。その流れで付き合い始めたとしよう。お前もデートしたり手を繋《つな》いだりするくらいなら無理なく応じられるだろうな。美咲も最初はそれで十分かも知れない。でもな。美咲がどんどんその気になっていって、その先を求めてきたときに、お前は応えてやることができるのか？」

「それは――」

「できないだろ。性格的に。だからといって、そうなった段階で『実は恋愛感情はなかった。そういうのは本当に想《おも》ってくれる相手とするべきだ』なんて言ったらどうなると思う？　刺されても仕方ないだろ」

「……確かに」

メッタ刺しにされても文句は言えないと思う。

「まあ、そのときは大人しく刺されてやれよ。お前でも致命傷レベルの業物を家の倉から持ち出してくるかも知れないが」

と、何処《どこ》まで本気かわからないことを言う。

「ただ、美咲の方から告白してきたなら、そのときは付き合えばいいと思うが」

「それはいいのか？」

「いいんだよ」

と、これも強く断言してくる。

「美咲から言えたなら話は別だ。嫌いじゃないなら付き合えばいいだろ。お前もそのうちにそういう気分になるかも知れないし、ならなかったなら、そのときの話だ」

「厳しいな」

「そういうものだからな」

浩一の言葉はシンプルだったが、計り知れないほどの重みを感じた。

ほんの三ヶ月前には彼女にどう考えても初心者向けじゃない地の文ばかりの古典ハードSF——確かホーガンの『星を継ぐもの』だった——を薦めて突っ返された話に突っ込みを入れていたものだったが、様々な経験を積んだ浩一は俺より遥《はる》か先にいるようだった。

「で、どうだ？」

「正直よくわかないが、どっちの場合でも動けるように、準備だけはしておこうとは思う」

資金の確保はもとより当日のプランから何を贈るかまで、そのときに慌てることがないよう、しっかりと考えておくつもりだった。

「一応言っておくが、それは誠意とかじゃなく、ただの悪癖だぞ。今回は許すが」

「わかってる」

「まあ、色々とあるのはわかるが、そろそろ克服するいい機会だと思うぞ」

「……そうだな」

俺は何かを選ぶのが苦手だった。

その原因は、七歳のとき両親に迫られた選択にあると思う。

当時、息子の将来をどうするかについて、両親の間で意見が真っ二つに分かれていた。

術者だった父は、しかし息子を術者にすることに反対だった。そもそもが時代錯誤な術である。習得は困難だし、覚えて一生安泰と言えるわけでもない。それなら安定した普通の職に就いた方がいいと考えたのだ。

一方で、母は息子に術者としての将来を望んだ。父の家では一族の人間は術を継承できなければ出来損ない扱いという風潮があったからだ。

二人の考えは何処までも平行線で、最終的には息子の俺が十八になったときの決断に委ねると告げられることになった。

とはいえ、それまではどちらの教育も並行して行われる。向き不向きが出れば、どちらかを失望させてしまうことは幼い子どもの目にも明らかだった。

だから俺は、どちらも同様に結果を出すことを選んだ。

術の修行は真剣に取り組み、父が驚くほどの速度で様々な術を習得した。一方で学校の勉強も手を抜かず常に優秀な成績を収めてきた。そうしてたまにある「どちらを選ぶつもりだ？」という問いにも「今はどっちも頑張りたい」と言って躱《かわ》してきた。

その判断は人格形成に結構な影響を与えたらしく、何事につけても選ぶことが苦手になり、かつそれを先延ばしするための努力は惜しまない性格になってしまった。

軽いもので言うと、高二の秋なのに文系か理系かも決め切れていないが、全教科手を抜かず勉強しているため、少なくとも偏差値基準なら医者でも弁護士でも進路に選択可能だったりする。そんな感じだ。

ただ、いつまでもそんなことを言っていられるわけがないことはわかっている。

「多分、大丈夫だ」

「ならいい」

言って浩一は歩き出し――いつも通り、俺はその背を追って歩き出した。

3

その後、浩一と別れてから、残り僅かとなった帰路を一人歩む。

自宅は市と同じ名前を冠する吉野山《よしのやま》の麓の住宅街にあって、結構な坂を登る必要がある。

歩きながら先の遣《や》り取《と》りを思い出し、金銭トラブルを解決してよかったと改めて思う。

数日前、没交渉気味の兵庫《ひょうご》の父方の親族から父の借金返済の打診を受けたのだ。急な事情でまとまった金が必要になった。口約束で借用書もなく、時効も過ぎているのは承知の上だが、半額の五十万円でもなんとかならないかと。

高校生のあなたにする話じゃないけど、と言ってきた叔母の声はこちらが申し訳なく感じるくらいに切実だったし、親族間の金銭の遣り取りは法律だけで済ませていいものではない。

しかし、それを渡せば当面の間プライベートでは何もできなくなってしまう額ではあった。

そして、俺は資金確保のために、あの怪しげなバイトを受けることになったのだ。

嫌なことを思い出してしまったが、気分を切り替え、気持ち歩みを速める。

児童公園を通り過ぎたところで、坂の向こうに見慣れた我が家が見えてきた。

ごくごく普通の一軒家で一人で住むには広すぎるが、生まれ育った家を手放すという選択はできず、今もこの家に住み続けている。

と、そこまで考えていたところで――

「あの、すみません」

不意に背後から声をかけられた。

澄んだ、どこか事務的な印象を受ける声だった。

振り向くと、そこには見覚えのない同年代と思しき女の子の姿があった。

謎の女の子は俺の顔を確かめるように見て、どこか機械的な動作でお辞儀してきた。

「私は七瀬《ななせ》由理《ゆうり》といいます。芦屋珠雄さんでお間違いないですか？」

「ああ、そうだけど」

相手の目的を測りかねて、無遠慮とも言えるくらいにまじまじと見つめてしまう。

身長は俺の二センチ下――百六十二センチ程だろうか。色白で、涼しげな目鼻立ち。髪は肩に掛かるくらいのショートカットで、服装もゆったり羽織ったカーディガンにジーンズにスニーカーと至って普通である。肩に掛けたトートバッグも特筆するほどのものではない。だが、何かが引っかかる。その普通さから拘《こだわ》りのなさだとか、迎合しようとする姿勢なんかは全く感じない。逆に、うまく溶け込んでことを成し遂げるための下準備か何かのように感じる。

そう思わせた理由は、その目にあると思う。特別鋭いわけでもないのに、不思議な意思の強さを感じさせる瞳だった。なんというか、自分のすべきことを自分で定めて、それを成し遂げようとしているかのような。俺自身がそういうものと無縁なので余計にそう思う。

ただ、その目的はわかりかねたので、素直に尋ねる。

「それで、何の用？」

「実は、あなたに伺いたいことがあるので、少しお時間をいただきたいんです」

こちらの問いに彼女は簡潔に答えを返してきた。

簡潔すぎたので補足を求める。

「概要だけでも先に聞かせてくれると有り難いんだけど」

「はい。ちょっと失礼しますね」

そう言って彼女はバッグから一枚の写真を取り出してみせる。そこに写っていたのは、見覚えのあるヘルメット状の装置だった。

「この装置のことで知っていることがあれば、教えてほしいんです」

落ち着いた声で伝えられるその言葉に、何故《なぜ》か日常が軋《きし》みを上げる音を聞いた気がした。

# 第二章　五十万円の代価

## 1

「急なお願いを聞いていただきありがとうございます」

話を聞くため移動したのは、普段は意識せず通り過ぎている近所の喫茶店である。

注文を済ませた後、改めて七瀬は礼を述べてきた。

こうして向き合うと、改めて容姿が整っていることを意識させられる。

正直言って見た目はかなり好みだった。あまり感情を表に出す方ではないようだが、周りにいないタイプだったので、そうしたところにも新鮮な魅力を感じる。

ついでに立ったときには二センチしかなかった目線の差が、座ったことでさらに三センチほど広がったことを確認する。それが俺の方が短足であることを意味していても、幾分か背が高く見えている事実に得がたい価値を感じた。制服姿の自分と私服の七瀬が放課後の喫茶店で二人向き合う光景が周りにどう見えるのか考えて、まだ付き合っている訳でもないのに美咲に対する謎の罪悪感を覚えてしまう。

思考が脇に逸れてきたので、振り切るように七瀬に声をかける。

「それは気にしないでくれ。それより、君何歳？」

「先月十七になりました」

「なら敬語はやめてくれないか？　同い年なのに敬語を使われると違和感がある」

「いえ、こっちの方が慣れていますし、仕事の話なので、できればこのままでお願いします」

「ならいいけど——って仕事の話？」

「はい。私は機関から仕事を請け負って行動しているんです」

「待て、機関って」

突如登場した単語に思わず声を潜める。

中二病感満載の単語だからではない。本気で軽々しく口にするべきでないものなのだ。

さらにウェイトレスがコーヒーを運んできたので二人とも口を閉じざるを得なくなる。彼女が声の届かなくなるまで離れてから、七瀬が言葉の先を続ける。

「ええ、政府からの委託を受けて、神秘の秘匿と管理を行っている組織のことです」

あっさりと説明してきたのは、俺が関係者だと把握されていることを意味する。

「……俺のこと、どこまで知ってるんだ？」

「二日前にある装置の処置を受けたこと、機関とは仮登録扱いで距離を置いていること、登録技能が芦屋流陰《あしやりゅうおん》陽術《みょうじゅつ》であること、昨年に事故で両親を亡くし現在は一人暮らしであること、あとは住所とかの基本情報くらいです」

個人情報だだ漏れだった。

っていうか、芦屋流陰陽術って、人の口から聞かされると変な気恥ずかしさがあるな。

いや、気にするべきなのはそこではない。

何故、どうやって俺のことを調べたのだろう。

「まず、私の方から説明させてもらってていいですか？」

「ああ、頼む」

そうしてくれるならありがたかった。

「今回うちの事務所で受けたのは、機関からの貸出し中に第三者に奪われた装置の回収業務でした。当初は手がかりもなく、組み込まれた発信器の信号もないとのことで捜査は難航していたのですが、二日前にある地点で使用が確認されたとのことで現地に向かったところ——詳細は省きますが超常の手段であなたに使用されたことは確認できたので、こうして話を伺いに来たわけです」

「それで、俺の住所とかがわかったのは？」

「事件の重要参考人ということで機関に問い合わせたら開示してもらえました」

なるほどそういうものだった、と頭の中の知識を呼び起こす。

機関は良くも悪くも省エネ志向で、仮登録者なら『神秘の存在を秘匿する』『法律を犯さない』『公序良俗に反しない』という基本ルールを守る意思さえ示せば基本的には干渉してこないが、周囲で事件があれば登録された情報は積極的に活用されることになる。

ひとまず経緯はわかったので、一番気になっていたことを尋ねる。

「それで、あの装置って何だったんだ？」

「やっぱり聞かされてなかったんですね」

その口調も表情も平坦《へいたん》であるためわかりにくいが、本気で同情しているように見えた。

「要点を押さえて説明したいので、次はあなたの話を聞かせて貰えませんか？　その後なら、私の知っていることを話しますから」

言われて今までの経緯を簡潔に伝える。

親族から借金返済の依頼を受け金策に悩んでいたところ、新村と名乗る男から高額の報酬を代価に勧誘を受けて雑居ビルの一室で処置を受けることになったこと。装置の効果は聞かされていないこと。処置を受け意識を失ってから、いつの間にか謎の男が増えていたが顔は見なかったこと。実験は成功したとその男に報告していたこと。その後の取引を巡るごたごたについても話しておく。

「……なるほど、よくわかりました」

「それで、あの装置の効果は？」

再度尋ねるが、七瀬は何やら考え込んでしまう。

「その前にコーヒーを飲みませんか？　せっかくですし」

言われて話に集中しすぎて手をつけるタイミングを逃していたことに気付く。

コーヒーを飲む習慣などなかったので、七瀬を手本にしようと手元を窺うと、慣れた手つきで大量の砂糖を投入していた。どう見ても参考にはなりそうになかったので、遠慮気味にミルクと砂糖を入れて口に運ぶ。味も香りもよくわからなかった。

七瀬もまたコーヒーに口をつけ、僅かに悩んだ顔を見せてから口を開いた。

「ええと、これは提案なのですけど。この話は聞かなかったことにしてもらうというのはどうでしょう？　こちらはだいたい必要な話は聞けたので」

いきなり無茶《むちゃ》なことを言ってきた。

「いや、先に話したら説明してくれるって言ってただろ」

「確かに言いましたけど、話を聞いて考えが変わったんです。あなたはこのまま何も知らないでいた方が幸せなんじゃないかな、って」

「ありがちな台詞《せりふ》だし雑すぎる。それで納得しろってのは無理がないか？」

「じゃあ、私の経験に基づいての言葉なら、もう少し真剣に考えてもらえますか？」

「……それなら、まあ」

少しずれた、しかし理屈にはなっている言葉を否定しきれず同意を示す。

「実は、私は一年くらい前に、記憶のない状態で機関に保護されたんですよ」

そして、いきなり重い過去を打ち明けてくる。

「それで、当初は右も左もわからない状態での生活となったのですが、それが結構なストレスで、その反動か、自分を取り巻く情報をできる限り把握しておきたいと考えるようになったんです。今の仕事を選んだ理由も、普通に暮らすよりは色々な情報が得られるからなので」

突然の話について行けていない部分もあるが、ひとまずは聞きに徹する。

「ただ、そうすると余計なことを知ってしまう怖さも思い知ることになるんですよ。色々と。でも、それでも今の所は、何も知らないままでいるよりは、たとえ都合の悪い真実でも知って後悔した方がいい、という考えを支持しているんです。少なくとも人に勧められる程度には」

それだけの経験をして辿《たど》り着《つ》いた答えなら否定できない。だが――

「その考えだと俺も知って後悔した方がいいって考えにならないか？」

「ええ。なので、そんな私でも知らない方がいいと思うくらいのことだと思ってもらえれば」

と、明確に自分の考えを示してくる。

「……何か気になっているみたいですね」

「いや、結構重い過去なのに、あっさり話してくれたなと思って」

「もちろん、誰にでもってわけじゃないですよ。ただ、私は今回、仕事とはいえあなたのあまりにもあんまりな現状を一方的に知ってしまったので、これくらいは話してもいいと思ったんです」

「そんなに酷《ひど》いものなの？」

「はい。私なら、もう一度記憶を全部消されるのと、あの装置の処置を受けるのと、どちらかを選べと言われたら、迷わず前者を選びます」

そこまでか。

「なんか、聞けば聞くほど気になってきたんだけど、本当に説得するつもりはあるのか？」

「もちろんです。でも、私もこれで気にするなと言うのは無理な気もしてきました」

と、それほどの拘りはなかったのか、あっさりと認めてくる。

「だから後はあなたが決めてください。私はその選択に従いますから」

そう言われても、決断力のなさには自信があるのだが。

できれば先送りにしたかったが、確認のタイミングは今しかないことは理解できた。

「――聞かせてくれ」

悩んだ結果、そう告げる。

決め手になったのは、やはり何も知らないでいることへのストレスである。

これから先、あの装置が何だったのか気にしながら生きていくのは勘弁願いたかった。

「……わかりました。それではお伝えしましょう」

観念した表情を見せて七瀬は告げる。

「あの装置はFI場遮断器といって、意識の連続性を遮断する機能を持っているんです」

2

「……何だ、それ？」

しばらく考えてみても理解できなかったので問い返す。

七瀬はどこから話したものかと悩む素振りを見せた。

「ええと、スワンプマンの思考実験はご存じですか？」

「ああ、聞いたことがある。自己の同一性を考えるための思考実験だっけ。沼と自分に雷が落ちて、自分の死と同時に、自分と全く同じ肉体と精神を持った複製が生まれるとか」

この手の話は浩一の趣味に付き合わされてSF研究部に入部させられたこともあり、それなりの知識があった。

「それで、どう思いました？」

「正直、『落雷が泥に作用して脳細胞まで完全にコピーした複製を生み出す』なんて前提が荒唐無稽すぎていまいち乗り切れなかったけど、自分の死が誰にも認識されないままで、複製が家族や友人と何食わぬ顔をして日々を過ごしていく、って設定にはかなりの薄気味悪さを感じたことを覚えているな」

「……なるほど」

七瀬は何やら複雑な表情を見せる。

「では、こんな話も聞いたことがありませんか？　対象を素粒子レベルにまで分解して離れた場所で再構築する仕様の物質転送装置を人間が使った場合、転送先で再構築されたのは同一人物と考えていいのだろうか、という話です」

「それもあるな。確か、元ネタは哲学者のデレク・パーフィットの考案した火星転送装置の思考実験だったはずだけど。パーフィット本人は『オリジナルが分解消滅しても全く同じ存在が火星に再構築されるなら一瞬で火星に旅行できたと考えていい』って見解を示していたみたいだけど、違和感しかなかったな。普通、オリジナルは死んでいると考えるんじゃないか？」

「……そうですね。私も同意見です」

と、渋い顔をして七瀬が言う。

起伏には乏しいが、表情は結構豊かだ。

「他にも自己の同一性を扱う話としては、こんなものもあるみたいですね。果たして自分の意識は生まれてから死ぬまで本当に連続しているのだろうか。実は眠る度に途切れているのに、記憶も引き継いでいるせいで認識できていないだけではないだろうか、って」

「流石に眠りに落ちた程度では意識は断絶しないだろ。どんな条件で意識の連続性が保たれているかなんて現代科学でも未解明だから、想像でしかないけど」

そこまで言って七瀬の顔を窺うと、彼女はこちらの理解を待つように構えていた。

ただ、まだピンとこない——気がする。

あるいは脳が理解を拒んでいるのかもしれない。

俺の表情をどう解釈したのか、七瀬が続ける。

「まあ、この話って本当に説明が難しいんですよ。理解できない人は本当にどう説明しても理解できないそうですし」

七瀬はフォローするように言う。

「そもそも『意識の連続性』と言いましたが、それ自体が正式な用語ではないんですよね。この手の研究は、研究者がそれぞれ独自の用語を使っていて、全く統一されていないのが現状なので。意識という単語も気付きや態度を意味するし、似たような言葉に自我とか主観とか主体と言った言葉もありますが、それも同じような感じなんです。例えば自我は確立される——要するに人格のような使われ方もするし、主観はものの見方としても使われますから」

ややこしいですよね、と七瀬はため息を一つ吐く。

「そういう意味で、一番近い概念は、デカルトが第一原理を考える上で説いた『我』だと知り合いの専門家は言っていましたが。ご存じですか？」

「まあ、知ってるけど」

彼は真実に到達するためには絶対に正しい「第一原理」を足がかりにすることが必要であると考え、全てを疑うことで逆説的にそれを見つけ出そうと試みた。

そして記憶や感覚、数学の公理さえも高次の存在が見せた幻かもしれないと近代ＳＦを先取りした超理論で疑った結果、この世の全てが偽りであっても思考している自分の主観は疑いようなく存在している、という誰にも否定できない絶対の事実を見出《みいだ》した。

コギト・エルゴ・スム――我思う、故に我あり、という言葉はあまりに有名である。

「つまりはそういうこと、らしいんです。仮に、目に見える現実も自分の肉体も記憶もその他の全部が幻だとしても、間違いなく存在している観測の起点となる自分の意識。その物理的本質であるＦＩ場に干渉して、その連続性を遮断するのがあの装置の効果であると」

そこまで言われてようやく理解できてしまう。せざるを得なくなってしまう。

「……え？　本当に？」

反射的に否定を求めるが、七瀬は重々しく首肯した。

その話が事実なら俺の――いや、芦屋珠雄の意識は既に消滅していることになる。

「ちょっと待て。待ってくれ」

嫌な汗が背筋を流れる。心臓が早鐘を打つ。混乱の極みに達しながら言葉を絞り出す。

「じゃあ、俺は誰なんだ？」

「珠雄さんの意識が消滅した後にその肉体に生じた、別の存在ということになります」

察しは付いていたが、改めて他人の口から聞かされると重みが違った。

「そして、あなたのような存在は、思考実験から名前をとってスワンプマンと呼ばれています」

「その用語もどうかと思うんだけど」

状況を認めるのが辛《つら》すぎて、七瀬の責任ではない用語設定にもケチをつけてしまう。

「確かに違和感があるのは仕方ないことかも知れません」

特に拘りはないようで、七瀬もあっさりそれを認める。

「さっきの三つの例え話だと、最後の睡眠による意識の断絶が一番装置のもたらす効果に近くって、誰にも認識されずに朽ちていくとはいえ、オリジナルの肉体は残るスワンプマンの思考実験とは、ちょっと遠く感じるのはもっともだと思うんです。でも、最後の話には具体的な用語はないし、何よりオリジナルの意識が消滅したことに気付かず、今まで通りの自分として活動するその様が思考実験のスワンプマンにそっくりだったのが、この呼称の採用理由になったそうです」

まあ、そういう言い方をされると納得はできた。

二日前に雑居ビルの一室で目覚め、芦屋珠雄として行動し、先程まで美咲達と会話していた俺は、まさに無自覚なスワンプマンである。

そうとも知らず過去を振り返って将来のことを考えたり、受け継いだ身体の身長にコンプレックスを抱いたりしていたことが、酷く滑稽なことのような気がしてきた。

「ただ、あまりいい印象を与えないのは確かなので、気になるならこの場での使用は控えさせてもらいますけど」

と、用事は済んで、もうすぐこの場から離れる前提のような言い方をされる。

七瀬にはそんな義理も責任も何もないのは確かだが、置いて行かれる焦りを感じる。

新たな次々に疑問が湧いて出て、それがそのまま口をついて出る。

「ちょっと待ってくれ。言われたことはわかったけど。それなら俺はどうすればいいんだ？　このまま珠雄として生きることは許されるのか？　オリジナルはどういう扱いを受けるんだ？　葬式でもした方がいいのか？　周りにはなんて説明したらいいんだ？　っていうか、そもそもこんな装置を人に使うことが許されるのか？」

「――落ち着いてください」

冷静な声で諭され、我に返る。

「一応、決まり事はあるので聞きたいなら説明しますけど、本当に聞きたいんですか？」

「ああ、頼む」

ここまで中途半端に知って、全部忘れることなんてできるはずがない。

俺は置かれた状況を理解するべく、七瀬に頼み込んだ。

## 3

「では、順を追って説明しましょうか。確認ですけど、補完規則は知ってますか？」

「まあ、基礎的なことくらいは」

裏の社会も法治主義が採用されてはいるのだが、神秘絡みともなると一般の法令では言及されていない現象が当たり前のように起きる。

それに対応するため、機関の委託元の官庁が定めるのが補完規則だ。

例えば、他人の思考を盗み見ることは『三年以下の懲役または三百万円以下の罰金』を科せられる犯罪と定められているし、石化した人間は一年の経過で家族からの申告により死亡扱いとすることができると定められていたりする。

今は仮登録だが、本登録する可能性も視野に入れていたし、機関の委託元の官庁への就職を目指す浩一が度々そうした話題を振ってくるので、一定の知識はあった。

「まず、装置で他人の意識の連続性を遮断する行為についてですけど。規則では『意識の死は人の死である』としているので殺人罪に問われることになります」

「……妥当なところだな」

この装置で意識を遮断されてしまうと、主観的には消滅してしまうのだから、そうあるべきだと思う。オリジナルからすれば散弾銃で頭を吹っ飛ばされたのと変わらないし。

パーフィットのように客観を重視する人間ばかりが規則制定に関わっていれば、そもそも犯罪行為とされないこともあり得たが、そうはなっていないことに安堵《あんど》した。

「そして、オリジナルは法的には『殺された』ことになるので、社会的にも死亡させることになってるんです。必要書類は機関が用意して、葬儀や相続等の手続きも行われることになります」

「なるほど」

法的に殺された人間が生き続けるというのは明らかな矛盾なので、理解はできた。

だが、幼なじみ二人の顔が思い浮かび、何とも言えない気分になる。

一年前、両親を亡くした際には二人とも少なからぬショックを受けたはずなのに俺を支えてくれたのだが、今回は俺が――正確に言えば俺ではなくオリジナルの珠雄が――悲しませる側に回ってしまうわけだ。自惚《うぬぼ》れではなく、目を逸らすべきではない事実として、その重みを認識する。

「そして、スワンプマンの法的な扱いなんですけど」

と、言いにくそうに口ごもる。

「まさか、問答無用で殺処分、とか？」

父からは絶対に機関を甘く見るなと言われていたこともあり最悪を想定して答えを返す。

「いえ、機関はそこまでは非人道的な組織じゃありません。スワンプマンも意識が芽生えた瞬間から基本的人権は認められることになっているので、それは安心してください」

「じゃあ、どうなるんだ？」

「強制的に身柄を確保されて、最短でも半年は人里離れた施設で生活することになります。ただ、逃亡を試みると本気で命が危ないらしいので油断は禁物ですね」

そんなにあっさり言われても困るのだが。

「そして、外に出てもいいと認められたら、その後はオリジナルが知らない土地に戸籍を用意されて、新しい生活のスタートです」

想定した最悪ほどではないが、それでも目眩《めまい》を感じるくらいに重い扱いだった。

だが、逆にスワンプマンにオリジナルと同様の扱いを求める権利を認める方が問題は大きい気がする。例えば、スワンプマンだと認識した上で夫婦関係を維持しろとか普通にホラーだと思うし。そう考えれば、受け入れられないような扱いではないとは思えた。

しかし――

「悪い。話は理解できたと思うけど、通報するのは少しだけ待ってくれないか。いきなりのことで、気持ちの整理が追いつかない」

この先延ばしはいつもの悪癖ではないと思う。

っていうか、この状況で即断できる人間はいないだろ。

そう考えて懇願するが、七瀬は意外そうな顔を見せる。

「いえ、仕事なので報告はしますが、それであなたが拘束されることはありませんよ」

「どうして？」

「だってあなた、仮登録じゃないですか」

「……なるほど」

仮登録は、法治主義に拘る現体制が生んだ、妥協の産物のような制度である。

近代法では、法律が国民を拘束するには、その法律が事前に周知されていることを必要としている。

だが、神秘の存在は秘匿されているため、関係者全員への周知には限界がある。

こうした課題について、現体制が整備された明治時代に、この国は答えを出していた。

まず、事前に周知できなかった相手には、規則の定める不利益な扱いは遡って適用できない。

また、最低限度の接触に留《とど》めた関係者は仮登録扱いとし、同様に規則の適用は受けない。

と、苦肉の策であるが、そういう制度になっている。

条件を満たせば仮登録から本登録への移行も可能で、本登録すると、より重い義務を負う代わりに、機関から仕事を請け負えるようになったり、道具の貸出を受けられたりと様々なメリットがある。それでも仮登録の身分に留まろうとする人間は結構な割合で存在しているし、国も身の程をわきまえている限りはそうした風潮を黙認する姿勢を見せていた。

「でも、それで本当に問題ないのか？」

「大丈夫ですよ。あなたの身分を問い合わせる際に確認してますから」

スワンプマンが黙ってオリジナルの全てを引き継ぐことが、どの程度公序良俗に反する行為なのかは判断がつきかねての問いだったが、問題はないらしい。

「だから、あなたが今の生活を望むなら、今の話は忘れて元の生活に戻ればいいんです」

その考えは出会った当初から一貫したものだった。

だが、それはどうなんだろうと思う。法的に問題なくても、道義的に。それに――

「事実が大事なんじゃなかったのか？」

先ほどの発言と矛盾している気がしてそう指摘する。

「あくまでも判断材料としてです。都合の悪い事実と心中する必要はないでしょう」

と、迷いのない口調で断言してきたりする。

なかなかに強者な考え方だった。

「まあ、私にできるのはここまでなので、後は自分で決めてもらえればいいと思います」

と、突き放すわけではなく、あくまでも自分の意思で選べるのが望ましいことで、その権利を侵害するつもりはないから安心しろと言いたげな感じで七瀬は言う。

「ただ、黙っていれば周りの人間を悲しませることもないわけですし。これは私の立場から言うには踏み込みすぎかも知れませんけど」

「いや、考えておくべきことだとは思う」

筋を通すことも大事だが、その結果周りがどんな気分になるかは考える必要がある。

ただ、そのために未来永劫《みらいえいごう》オリジナルとして振る舞い続けるというのが、本当に正しいことかは本気で疑問ではあった。少なくとも浩一なら、その事実を隠すことを裏切りと認識するだろう。しかし、悲しませてしまうのも確かなところで、やはり悩むところである。

自分で選んでいいとのことだが、そもそも選択が苦手な自分には荷が重い話だった。

そんな考えが顔に出ていたのか、七瀬が尋ねてくる。

「やっぱり聞かない方がよかったんじゃないですか？」

「……いや、そんなことはない」

確かに聞いて後悔したが、それでも知っておくべきだったと思う。

考えなしに正体不明の装置の処置を受けてしまったことが悔やまれる。

思い返すと俺は隙が多すぎた。もう少し考えて生きるべきだったと思う。

そこまで考えて七瀬の言葉を鵜呑《うの》みにすること自体、早計ではないかという考えに至る。

俺を騙《だま》しに来ているとは考えたくないが、何か勘違いしている可能性はあり得た。

実際、今聞いた話には気になる点があったし、俺は疑うことを覚えるべきなのだと思う。

なので、疑問を纏《まと》め上げ、七瀬に尋ねることにした。

4

「なあ、もう少し詳しく確認したいことがあるんだが」

「いいですよ。約束ですし」

先ほどと同じく、落ち着いた声で七瀬は言う。

「そもそもの疑問だけど、どうしてこんな装置が存在しているんだ？」

「どういう意味です？」

「物質に過ぎない脳から如何《いか》にして意識が生じているか

という問題は『意識のハードプロブレム』と呼ばれているけど、これに対して現代科学は足がかりさえ得られていないはずだ。それに、意識の発生が物理現象に過ぎないというのもまた仮説でしかないわけだし」

願望論でしかないような仮説だが、去年両親を亡くした身としては共感しかない。

「仕方のないことかも知れませんが、大分混乱しているみたいですね」

七瀬は本気の憐憫《れんびん》を浮かべてみせる。

「その疑問は無意味ですよ。だって、あの装置は機関が管理している、この世ならざる理《ことわり》によって駆動する装置なんですから」

「……そういえばそうか」

なまじ知識があるせいで、根本的な所で勘違いをしていた。

この世界では無秩序なほどに様々な神秘の存在が確認されているが、その中でも人が扱う超常の術理については研究が進んでいるという。

それによると術理とは『試行錯誤を繰り返しているうちに、本来は実践できないはずの理論が、ごく希《まれ》な確率で何らかの影響により実践できるようになってしまったもの』であるらしい。

苦し紛《まぎ》れの理屈のように思えるが、錬金術や仙術などの魔術的なものや、フロギストン説などの自然科学黎明《れいめい》期《き》の仮説、超能力開発メソッドなど超科学系技術等、本来架空であるはずの様々な理論が実践可能な現状の説明はできるし、おそらく正しいのだろう。

そして、そういうものだとするのなら、意識の物理的本質の研究という未知の分野に立てられた仮説がこうなってしまうことも、あり得る話ではあった。

「でも、なんでこんな装置が作られたんだ？　どう考えても無意味だろ」

「少し長くなりますが——この装置は今から十年程前に、元々は意識を持った人工知能を創り出すことを目的としていた、ある科学者が造り出したものなんですよ」

この問いについても七瀬は淀《よど》みなく説明を続ける。

「彼はこう考えていました。人工知能に意識を持たせることは、人の新たなパートナーたり得るために、あるいは人の後継たるためには絶対に必要なことであると。そして、意識が物理現象であるならば、その現象の解明と再現は科学的に可能であるはずだと」

なかなかに斬新な考えだった。

チューリングテストや中国語の部屋の思考実験からわかるように、現在では人工知能に処理能力は求めても意識を持たせることは重視されていない。

「そして彼は、意識を発生させる最も身近な物理的ハードウェアである人間の脳を使って研究を続け、基礎理論を確立し実証するに至りますが、思いの強さ故か『あちら側』に繋がってしまってたんですね」

真っ当に研究していたなら、歓迎せざる奇跡だと思う。

「でも、そんなことを知らない彼は意気揚々と研究成果を発表したのですが、当然ながら彼にしか実践できないため査読を通らず、結果、彼はインチキ学者の烙印《らくいん》を押されました」

まあ、そうなるだろう。術の再現には正しい理解と信仰が不可欠で、機械的に工程を再現するだけでは実践は不可能である。

「そして、機関がその存在を把握し必要な説明を行った結果、彼は歪《ゆが》んでしまったんです」

僅かな哀れみを滲《にじ》ませて七瀬は言う。


「結果、当初の目的は脇に置いて、今回の『意識の連続性を遮断する装置』の他、『意識だけを入れ替える人生交換装置』や『人を哲学的ゾンビに変える装置』といった嫌がらせみたいな装置を作るだけ作って、三桁に上る被験者を巻き込んで結構な騒動を巻き起こした後、継承者も遺《のこ》さずに自ら命を絶ってしまったんです」

嫌な話だった。ほとんど呪いの物品に近い代物じゃないだろうか。

ただ、話は理解できたので、次の疑問をぶつける。

「それで、今回の借受人は何のためにあの装置を使おうとしたんだ?」

どう考えても、こんな装置は何の役にも立たないと思うのだが——

「自殺の手段として、と聞いています」

この問いにも七瀬はあっさりと答えを返してきた。

「彼は『死にたいのに死ねない』不死者だったんです。灰になるまで燃やされても復活するレベルの。でも、意識の連続性を断ち切ってしまえば、肉体的には死ねなくても望みは叶《かな》えられると考えたんですね」

なかなかに嫌な話で、しかし理解できる話だった。

「最後の確認だけど。オリジナルとスワンプマンは法的には別人格として扱われるって話だったけど、この場合スワンプマンの名前はどうなるんだ？」

先ほどから七瀬はオリジナルを「珠雄さん」と呼んでいるが、俺のことは「あなた」としか呼んでいないのが気になっていたのだ。

「自分で決めてもいいそうですが、オリジナルと同じ名前は名乗れなかったはずです」

「じゃあ、沼雄《ぬまお》とかどうだろう。珠雄とスワンプマンと掛けてみたんだが」

「本当にそれでいいと思っているなら、止めたりはできませんけど」

「悪い。やっぱり止めとく」

自暴自棄になりかけての発言だったが、真顔で言われて、やや正気に戻る。

とりあえず疑問は解消できたが、話を聞いて新たな疑問が生まれたので尋ねてみる。

「ところで、何でそんなに詳しいんだ？　どう考えても装置の回収に必要なレベルを超えているように思えるんだけど」

「うちの事務所で、以前に『意識だけを入れ替える人生交換装置』を巡る事件に関わったときに一通り知ることになったんですよ。今回の依頼が来たのも、その縁だったりします」

「なるほど」

そうして、全ての疑問は解消できてしまった。

それは自分がスワンプマンであることを認めざるを得ないことを意味する。

救いを求めて悪足掻《わるあが》き以外の何ものでもない問いを投げかける。

「一応の確認だけど。何かの間違いで俺の意識がそのままの可能性はないのかな？」

「確かに百パーセントないとは言えないかも知れません」

言葉を選ぶように七瀬は言う。

「でも、装置の効果は機関の所有する『鑑定手段』で保証済みで、あの日あなたが処置を受けたのは間違いなく件《くだん》の装置です。あの装置は処置に成功すると意識が途切れる――要するに気絶するので、もし処置を受けて意識があったなら通用しなかったことになりますが――」

と、そこまで言って言葉を切る。

「わかった。悪かった。忘れてくれ」

その間に耐えかねて撤回を申し出る。とにかく否定する材料はないらしい。

できればもう少し可能性を追求したかったが、これ以上は見苦しいだけの気がした。

「あの、上手く言葉をかけることはできませんけど。あまり悲観しない方がいいと思います。あなたはこうして生きているわけですし」

余程酷い顔をしていたのか、見かねたように七瀬が声をかけてくれた。

先の助言のときにも感じたが、それなりに気は遣ってくれているようである。

その言葉だけで気分が晴れることはなかったが、それでも無理して感謝の意を示す。

「ありがとう。少し参っていたみたいだ」

「どういたしまして」

言って七瀬は表情を和らげてみせたが——それに物足りなさを感じる自分がいた。

考えてみれば、俺は今限りなく孤独である。

物心ついたときからの幼なじみである浩一と美咲も、その他全ての友人知人も、オリジナルのもので、自分のものではない。

そんな俺の置かれた状況を理解している唯一の人間が、目の前の女の子なのだ。

ならば彼女にも、俺を特別な存在として気にかけて欲しいと思ってしまう。

それは軟弱極まりない思考だったので、考えを改めようと試みる。

こんな思考回路を育んできたのはオリジナルの芦屋珠雄だが、人間には自由意志がある。

既に形成された思考回路に囚《とら》われず、己の意思で物事を決定できると強く信じる。

そうした発想さえもオリジナルの人格あってのものかも知れないが、そこまで考えるときりがないので、そんな思考は中断して今置かれた状況を整理することにした。

5

——まずは認めよう。

俺は生後三日のスワンプマンだ。

そして、オリジナルの芦屋珠雄の意識は既にこの世から消滅している。

その事実は、たとえどれだけ不都合であっても、歪めることはできない。

そうしないと面目が立たないと思う。周りの人間に対しても、オリジナルに対しても。

おかしな考えだが、こういう身になると、自然とそうした方向にも想像が及ぶ。

もし万が一、珠雄の幽霊と会話できたなら、自分の乗っ取りを絶対に許容しないだろう。

うちの術では霊魂の類いには言及していないし、本当の意味で死後の世界が存在するかは裏の世界でも未確認ではあったが――標本がないのではなく矛盾する事例が複数同時に確認できているためだ――それほどずれた考えではないと思う。

その上で、自分はどうするべきか。何がしたいか。考えた末に答えを出した。

「なあ、聞いてほしい話があるんだが」

覚悟を決めて、自分の出した答えを口にする。

「俺は、スワンプマンとしての扱いを受けるために本登録するつもりだ。このまま黙ってオリジナルの人生を乗っ取るわけにはいかない」

俺は周りの人間に不義理はできない。

そして、全てを隠してオリジナルとして生きていくのは、やはり裏切りだと思う。

「ただ、それをする前にやりたいことがある。俺も捜査に協力させてくれないか。自分が何に、何で巻き込まれたのか知りたいんだ」

納得することは大事である。この数日は自分をオリジナルだと信じて生きてきたのだ。何も知らないまま、この喪失を受け入れることはできない。

「それに、そいつらが装置を使って何か悪事を企てているなら、俺と同じような犠牲者をこれ以上増やすわけにもいかない。一矢報いてやりたいという気持ちもある」

一応の報酬は受け取っていたが、どう考えても五十万円では意識の連続性の代価にはなり得ない。一億でも割に合わないだろう。これが殺人罪というなら、相応の罰を受けさせたかった。

詰め込み気味だが、全て紛れもない自分の本心である。

「自分勝手な願いなのは理解しているつもりだ。でも、俺も色々と術は修めているから、何かの役に立てることはあると思う。考えてくれないか」

その言葉を受けた七瀬は、しばしの間黙り込むが、しばらくして口を開いた。

「……そもそもですけど。出頭を決めるのは早すぎませんか？」

そして、話を戻すようなことを言ってくる。

「一度本登録したら撤回は不可能なんだから、せめてどういう扱いを受けるか正確に把握してから決めた方がいいですよ。用意される環境って本当に最低限度ですから。スワンプマンにオリジナルの相続権はないから無一文からのスタートだし、大学進学も多分無理ですよ」

そのことは同い年でありながら労働に勤《いそ》しんでいる七瀬を見ても想像できるが――

「いいんだ。そんな脱法的な手段は性に合わないし」

「その考えはどうかと思いますよ」

今までになく厳しい口調で七瀬が言う。

「そもそも法律なんて多数決で決められた代表が、さらに多数決で決めているものですよね。この取り扱いも、有識者会議では八対七で意見は分かれたそうです。そんな曖昧なものに自分が不利になるのがわかっているのに、わざわざ従いに行くのもおかしな話だと思いませんか？」

度々の過激な思想が気になるところではあったが、七瀬がそこまで言う理由がゼロからスタートした苦労を知る故なのは理解できたので、できる限り誠意を持って言葉を返す。

「悪い、言葉が足りてなかった。法律で決まってるからって理由だけじゃない。自分の頭で考えても、そうした方がいいと思ったんだ」

「……なら、それ以上は言えませんけど」

ひとまず理解してくれたようである。

「それでは、協力の件ですけど。仮登録者を正式に雇う訳にはいかないので、同行してもらうとしても、あくまでも参考人として、という整理になりますが、大丈夫ですか？」

「ああ、問題ない」

出てきたのは事務的な確認だったが、それはそれでわかりやすいと思うことにする。

「その上で、こちらの指示には絶対に従ってもらいます。それと、捜査情報を共有した後に抜け駆けされると困るので、それは絶対にしないと約束してもらえますか？」

「……約束する」

「わかりました。では、上司に確認したいので、今は保留にさせてもらっていいですか」

「まあ、それはかまわないけど」

最後まで事務的な対応である。ひどい温度差を感じた。

「ええと。自分の身に何が起きたのか知りたいという考えには共感できると思ってますよ。それに、これも縁なのでできる範囲で助けにはなりたいと思ってますから。あと、今回の事件では強い裁量をもらっているので、上司の許可も多分大丈夫なので安心してください」

なんか気遣う言葉が出てきた。もしかすると顔に出ていたのだろうか。

自分の面倒臭さを申し訳なく思う。

「それから、さっき言ってた『何で巻き込まれたか』については現時点でも説明できそうです」

「そうなのか？」

「はい。こちらの調査手段では視覚情報しか得られなかったのですが、あなたの話を聞いて大体推理できました」

そんなに重要なことを話しただろうか。

「それはおそらく、あなたの扱う術と関係があることなんです」

陰陽術が意識の連続性を遮断する装置とどういう関係があるというのだろう。

「順を追って話しましょうか。そもそも、彼らは何故わざわざ逃亡中にオリジナルの珠雄さんに処置を施したんだと思います？　その結果、あなたという手がかりを残すことになっても、それを行う理由が彼らにはあったんです。それは、多分――」

と、そこまで言いかけた七瀬が、何かに気付いた様な顔をした後、視線だけで店内を見回し、それを俺の肩の向こうで不自然に止めた後、もとに戻した。

その意味を深く考えず反射的に振り向くと、離れた席に一人の男の姿があった。

ぱっと見の印象は北欧系のチンピラ外国人である。齢《よわい》は多分二十歳に届いているかいないかだろう。身長は百九十近く――無駄に高い。そんなにあるなら五センチでいいから分けてほしいと思う。そして無駄にがたいがいい。

だが、なぜ七瀬が彼を気にしたのかわからない。目立つ風貌ではあるが普通に考えて会話が聞ける距離ではないし、視線も手にした携帯端末に落としていて特に不自然な点はない。

そこまで考えたのは時間にして数秒足らずで、七瀬の小声の呼びかけもあり、すぐに姿勢を戻そうとする。だが、それより前に男は何かに気付いたかのように顔を上げ――身体を捻《ひね》り背後を向いていた俺と思いっきり目が合ってしまう。

そして、少しばかり悩む仕草を見せるが、考えるのも面倒になったと言わんばかりに頭を掻《か》く。そして席を立ち、こちらに歩いてきて流暢《りゅうちょう》な日本語で話しかけてきた。

「気付かれたなら仕方ない。ここで事を構える訳にはいかないし、まずは表に出ないか？」

できれば「すみません、勘違いでした――」などと言って誤魔化《ごまか》したかったのだが、男があっさり認めてしまったせいで、それも不可能になってしまう。

考えなしに振り向いてしまった己の軽率さを呪うが、既に手遅れのようだった。

# 第三章　利益相反

## 1

表に出ろという月並みな言葉を聞いた七瀬は、動じた風もなく男を見て口を開いた。

「まずは話し合いませんか？」

「おい」

予想外の七瀬の言葉に、思わず声を上げてしまう。

正直、あまり賢明な判断とは思えなかった。

さらに言えば、現状を正しく認識しているかさえ怪しいと思った。

だが、男を見上げる目は何処までも真《ま》っ直《す》ぐで、自分の対応に何の疑問も持っていないように見える。しかし、相手がそれに応じると信じているわけではなく、拒絶時の反応も含めて相手を見極めようとしているようだ。

それを受けた男もまた、値踏みするように七瀬を見下ろしている。

「まあ、いいだろう」

そして男は意外にもあっさり七瀬の提案を受け入れた。

「ありがとうございます」

「まだ礼を言われる筋合いはないさ」

そう言って男は俺の肩を乱暴に押して、壁際の七瀬の側に移動するように促してきた。俺が席を立つと、男は自分の席に戻り飲みかけのグラスと手荷物を持って移動して来る。

どことなく間の抜けた流れだったが――かくして先の見えない話し合いは始まった。

「それでは早速ですが、用件を聞かせてもらえますか？」

単刀直入な七瀬の物言いに、向かいに座った男は苦笑いを浮かべ、大きく息を吐く。

「察しは付いていると思うが、俺は装置を追ってきた人間を足止めするように言われている。そいつは、そこのガキに接触して来るはずだと言うから見張っていたら、お前が来たから様子を見ていたって訳だ」

白人の男はチンピラじみた外見に似合わず、引き続き流暢な日本語でそう言ってきた。

もしかすると生まれも育ちも日本なのかも知れない。

何だかんだでこの国が一番関係者には甘いので密入国す

る者とその子孫はそれなりに多く、結局居場所を見つけられず非合法の仕事に手を染める者もまた、それなりの数に上るらしい。

入管仕事しろと思う。

どういう扱いになっているのかは知らなかったが。

「こっちの希望を言うと、お前にはしばらく軟禁されてほしい。その後お前の上司と話させてもらうが、十日ほど機関には適当な報告をしてもらえればそれでいい。抵抗しなければそれなりの環境を用意するから、大人しく捕まってくれるとありがたい」

「結構良心的ですね」

どこまで本気で言っているかわからない七瀬に、男はまんざらでもない顔を見せる。

「わざわざ後味の悪い思いをするつもりもないからな。正直、追っ手が未成年の女とは思っていなかったから、それくらいの譲歩はできるさ」

「こちらの彼はどうなるんですか？」

「悩ましいところだな。依頼主からはどうせ泣き寝入りするはずだから放置でいいと言われてたんだが」

そして考えるのが面倒になったかのように頭を掻き、

「まあ、今からでも全部忘れるなら消えていいぞ」

と、本気でどうでもよさそうな口調で言ってきた。

「できるわけないだろ」

「……殺されたいのか？」

男は凄《すご》んでみせるが、そんな月並みな脅しで引き下がれるはずもない。

そんな男二人の遣り取りを見守っていた七瀬が取りなすような口調で言う。

「ありがとうございます。そちらの立場と考えは理解できたと思います」

「それで？」

問われて七瀬は俺の方を向いて言う。

「すみません、協力の話、なかったことにしてください。あなたの命まで背負えないので」

「いや、ちょっとま――」

「優しいことだな。それで、お前はどうする？」

俺の言葉を遮り、男は話を進める。

「私は立場上、大人しく捕まるわけにはいかないので、抵抗はさせてもらいます」

臆することなく、きっぱりと七瀬は言った。

「言っておくが——俺は強いし執念深いぞ。それに、鼻も利くから何処までも追跡できる。ここで逃げ切れても平気で寝込みを襲うし、大人しく投降しないなら捕まえた後に寝泊まりさせる場所もホテルの一室から廃ビルの一室にする。抵抗すれば怪我《けが》するかも知れない。考え直すなら今のうちだ」

その声はお願いだからそうしてほしいと言っているように聞こえたが——

「それで結構です」

七瀬はあっさりと拒絶した。

「私は今後もこの仕事は続けるつもりなので、雇用元には不義理はできません」

「シンプルだな。好感が持てる」

「ありがとうございます」

俺を完全に脇に置いて話を進める二人だが、着地点がいまいち見えない。

「もう一度だけ忠告するぞ。町中で目立つことができないと思っているなら、それは勘違いだ。車に詰め込むくらいなら、何の問題ない」

だが、自分の優勢を確信しているはずなのに、男の言葉は懇願じみていた。

どうやら七瀬に——というか女子どもに手を出すことを嫌がっているのは本当で、かつ脅しに屈しない七瀬を扱いかねているようである。

しかし、その様を見て、男に好感を抱けたかと言えば、全くその逆だった。

こいつは正真正銘の考えなしだ。

そんなこと非合法の仕事に手を染めた時点で覚悟しておくべきだろう。

美学を持った悪人と言えば聞こえはいいのかも知れないが、悪事に手を染めて最低限度の矜持《きょうじ》を守りたいなんで、ただの我が儘《わがまま》で見苦しいことこの上ない。

自分は考慮されない側に仕分けられたこともあり、余計にそう思う。

腹立ち紛れに、あえて男から視線を外して七瀬に言う。

「なあ、ここは俺に任せてくれないか。多分、こいつくらいならなんとかできると思う」

「——そうか」

俺の言葉に、男が何処までも冷めた声で一言呟《つぶや》く。

七瀬が僅かに焦った様子で割って入る。

「あの、ちょっと待ってください」

その言葉で男が何かを踏《ふ》み留《とど》まったような顔をする。

それを認め、七瀬が俺の方に顔を向けた。

「本気で言ってます？」

「当たり前だろ。ここでお前が捕まったら俺も困るんだ」

一応は世間の常識から外れた術を受け継ぐ身で、それなりに腕に自信はあった。

若干頭に血が上っているのは自覚できていたが、だからといって引くつもりはない。

そんな俺を見る七瀬は――普通に困惑しているようだ。

そして俺と男の顔を見比べた後、口を開いた。

「――わかりました。それでは、最低限のルールを決めましょう」

「従う義理は？」

「彼が負けたら、私が大人しく捕まります」

「ならいい」

「ありがとうございます」

七瀬の提示した条件に男があっさり同意し、七瀬が礼を述べる。

頭に血の上った男二人を置いて、七瀬だけは冷静に双方の性格を把握し、場を整えてみせた形である。その冷静な物言いに、少し頭が冷える。何というか、やらかしてしまった気がする。

もし七瀬一人なら逃げおおせる算段があったのなら、完全な悪手ではないだろうか。

そもそもこの場でもめごとになったのは俺が考えなしに振り向いたからだし。

この人格の改善すべき課題として、『迂闊《うかつ》さ』を強く意識する。

何というか、オリジナルの人生経験のツケを現在進行形で支払わされている気がする。

先ほどと言い、自分の人格を客観的に評価するというのも奇妙な感覚だったが。

いや。それは違うと、そこまで考えて思い直す。

これは俺の失敗だろう。今考えて口にしたのは間違いなく俺なのだ。全部オリジナルのせいにしていたら自分の人生は始まらない。

そんな俺の考えを余所《よそ》に、七瀬が続ける。

「では、彼が負けたら私は大人しく捕まる。あなたが負けた場合はこの件から手を引く。勝利条件は、相手が降参するか気絶するか。但《ただ》し相手を殺したら負け。彼に限り、私が代わりに降参と言っても負け。こんな感じでどうでしょう」

「優しいことだな」

聞き分けのない子どもの保護者を見るような目を七瀬に向け、男は言う。

「わかった。それでいい。俺が負けたら違約金を払ってでも手を引くと約束する」

非合法の請負人のくせに潔いことを言う。だからといって評価するつもりは全くなかったが。

「ちなみに私が捕まった後に、上司が助けに来るかも知れませんが、それは大丈夫ですか？」

「そいつは男か？」

「はい」

「なら、問題ないな」

男の思考は何処までもシンプルだった。

「で、お前はどうだ？」

思い出したように俺に視線を向け、男が尋ねてくる。

「俺も異論はない」

実を言えば、こいつに依頼人の情報を吐き出させることを条件に加えることも考えたのだが、普通に考えれば単なる雇い人に素性に繋がる情報を与えているはずがないし、七瀬もそれを考えて口に出さなかったのだろうと考えたので、黙っておくことにする。

「それじゃ名乗っておくか。俺はヨルクだ。短い付き合いになると思うが」

「七瀬由理です。よろしくお願いします」

七瀬が簡潔に応じる。

言われて俺も続こうと考えるが——名乗るべき名をまだ定めていないことに気付く。

どうしたものかと少し悩んで、場の空気に押されるように、その名を口にする。

「俺は——芦屋沼雄だ」

口にして早まりすぎたと思ったが、今更撤回するのもみっともない話だと思う。

適当かつ自虐的な名前ではあったが、機関に出頭する際はもう少しましな名前を考えるとして、今は暫定的にその名を採用することにした。

## 2

「なかなかいい場所じゃないか」

五メートルほど距離を開けて向かい合うヨルクは言う。

俺たちがいるのは、自宅のある住宅街の坂を上ったさらに先——山道に入った先にある広場だ。広さは二十五メートルプール程度で、四方は木々に囲まれている。隅には芦屋家の管理しているお堂があり、その周辺の土地も含めて私有地となっていた。

ここなら無関係の人間が立ち入ることはまずない。亡き父や宗家の親戚に修行をつけてもらったこともあり、組み手の場所としても実績があり重宝している。幼い頃は浩一達との遊び場になっていたので思い入れもある。だが——

「あんたに言われても嬉《うれ》しくはないな」

「本当に生意気なガキだな」

別にこいつに嫌われてもなんともなかった。

普通に考えて、自分に害を加えた側の人間に好意的になれるはずがない。

勝負と関係なく、張り倒せる機会を得たことを喜ばしく思う。

ここへの移動はヨルクの運転するハイエース——拉致する気満々のスモーク仕様だった——を使ったが、帰りは徒歩でも十分なので、手足を二、三本折っても困ることはない。

「それでは、改めてルールを確認しますね」

それほど張り上げている訳ではないのに、よく通る声で七瀬が言う。

「勝利の条件は、相手が意識を失うか、敗北を認めること。但し相手を死に至らしめたら負け。なお、芦屋氏についてのみ、私も敗北を認める権利を有します。その他は、道具も術も使用自由。以上、異議はありませんか」

「問題ない」

「大丈夫だ」

ヨルクに僅かに遅れて、七瀬の言葉に同意する。

もちろん、本気で勝ちに行くつもりだった。

俺が扱う芦屋流陰陽術は、江戸時代後期に芦屋時貞《ときさだ》が開祖となった術である。

術の基本原理は、生命エネルギーである精を体内で気に練り上げ、これを用いて神変自在の奇跡を起こすというシンプル極まりないものだ。

官人陰陽師《おんみょうじ》の流れを汲《く》む土御門《つちみかど》流と異なり、大規模な儀式や呪符作成、鬼神の類いの使役等は不可能だが、現存する四派の中では最も実戦向きとされている。

相手の実力は未知数だが、そう簡単に後れを取ることはないはずだ。

「それでは、始めてください」

俺が戦術を考える中、変わらぬ静かな声で七瀬が開始を宣言した。


七瀬の言葉を受けても、ヨルクは動かなかった。

こちらの出方を窺っているのかも知れないが、それは好都合以外の何物でもなかった。

気を練り上げ、術を行使する準備を整える。

使うのは霧の幻術だ。

映像としては単純なので、かなり楽な部類に入るし、視覚を奪うメリットは大きい。

練り上げた気を、七瀬に届かないギリギリの範囲まで広げ、仮初めの実体を与える。

俺の目には半透明の霧が映るが、相手の視界は乳白色の霧に閉ざされたはずだ。


ヨルクは全く反応しない。

動揺を見せないのはなかなかの胆力だが、それでも視覚を奪った事実は変わらない。

足音を殺して、後ろに回り込む。後は隙だらけの急所に一撃叩《たた》き込《こ》めばどんな大男でも関係なく昏倒《こんとう》させることができる、はずだったのだが。

こちらの移動に合わせて、ヨルクの視線もしっかり俺を追ってきた。

そして、呆れるような口調で言う。

「もしかして、何かしたか?」

「……そのつもりだったんだが」

おかしい。確かに術は発動したはずなのに。

「あの」

戸惑う俺を見かねたように、七瀬が言う。

そして言葉を続ける前に、許可を求めるようにヨルクに目を遣ると、彼は鷹揚《おうよう》に頷いてみせた。それを認め、七瀬は口を開く。

「多分、精神干渉系か何かの術を使ったと思うんですけど、その手の術って、世界観が異なり過ぎると、通用しない場合があるんですよ」

「……そういえばそうだったな」

異種神秘戦の経験などなく、すっかり失念していたが、確かにそういうものだった。

その原因は、互いの世界観で定義する要素との排他性であるとされている。

例えば自身の肉体にチャクラの概念を適用したヨガ行者には、道教式の経絡は通じない。

ただ、これはあくまでも一例で、明らかに通用しそうなのに通用しなかったり、逆に明らかに通用しそうにないものが通用してしまったりということもざらにある。

なので、それを確かめるには、実際に試してみるしかない、というのが現状だった。

そして、今回は芦屋流陰陽術による精神干渉は、未《いま》だに謎のヨルクの属する世界観に通用しないことが確認できたようである。

ニッチすぎて誰も必要としないような知識だったが。

何というか、本気で恥ずかしかった。

「すみません、ギブ――」

「待て。もうちょっと待ってくれ。これで終わりじゃないから」

早くも見切りをつけた七瀬を慌てて止めに入る。

痛い目に遭う前に止めるという優しさなのかも知れないが、少しは期待してほしい。

そしてポケットから形代――犬を模《も》した折り紙を三つ取り出し、気を込めて宙に投げる。

――と、次の瞬間、その場に全く同じ姿をした三頭の柴犬《しばいぬ》が現れた。

今度は実体を備えた式神なので、相性は関係ない。

宗家の高位の使い手なら超常の力を秘めた存在の類いも具現できるが、俺にそこまでの技術はないので、この犬たちは普通の柴犬と同じ力しか持たない。だが、柴犬は訓練次第では猪《いのしし》どころか熊相手にも渡り合える歴《れっき》とした猟犬である。

それに、通用しなくても手の内は探ることができる。

と、いうことで――

「襲え」

シンプルな命令の下、三頭の犬がヨルクに迫る。

だが、それを見たヨルクは臆するどころか獰猛《どうもう》な笑みを浮かべ、上着を脱ぎ捨てた。

その意味するところは、すぐ明らかになった。

最初は腹。次に両の腕。見る見るうちに生えてきた獣毛に全身が覆われていく。同時に骨格が歪む。顔周りの変化は特に顕著で、口が割け耳が尖《とが》り牙が伸び口吻《こうふん》が突き出す。

そして時代錯誤も甚だしい、一体の人狼《じんろう》が現れた。

変化の途中で犬たちはヨルクの足や腕に食らいついていたが、意に介した様子もない。

ヨルクは獣毛に覆われた五指で無造作に一頭の頭を掴《つか》み、そのまま頭蓋を握りつぶす。一拍遅れて術が解け、犬のいた場所に破れた折り紙がはらりと落ちる。

さらに左腕に噛《か》み付《つ》いていたもう一頭を力任せに引《ひ》き剥《は》がした上で地面に叩きつけ、残る一頭をその爪で切り裂くと、あっという間に破れた二枚の折り紙が宙を舞う。

そして、無言で間合いを詰めてきて、熊のような右腕を振り下ろしてきた。

それは常人に反応できる速度ではなかったが、式神が時間を稼いでいる間に行気法で身体能力を強化しておいたおかげで身を躱すことに成功する。

さらに大きく後ろに跳んで距離をとり、拾い上げた小枝を棍《こん》に変じて構えてみせた。

あまりメジャーではないが、これもれっきとした陰陽の術である。平安の時代、芦屋道満《どうまん》が安倍晴明《あべのせいめい》に挑んだ際には、蜜柑《みかん》を従者に小枝を武具に変えて威風堂々たる行列を作り出したという逸話もあるという。名字が同じだけでうちと芦屋道満に血縁はないらしいが。

そんなことを考えているうちにもヨルクは間合いを詰めてくる。

それを迎え撃つ形で、気を込めた棍を強化した膂力《りょりょく》で叩きつけるが、片手であっさり受け止められる。さらに向《む》こう臑《ずね》を打ち据えてみたが堪《こた》えた様子は全くない。

そしてヨルクが無造作に右手を振り上げて――僅かに動きが止まり、左腕でなぎ払ってくる。それを受けた棍があっさりはじかれた。その飛ばされた方向を見て、先ほど動きを止めた意味が、はじいた棍が万が一にも七瀬に当たらないことを考慮したものだと理解する。この場でも女子どもを傷つけないという信念は忘れていないようであるが、やはり肯定的な評価を下す気にはなれない。

と、余計なことを考えている間にもヨルクの手は止まらない。

再び回避を試みるが、あっさりとこちらの動きを見切ったヨルクにヤクザキックを叩き込まれると、とっさに腕を掲げ防御したにも拘《かか》わらず、かなりの距離を吹っ飛ばされた。受け身をとろうとするが腕が思うように動かず、そのまま無様に地面に叩き付けられる。

なんとか身を起こし様子を確かめると、右腕があらぬ方向に曲がっていた。その意味することを理解し――一拍遅れて激痛が襲ってくる。無様に悲鳴を上げそうになるが歯を食いしばって耐える。っていうか、身体強度を上げてこれって、普通の人間なら腕がもげてるだろ。

「あの、二回目、いいですか？」

「認める」

見るに見かねてと言うには落ち着きすぎた声で七瀬が確認をとり、語りかけてきた。

「ええと、額面通りに受け取ってほしいんですけど。私の見立てだと、彼は喫茶店の会話のとき、あなたを本気で殺すつもりみたいでした。あなたも引くに引けなかったみたいなので、こうして最低限のルールを設定してみましたが、どうやら彼はあなたが死にさえしなければ、腕が千切れようが半身不随になろうが気にしていないみたいです」

痛い痛い痛い。話を頭に入れるだけでも一苦労だ。

折れた腕を押さえうずくまる俺に向けて七瀬は続ける。

「私も本気で装置を追ってはいますが、一方で関わった人が一生ものの障がいを負うのを見過ごすのもどうかと思ってます。なので、この時点でギブアップを宣言したいのですが、もし切り札があるなら、反撃の機会を奪ってしまうことになるのも悩ましいところです。だから続けるかは、よく考えてあなたが決めてください。私はその判断を尊重しますから」

と、相も変わらずどこまで本気で言っているのかわからない口調で七瀬は言うが、額面通りに受け取れと言っていたので、その言葉通りに受け止め、見通しの甘さを認める。

深く考えず装置の処置を受けて死亡したオリジナルと同じ轍《てつ》を踏むところだった。

正直、七瀬がずれたことを言っていると思っていたが、勘違いしていたのは俺の方だ。

だが、それでもここで引き下がるという選択は選ぶ気になれない。

「もちろん、はいそうですか、やめますなんて言いにくいとは思います」

俺の考えを読んだかのように七瀬が続ける。

「でも、よく考えてください、沼雄さん」

初めて他人からその名で呼ばれ、なんとも言えない気分になる。

それが目的であったかのように、自分を別物と理解させた上で七瀬が続ける。

「そもそもですが——あなたは今回の実験がなければ、この世に生まれていない存在です」

そして、認めがたいが確かな事実を突きつけてくる。

「仮に時間を巻き戻してやり直せたとしても、救われるのはオリジナルの珠雄さんで、あなたは生まれた事実がなかったことにされるだけ。肉体や人格は同じでも、法的扱い以前の、もっと根本的なところであなたはオリジナルとは別の存在なんですよ」

それも理解はしている。そのはずだ。

——と、痛みが引いて冷静さを取り戻した頭で考える。

「それでも自分の境遇に納得したいという考えに理解は示せたので、その選択を尊重させてもらいましたが、状況は変わったんです。私も一人、その辺りの判断を間違えて日常生活に支障が出るくらいの重いペナルティを負うことになった人を知ってますが、本当に不便そうです。なので、せっかく健康体でこの世に生じたのに、この先の人生に後を引くような怪我をするリスクについて、もう少し真剣に考えてみてはどうでしょう」

言われて再度考えるが——やはり、ここで折れるという選択肢はなかった。

理屈ではなく、意地の話である。

「忠告は感謝する。言ってることも理解できた。けど、まだ大丈夫だ」

折れていた右手も使って構えをとり、まだ戦えることをアピールする。

七瀬が長々と話してくれている間に、内気功による治療を済ませておいたのだ。

「……えっと」

「気にするな」

そんな俺を見て、やや気まずげな視線を向けた七瀬にヨルクが鷹揚な言葉を返す。

いや、確かに七瀬の説得を時間稼ぎに使った形だが、俺が悪いのだろうか。

ただ、ヨルクは本気で気にしていない様子で、むしろ初めて俺に興味が湧いたような視線を向けてくる。

「器用な奴《やつ》だな。そこまでできるとは聞いてなかったが」

「まだまだあるから、痛い目を見る前に降参してくれてもいいぞ」

軽口を叩きながらも、勝つために思考を働かせる。

先ほどまでの戦いは論外だった。雑念が多すぎたし、お世辞にも脳みそを使っていたとは言えない。器用貧乏の自分が近接戦特化の相手に同じ土俵で付き合う必要は全くなかったのだ。

そうこう考える間にもヨルクが再び間合いを詰めてくるが、そこは準備しておいた縮地の術を使ってすれ違う形で距離をとる。

元々陰陽道《おんみょうどう》は中国伝来の思想と日本土着の思想の合作であるが、うちの術は特に中華思想の要素が色濃いため仙術寄りの術も扱えた。

とはいえ、本家本元の仙人なら一歩で一里を踏破するとされるこの術も、今の自分には一歩で二十メートルが限度である。だが、この場ではそれで十分だった。

距離は稼げたので相手に通用する手段をさらに考え、一つ有効と思われる術に思い至る。

そうしている間にもヨルクがとんでもない速さで距離を詰めてきたので、もう一度縮地の術を使い距離をとり、焦る手でポケットから蜂の巣の折り紙を取り出し、手にしたまま式を打つ。

手の中に現れたのは木の枝と、そこからぶら下がる半球型のミツバチの巣で、そこからわらわらと働き蜂が湧き出してきて、ヨルクめがけて殺到する。

どう考えても悪役の使う術であったが、勝ち方に拘れる状況ではない。

今までの戦いで大体の身体能力は把握できた。縮地を使えば、逃げ続けることは可能だ。

手にした巣からは物理法則を無視して大量の蜂が湧き出し続ける。

狙うのは窒息による戦闘不能だ。式神に本来の生物がとらない行動を命じることは難しかったが、ミツバチは天敵のスズメバチを取り囲み蒸し殺す戦法をとるので問題ない。

ヨルクが大量の蜂を纏わせたまま近づいてくるが、そこは縮地で余裕を持って躱す。

そうした遣り取りを繰り返すうちにも蜂は増え続ける。

ヨルクは足を止め、顔にまとわりつく蜂を叩き潰したり引き剥がしたりと抵抗を試みるが、人狼の前足では苦戦しているようだった。その間にも蜂たちは増え続け、やがてヨルクの全身を覆うに至る。ぶんぶんと蜂の羽音が耳障りなほどの音量で辺りを満たす。

ヨルクはその場に転がり蜂を潰そうとするが、潰されるよりも速いペースで蜂は生み出され続け、やがてその全身は蜂に包まれ団子状になり、手足を曲げることさえできなくなって、そのまま動かなくなった。

細かなバリエーションを除けば戦闘用の術はこれで打ち止めだったし、蜂の数もこれが限界だったが、これで無力化できたと判断していいだろう。泥仕合ではあったが勝ちは勝ちである。

と、経過を見守っていた七瀬が歩み寄ってくる。

その表情は勝利を讃《たた》えるものではなく、普通に引いたものだった。

「それで、どうするんですか？」

数メートル先の地面に転がる、二メートル大の蜂の塊に目を遣って七瀬が言う。

「殺したら負けってルールだったはずですけど」

「気絶するまでは、このままでいいだろ」

七瀬が真っ直ぐにこちらを見据えて尋ねてくる。

「わかるんですか？」

「……いや」

言われてみればそのとおりである。

どうやら頭に血が上りすぎていたらしい。

術を解くと即座に蜂の塊は消え失《う》せ、その場に息も絶え絶えの人狼の姿が現れる。

どうやら意識はあるようだ。

脅しの言葉でもかけようとする俺を七瀬が無言で手で制して、ヨルクに問いかける。

「続けますか？」

「いや。俺の負けでいい」

と、降参の証《あかし》か、ヨルクがみるみるうちに人間の姿に戻っていく。

無駄にたくましい裸の上半身が晒《さら》されるが、七瀬は照れた様子もなくその様を見届ける。

何故か戦った俺が蚊帳の外に置かれている気がしたが、そこは深く考えないことにした。

3

ヨルクの車が見えなくなるのを見届けた後、俺たちも街に向けて歩き出すことにした。

ここから自宅まで徒歩で十分程。道の舗装は所々傷んでいて隙間から草が顔を覗《のぞ》かせているが、もとより動きやすい服装の七瀬は問題なく歩き進めていく。女の子だからペースを落とすことも考えていたがその心配はなさそうである。よくよく考えれば歩幅も殆ど一緒だったし。

そうして蝉《せみ》の声も絶えて久しい山道に、二人分の足音が響く。

先程のヨルクとの件で先走ったりしていたせいで、微妙に居心地が悪い。

何か言わなければと思い言葉を探すが、それより先に七瀬が話しかけてきた。

「まあ、結果オーライでしたね」

「それでいいのか？　喧嘩《けんか》を買ったのは、軽率だった気がするんだが」

「それは咎《とが》めるほどのことじゃないと思ってますよ。あなたを罠《わな》にはめた側の人間なので、気持ちに理解は示せます」

それに、と七瀬は付け足す。

「彼と戦ってくれたおかげで、相手の戦力が測れたのも良かったです。さっきの彼は非合法の請負人としては中の下から中の中くらいの位置づけになると思うんですけど、その相場から相手の予算枠や本気度合いも推測はできますよね」

そういう考え方もできるのかも知れない。

「それより何より、私一人ではあの場を切り抜けられる保証はなかったので、結果的に助かりました」

ポーカーフェイスを貫いていたが、そこまで余裕のある状況ではなかったらしい。

「もし捕まってたら、どうなってたんだ？」

「言ったとおりですよ。上司の助けを期待して、無理だったら任務失敗です」

そんなに簡単に言われても困るのだが。

そんな考えが顔に出ていたのか、七瀬はしばし悩んだ表情を見せる。

「言うべきか迷ったんですが、聞いてもらいましょうか」

もったいぶった言い方に、今度はどんな言葉が出てくるのかと身構える。

「実は、今回の仕事、うちの事務所では私の昇級試験として扱っているんですよ」

出てきた言葉は予想の斜め上を行くものだった。

「でも、昇級してどうなるかと言えば給料が額面で一万円上がるだけなんです。もちろん、それはすごく大きいのですが、動機としてはあなたの求める水準にないかも知れません」

「まあ、それは俺がどうこう言える話じゃないけど」

本音を言えば、装置の開発者の娘くらいの重要な関わりとか思い入れを期待したかったところだが、それはただの願望に過ぎないし。

「ただ、人並みに職業意識はあるつもりなので、それは信じてほしいんですが」

「いや、それは信じるけど。っていうか、大分主体的に動いている方だと思うし」

お世辞ではない。先ほども簡単には脅しには屈しなかったし、場を調整できていたし。

色々と経験しているらしいが、どう考えても同世代の対応能力ではないと思う。

「そう言ってもらえると有り難いんですけど」

と、まんざらでもないように七瀬は言う。

「ところで、聞きたいことがあるんですがいいですか？」

「……ああ、何でも聞いてくれ」

「あなたは結構幅広い術が使えるみたいですね。正直、仮登録なのでもっと浅いレベルかと思っていたのですが。やっぱり将来は本登録してこっちの仕事を探すつもりだったんですか？」

「いや、そういうわけじゃない」

誤解されても困るので、術を身につけた経緯——選択の先延ばしであることを説明する。

「それであそこまでの術を身につけるのもどうかと思いますが。そういえば、通っているのも結構な進学校でしたね」

感心しているのか呆れているのかわからないが、納得はいったように七瀬は言う。

「参考までにですが、あなたの家の基準ではどうなんでしょう？」

「全体的に平均の上だけど、個別で見ると俺より上の人間も何人かいるって感じだな。幼い頃は持《も》て囃《はや》されて開祖の生まれ変わりとまで言われたが、結局は器用貧乏で終わりそうな感じだ」

「ちなみに、さっき使っていた術以外には、どんな術が使えるんですか？」

「あれで大体出し尽くした感じだけど。視覚を共有した鳥の式神で監視を行ったりはできるな」

「それは結構便利ですね」

どうやらこの遣り取りの意味は、俺の性能把握のようである。それはそれで構わないが。

「あと、念のため確認させてもらいますが――呼び名は沼雄さんでいいんですか？」

「ああ、問題ない。出頭の際には別の名前をつけるかも知れないが、それまでは暫定的にこの名前を使うことにする」

「わかりました。では、改めてよろしくお願いします、沼雄さん」

「ああ、よろしく頼む」

そこまで話したところで、やっと人家が見えてきた。

「これから喫茶店での話の先も聞きたいんだが、場所はうちでどうだ？　駅までの通り道だし、この格好だと店には入りにくいだろ」

ヨルクのせいで制服は土まみれだし、破れている箇所もある。

「それに、そろそろ夕食だけど簡単なものなら出せるし」

と、口にした後で気付く。

「いや、会ったばかりの男の手料理なんて抵抗があるかも知れないが」

「いえ、そんなことはないですよ。一食分浮くのはありがたいです」

気遣いなのか本気なのかわかりかねたが、七瀬はそんな風に返してきた。

さらに今更ながらに、今の俺にあの家を「うち」と言う資格がないことに思い至る。

しかし、個人的な感情でしかないので撤回を言い出すのは止めておく。

それでも心の中では、せめて真相に辿り着くまでは使用を認めてほしいと、今は亡きオリジナルの珠雄に詫《わ》びておくことにした。

# 第四章　示された可能性、拡散する可能性

## 1

当たり前の話だが、全ては記憶通りだった。

着替えを済ませ主菜である麻婆豆腐《マーボー》を作りながら、奇妙な感慨を持ってそれを実感する。

家の間取りも食材の余り具合も調理器具や調味料の位置も、頭の中のとおりである。

それは技術や感覚も同じだった。

香味野菜をみじん切りにして油を引いた鍋に手早く投入する。火にかけた中華鍋の温まる時間も必要な油の量も自然と把握できていて、殆ど無意識に手が動く。

薬味の香りが油に移ったところで、合《あ》い挽《び》きの挽肉《ひきにく》を投下する。

挽肉は水分が飛ぶまで炒《いた》める必要があるので、じっくり時間をかけることになる。

合わせ調味料の準備は終えているので、考える余裕が生まれる。

装置によりこの身体に芽生えた新たな意識である自分は、当然のことながらオリジナルの記憶と技能を完全に受け継いでいるようだった。

それは先の戦いでもわかっていたが、あのときはそこまで考える余裕がなかったし、それより前は知らず行動していたので、その事実を意識しながら行動するのは初めてになる。

本来であれば、オリジナルが自分で食べるつもりだった食材達は今、彼の全てを受け継いだ俺によって調理され、その空腹を満たそうとしている。

オリジナルの人生を乗っ取ろうとしている様がまざまざと自覚できて怖くなる。

そういう意味ではメニューが麻婆豆腐というのも色々と考えさせられることだった。

元々俺が料理を覚えたのは、諸般の事情により幼い頃からうちでよく食事をとっていた浩一に強く勧められ、亡き母のレシピを蘇《よみがえ》らせるためだった。

その後自分でも料理に目覚め、ネットで調べたレシピにアレンジを加えたりしながら色々と作ってみたが、浩一はおばさんの味じゃないならいらないと、彼女に言えば即座に別れを告げられそうな言葉を口にして試食さえ

難色を示していた。そんな浩一に初めて認めさせたのがこの麻婆豆腐のレシピだったのだ。

と、そんな記憶も自分の物ではないわけで、改めて自分の紛《まが》い物《もの》さを意識させられる。

何というか、この家に存在自体を拒絶されている気さえしてきた。少なくとも仏壇のある和室には近づくことさえできそうにない。どんどん嫌な考えが脳裏をよぎる。

気分転換になることも期待していたが、失敗だったかも知れない。

余計なことを考えるのは程々にして、今は料理に集中することにする。

ほどよく水分が飛んだ挽肉に合わせ調味料を投下し、さらに炒める。

甘辛くも芳醇《ほうじゅん》な中華調味料の香りが鍋から立ち昇った。

ここまで来れば、完成まであと少しである。今の俺がこの料理を作ったのは初めてのはずなのだが、鍋の状態から調理過程に失敗がないことは、まるで何度も作ったことがあるかのように把握できていた。

「ごちそうさまでした」

空になった皿を前に、手を合わせて七瀬は言った。

料理は概《おおむ》ね好評だった。

出された料理を前に、ごくごく普通に肯定的な感想を述べながら、綺麗《きれい》な作法で食べ進める様を見るのは悪い気はしなかった。

食器を運ぼうとする七瀬を制して手早く片付け、食後のお茶を二人分淹《い》れて、改めてダイニングのテーブルで七瀬と向き直る。

「まず報告ですけど、あなたが食事の準備をしてくれている間に上司と連絡がつきまして、同行してもらうことに問題ないことは確認が取れました」

「そうか。助かる」

なかなかの仕事の速さだった。

「それで、今後の進め方について話したいんですけど、それにも関係があることなので、喫茶店の話の続きからしましょうか。確か、何故あなたが被験者になったか、でしたよね」

「ああ、何か心当たりがあるみたいだったが」

「はい。推理と言えるほどでもない、既知の情報を纏めただけの話ですけど。おそらくは、本命に使う前の確認作業だったのではないかと、そう思うんです」

「……どういうことだ？」

「まず、大前提として、この手の術理って世界観が違うと通用しない場合がありますよね」

通用しない幻術をかけた記憶が蘇り、少し恥ずかしくなる。

「その上で考えると、こういうことだったと思うんです。新村氏の取引相手——とりあえずXと呼びますけど。まず、Xは新村氏とこう約束をしたんです。お前が件の装置を持ってくれれば、こちらも所有している物の中から望みの品を引き渡そうと。ここまではいいですか？」

「ああ、大丈夫だ」

「そして、新村氏は装置を当初の借受人から奪ってXに引き渡そうとしますが、Xはその段階になってこう言うんです。やっぱり待ってくれ。本命に使える保証がないのに代価を払うのは難しいから、それを確かめてからにしてくれないかと」

「……」

「そこから、新村氏は確認できる相手を探すわけです。それは当然、本命と同じ世界観に属する人間である必要があります。それで選ばれたのが、あなただったのではないかと」

「なるほど」

「新村氏は雑居ビルでXに待ったをかけられたとき、『これで二度目だ』って言ってたんですよね。だったら、一度目はそういうことだったんじゃないかと思うんです」

「……言ってることはわかった。多分その通りだと思う」

だが、その場合には当然の疑問が生まれる。

「それで、俺が選ばれた理由は？」

「多分ですけど、特に深い意味はなかったんじゃないでしょうか」

と、七瀬はあっさりとそんなことを言ってきた。

「この考えだと特定の誰かを指定する理由はないので、あなたが引っかからなかったら別の誰かを当たったでしょうし、もしかすると既に他の誰かに当たった後だったのかも知れません」

「……なるほどな。わかりやすい」

割り切れないものはあったが、愚痴は飲み込んだ。

「ところで——仮にそうだとして、Xは本命に、どんな理由でそれを使おうとしてるんだ？」

その問いを受けて七瀬は黙り込んだ。

「残念ながら、わかりません」

若干の悔しさをにじませて七瀬が言う。

「そもそも、異なる神秘を掛け合わせて裏技的な成果を得ようという試み自体は、そんなに珍しいものではないんですよ。例えば、大量の生け贄《いにえ》が必要な儀式魔術と、複製人間製造装置の組み合わせなら、大きな効果が見込めますよね。もちろん、この場合も『複製人間が生け贄に使えるか』という確認作業は必要にはなりますが」

物騒な例えだが、言っていることは理解できた。

「でも、そう考えても犯人の目的が全然予想できないんですよね。だって『意識の連続性を遮断する装置』と陰陽術ですよ。食べ合わせが悪いってレベルじゃないです」

「そうなるよな。俺も考えてみたけど全然思いつかない」

「まあ、私たちが思いつかないだけで、実はあの装置には陰陽術と掛け合わせて、何かとてつもない恩恵を受けられるような使《つか》い途《みち》があるのかも知れません。もちろん、Xがそう思い込んでいるだけの可能性もありますけど」

「……なるほど」

「ただ、まともな目的なら普通に申請すれば済む話なので、碌《ろく》でもないことなのは確かでしょうけど」

「確かにな」

今の時点でわかるのはそれくらいだろう。動機の面から事件を追うのは難しそうである。

「となると、動機はXを捕まえてから聞くしかないんじゃないか？　あまり頭のいい考え方じゃないが」

自分で口に出して、改めてそう思う。

推理小説で言えば、助手役どころか引き立て役に置かれた無能警官レベルの発言だ。

「いえ、私もその方向で動くしかないと思います」

「不満そうだな」

わかりやすいほどに顔に出ている七瀬に言う。

「ええ。情報は大事ですよ。動機がわかれば、どの程度の抵抗にあうかも交渉の余地があるかも見当がつきます。手段がわかれば、対策も練れるし先回りもできます。全部ことを有利に進めるために必要なことで、終わった後に知っても意味は希薄です」

「……そういう考えもあるか」

俺が重きを置いているのは巻き込まれた理由を知ることで、後でも先でも関係はないが。

「でも、今回は仕方ないですね。幸い当てはあるので、そこから当たることにします」

「そうなのか？」

「ええ、多分、あなたにとっては面白い話じゃないと思うんですけど。本命もXも、多分あなたの親戚なので、そこから調べれば辿り着けると思うんです」

と、唐突にそんなことを言い出してきた。

「根拠は？」

「これも推理と言うほどのものではないのですが――まず、本命についてですけど。先程話したとおり、あなたと同じ系統の術者になるわけですよね」

「確かにそうなるな」

「それで、あなたの扱う芦屋流陰陽術の使い手って、今はあなたの親族しか残ってないんですよ。昔は血縁者以外にもいたそうですが、そちらは継承が絶えてしまっているので」

シンプル極まりない理屈だった。

「Xがそうだと思う理由は、借金打診のタイミングです。普通に考えればあんな怪しげな実験を持ちかけられても断りますよね。そして、もう一押しが必要と考えた場合、金銭的に追い込むのは有効な手だと思うんです。もちろん、連絡してきた親族がそうとは限りませんが、その親族に働きかけた人間も、やっぱり同じ身内の人間と考えるのが自然な気がします」

「……確かに」

本命の話ほど明確な根拠はないが説得力を感じた。

「もちろん、絶対ではありません。でも、容疑者の筆頭であることは確かなので、今後の方針としては、あなたの親族を洗っていくつもりです」

なかなかに重い話だった。

一応親戚である。借金の件でも、本気で肉親の情というやつを信じだのだ。

せめて叔母は計画を知らないでほしかった。人間不信になりそうだ。

ただでさえ弱っていた心に、さらに負担がかかる。

追い詰められていく自分を感じる。

「大丈夫ですか？　顔色がよくないですけど」

「いや、大丈夫だ。そういう話なら、その方向で進めるしかないと思うし、親族が関わっているなら、なおさらその理由が知りたい」

よくよく考えるとオリジナルの親族だったが、それでも考えは変わらない。

とにかく、これで当面の目処《めど》は立った形である。

「あと、共有しておくこととしては、新村氏とXの関係についてでしょうか。どうやら刺客を雇ったのは新村氏で、そこまで誠実に対応するつもりはないみたいですね」

「どうしてそうなるんだ？」

「ヨルク氏の言ってた私の軟禁期間が十日程度、つまり装置の引き渡しが終わるまでのものだったからです。この溝については、後で使いどころが出てくるかも知れません」

「なるほど」

確かにその期限の取り方だと、引き渡しの後のことまでは考慮していないようである。

「ひとまず、今日はここまでにしましょうか。色々とお疲れだと思いますし、取引の予定日から考えても、今日の所はゆっくり休んでも問題ないでしょう」

「それで、この後はどうするつもりんだ？」

「……そうですね。もし可能なら、今晩はこちらに泊めてもらえれば有り難いんですけど」

「え？」

突然の申し出に、思わず間の抜けた声を上げてしまう。

「もう結構な時間になってますし」

と、壁に掛けられた時計を見て七瀬が言う。時刻はすでに八時を回っていた。

「今から東京の事務所に戻るとなると、大分遅くなるんですよね。その間何かあれば私一人だと対応も難しいし。逆にこちらに泊めてもらえれば、書類仕事とかも進められて明日の動きが大分スムーズになると思うんです」

と、語られる理由は今までと同じ、理屈の積み上げだった。

だが、その中に知り合ったばかりの男の家に泊まるリスクの検討が含まれていないのはどうかと思う。

男として見られていないのか。逆に舐《な》められているのか。いつの間にか信頼を得ていたのか。逆に舐められているのか。あるいは特殊な過去故に、そもそもそうした発想がないのか。だとしたら色彩では桃色に分類されるイベントの一つや二つ発生し得るのか。

唐突な話に混乱しているためか、思考がよくわからない方向に流れ、視線が泳ぐ。

泳いだ目が再び向かいに座る七瀬に辿り着く。自分好みの涼しげな顔立ちとか、白い首筋とか、細い肩とか、カーディガンを押し上げるやわらかなラインに目が行き、慌てて目を逸らす。

女の子は男の視線に敏感と言うが、七瀬がその例外であることを心の底から祈る。

「不躾《ぶしつけ》なお願いと理解してはいるつもりです。もちろんダメなら何とかしますし、断られたからと言って今後の関係に変な影響が出ることもありませんから」

だが七瀬はこちらの考えなど気付いた風もなく、話を続けてきたりする。

「そういうことなら問題ないけど。一応、空いている部屋も掃除はしているし」

結局、面と向かってそんな話題を振る度胸もなかったので、そのまま話を合わせる。

「それじゃあ、泊まらせてもらいますね」

「ああ、気にしないでくれ」

努めて平静を装いながら言葉を返すが、実はかなり緊張していたりする。

「それじゃ、風呂を洗ってくるから、ちょっと待っててくれ。タオルとかは適当に使ってくれればいいから」

同い年の女の子を家に泊めるというオリジナルの珠雄にも経験のないこの事態にどう動くべきか悩むが、客を風呂に入れさせない訳にはいかないと思い、そう提案する。

「浴室を借りれるのは有り難いですけど、シャワーだけで大丈夫ですから」

言われてさらに返す言葉に悩む。どのみち自分は湯船につかるつもりなので、洗う手間自体は変わらない。ただ、無理に入浴を勧めるのもどうかと思う。

悩んだ末、結局は七瀬の提案を肯定することにした。

「わかった。それじゃあ俺は後でゆっくり入るから、先にシャワーを使ってくれ」

そして、何とはなくだが家主より先に浴室を使うことに遠慮してきそうだから、とそれなりに気を遣い、そんな言葉を口にする。

「では、お言葉に甘えて」

七瀬も納得してくれたようなので、これで乗り切れたと考えて問題ないだろう。

今の遣り取りで手に変な汗を掻いているのに気付く。

この人格がもう少し女慣れしているものだったらよかったのに、と心の底から思う。

それはそれで薄気味悪い思考ではあったが。

2

七瀬を浴室まで案内して一通りの説明を終えた後。

俺はリビングに一人戻ってソファに身を預けていた。

テレビのバラエティ番組を一応つけてみたが、全然頭に入ってこない。

理由は二つ。

一つは、こんな訳のわからない事件に巻き込まれた状況で、そんな気分になれなかったこと。そして、もう一つは七瀬の存在である。

会ったばかりの、同い年の女の子が一つ屋根の下でシャワーを浴びている状況は、結構な緊張を強いてきた。

芦屋家の間取りは、玄関ホールに浴室へ繋がる洗面所があり、リビングは玄関から入ってダイニングのさらに奥。七瀬がシャワーを浴びる音が聞こえてきたりするわけではない。

が、それでも色々と余計なことを考えてしまう。

そんな俺を現実に戻すように、不意に呼び鈴が鳴った。

一体誰だろう。立ち上がり、備え付けのモニタを見ると、そこには美咲の姿があった。

色々な意味で間が悪すぎるタイミングである。

だが、居留守も門前払いも選ぶことはできず――結局は玄関で応じるしかないと判断して、「すぐ行く」とインタフォンで美咲に告げて、玄関に向かった。

「急にごめんね。これ、おすそ分けの煮物。多めに作ったからお母さんが持っていきなさいって」

そう言って美咲が差し出してきた保冷バッグを俺は受け取った。

「私も手伝ったから、ちょっと不格好なのもあるかも」

ちなみに今の美咲は私服に着替えていて、女の子らしいスカート姿である。

「もう食べちゃったかもしれないけど、明日でも大丈夫だから」

「ありがとう、助かる」

俺は何処まで平静を装えているかわからない声で言葉

を返した。

ちなみに、分量的に作りすぎることはないはずで、作りすぎたというのは方便だろう。

ほどほどに日持ちする煮物という選択もよく考えてくれている。

そうした気遣いに、言いようのない罪悪感を感じる。

その理由はもちろん、俺が珠雄ではなく沼雄であることだった。

というか、この幼なじみの好意に最後まで応えることのできなかった珠雄は本当に不義理な奴だったと思う。

七瀬と会うまでは普通に接することができていた幼なじみの存在が今は何処までも遠く感じられて、最初から自分のものではなかったにもかかわらず、言いようのない喪失感を覚えた。

そんな風に考えながら美咲と相対していると、様々な記憶が呼び起こされる。

両親を亡くしてしばらくは雑な食生活を送って結構な心配を掛けたこととか。これ以上心配を掛けたくないという思いが自分を立ち直らせる大きな理由になったこととか。ついでに言えば俺の身長コンプレックスの原因は、小学五年生のときに美咲に背を抜かれたことに起因するものだとか。とりとめのない記憶が浮かんでは消える。

だが、それは自分の記憶ではなく、脳細胞に残ったオリジナルの記憶を読み込んでいるに過ぎない。どこまでも薄気味の悪い存在が今の俺だった。

正直どんな顔で美咲と接すればいいのか悩みはしたが、一応、玄関に向かう前に答えは出していた。

それは——一旦の先延ばしである。

いつも通りの悪い癖のような気がしたが、他に選択肢はなかった。

現状、ありのままを話すのも論外で、いずれ美咲達の前から姿を消すにしてももう少しまともな形があるはずで、そう考えると今の段階では何も知らないまま帰らせるのがベストとしか思えない。

そう考えると、最大の障害は七瀬の存在だった。

会ったばかりの女の子を連れ込んでいることが知られたら、絶対に誤解しか招かない。

この家の間取りは、先ほど思い返したとおり、玄関ホールに浴室に繋がる洗面所の入り口も面している。より具体的に言うと、美咲と向き合う俺の右手二メートルの距離に洗面所と玄関を隔てる木製の引き戸がある。

このため、七瀬が出てくれれば、そのまま美咲と鉢合わせることになり、そうなった場合、上手く誤魔化せる自信など全くなかった。

その事態を避けるためには、美咲を長居させるわけにはいかない。

ただ、普段ならもう少し話し込んでいるところで、あまり不自然な行動をとるわけにもいかない。

美咲は結構勘が鋭いところがある。

慎重に言葉を選んで対応しなければ。

だが、俺が答えを出すより早く、美咲が尋ねてきた。

「ねえ、ちょっと聞きたいことがあるんだけど、いいかな？」

「ああ、なんでも聞いてくれ」

オリジナルの珠雄ならそう言うと考えて、そう答える。

その言葉を受けて、美咲の瞳に影がさした気がする。

先ほどより一オクターブほど低い声で尋ねてくる。

「この靴、誰の靴？」

美咲が目で指した先には、七瀬が脱いだ靴があった。

「……ええと。それは」

思い切り言い淀んでしまう。

ちなみに、七瀬のスニーカーはそれだけで持ち主の性別が判断できるものではない。だが、サイズは明らかに他に並べられた俺の靴より小さい。

一体、どうすればこの場を切り抜けられるのだろう。

既に詰んでいるような気もしたが、それでも正解はあると信じて思考を巡らせる。

受け継いだ珠雄の脳髄に画期的な言い訳を考えつくように命じてみるが、十七年掛けて形成されたこの人格はそういう思考に著しく不向きで、全く役に立たない。

それでもようやく考え出された言葉を口にする。

「いや、昔の靴を履けるか試したんだけど。やっぱり履けなくなってたみたいだ」

「ふうん、そうなんだ」

明らかに嘘を見抜いた顔で美咲が言う。

どうして嘘をつくの、と無言の圧がかけられる。

怒りとか悲しみとかその他諸々の感情がない交ぜになった表情を浮かべる。

そして、僅かな躊躇《ため》《ら》いを見せた後、さらに美咲が問いかけてくる。

「じゃあ、どうしてお風呂場の換気扇が回ってたの？」

「ちょっと、換気のため、かな」

言って思う。ちょっとって何だろう。

嘘がつけないのが長所という向きもあるが、今はこの人格が心底恨めしい。

もし『望みの人格に変容させる装置』があるなら、この人格を捨てることに全く抵抗はなかった。

どうせオリジナルから引き継いだだけの人格なら、さらに別のものに切り替わっても問題はない。別に女を複数名同時に手玉にとれるような人格までは望まないが、人並み程度の嘘がつける人格が欲しいと、気持ちの悪いことを考えてしまう。

そんな風に現実逃避気味の思考を巡らせる俺を現実に引き戻す、刺すような視線を俺に向けて美咲が続ける。

「それじゃあ、洗面所からドライヤーの音が聞こえてくる理由は？」

やっぱり聞こえてましたよね。

位置的な条件とかで、玄関に立つ美咲には聞こえてなければいいと願っていたのだが。

ちなみに——美咲の性格は、決して悪いものではない。

傲慢でもわがままでもない。むしろ相手の立場を考えられる方だろう。

だから、付き合っているわけでもないこの状況で、私というものがありながら——などと責め立て暴れるようなことはない、はずだ。

ただ——一方で、雑に扱われて大人しく黙っているほど都合のいい性格でもない。

例えば、誕生日に二人で会う約束を取りつけた幼なじみの家を訪ねたら、別の女を家に連れ込んでいるところに鉢合わせたとして、雑な嘘をつかれて大人しく引き下がるように促されて、そのとおりにするかと言えば、そんなことは絶対にないと言い切れる。

というか、そこまで虚仮にされたと認識して、何処まで理性的に振る舞えるかは怪しいところである。

その考えは的外れなものではなかったらしく、感情と理性とその他諸々の奔流に晒されながら、自分でもどうするべきか判断が付かない様子である。

そして、それは俺も同じだったりする。

そうして、お互いにどうしていいかわからない二人が向きあうことになる。

どちらかがもう少し大人なら何かいい返しができたかもしれないが、ここにいるのは良くも悪くも未熟な高校生の男女二人だった。

無言の状況が続く。恐ろしく気まずい。

その沈黙を破ったのは――洗面所の引き戸が開かれる音だった。

そこからは当然のことながら、髪を乾かし終えた七瀬が現れる。

漫画にあるような、あられのない姿ではなく、普通に服を着ての登場である。

が、湯上がりで僅かに湿りを残した髪と、ほんのり上気した頬《ほお》にどきりとしてしまい、次いで言いようのない罪悪感を覚える。一体自分はこの場で何を考えているのだろう。今晒したであろう馬鹿面を美咲が見ていないことを祈るが望み薄である。今なら美咲に責めたてられ、鈍器で滅多打ちにされても文句は言えないと思う。

混乱のあまり先ほどから思考の中でも俺がスワンプマンだと忘れかけている気がする。

俺が空回りする思考を行う間も、時間は流れる。

七瀬はまず俺の方を見て、次に美咲の存在に気付き、やや驚いた表情を見せる。

もしかすると、この場で続いた沈黙を客が帰ったと判断して出てきたのかもしれない。

「ええと、その子は？」

その落ち着いた表情と声音からは感情を読み取ることができず、それなりの遣り取りを交わした俺からは単純に疑問を口にしているだけだと理解できたが、美咲にはどういう風に映っているのか難しいところである。

どう答えたものか判断しかねて、美咲の方を見る。

その表情がめまぐるしく変わる。それは顔の色も同じで、真っ赤になったと思ったら、しばらくして血の気が引いたように青ざめる。

それからしばらくして、美咲は目を閉じ、大きく息をついて、ようやく口を開いた。

「ごめん。私、帰るね」

「いや、ちょっと待て」

そのまま帰すわけにもいかないと考えて、反射的に呼び止める。

「大丈夫だから」

それだけ言い残して、美咲は玄関のドアを開けて足早に去って行った。

追いかけるべきか。追いかけてどんな言葉を掛ければいいのか。スワンプマンである俺にはわからなかった。

だが、誰でもいいからこのダメすぎる俺をたこ殴りにでもしてほしいと思った。

3

「来たぞ」

「来たか」

美咲が飛び出して三十分程後。俺は訪ねてきた浩一を迎え、居間に通した。

浩一が来た理由は単純で、あの後すぐ美咲が相談の電話を入れたからであるらしい。

そこで浩一から連絡アプリで「そっちに行く」と一方的な通知があり、すぐに駆けつけてきたのだ。

「で、連れ込んだ女は？」

「ややこしくなりそうだから、二階に上がってもらった」

「なら、話を聞こうか」

と、ソファに腰掛け、俺にも座ることを促してくる。

浩一は文武両道を地で行く男で体格がよく身長も頭一つ分高い。ただ座っているだけでも結構な迫力があった。

もちろん、今更喧嘩で負けるはずがなかったが、それでも幼い頃から兄貴分の立ち位置だった浩一に鋭い目で射すくめられると問答無用で白旗を上げたくなる。

だが、安易に屈するわけにもいかない。

一応、浩一が来る前に方針は立てていた。

それは、浩一には真実を伏せたままで味方になってもらい、美咲に誤解であるように説明してもらう、というものである。もちろん、期限は区切るつもりだった。

それでも無理がある試みのような気がしたが、いくら物心ついたときからの幼なじみとは言え、高二にもなって隠し事の一つも許されないはずもなく、その辺りを突破口にできればと思う。

そうして浩一に視線を向けて、一つの異常に気付いた。

突っ立ったまま浩一に尋ねる。

「ところで、その右手は？」

「ああ、これか」

言って浩一はどこか芝居がかった動作で、長袖から覗く白い包帯を感慨深げに見下ろす。

「まあ、気にしなくていい」

そう言われると余計に気になるんだけど。

今日、下校中には包帯は巻いていなかった。

そうなると、浩一と別れてから今に至るまでの、どの段階での怪我なのだろう。

「だって大事な幼なじみ二人の一大事だもんな。これくらいなんでもないさ」

ふと、嫌な想像をする。浩一に怪我を負わせたのが想像通りの人物だとしても、決して刃物を持ち出したりしたのではなく、突発的な事故による打撲か、あるいは別の何かだと思いたい。そんな風に考えてしまうのは、美咲のおばさんに実績があるからである。そのあたりは本気で触れたくない話であったが。その話題になる度に浩一は「死ねば良かったのに」と吐き捨てるように言うし。

そんな風に考える俺を余所に、浩一は半ば独り言のように続ける。

「本当に気にしなくていいんだ。親はアレだったけど、お前らがいてくれたことには本当に感謝してるんだ。信じてくれないかも知れないが、お前のことも兄弟以上に大切に思ってる。おばさんにも言われたんだ。あなたはしっかりしてるから、これくらいはなんともない。ないったらない」

だから、これくらいはなんともない。ないったらない」


その口調は演技じみていて、何処まで本気かわからない。だが、性格上、何もしていない美咲を悪者のように扱うことはないはずだという確信もあった。ただ、若干DV傾向のある浩一の彼女説も捨てきれないところである（知り得る限り九割方浩一の自業自得ではあったが）。

そして、その辺りを曖昧にしたまま話を進めることも含めて、浩一の作戦であることは理解できた。

「――それで、何があったんだ？」

そうして心情面でも逃げ道を塞いだ上で尋ねてくる浩一に対して――

「悪い。今は言えない」

自分でも意外なくらいに真剣な声で、明確に拒絶の言葉を口にできた。

「後で話すから。少しだけ待っていてくれ。やましいことは本当にないんだ」

考えなしに怪しげな実験に参加した結果、オリジナルの珠雄は既に死亡していて、目の前にいるのは彼の全てを引き継いだスワンプマンの沼雄なのだ、などと言えるはずがない。

せめて、事件の全貌を理解して、自分なりにけじめをつけるまで待ってほしかった。

もちろん、普通ならそんな言い分が通るはずがない。

だが、芦屋珠雄がこれまでにこの幼なじみと培ってきた信頼に賭ける。

この想いはきっと通じると、そう確信できた。

「ダメだ。今言え」

だが、それは錯覚だったらしい。

浩一は何の躊躇《ちゅうちょ》もなく否定してきた。

「そういうの嫌いなんだよ。小説とかでもよくあるが、さっさと話しとけってケースばっかだし」

「言いたいことはわかる。だけど――」

無言で睨《にら》まれた。

「わかった。言う」

反射的に白旗を上げる。

気心は知れた仲であるが、扱いを熟知しているのは向こうも同じだった。

というか、記憶を漁《あさ》れば芦屋珠雄が体よく操縦されたことはあっても、浩一を上手い具合にあしらえたことなんて殆どなかった。

だが、一人では抱え込めないレベルの問題であることも確かだ。

それを聞いた浩一が、何を考え、どんな判断を下すかはわからない。

しかし、考えてみれば、今の俺には他者による意見も必要なのかも知れないとも思う。

そういう意味では、ＳＦ分野に明るく、機関の高官を何人も輩出している家系の出で、自身は機関の委託元官庁の職員を目指していて、そっち方面の知識にも詳しい浩一はうってつけの人材と思えた。

だから、覚悟を決めて話し合いの席に着き、旧友に――と自分が言っていいのかわからないが――洗いざらい話すことにした。

「なるほどな」

これまでの経緯を聞き終えた後、浩一は深々とため息を吐いた。

「お前、馬鹿だろ」

「……返す言葉もないな」

シンプルなその一言は弱った心に深々と刺さったが、自覚があるだけに認めるしかない。

怪しげな実験を引き受けたことといい、怒りにまかせて喧嘩を売ったことといい、深く考えず七瀬を泊めようとしたことといい、俺の行動はかなり行き当たりばったりだった。

今回の事件を機に反省と成長を心がけていたが、現時点での成果は十分とは言えない。

「それで、これからどうするつもりだったんだ？」

「捜査に協力して、何に巻き込まれたか理解して、本命に使うのを阻止して犯人に落とし前をつけさせたら、スワンプマンとして出頭するつもりだった」

それを聞いた浩一の雰囲気が少し和らいだ気がした。

「それは、なかなかに誠実な対応だな。自分で考えて動くようになったのも、評価できる」

その結果は微妙な気がしたが、それでも理解して評価されると悪い気分ではなかった。

思えば今回の自分の決断は、浩一達に誠意を示すためのものなので、その選択を肯定されて送り出されたのなら、それ以上の救いはないように思えた。


「でも、お前は大きな見落としをしているな」

言っている意味がわかりかねて浩一の顔を見る。

「まあ、自分で気付くのは難しいか」

俺への理解を示すように浩一は言って、予想だにしなかったことを口にする。

「今の話だと、お前がオリジナルのままの可能性は、まだ残っていると思うぞ」

「……そうなのか？」

とてもそうは思えなかった。

装置の効果については機関が保証している。そして、通用すれば意識を失う装置で実際に気絶している。新村も実験は成功だと言っていた。

なら、そういうことではないか。

疑問符だらけの俺に、浩一は諭すような声で言う。

「考えてみろ。もしお前が意識を失わなかったら――つまり、実験が失敗していたら、どうなっていた？」

「あ」

言われて間の抜けた声を出してしまう。

「もしそうなったら、新村とかいう奴は、機関から装置を盗むという犯罪に手を染めたのに報酬も受け取れず、踏んだり蹴ったりだ。だったら、装置が通用するしないに関係なく気絶させる細工を仕込んでいたかもしれないだろ？　Xとやらが本命に使ったときにはばれるだろうが、そのときにばっくれてれば問題ないだろうし」

と、理路整然と説明してくる。

「少なくとも、俺ならそうする」

本気で言っているのがわかるのが怖いところである。

浩一は浩一で、七瀬とは別の方向に振り切れているところがあった。

「お前、装置で処置を受けたとき、何かおかしな感じはなかったか？」

「そういえば……」

意識を失う前にスイッチが押される音を聞いた気がしたが、それより前から意識が遠のきかけていたことを思い出し、それを浩一に告げる。

「それは七瀬とかいう奴には話したのか？」

「いや」

あのときは客観的な情報を伝えるのを優先して、俺が感じたことは殆ど伝えていない。

「まあ、可能性の話だが。捜査に協力するなら、そこも含めてはっきりさせてこい」

「……わかった」

「とりあえず、美咲には上手く説明しておくから、そこは安心しろ。もちろん、お前がスワンプマンになったことは言わない。美咲は何も知らないまま、余計な心配をしないまま片付けられるなら、それがベストだろ」

そして、一番気にしていたことについても、フォローを約束してくれる。

何という頼もしさだろうか。

「一応言っておくが、泊まらせる判断は覆さなくていいぞ。協力者を一人で帰すことを危険と思ったからそう決めたんだろう。なら幼なじみの誤解を招いた程度で撤回するのは不自然だろ」

確かに、そんなどっちでもいいような判断だったと思われる方が問題かも知れない。

「でも、意外だな。こんなにあっさりと信じてくれるなんて」

「三十分そこらで用意できる話じゃないし、お前が嘘を吐いているかは、すぐわかるからな」

そういうものなのかと思ったが、思い当たることは多々あったので納得する。

「でもな」

と、心底呆れたように浩一は言う。

「まさか、存在まで曖昧になるとは思わなかったぞ」

「返す言葉もないな」

文系か理系どころの話ではない。

今の俺はオリジナルなのかスワンプマンなのか、それさえも定かではないのだ。

そして、俺がどちらなのかで、俺の未来は大きく変わってくる。

ならば、明らかにしないわけにはいかなかった。

この時点で『自分が何者か確かめること』が目的に加わり、それを最優先に位置づけた。

しかし、これは大きな救いだった。

今までは真相に辿り着き新村達の企《たくら》みを挫《くじ》いても、スワンプマンとして出頭する未来しかなかったのに、オリジナルとして元の生活に戻れる可能性が生じたのだ。

安堵する自分を感じる。

同時に浮き足立っているのを自覚する。

迂闊さ故に痛い目に遭ってきたので、冷静に考える必要性を認識する。

自分は何か見落としていないだろうか。

引っかかりを感じる。

それは――

「でも、どうやってそれを確認すればいいんだ？」

「例えば、新村とやらが確実に気絶させるような細工をした上で、人道上の見地か、重犯罪者になりたくなかったとかいう理由で実際にはスイッチを押さなかったと言っていたとお前が報告するなら俺はそれを信じるぞ。現時点ではスイッチを押されたかも知れないというのは意識が朦朧としていた中での話だから勘違いの可能性もあるし、あるいはその音も傍らで見守っていた主犯を欺くための細工かもしれない。可能性は十分にある。そして、お前はそんな嘘を吐ける奴じゃない」

そして、思い出したように付け加える。

「それに、お前の嘘はすぐわかるしな」

その口調は優しげと言ってよかったが、目は少しも笑っていなかったりする。

だが、今気にするべきなのはそこではない。

「もしもだけど、どうあっても気絶させるような細工を仕組んだ上で装置のスイッチを押していたら、本当に効果があったのか新村にもわからないんじゃないか？」

「そこに気付いたか」

浩一の目が、一瞬名状しがたい感情を宿した気がした。

「そこまで考えるようになるとは、本当に成長したな。まあ、おばさん達を亡くす前には、お前が一人で生活できるなんて想像もできなかったから、元々寒空に放り出されてからが強いタイプなだけかも知れないが。とにかく、これで俺も話を切り出しやすくなった」

感慨深げに浩一が言う。

処置を受けたと聞かされてからの反省と成長は、スワンプマンとしての俺の意思に基づくものだと思っていたので、その成果を否定されたようでなんとも言えない気分になった。

だが、スワンプマンとして確立しかけていたアイデンティティは、オリジナルであるという可能性を示されたことで崩されてしまい、その気持ちさえどう扱っていいかわからなくなる。

なんというか、可能性が生じて事態が余計にややこしくなった気がした。


そんなことを考える俺を、浩一は真っ直ぐに見据える。

「聞きたいか？　大分厳しめだが、確実に確認できる手段があるぞ」

問われて悩む。

浩一は浩一で複雑な人生を送ってきており、抱える闇の深さも結構なものである。

それを甘く見ると、本気で痛い目に遭う。

だが、これ以上状況が悪くなることは想像できない。

それより何より、浩一が俺を害するようなことを言うはずがないという確信はあった。

だから、覚悟を決めて浩一に答えを返す。

「聞かせてくれ」

「わかった。じゃあ、教えてやろう。安心しろ。難しいことは何もない」

端正な顔に底知れない笑みを浮かべ、浩一は言う。

「まず『意識の連続性を遮断する装置』を回収するだろ」

「ああ」

「それをお前が使う。それだけだ」

「……え？」

言っている意味がわからない。わかりたくない。

「シンプルだろ？　細工のない状態で装置を使ってなんともなければ、お前はずっと珠雄だったことになる。完璧な証明じゃないか」

それはそのとおりなのだが、その方法を採用するなら気にしなければならないことがあった。

「それで、もし、俺が沼雄だったら？」

「そのときは、装置の影響を受けていたことになって、その上でもう一度装置の効果を受けることになるから、今のお前の意識は消滅して――お前のネーミングセンスに従うと、沼次郎《ぬまじろう》（暫定）が、オリジナルの珠雄の記憶に加えて、沼雄だったお前の記憶も引き継いでこの世に生じることになるな」

冗談ぽく言うが、話の内容は洒落《しゃれ》にならない。

話を聞いて本気で後悔した。

恋愛相談のときの、百倍は厳しい目をして浩一は言う。

「悪いが俺はお前がスワンプマンなら興味はない。だが珠雄なら諦めることもできない」

示された案は、残酷なまでにその考えに合致している。

「もちろん、スワンプマンに美咲を渡すこともできない」

それももっともだと思う。

「それにもし、お前がスワンプマンなら、本人をきちんと弔ってやらないと可哀想《かわいそう》だろ」

これも言っていることは理解できた。

本家本元のスワンプマンの思考実験でも、もしオリジナルの死体が人知れず沼で朽ちていると知れば、死体を回収しきちんと弔ってやりたいと思うのが人情だろう。

両親を送って理解できたことだが、弔いというのは遺されたものの気持ちの整理にも必要不可欠で、もしオリジナルの珠雄が死んでいるなら、遺された側がきちんと弔えるようにしてやる必要もあるのではないかとも思う。

さらに弔いという観点から、オリジナルの魂の行方について考えていたことを思い出す。

もし魂が実在するとするなら、FI場の遮断の効果が、せめて魂の消滅ではなく、はじき出す程度のものであってほしいと切に願う。

さらに考える。もし魂というものがあるなら、今ある自分の魂はどういったものなのだろう。その場で新たに生じたのか。あるいはどこかの魂がこの身に宿ったのか。

もちろん、これも自分がオリジナルだったなら無意味な問いだが。

半ば現実逃避気味の思考なので、程々のところで切り上げ現実と向き合う。

考えてみると、つくづく重い。

だが、自分というものを積み上げるため、他者と接するための足場を得るためには、自分が何者かを確定させることが必要で、そのためには浩一の案は確実と言うしかなかった。

と、俺の考えがまとまったのを認めたのか、浩一が口を開く。

「これだけははっきりと言っておくぞ」

こちらの目を見据えて浩一が言う。

「逃げるなよ。俺も、美咲も答えを待っている」

本気の目だった。尋常じゃない力が込められていた。

本日チンピラ狼男《おおかみおとこ》に睨まれたときの十倍以上の圧力を感じる。冗談抜きで背筋が凍る気がした。

「まあ、強制できないし、新村の証言で決着が付くなら、それが一番だとは思っているぞ」

と、圧を消し、僅かな罪悪感を滲ませて浩一が言う。

長い付き合いで――もしくは引き継いだ記憶故に（本気でややこしい）――その意図が理解できた。一方的にやり込められるのも癪《しやく》だし、対等でありたいと思うので、意趣返しを試みる。

「なんていうか、血も涙もないアイディアだな。俺が珠雄だと証明できた後でも、付き合いを見直すレベルだ」

半ば本気の感想をそのまま告げると、浩一はこの世の終わりのような顔をした。

やはり、オリジナルの珠雄に嫌われるのは許容できないらしい。

「いや、冗談だ」

「……そうか」

その一言で浩一の表情が一気に持ち直す。

「なんか、この状況ってシュレディンガーの猫みたいだな。可能性は重なっていて、観測するまでどちらかわからない」

さらに空気を変えるべく、冗談めかして言ってみる。

「量子力学か」

これもSF論議でたまに出てきた話題である。

「だが、その考えだと答えは確定しているだろ。お前自身が内側から自分の意識を観測しているわけだから、この場合、答えは既にあって俺たちが知らないだけだ。

『ウィグナーの友人』のように、何処かの誰かが確認済みの箱の中身をそうと知らない人間が想像しているだけで、可能性が重なり合っているわけじゃない」

と、ガチのSFマニアっぽい答えが返ってきた。

これでいつも通りと言うことにする。

その流れで、気になっていたことを尋ねてみる。

「それで、その怪我は結局なんだったんだ？」

「うちのにやられた」

どうやら美咲は無関係だったようで安心する。

というか――

「今度は何をやらかしたんだよ」

「なんで俺が悪い前提なんだよ。まあ、その通りだが」

そこまで言って浩一はばつの悪そうな顔をする。

「とにかく、今の曖昧な状態のままだと、俺もこれ以上は話しようがない。危険な病原菌を保有しているかも知れない人間がいたら、まずは隔離するだろ。そして扱いが元に戻るのは、潔白を証明してからだ。と、言うわけで、俺ははっきりするまでは、お前をスワンプマンの沼雄として扱わせてもらう」

そして、いつも通りの厳しめの言葉が叩きつけられる。

「まあ、頑張ってこい。俺は、もう一度お前と珠雄として話せることを祈っている」

最後にそれだけ言って、浩一は帰っていった。

4

「なるほど。言われてみれば、その可能性は確かにありましたね」

浩一が帰った後、二階から降りてきた七瀬に浩一との会話を説明すると――確認のための最後の手段は除いてだが――七瀬は指摘された可能性を素直に認めた。

「考えが足りていませんでした。申し訳ないです」

「いや、気にしないでくれ。自分でも気付けなかったし」

仮に気付けたとしても、そんな苦し紛れの言い訳じみた仮説を主張できたかは怪しいが。

「確かに、あの装置の処置を受けるとバチリと電気が来て一瞬で意識が飛ぶらしいので、その前に意識が遠のくような感覚を味わうことはないはずです。何らかの細工があったとみて間違いないでしょう。でも――」

「わかってる。だとしても、その上で処置を受けていたら、結局どっちなのかはわからない。あくまでも、可能性が生じただけの話だ」

とは言いつつ、その可能性に縋《すが》っている自分がいる。

「あくまでも、参考までに共有しておきたかっただけだ。特に気にしてもらう必要はないから」

「そう言ってもらえると有り難いのですが、私の方でもできる限りは考慮したいと思います」

「それは——いや、助かる」

相手の負担にならない程度の気遣いならば、有り難く甘えさせてもらうことにする。

「それで、名前はどうします？」

「沼雄のままでいい。珠雄と名乗るのは、その証明ができてからにする」

オリジナルと証明できるまでは沼雄として扱うと言った浩一の言葉に合わせた形である。

「ところで、余計なお世話かも知れませんが、あの子は大丈夫なんですか？」

「ああ。それは気にしないでくれ。一応、浩一からフォローはしてくれることになっている。別に付き合っているわけじゃない、幼なじみなんだが色々と複雑なんだ」

「まあ、深くは聞きませんけど。このまま泊まらせてもらって本当に大丈夫なんですか？」

「問題ない。安全のために泊まることを認めたんだ。やましいことはないし、それを簡単に覆す方がややこしくなる」

そのあたりは浩一が前もって押さえてくれていたので即答できた。

「わかりました。では気にしないことにします」

と、七瀬はあっさり切り替えが済んだかのように言う。

「ついでに、私の方も明日の予定について調整したので、共有させてもらっていいですか」

「ああ、助かる」

「まず、明日は一旦事務所に戻る予定なのですが、所長も一度あなたと話しておきたいそうなので、そのつもりでいてください。同じことを言ってもらえれば問題はないはずなので」

「わかった」

「ただ、所長に会ってもらう前に伝えておきたいことがあるんです」

こういう前置きをされるときは大抵本気で驚く内容を

聞かされてきたので、心構えをするが——

「私の上司——犬飼《いぬかい》所長は、猫なんです」

その口から語られたのは、例によって予想の上をいくものだった。

「正確に言えば、魔術で猫にされた超能力者ですが」

「ごめん、理解が及ばないんだが」

「その反応は正常だと思います」

七瀬は複雑な表情で言う。

「でも、所長に会うときは、そのことには触れないでほしいんです。絶対に猫扱いはしないでください。結構気にしているので。撫《な》でようとしたり、抱き上げようとしたりするのは厳禁です。年齢も三十五歳なので敬語でお願いします」

「……わかった」

釘《くぎ》を刺されていなければ余計なことを言ってしまったかも知れない。

犬飼なのに猫なんですね、とか。

本人は百回くらい言われているかも知れないが。

「まあ、そのあたりのややこしさを除けば頼りになる人ですよ。待遇も不満はないし、使える術の幅も広いのでなんでもこなせますし。あなたに辿り着けたのも雑居ビルを過去視してくれた所長のおかげなんですから」

なるほど。喫茶店で話していた超常の手段の中身はそういうことだったらしい。

「でも、なんで猫になったんだ?」

「それも気にしないでください。一度、引き際を間違えたとは言っていましたが、それ以上は教えてくれなかったし、その話題を振ってもいい顔はしないので」

「……わかった。気にしない」

実はものすごく気にはなったが、拘っても仕方ない類いの話であることは理解できた。

まあ、生きていればそういう疑問に遭遇する機会はいくらでもある。

死後の世界は存在するのか。宇宙の果てはどうなっているのか。神秘の本質とはどのようなものなのか。全世界共通で神秘の存在が秘匿されている現在の体制はどうやって構築されたのか。有名な未解決事件の真相とか。

誰もが一度は本気で疑問に思うだろうが、大半の人間はわからないという事実と折り合いをつける。

もちろん、無視できないこと、譲れないものも人それぞれだろう。

今の俺も、自分が何に巻き込まれたか、そして何より、自分がオリジナルなのかスワンプマンなのか、知らないままでいることはできそうになかった。

だが、人の嫌がるところに踏み込むつもりは毛頭ない。

ついでに猫の姿になることとスワンプマンになるのとでは、どちらがましなのだろうと考えるが、オリジナルの主観で考えると、猫の方がまだましな気がする。

さらに考える。

自己の同一性が保たれている状態とは、どういうものを言うのだろうか。

例えば術で肉体を別物にされて、記憶を消されて、人格を改変されて、意識の連続性を断たれるとするならば、それはもう別の存在と言っていいのではないかと思う。

だが、どの段階で自分ではなくなったかといえば、順番にもよるだろうが、その答えは人それぞれのような気がする。そういえばテセウスの船という思考実験もあったなと思う。この考えにどれだけの価値があるのかわからなかったが。

「それで事務所に寄った後は、機関の窓口であなたの親族の情報を集めて、その後は諸々の用事もあって専門家を訪ねる予定です。移動時間もあるので、七時半には出発で大丈夫ですか？」

「ああ、大丈夫だ」

さらに七瀬といくつかの簡単な打ち合わせを行った。

乗り換えアプリによると、吉野市駅から七瀬の事務所のある都内の駅までは二時間程だった。事務所には仮眠室もあるとのことで、数日間泊まる前提の準備も言い渡される。

明日は土曜日なので学校に連絡する必要はないが、月曜までには適当な欠席理由を考える必要があるだろう。

嘘を吐くことになるのは気が引けたが、それでも今の状態で学校の知り合いと顔を合わせる気分にはなれないので丁度良かったのかも知れない。

身体も人格も同一である以上、知ってもそれを気にする人間が何人いるか疑問だったが。

そんなことを考えつつ着替えなどをバッグに詰め込む。

ついでに芦屋珠雄が故人だった場合に備えて、今のうちに遺品整理に訪れた人間に見られたくない諸々の品々を今夜のうちに処分することも考えたが、自分が珠雄のままの可能性もあるので、結局の所は生ゴミの処理や水回りの掃除を済ませるだけにしておいた。

5

そして次の日の朝。早めの朝食を終えたところでインタフォンが鳴った。

モニタで美咲の姿が確認できて、すぐに玄関に向かう。

「急にごめんね」

「いや、大丈夫だ」

言いながら美咲の様子を窺う。

昨日の件で心配していたが、思ったよりも落ち着いていた。そしていつもと様子が違う。端的に言えばめかし込んでいた。

美咲の格好は余所行き仕様の私服姿で、薄く化粧してイヤリングなどつけたりしている。単純に綺麗だと思えてしばらく見蕩《みと》れる。その努力が自分のためのものであると理解もできて、今の自分にその想いを向けられるだけの価値があるのか真剣に悩んだ。

「昨日はごめんね。勝手にお邪魔して勝手に騒いで。馬鹿みたい」

「いや、そんなことは思ってないけど」

続く言葉を考えて、盛大に迷う。

昨日の問題の本質はわかっているつもりだが『お前の気持ちを知っておきながら余所の女を連れ込むなんて軽率すぎた』なんて、決定的すぎて言えるはずがないし。

そうこう悩むうちに、美咲が先に口を開いた。

「浩一君に聞いたんだけど、しばらく家を空けるんでしょう？」

「ああ、そうなる」

「理由は聞かない方がいいんだよね」

「悪いけど、そういうことになる。戻ってきたら絶対に話すから」

「うん、それでいいよ」

そして僅かな間をおいて、美咲は深く息を吸い込む。

頬が僅かに朱色を帯びる。大きなその瞳に決意の色が宿った。

「ねえ、珠雄君。私も帰ってきたら話したいことがあるんだけど、聞いてもらえるかな？」

その言葉の意味するところを察することができないほ

ど野暮《やぼ》ではない。

　さらに、それが七瀬を意識した牽制《けんせい》であることも理解できた。その上で、この幼なじみを傷つけたくないと心の底から思った。

　こんな曖昧な自分に答えを返す資格があるか悩み、あまりにも半端な我が身を呪う。

　だが、美咲には何も知らせないまま解決するべきと考えて、嘘をつくことになるかもしれないが、それでも決意を込めて言葉を返す。

「ああ、約束する」

　その言葉を受けて、美咲は安堵したように微笑《ほほえ》んでみせた。

「ありがとう。じゃあ、待ってるね」

　そして別れの遣り取りを終えた後、玄関口から門扉までの僅かな距離を移動し、美咲を見送る。去りゆくその背中を見て、思う。

　幼なじみの女の子にここまで言われて無下にできる人間がいるだろうか。

　浩一の最終手段には行き過ぎたものを感じていたが、かといってこんな曖昧な状況のままにして美咲の期待を裏切ることもまた、できそうにないのも確かだった。

# 第五章　国家権力との距離感

## 1

そして自宅を出てから二時間後。

俺は七瀬に案内された事務所の応接用のソファに腰を下ろし、所長が来るのを待っていた。

手持ち無沙汰でポケットの携帯端末に手が伸びかけるが、礼儀として控えて、やや遠慮気味に事務所の中を見回す。

三階建ての雑居ビルの二階に構えられた事務所は質のいい調度品が揃《そろ》えられており、清潔感に満ちていた。都内の繁華街の駅近なので、かなりの好立地と言える。窓ガラスに貼られたシートに『犬飼探偵事務所』と書かれているのは、一年前までは一般の探偵事務所としても機能していたからだと言う。

そう説明してくれた七瀬は、三階の居住スペースに所長を呼びに行くため席を外している。ついでに諸々の所用を果たすとのことだったので、所長との話はまず俺一人でする予定だった。

ちなみに、所用とは多分着替えだと思う。あえて触れなかったが服は昨日と同じものだったし。下着も同じかはわからないが。いや、それ以上考えると色々と危ない。

と、無駄な思考をしていたところで、奥のドアが開く。

その向こうには誰もいなかったが、ドアを開けた可能性のある人物の特徴を思い出し、視線を下げると一匹の黒猫が足音も立てず近づいてくるのが確認できた。

こういう場合、どう対応するべきかわからなかったので、ひとまず一礼しておいた。

「――ということで、同行を許可してほしいんです」

一通りの想いを伝え終えた俺は、積み上げられたクッションの上に横座りする所長に改めて頭を下げた。

所長は間近で見ると鼻筋の通ったなかなかのイケメンだった。しっとりとした漆黒の毛並みには気品さえ感じる。体重は多分五キロくらいで、抱き上げるなら丁度いいと重さだと思う。

実は結構な猫好きなのだ。

選ぶことが苦手で、うどんとそば、夏と冬ではどちらが好きかと聞かれても答えを出せない俺だったが、猫に関しては何の迷いもなくあらゆる動物の中で一番だと言い切れる。

反射的に脇の下に手を差し込み抱き上げたいという衝動に襲われるが、何とか自制する。

「本当にいいんだな。身内を疑うことになるが」

幸いにもそんな俺の内心は伝わっていないようで、あくまでも年長者である姿勢を崩さずに犬飼所長は確認を求めてきた。

その声も落ち着いた成人男性のもので、しかも結構いい声をしていた。発声器官はどうなっているのだろう。喉猫のような鳴き声を発することはできるのだろうか。喉をゴロゴロとならすことは可能なのだろうか。それを確かめるべく手を伸ばしかけるが、すんでの所で抑える。

「はい、それでも自分の身に何が起きたか知りたいし、できるだけのことをしたいんです」

これは紛れもない本心なので、意識せずとも真剣な声が出た。

「そうか。わかった」

その想いが伝わったのか、所長も認めてくれたようだ。

「お前には期待している。よろしく頼むぞ」

「はい、ご期待に添えるよう頑張ります」

言って今のは堅苦しすぎなかったか心配に思う。

見た目が猫なので距離感が掴みづらい。

「それでは、来てもらってすぐで悪いが、由理の準備が整ったら、早速出かけるか」

「ええ、よろしくお願いします」

その言いぶりだと所長も同行するつもりらしい。

猫の姿の所長が電車移動にどうやってついてくるのか気にはなったが、触れるのは遠慮しておいた。

2

機関の窓口は、一言で言えば役所か銀行の窓口のようだった。

大まかな配置は、大部屋がカウンターで事務室と待合スペースが四対一くらいの割合で仕切られているシンプル極まりないもので、事務室側の様子も至って普通である。幾つかの島に分かれて机が配置され、奥には壁を背に他より立派な机が二つ並べられているのが見えた。

職場の空気も極めて普通である。

特徴らしき特徴もない制服に身を包んだ職員達は、ごくごく普通の勤め人と言った感じで、秘密組織の職員としてのオーラはない。

そんな風に室内の様子を観察しているのは、単純に手持ち無沙汰だったからである。

事前の連絡は入れてはいたらしいが、普通に番号札を取っての順番待ちとなったのだ。

それは普通のことだと説明した七瀬は、知り合いを見つけたから顔を繋いでくると、所長の入ったトートバッグを置いて部屋の片隅で金髪の成人女性と何やら話し込んでいる。

所長は猫の姿を晒すことは極力避けているらしく、バッグから出てくる様子はなかった。

そういうわけで、室内を眺めていたわけである。

今回訪れた機関の窓口は都内の某私立病院の敷地内にあり、ここに至るまでの道順のややこしさとセキュリティにはそれなりの期待感があったのだが、入ってみれば拍子抜けするレベルだった。

結局さしたる時間つぶしにもならず、再び視線は隣に置かれたバッグに移る。

事務所から三十分ほどかけて都内を移動し、この窓口に辿り着いたわけだが、そこで理解したのは、猫の姿の所長と移動するのはなかなかに難しいと言うことだった。

最初はバッグに入れての移動はどうかと思ったが、黒猫が後をついてきても目立つし、抱きかかえても猫用キャリーケースに入れても目立つので、こういう形に落ち着いたのは理解できた。もしかすると七瀬が一人で自分のところに来たのも、試験の関係もあるが、単純に長期間の移動を所長が嫌がったのではないかと推測してしまう。現実問題、あまり考えると失礼だが、食事やトイレの問題も大変そうだし。そこまで考えて、ヨルクと戦ったときに七瀬が言っていた『その辺りの判断を間違えて日常生活に支障が出るくらいの重いペナルティを負うことになった人』とは所長のことだったと気付く。

そんな風に考えを巡らせていたところで、スピーカーから若い女性の声が響く。

「5番の番号札をお持ちの方、1番の窓口までどうぞ」

手持ちの番号札が5番であることを確認し、立ち上がる。

七瀬の方を見ると、話を切り上げこちらに向かってくるのが見えた。

「――と、言うわけで、彼の親族の情報を開示してほしいんです」

「なるほどね」

対応してくれた機関の女性職員は、やはり普通の勤め人に見えた。

見たところ二十代前半くらいで、明るすぎない程度に髪を茶に染め、きちんと化粧もしている。今回の事件の担当である彼女は七瀬とそれなりに親しいようで、対応もざっくばらんな感じである。胸の名札で名前が佐藤《さとう》とわかったが、偽名を疑うレベルに普通の名字だ。

「で、彼がそのスワンプマンって訳だ」

「お伝えしたとおり、現在はどちらか定かではない状態ですが」

報告に当たっては、隠し立てするつもりはなかったので、こちらの情報は全部伝えてもらっている。

「大変な状況ね。まあ、うちではなんとも言えないけど」

と、それだけ言って俺への興味を失ったように、佐藤さんは手元の申請書に目を落とす。

あまりの無関心さに思わず尋ねる。

「あの、それは俺が仮登録だからですか?」

その問いを受けて、佐藤さんはやや困ったような表情を見せる。

そして援護を求めるように七瀬に視線を向けるが――

「もしよければ、できる限りで助言いただけませんか?」

有り難いことに七瀬も加勢してくれた。

佐藤さんは僅かに逡巡《しゅんじゅん》したが、年少者二人の眼差《まなざ》しを受け、折れることにしたらしい。

「まあ、理由くらいは説明しておきましょうか」

と、役所の人間っぽい前置きの上、説明に移る。

「うちで対応できないのは、あなたが本登録していても同じなのよ」

「何故です?」

「だって、あなたの住所だと関東第二ブロックの所管になるもの」

まるでドラマに出てくるかのようなお役所対応である。

機関の母体となったのは、戦後の体制見直しで切り離された国の一部門らしいが、その時代からの役所精神は連綿と引き継がれているのかもしれない。

「ただ、これは余計なお世話だし、私個人の感想に過ぎないところもあるけど。あなたが本登録してあなたの地元の事務所に相談に行っても、やっぱり対応は難しいと思うわ」

「どうしてです？」

「あなたがスワンプマンである確たる証拠がないからよ」

佐藤さんは簡潔に告げてくる。

「疑わしきは被告人の利益に、って言葉は聞いたことはない？　それはうちの手続きでも似たようなものなのよ。だから、相談に行っても、現状では何もできないと言われる可能性は高いわ」

「……そうなりますか」

これもまたびっくりするくらいに役所っぽい考えだが、とりあえず国家権力は俺に無関心であることが理解できた。まあ、異常な執着で、あらゆる法解釈を以《もっ》て収容所送りにしようとしてくるよりは絶対にましなはずなのだが、それでも釈然としないものを感じる。

その疑問がそのまま口をついて出る。

「じゃあ、俺はどうすればいいんでしょう？」

「好きにしていいのよ」

この質問にも佐藤さんは簡潔に答えを返してきた。

「うちでは多分あなたをスワンプマンと認定したりすることはできないでしょうけど。関係者同士なら話すのも自由なんだから、黙っているのが忍びないなら事情を打ち明ければいいし、今まで通りに付き合うことができないなら、お互いに話し合って距離を置けばいいのよ。基本、国家権力が個人の在り方に口を出す機会なんて少ないに越したことはないんだから」

言っているのは役所じみた正論で、しかし冷たいほどに堅固な何かを感じる。その感情を読み取ることはできない。半ばその圧に押されるようにして言葉を絞り出す。

「……すみません。よくわかりました。考えてみます」

「うん。私には何もできないけど、応援はしてるわ」

佐藤さんは若干纏う空気を和らげて、そんな言葉を掛けてくれた。

「すみません、無理を言って」

「まあ、これくらいはいいんだけどね」

七瀬の言葉に、本気で気にしてないように彼女は言う。

「それでは、改めて、資料の開示の件をお願いします」

「まあ、今回の経過なら、多分問題ないとは思うけど」

佐藤さんは七瀬が提出した報告書と個人情報提供の申

請書を見て言う。

「それじゃ、ちょっと時間をもらうかも知れないけど、なるべく急ぐから」

そう言って彼女は自席に戻っていった。

待合席に戻ってすぐ、隣に座った七瀬が、おもむろに話しかけてきた。

「時間がかかりそうなので、少し私の話に付き合ってもらえませんか？」

「いいけど、何の話だ？」

妙に畏《かしこ》まって、かつ遠慮がちに尋ねてきたので、何事かと身構えてしまう。

「あなたの生き方というか、行動指針というか、そういうものについてです。差し出がましいとは思いますが」

そこまで言って七瀬はいったん言葉を切るが、さしたる間を置かず口を開いた。

「昨日、あなたの友人があなたがオリジナルの可能性があることを示してくれたわけですが。どうしてあなたは自分でその可能性に気付けなかったと思います？」

「それは――」

「もしかして、自分でその可能性を追求することに、不誠実さを感じたのではないですか？」

「……そうかもしれない」

「それって、結構危険な考えだと思いますよ」

七瀬は今までにないくらいに真剣な目をして、そう言ってきた。

「自分の安全と利益を確保すること、それを他人に主張することは、基本中の基本です」

その考えは確かに自分にはないもので、しかし受け入れるには何故か抵抗を覚えた。

「今回の事件でも、様々な人間が各々の思惑で動いていますが、そこにあなたを第一に考える人間はいません」

「……確かにな」

「私も所長も最低ラインにいくらかのプラスアルファで気を遣いはしますが、それでも自分で自分の身を何とかする気がない人をフォローするのは難しいことです」

もっともな話である。

「それに、自分が大事だと主張できない人は、身を切るような話を押しつけられがちですから」

浩一の示した確認方法はまさにそういう話だった。

「そういう意味でも、あなたはもう少し生き汚くなるべきだと思います」

そこまで言って、七瀬は真っ直ぐに俺の目を見てきた。

「……あまり響いてなさそうですね」

「いや、すまない。結構根が深いみたいで、すぐに切り替えるのは難しいみたいだ」

「まあ、それならそれでいいと思います。ただ、今後の参考にしてください」

「ありがとう。本当に、そこまで言ってくれたことには感謝してるんだ」

「なら、よかったです」

それを受けて、七瀬は安心したように息を吐いた。

3

「じゃあ、確認お願いね」

七瀬との話の後、十分程で佐藤さんから声がかかった。七瀬に言わせるとこの程度の待ち時間で済むのは奇跡的なレベルらしい。

個人情報を扱うからだろうか、今度は個別ブースに通され、資料を渡される。

「メモするのは自由だけど、直接の持ち出しは厳禁だから、よろしくね」

と、それだけ言って佐藤さんは席を立った。

それと同時にトートバッグのジッパーが独りでに開き、所長が出てきて猫そのものの仕草で伸びをする。無意識にその背に手を伸ばしかけるが、意思の力で己の欲をねじ伏せた。

七瀬が皆に見やすいように資料を広げる。

佐藤さんに渡されたのは一人A4両面一枚に纏められた個人情報の束である。角度を変えて撮った顔写真付きで、住所や年齢、氏名の他簡単な略歴や登録された技能などが記されていた。

「と、これですね」

言って七瀬はバッグから、写真と見紛《みまご》うばかりに正確な男の似顔絵を取り出した。

とは言っても、男はハンチング帽にサングラスをかけており、人相はわからなかったが、それでも大まかな顔の造作や年齢は把握できた。

「これは？」

「Xの似顔絵です」

装置のせいで姿を見ることができなかったが、こんな外見だったらしい。

「どうしたんだ、これ」

「俺が描いた」

「普通に凄いですね」

獲《と》ってきたネズミを見せびらかすようなドヤ顔で言う所長に本心から賞賛の言葉を贈る。漫画やテレビ特番の影響か、過去視を扱う超能力者は絵が下手な印象しかなかったが、所長はそうした問題は克服済みらしい。

「でも、どうやって？」

問うと、机に備えられていたペンが宙に浮く。

「なるほど」

人のことは言えないが、なかなかに多芸な人だと思う。

「それじゃ、ざっと年格好が近い人間を探しますね」

七瀬は三十枚程度の用紙をめくり始める。

我が親族ながら結構な大所帯である。芦屋家の宗家は兵庫県にあり、父の死の前から疎遠だったこともあり、見知らぬ顔も多くあった。

それでも女性に子どもに老人と除外していくと、あっという間に候補は五人に絞られる。

さらに二人は輪郭や髪型で除外できたが、残る三人は兄弟ということもあり、履歴書サイズの小さな顔写真数枚と顔を隠した似顔絵写真では確証が持てない。

七瀬の手がそこでしばらく止まる。

だが、所長は七瀬が何かに気付くのを待つように構えている。

七瀬もそんな所長の表情に気付いたようで、改めて資料に目を落とし、しばらくして三枚のうちの一枚を手にとった。

「――この人ですね」

確かな確信を持って、七瀬が言った。

「どうして？」

「耳の形です」

言われてまじまじと見ると、確かに細部に至るまで全く同じだった。

そういえば、耳の形は指紋と同じく一人一人違うものだと聞いたことがあった。あまりポピュラーではないが、耳介認証と呼ばれる生体認証手段もあったはずである。

所長の態度から答えがあることを確信した上での気付

きだが、それでも大したものだと思う。あと、そこまで正確に描写していた所長の能力も。

ついでに思う。世の中には個人の識別に使えるものは指紋とか網膜とかDNAとか幾らでもあるが、オリジナルとスワンプマンを客観的に区別しうるものは本当に存在し得ないのだろうか。

とにかく特定は終了し、Xの正体にようやく辿り着くことができた。

色々とあったが、なかなかに好調な滑り出しだと思う。

「芦屋忠光《ただみつ》。現当主の長男、四十歳、ですか」

七瀬がXの正体である男の情報を読み上げる。

「沼雄さん、彼はどんな人ですか？」

書かれた情報に目を通した後、七瀬は俺に尋ねてきた。

俺をこんな目に遭わせた主犯になるので、情報を提供することに抵抗は全くなかった。

「俺の家は宗家と没交渉気味だったから、知っていることは多くはないけど」

前置きをして、頭の中で話すべきことを整理する。

「資料のとおり術理を継承できなかったせいで、宗家では大分酷い扱いを受けていたらしい」

現代社会における術者家系の典型的な闇の側面である。

「そのせいで性格が歪んでしまったらしく、あまりいい噂《うわさ》は聞かなかったな。でも、子どもは術者としての素養はあったみたいで、その教育には力を入れていたはずだ。ただ――」

「ただ？」

できれば黙っていた方がよかったのかも知れないが、言いかけてしまったので先を続ける。

「真冬に肺炎になるまで滝行をさせたりとか、通常の何倍もの薪《まき》を使った火渡りの修行をさせて大火傷《おおやけど》をさせたりとか、結構無茶なものも少なくなかったと聞いている」

「そういう修行が必要なんですか？」

「いや、そんなことはない。百歩譲って精神鍛錬の意味はあるかも知れないが」

身内の恥を晒すのは愉快な気分ではなかったが、情報の共有に価値があると思いたい。

「それで、Xが特定できたわけですが、この情報で動機が推測できるようになりませんか？」

「……無理だな」

疎遠であり、殆ど忘れていた相手である。何を考えているかなんて想像できない。

おかげで「まさかあの人が」みたいに傷つかずには済んだが。

「所長はどうでしょう？　今の話を聞いて何か気付くことはありませんでしたか？」

「動機はわからないが、お前、忠光と過去に何かなかったのか？」

問われて記憶を漁ると、一つだけ心当たりがあった。

「そういえば幼い頃、術の覚えが早くて宗家で持て囃された時期があったんですが、そのとき嫌みを言ってきた親族の一人が彼だった気がします。多分、義務教育も受けさせずに術に専念させていた息子よりも上手く術が扱えていたことが面白くなかったんでしょう。思い出せるのはそれくらいですが」

「なるほどな」

ふと、嫌な想像をしてしまい、口に出す。

「もしかして、実験に選ばれたのって、それが理由だったりするのかもしれませんね」

「順番に影響した可能性を否定はできませんが」

「だとしても気にするな。そんなことを根に持つ方がおかしい」

所長の方が優しい言葉をかけてくれたことが、若干気になる俺だった。

今回の件で自分を客観視する機会を得られたが、自分は結構めんどくさい人間だということをことあるごとに自覚させられるのも困ったものだった。自分がオリジナルかスワンプマンのどちらであっても、これを機に今の人格をもう少し自分が好きになれるものに変えていきたいと改めて思う。

話を逸らしてしまったので、本筋に戻そうと試みる。

「それで、これからどうするんですか？　首謀者は特定できたわけですが」

と、所長に質問を投げかけるが、所長は七瀬の顔を見上げて言う。

「――どう思う？」

「今すぐ忠光氏を確保、という話にはならないと思います。今回の依頼の主たる目的は装置の回収なので、彼を捕まえても現在装置を所持している新村氏に雲隠れされると完全に糸が途切れてしまいますから。なので、彼は待できる気がした。


取引の日まで泳がせておいて、私たちはその場に乗り込んで装置を回収する方向で調査を進めて行けばいいのではないでしょうか。犯人確保は必須条件ではありませんが、達成できればなおよしですから」

「まあ、そんなところだろうな」

特に補足もなく、所長は七瀬の案を認めてみせた。

「沼雄さんもこれで問題ありませんか？」

「ああ、大丈夫だ」

本音では今すぐ兵庫行きの切符を買って締め上げに行きたいところなのだが我慢する。

「詳細は事務所に戻ってから話すことにするが、その前に高塚《たかつか》のところに寄るんだったな」

「はい。元々お願いしていた装置のレプリカの受け取りに伺う予定でしたが、情報も増えたので改めて話を聞いてこようと思います」

高塚というのが昨日聞いた専門家の名前であるらしい。彼の研究所があるのは茨城《いばらき》県のつくば市で、ここから一時間半ほどの距離とのことだった。

行ったり来たりとなかなかに忙しい一日になりそうだったが、ここでも結構な情報が得られたので、成果は期

# 第六章　専門家を訪ねて

## 1

「それでは、これから会う専門家について簡単に情報共有しておきましょうか」

つくば駅の地下改札口を抜け、周りの乗客と距離が開いたところで、七瀬が話を切り出してきた。

ちなみに所長は事務所の最寄り駅に電車が停《と》まった時点で離脱済みである。

事務所の資料確認のときは見落とし等がないように同行してもらったとのことであったが、専門家の意見聴取は一人でも問題ないと判断したらしい。

本音を言えば、そこに長時間の移動を厭《いと》う所長への遠慮のようなものを感じなくもなかったが、それは部外者の俺が言えることではなかったし、何かあれば俺が対処すればいいと考え、口を挟まないでおいた。

「彼の名は高塚誠《まこと》さん。現在は筑波《つくば》大学の理工学群に通う大学三回生です。ＦＩ場遮断器を初めとする装置の開発者である高塚恭一郎《きょういちろう》氏の息子で、彼の財産と権利と義務を相続した人です。術理の継承はできていませんが、知識は一番ある人と言って差し支えないでしょう」

迷いのない足取りで地下道を歩きながら七瀬が続ける。

「まあ、他に専門家がいないだけ、とも言えますけど。規則制定を行った有識者会議は役目を終えて、被害者の会が細々と活動を続けているだけですから。ただ、前回の事件の際には有意義な助言をもらえたので、期待していいと思います」

「なら、そうさせてもらうけど」

ついでに気になったことがあったので聞いてみる。

「ちなみに、レプリカの受け取りって聞いてたけど何に使うんだ？」

「今のところは決まっていません。今回の事件を請け負った直後に相談したときに、研究所に残された部品で簡単に用意できると言っていたので、念のためでお願いしただけです」

「まあ、使い道は幾らでもあるかもしれないが」

それから七瀬は何か思い出したように言葉を続ける。

「そういえば高塚さんですが、昨日の夜に電話で話したときに、あなたにもお願いしたいことがあると言ってました」

「貴重なサンプルとしての意見聴取とか？」

「いえ、アルバイト勧誘だそうです。あちらが一から説明したいと言っていたので私からは控えさせてもらいますが。ただ、実際に依頼するのは早くても一月《ひとつき》以上先とも聞いているので、今回の捜査には影響はないはずです」

そうは言われても、ことの発端となった高額バイトのことを思い出すと抵抗はあった。

「私も引き受けたことがありますが、そこまでの問題はないですよ。心理的な抵抗が少しあるかも知れませんが、日当はいいので十分に釣り合いはとれるレベルです。それに、嫌なら断ればいいだけの話ですから」

「そうだな。なら、聞くだけ聞いてみる」

とりあえず今までの反省を活《い》かし、迂闊な受け答えはしないよう気をつけることにする。

そのまま七瀬が不意に右に曲がる。その先には地上に続く階段が続いていた。

「それでは、待ち合わせの時間にはまだ余裕があるので、どこかで時間を潰しましょうか」

俺の方に振り返り、七瀬は言った。

2

つくば駅から地上に出ると、そこには整然とした街並みが広がっていた。研究学園都市という名前にふさわしい近未来的な光景である。

遅めの昼食は道中で見つけたキッチンカーでケバブサンドを買うことになった。

七瀬に案内されるがまま駅の北に進んで緑豊かな公園に入り、ベンチに腰掛ける。

十月にしては日差しが強かったが、木陰になっているため程々に過ごしやすい。土曜日の昼間の公園は結構な人の姿があった。大学が近いのも関係しているのかもしれない。その流れを見ながら包装を解く。

ちなみに、この支払いもここまでの交通費も経費で落ちるとのことで、七瀬が支払ってくれている。食事や切符も全部女の子に買って渡してもらうというのは傍から見てどう思われているのか気にはなったが、もとより無理を言ってついてきたおまけの身分なので、素直に受け入れることにする。

そんなことを考えながらも早々に食べ終わり、炭酸飲料を喉に流し込む。

そして、この後の時間をどう使うべきか考えて、一つ気になっていたことを尋ねることにした。

七瀬が食べ終えたタイミングで話を切り出す。

「あのさ、聞きたいことがあるんだけど。前に扱ったっていう『意識だけを入れ替える人生交換装置』の関わる事件のことを聞かせてくれないか？　もしかすると何か参考になるかも知れないし、これから会う専門家の話に俺がついて行くためにも知っておきたいんだ」

もちろん『意識の連続性を遮断する装置』とは全く別の機能だが、それでも同じ思想を元に作られた装置なのだから、可能性はあると思う。

実際、七瀬の装置に関わる知識は、この事件に関わることで得られたものだと言うし。

現時点の俺の最優先課題は自分が何者か確かめることで、それは装置を使用するだけで済む。だが、そのためには装置の回収が大前提で、七瀬の言っていたように、忠光の考えている装置の使い道がわかれば、より効率的に動くことができるようになるはずだ。

「……そうですね」

俺の頼みを受けて、七瀬は少し悩むそぶりを見せる。

「話してもいいのですが、私の考えでは関係ないと思います。しかも、ものすごくややこしい上に、長くなりますよ。それでもいいですか？」

「ああ、頼む」

それでも自分で聞いて納得することは大事だと思う。

「わかりました。では、お話ししましょう」

七瀬は七瀬で話をすること自体に抵抗はなかったようで、あっさり認めてきた。

「その事件は、ある老魔術師の計画から始まりました」

そして七瀬は語り始めた。

「彼は、自らの老いていく肉体に見切りをつけて、若い肉体に自分の意識を移して、新たな人生を送ろうと、そう考えたんです」

何というか、どこかで聞いたような話だった。

「彼が意識の交換先として選んだのは、当時二十歳だった養子でした。というより、自分の全てを引き継がせるために、その人物を養子にした、というのが正しかったみたいですけど。ひとまず、その養子をAとしましょう」

「……」

「そして、術理に関する基本的な知識を備えていた彼は、自分でも装置を使えるか試すために、そして意識交換がどういうものか己の目で確かめるために、遅くに愛人との間に生まれた三男——Bとしますが——と、Aの意識を交換してみることにしたんです」

「それはいいのか、人として?」

「ダメじゃないかと思います。ただ、もとより倫理観の欠如していた人だったみたいですし、術者としては三流で素行も悪かった三男には、なおのこと情というものを発揮しにくかったみたいですね。ただ、成功した場合は、後で戻せば元通りとは考えていたみたいですが」

「それならいい、のか?」

倫理の置き所がわからなくなってきた。

「そして、実験は成功しました。AとBは二人とも気を失って、装置は老魔術師の扱う術理と相性的には問題ないことが確認できたんです。良くも悪くも」

多分、悪い方だと思うのだが。

「ここで、意識交換が行われた後の二人を、肉体ベースでそれぞれA′とB′と呼ぶことにします」

「ややこしくなってきたな」

「はい。ここからもっとややこしくなるので、覚悟してください」

「わかった、ちょっと待ってくれ」

頭の中で整理する。

注意点は、この装置の効果が意識だけを——開発者の用語を採用するならば『FI場』だけを交換するということだろう。

単に『意識が乗り移る』とか『意識を交換する』というと記憶や人格まで含めての意味での精神が入れ替わるイメージだが、この装置の効果はそれとは全く異なる。

その上で整理するとAの肉体にはBの意識が移植されたが、脳細胞もAのままなので、記憶も人格もAのものということになる。これがA′と呼ばれる存在だ。B′も同様である。

「待たせた。続けてくれ」

「はい。ただ、老魔術師の目には、二人の状態に如何なる変化は確認できませんでした。意識を交換しても、記憶も人格も同じなので、当然のことですが」

「まあ、そうなるよな」

「でも、老魔術師はそうは思いませんでした。彼は、二人の精神が入れ替わると思っていたみたいなんですね。それで、装置を売りつけた相手にクレームをつけて、そこで改めて説明を受けて、ようやく正しい装置の効果を理解できることになったんです」

「なるほど」

そのまま理解できないでいた方が世のためではなかったのかと思うが。

「そこから彼は、大幅な計画の見直しを行いましたが、装置を使って老いた肉体を手放して若い肉体に移るという目的に変更はありませんでした。彼は自分であることを捨てても、若い肉体で新たな人生を送ることを選んだんです」

と、ここで七瀬は俺の方を見る。

「そうなると、彼には意識交換後の最大の障害が現れるわけですが、それが誰だかわかりますか？」

言われて考えてみる。

しばらくして、何とか答えに思い至る。

「それは、意識交換の後に目覚める、養子Aの意識が入った自分自身、とか？」

「正解です。仮に何の備えもない状況で意識交換を行った場合、自分の肉体と精神を引き継いだ彼が、そのまま余生を送ってくれるかと言えば、そんなはずはないんですよね。普通に考えれば、彼は計画の全貌を知る老魔術師の知識を引き継いでいるので、当然その事実を認識して、元の肉体に戻ろうとするはずなんですよ」

「まあ、そうなるよな」

「一方で、養子の身体に宿った自分は、それに何の抵抗もできないわけですよ。何も知らない養子の記憶だけを引き継いでのスタートになるわけですから」

「それもそうだよな」

「そう考えると、この対決は、自分の全てを強引に押しつけた養子の方が、圧倒的に有利なんですよね。さらに事情を教えていなかった親族も、相手の味方をするわけですから」

「ほんと、そうなるよな」

所謂《いわゆる》無理ゲーという奴ではないだろうか。

「なので、それを何とかするべく、計画を練り直したわけです。そして、これには協力者が必要という結論に至りました。全てを理解して、自分が新たな人生を送るためのサポートをしてくれる存在。そして、養子の意識の入った古い自分の肉体を処分してくれる、そういう存在を。残念ながらというか、装置を持ち込んだ相手は、そういう荒事なんかには向いてなかったそうなので、別口でそれを探す必要が生じたわけです」

「今更だけど、その事件にどういう形で関わったんだ？」

まさか、老魔術師に協力する側ではないと思うけど。

「うちの事務所が関わったのは、B´さんから依頼があったからなんですよ」

B´というと、老魔術師の三男の肉体と精神を引き継いだ養子の意識か。

「どういう経過でそうなったんだ？」

「『意識の連続性を交換する装置』は、一度使うと次の使用まで三日間の待機期間が必要とされてるんです。だから、二人を元に戻してから意識交換を行うとなると、六日の猶予が生じるわけですが――その間にB´が自分の置かれた状況に気付いてしまったんですよね」

「どうやって気付けたんだ？」

「そもそも、効果の確認のため二人とも意識のある状態で実験したので、怪しげな実験を受けたことは理解できていたんですよ。それで、自分に何が起きたか知ろうとしたんですね。素行不良だった三男の知識には父の書斎に忍び込む術もあって、そこで老魔術師の計画書を読んで、全貌を理解するに至ったと、そういうわけです」

「……なるほど」

「それで、老魔術師が依頼しようと候補に挙げていた請負人の中から、腕はよくて口は堅く、この手の事情にも理解があって、でも犯罪性の高い仕事は請け負わないという理由で外されたうちの事務所に相談してきた、という訳なんです」

「そう繋がるわけか」

選ばれた理由が真っ当だったので、かなり安心する。

「まあ、その後本当に紆余曲折はあったんですよ。ただ、最終的には三男と養子は元に戻って、老魔術師は肉体を乗っ取ろうとした罪で捕まりそうになって、抵抗して残念な結果を迎えたわけですが」

なんというか、嫌すぎる話だった。

どう感想を述べたものか迷い、瞑目《めいもく》する。

それから眼前の公園の光景に目を遣ると、小学校低学年くらいの子ども達が声を上げて遊び回っていて、少し離れたところで母親らしき女性がそれを見守っていた。

そのありふれた情景が、ひどく遠い。

しばらくして、ようやく俺は口を開いた。

「無茶苦茶《むちゃくちゃ》にややこしい話だったな」

オリジナルかスワンプマンかわからない自分ほどややこしい存在はいないと思っていたが。もしかすると負けかもしれない。

こんなところで張り合っても仕方ないのだが。

「それで、どうでしょう。参考になりそうですか？」

「──ごめん。言ってたとおりだった。『意識の連続性を遮断する装置』とは無関係そうだし、無駄にややこしいだけだった」

「わかってもらえてよかったです」

と、気にした風もなく、七瀬は言う。

っていうか、改めて思うが、七瀬ってものすごく頭がいいのではないだろうか。

今もこんな複雑な話を理路整然と話してみせたし。

俺は成績はいいが、基本は暗記特化でどちらかと言えば要領が悪く、一を聞いて十を知るような思考とは無縁だった。ついでに言えば討論も自分で議題を探すのも苦手である。生きる力が弱いとは、幼い頃からの俺を知る浩一が下した評価で、それは間違っていないのだと思う。

この物語が真相を追う探偵の物語とするならば、主役は七瀬なのではないだろうか。

そう考えると自分はよくて助手役──というか、普通に考えて自分が参加しなくても事件は解決するつもりだったはずで、その役目さえ果たせるのか怪しい気もする。

と、そんな考えを言葉を選んで七瀬に伝えてみたが──褒め言葉はさほど響かなかったようである。だが代わりに後半の自虐めいた考えには食いついてきた。

「それはあまりいい考えじゃないですよ」

一言で切って捨てられた。

「仕事で自己実現を果たそうとする人って何人か見ましたけど、それはそれで加減を間違えると面倒になりがちなんですよ。しかもあなたはそういう気質でもないのに、義務感でそれを求めているわけですが、それって周りも気を遣うし、自分もしんどいしで誰も幸せになれない考えじゃないでしょうか」

ダメ出しが酷かった。が、本質を突いた言葉ではある。

「あなたも目的があるなら、私たちをふてぶてしく利用するくらいでいいと思います。元々あなたが参加しなくても解決できるつもりで引き受けた事件なので、そこは任せてもらって大丈夫ですから」

それはそうかも知れない。

そもそも七瀬の手札も不明である。

記憶はないにしても生得的な能力を持っているのかもしれないし、そんなものがなくても道具で補強はできる。というか、そんな切り札を隠し持ってそうな底知れない雰囲気が七瀬にはあった。

そう考えると、俺は本当にいらない子なのではと考えてしまう。そこを気にするなと言われているわけだが。

「まあ、頼れるところは頼らせてもらいますから、そのときはお願いします」

いつもどおりの面倒臭さを発揮する俺に、馴染《なじ》みを覚え始めたとってつけた感で七瀬が言う。

「では、そろそろ行きましょうか」

そう七瀬は言って、立ち上がろうとして――

「まあ、そう言わずに。もう少しここにいなさいよ」

背に何かが貼られる感覚と殆ど同じタイミングで、背後からその声は聞こえた。

3

唐突に声を掛けてきた謎の人物の正体を確かめようとして俺は振り向こうとするが――身体が動かない。

まさか白昼堂々仕掛けてくるとは思わなかった。

七瀬の様子を窺うと、一瞬何かに気付いたような顔をした気がするが、何を考えているのかは読めなかった。

ただ、身体は俺と同様に微動だにしない。

そんな俺達の前に、背後からベンチをぐるりと回って一人の女性が姿を見せた。

年は多分二十歳くらい。どこか和風な印象を思わせる服に身を包んでいる。女性にしては長身で、ゆったりした服の上からでもわかるくらいにスタイルがいい。美人だがどこか自堕落な印象を受けた。なんとなくだがカード破産とかしてそうである。

彼女が手にした札に何言か呟くと、彼女の背後に三メートルはあろうかという大男が現れた。顔は幾重にも貼られた呪符のせいで見えないが、隙間からは角が覗いていたりする。半透明に透けていて、通行人には見えていないようだ。

「早速だけど取引をしましょう」

女は名乗りもせずに、早々に用件を切り出してきた。

そして懐から分厚い茶封筒を取り出し、これ見よがしに見せつけてくる。

「二百万あるわ。これで手を打ちなさい。七日くらい的外れな調査をしてればいいから」

相手の次の手段は、ものすごくシンプルな買収だった。

「沼雄さん。早速頼らせてもらいますけど、なんとかなりませんか？」

「……無理そうだな。身体が動かない」

「そうですか」

実は少し時間を掛ければなんとかなると思うのだが、女の前で馬鹿正直に言うわけにはいかない。

この思考が届けばと思うがそれは多分望み薄で、せめて七瀬が簡単に折れないでほしいと祈る。

七瀬は相手の何かを確かめようとするように見つめた後、口を開く。

「――申し訳ありませんが、その提案に乗ることはできません」

俺の想いは伝わったのか、早々に諦めることはなく、拒絶の言葉を口にする。

「あなた、立場はわかってるの？　こんな仕事に命を賭けているってわけ？」

「いえ。その話に乗ると収賄罪になるので。仮に脅しに屈するにしても、もう少し傷の浅い方向でお願いしたいんです」

ダメだ。伝わっていないっぽい。いや、どうだろう。

「――ちょっと待ちなさい」

七瀬の率直すぎる物言いに機嫌を損ねないか心配ではあったが、謎の女はびっくりするくらいに素直に七瀬の話を真剣に検討しはじめる。その様は使い走り感が満載で、早速の想定外の事態に困惑しているようである。

女が五秒ほど経《た》って口を開く。

「この件から手を引きなさい。さもなければあなたの家族に累が及ぶわ」

「すみません、天涯孤独の身です」

若干の棒読み口調で脅し文句を口にする和風コーデの女に、七瀬が再度ダメ出しする。

さらに五秒ほどの間が空く。

「……わかった。イエスと言うまでそこの彼の指を一本ずつへし折るわ。これならいいでしょ？」

「確かにそれなら検討の余地はありますね」

若干の困り顔を見せた女がそう言うと、七瀬もようやく応じる言葉を発する。

どう見てもそこまでの暴力行為に手を染めることはできそうにはなかったし、それは七瀬もわかってはいると思うのだが、万が一のことを考えてくれての判断なのかも知れない。

このまま二人の会話がどこに辿り着くか気にはなったが、その前に俺の準備が整った。

気付かれないよう練り上げていた気を全身に巡らせて、単純な力押しで術を打ち破る。身体の自由が戻ると共に、背中に貼られた何かが千切れる気配が伝わってきた。

「え？」

女の顔に動揺が浮かび——俺はその隙を逃さなかった。

女が式神に何かを命じるよりも前に動く。

まず、幻術で通行人向けの視覚情報を展開した。

それから、ポケットに入れておいた刀のキーホルダーを抜き身の真剣に変化させる。

さらに、その刀に不可視の式神にも有効打とするべく気を纏わせる。

そして、行気法で強化した膂力をもって、刀を大きく横に薙《な》いだ。

相手の流派はおそらく土御門流陰陽術。有名どころであり交流も程々にあるため、こちらがあちらの術の影響を受けるのも、逆にこちらからの干渉が可能なのも把握済みだった。

式神の強度も纏う気の質から推測できていて、見立て通りに両足を臑の辺りで両断することに成功する。さらに呆気《あっけ》にとられた彼女の鳩尾《みぞおち》に当て身を食らわせ気絶させる。その後、遅れて倒れ込んできた大型式神の首を断ち切った。

自分で言うのもなんだが、時間にして三秒もかからない早業である。

式神が完全に霧散したことを確認し、幻術を除いた術を解除する。

あとは七瀬に貼られた呪符を剥がせば解決だ。

——と、そう考えていたのが、七瀬は女が無力化されたのを見て取ると、普通に手を後ろにやって背に貼られた呪符を剥ぎ取った。

「ええと。呪符は？」

「私、洋の東西問わず、術が効きにくいみたいなんですよね。記憶を失う前に得た体質なのか、記憶を奪った術が影響しているのかはわかりませんが。一応、拘束系の術だと推測できたので、かかった振りだけはしてみましたが」

言われてみれば、昨日ヨルクとの戦いで使った幻術も通用してなかった気がする。

霧に包まれたはずのヨルクに、視線で許可を取っていたし。

「でも、助かりました。術が通用しなくっても、それでなんとかなったとは限らないので。他にも何かしてくれてたみたいですし」

言われて気付く。

七瀬からすれば、自分には通じない身体拘束の術と、自分には見えない式神とが相手だったので、俺が何をしていたのかは全く理解できなかったはずである。

せっかく活躍らしい活躍ができたのに、なんとも言えない気分になった。

まあ、説明するのも虚《むな》しいので黙っておこう。そう考えていたのだが——

「今起きたことは把握しておきたいので、何があったのか教えてもらってもいいですか？」

七瀬が尋ねてくるので、羞恥プレイに近い気もしたが、一通り説明することにした。

「——なるほど。だから誰も私たちを気にしていないんですね」

「そういうことだな」

幻術そのものは視認できない七瀬でも、いきなり実体化させた真剣を振り回したり、謎の女に拳を叩き込んで昏倒させたのに周りが騒がない事実から、その効果は確認可能だ。

「できれば詳しく確認したいんですけど。持続時間ってどの程度です？」

「起きていられる分には何時間でも問題ないが」

物理的な影響はない分、燃費のいい術なのだ。

「他に留意点はあります？」

「カメラの類いは誤魔化せないことと、音は消せないことくらいかな」

「なるほど。でも、かなり便利ですね」

と、素直に賞賛してくれる。普通に嬉しい。

「それで、どうする？」

意識を奪った女を見下ろす。

ひとまず無力化したが、その後の扱いは判断しかねた。

人一人の身体もそうだが、彼女の側《そば》に落ちている二百万円入りという茶封筒も結構な存在感だ。

「正直、持て余しているのですが――尋問でもしてみましょうか。役に立つ情報が得られたらいいんですけど」

そういうことになったのだった。

4

七瀬は話を聞く前の準備と言って、ベンチに寝かせた女の持ち物を検《あらた》め始めた。

そうして見つかった呪符やら携帯端末やらを、手際よく公園の石畳の上に並べていく。七瀬自身は幻術の効果は認識できていないはずだが、なかなかの思い切りの良さである。

その作業の過程で女の服が際どく乱れてしまい、目の遣り場に困る。

財布も見つかり、中を検めると免許証まで入っていて、七瀬が携帯端末で写真に収める。

シンプルに不用心だと思う。非合法の仕事に赴くのに如何《いかが》なものかと思うが、先の遣り取りで感じていた印象には一致している気がする。免許証によると彼女の名前は賀茂祥子《かもしょうこ》と言うらしい。賀茂家と言えば土御門流陰陽術の有名どころの一つで、多分その縁者なのだろう。

一通り確認し終えた七瀬は賀茂の衣服の乱れを直し、次に加茂の所持品に目を向けた。

それから財布など返しても問題なさそうなものの分類を始める。そうして最後に二百万入っているという茶封筒と、呪符の束が残った。

「呪符は没収しておきましょうか」

「それでいいのか？　この手の物品って、扱いが結構ややこしかったはずだけど」

「緊急避難的措置です。強盗から猟銃を取り上げるのに、猟銃の所持資格を気にする人はいないでしょう」

「……確かに」

そう言われると返す言葉もなかった。

「ごめん、考えが足りてなかった」

「いえ。正直、どこまで正規の手続きどおりに対応できるかは微妙なので、そんなに謝ってもらう必要はないです。どの道長く持ち続けるつもりはありませんが」

「……なるほど」

無理についてきている身なので、この件については、これ以上何か言うのは控えることにした。

「そういう意味では、こっちの現金の扱いも難しいところですね」

「確かにな」

素直に返すのもどうかと思うし、悪用されないように燃やすのも抵抗があるし、懐に入れるのも色々と危険な気がして、これはこれで厄介な代物だった。

「まあ、後は本人から話を聞いてから考えてみましょう。機関に突き出すと言えば、ちょっとは口が軽くなるのではないでしょうか。本当にそうするかはその後の話次第ですけど」

「……了解」

そして賀茂を起こす前の準備にかかった。

七瀬は彼女をベンチに座らせる姿勢を取らせ、俺が用意した縄で縛り上げる。ちなみに縄の類いを具現するには細長い形状のものが形代に必要だと言うと、躊躇いもなく賀茂の背中まで届く髪を三本ほど抜いて渡してきた。若干引いた。

専門家の話を聞く前に想定外の事態となったが、せめて何か収穫があればと思う。

「こんにちは、賀茂祥子さん」

七瀬は女の名前を呼んだ後、その意味を理解させるように間を置いた。

「あなたを機関に突き出す前に、少しだけお話を聞かせてもらえませんか？」

「ちょっと待って。それだけは勘弁して」

脅しの言葉は効果覿面《こうかてきめん》だったようで賀茂は血相を変えて食い下がってきた。

「私、仮登録で、警告も一度受けてるの」

言われて七瀬がなんとも言えない顔をする。

その意味するところは俺にもわかった。

機関は仮登録者なら『神秘の存在を秘匿する』『法律を犯さない』『公序良俗に反しない』という基本ルール

を守れば殆ど干渉しない立場をとり、関係者を拘束する補完規則の適用も受けないことになっている。

だが、それはどんな罪を犯しても機関が手を出せないことを意味するわけではない。

悪質な行為に及んだと認められた場合、市民の生命財産を守るための緊急避難的措置として現場で柔軟に対処されることになるのだ。そしてその扱いは結構アレなものらしい。

これは関係者間ではそれなりの信憑性《しんぴょうせい》を持って語られる話で、嘘か本当かわからないが、法に基づいて裁かれる方が遥かにましとのことで、犯罪組織の人間には本登録者の方が多いという噂もあるくらいである。

「……それなら検討の余地ありですね。私もそこまでの責任はまだ負いたくないです」

「でしょう？　絶対に後味が悪いと思うわ」

七瀬の言葉に賀茂は追従してきた。

その軽薄な態度に若干いらっとする。

「では、機関に突き出すのは一旦保留にするので、知っていることを話してくれませんか？」

「……何が聞きたいの？」

「私たちのことは何処まで聞いていました？」

「詳しくは何も。簡単な事情と顔写真と特徴を伝えられて、この駅で張ってれば姿を見せるはずだから、そこでこの件から手を引くように交渉しろと言われてただけよ」

それが本当ならえらく雑な指示である。

「依頼を受けたのはいつです？」

「今朝よ。以前に呪符を売った関係で仕事が回ってきたの、急だったけど報酬がよかったから」

なかなかの突貫作業だった。雇う側も余裕がなかったのかも知れない。認めてやるのも癪だったが、請負人としての質はヨルクより落ちている気がする。

「大本の依頼人との連絡手段は持ってたりします？」

「仲介人を介していたから、わからないわ」

「仲介人との接触方法は？」

「勘弁してよ。どのみち身の破滅じゃない」

「けっこう我が儘ですよね。こちらもただで解放するわけにはいかないんですけど」

年上の女性相手ではあるが、七瀬も呆れたように言う。

「ちなみに、幾らで雇われたんです？」

「……五十万」

奇《く》しくも俺が受け取った報酬と同額だった。改めて思うが人生と釣り合う額ではない。

それを聞いた七瀬は、並べておいた押収物のうち、現金の入った封筒に目を遣る。

「ちなみに、貯金はありますか？」

「あるように見える？」

なさそうである。

それを受けて、七瀬が言う。

「これは提案なのですけど。もしあなたが改心して、そのお金を適当な慈善団体に寄付して、二度と私たちに関わらないと誓うなら、見逃せそうな気がします」

なんとなくだが、その意図するところはわかった。

多分、黒幕の財源を減らそうという作戦なのだろう。

「それで、私はどうなるの？」

「あなたがあなたの判断で雇用主のお金に手をつけたことについては、雇用主とよく話し合ってみてください。実家があるなら、そちらを頼るのも選択肢の一つだと思います」

賀茂家と言えば土御門家に並ぶ大御所なので、どれだけ嫌われていても外聞を理由にそれくらいの額はぽんと出せそうな気がしなくもなかった。

「嫌だと言ったら？」

「正直、これ以上の落とし所は思いつかないので、それが無理なら正規の手続きでの対応も検討していただければと」

「……それでいいわ。なんだか社会貢献したくなってきた気がするし」

と、七瀬の脅しにあっさり日和《ひよ》る。

七瀬が携帯端末を操作し、ざっと手続きを調べる。

寄付先はネットに口座番号を公開していた、俺でも聞いたことのある慈善団体になった。

コンビニのＡＴＭでは現金振り込みはできないらしく、適当な銀行に行く必要が生じる。

どこか不格好な流れだったが、これについては俺が同行し、手続きを見届けた。

この一手が新村達にとってどの程度の痛手になるのかはわからない。

賀茂とはすごく嫌そうな顔をしたまま別れることになったが、強く生きてほしいとは思った。

# 第七章　二十一グラムは重すぎる

1

不測の事態はあったが、約束通りの時刻に研究所に辿り着けた。

件の研究所は駅から十分程の距離で、幾つもの研究所が軒を連ねる区域の一角にあった。

研究所の外観は壁と木に囲まれている無骨なコンクリート造りで、大きさは一戸建てくらいだが、敷地面積は広く来客用の駐車スペースまで確認できた。

七瀬が門扉の脇にある呼び鈴を鳴らし用件を告げると、しばらくして研究所から一人の男性が姿を現した。

多分、彼が装置の開発者の息子の高塚さんなのだろう。すらりとした長身に、こざっぱりとした格好。セットされた髪に洒脱《しゃだつ》な眼鏡。爽やかな笑みを浮かべていて誠実そうな人柄が伝わってくる。俺より四つ上なだけのはずなのに、ずいぶんと大人っぽく見えた。

「よく来てくれた。入ってくれ」

その声も年長者の落ち着いたもので、頼りがいを感じさせる。

何となくだが有益な話が聞ける気がした。


「なるほどね」

研究所の応接室に通されてレプリカの受け取りを終え、一通り話を聞いてもらった後。

高塚さんは、ため息交じりに一言そう呟いた。

それから瞑目し、しばらくしてから口を開く。

「結論から言うと――首謀者の動機については、全く見当もつかないね。申し訳ないけど」

「やっぱりそうなりますか」

結構時間を掛けて説明したのだが、その回答はあまりにも短かった。

七瀬はあっさり受け止めたが、俺は期待してしまっていただけに落胆も大きい。

一応、顔に出さないようには気をつけていたつもりだったが――

「まあ、せっかくだから、検討の経過も共有してみようか。見落としがあるかも知れない」

それでも何か伝わったのか、あるいはこれだけで話を終わらせる訳にはいかないと思ったのか、高塚さんがそう提案してくれた。

「まず、前提を整理してみようか。今回の首謀者は『意識の連続性を遮断する装置』を奪い、その後彼——芦屋君に実験と称して処置を施した。この目的は七瀬君の考えのとおり、本命である芦屋君と同系統の術者にこの装置が効果があるか確かめることだったのは間違いないと思う」

そこまでは俺も異議はなかった。首肯して先を求める。

「その目的について、君たちは『意識の連続性を遮断する装置』と陰陽術の組み合わせで何らかの裏技的な効果を狙っていると推測しているけど、これも妥当と思う」

高塚さんは話した内容を簡潔に纏めていく。

「君たちはその応用方法については考えつかなかったけど、その上で首謀者が君たちに想像も付かない使い道を考えた可能性もあるし、何か勘違いしている可能性もあると考えているが、これも妥当だと思う。正直、よく考えられている」

と、こちらの考えに肯定的な評価を下してくれる。

「その上で、僕も改めて装置の応用性について考えてみたけど——やっぱり思いつかない。だって『意識の連続性を遮断する装置』と陰陽術だよ。ミスマッチにも程がある」

「まあ、そうなりますよね」

「ただ、一応は一つだけ、聞かされた以外の可能性を思いつきはしたんだ」

と、高塚さんはこちらを期待させることを言う。

「それは、本命の意識の連続性を遮断すること、それ自体が目的である場合だ」

「どういうことでしょう？」

七瀬が先を促す。

「例えば、昔自分が装置の処置を本命から受けて、同じ思いを味わわせてやりたくなったとか。あるいは本命が殺したいほど憎いけど、肉体的に殺すと死体が残るから、遮断器で意識的な死を与えることでその問題をクリアしようとしたとか。この場合は、本命が芦屋流陰陽術の術者であることは、単純な障害の一つとして扱われる」

なるほど。それなら裏技的な効果を考える必要はない。

「そしてこの怨恨という動機と、一族の人間が標的になるという条件は、無能力者ということで一族から虐げられていたという主犯の置かれた状況とも矛盾しない」

「……なるほど」

「ただ、よくよく考えたら、この可能性は極めて低いんだよね。だって廃ビルで『最低限の確認も済んでいなかった状況で』って主犯が言っていたんだろう。となると、やはり本来の目的も最低限の確認作業が済んだ後に、本格的に何らかの仮説を試そうとしているようにしか思えない」

と、自らが考案した案をあっさり取り下げてみせる。

「と、いうことで、結論は動機は不明ということになる」

その結論は最初に示されていたとおりである。

そして、聞かせてもらった検討の経過を元に、見落としがないか考えるが、俺には何も思い浮かばなかった。

隣に座る七瀬の様子を窺うが、俺と同様らしい。

「一応言わせてもらうけど、多分父が存命だったとしても、答えは同じだったと思うよ。あの人にはこの手の前向きな解決策の提示は期待できなかったと思う」

と、補足してくる。それが言い訳のように聞こえないのは人徳だと思う。

「力になれなくて申し訳ないけど。わからないことはわからないと言えるのも誠意だと受け取ってくれると嬉しいな」

「ええ、ありがとうございます」

「すみません、参考になりました」

七瀬の言葉に続き、感謝の言葉を述べる。

まあ、わからないものは仕方がない。

結果的には無駄足――もとい、専門家の知識をもってしても想像困難であるとの情報は得られたが、それはそれで納得せざるを得ない。

当初の予定通り、装置を回収した後に忠光を絞め上げて吐かせればいいと思う。

自分としては、それで話は終了ということで、七瀬から聞かされていたアルバイトの話に移ってくれてもよかったのだが――視線を感じて隣の七瀬を見ると、その整った顔に何かを期待するような、あるいは何かを促そうとしているような視線を俺に向けていた。

その意味することを考えるが、全然心当たりがない。

そんな俺を見て、七瀬が何かを決めたような顔をする。

「では、もう一つ。彼がオリジナルであるか否か、確かめる術があるかについても、意見を聞かせてもらっていいですか？」

そうして、七瀬はそんな問いを高塚さんに投げかけてくれた。

2

七瀬の問いかけは、もし有効な対応策を得られるならば、浩一の示した最終手段に頼ることなく俺が何者か確かめることができる、まさに光明とも言えるものだった。

俺は縋るような期待を込めて高塚さんを見つめる。

ただ、あの浩一がこの考えを思いつけなかったことは不思議に思えたが、それは重要ではない。そういうこともあるかも知れないと思うことにする。

問われて高塚さんは顎に手を当て再び考え込んだ。

「これも結論から言わせてもらうけど――彼が何者か確認する手段については、可能性は僅かだがあると思う」

その僅かさがどの程度のものなのかわからず、言葉の先に耳を傾ける。

「こちらも整理してみようか。この場合も確認方法は大きく分けて二つある。一つは、既存の装置を使うこと」

再び指を一本立てて高塚さんが言う。

「でも、そういう前向きな使い道がある装置は存在しない。もっともこれは父の残した資料を基にした答えでしかないから、他に存在する可能性もゼロとは言い切れない。これが僅かな可能性その一だ。ただ、あるかないかもわからないものに人生を賭けるのはお勧めできない」

「まあ、そうですよね」

「正確に言えば――『意識だけを入れ替える装置』があれば、確認は可能だったんだよ。あれも効果があれば気絶するし、その上でもう一度使えば元に戻るわけだからね。でも、前の事件で最後の一台が失われてしまったから、この方法は不可能だ。そのあたりの経過は七瀬君の方が詳しいと思うけど」

その話の大枠は聞いていたが、装置が失われていたのは初耳だった。

「そして、もう一つは、この研究所に遺された資料を読み解き、父の遺した世界観に触れて、失われた術を蘇らせることだ」

と、高塚さんがもう一本指を立てる。

「事後処理に訪れた機関の担当者によると、それらは秘儀書の役目を果たす可能性があるらしい。それができれば、『意識だけを入れ替える装置』を作ることもできるし、新たに診断機能に特化した装置を作ることもできるだろう。これが僅かな可能性その二だ」

秘儀書とは、読み解くことで術理の継承が可能となる記録媒体の総称である。術の継承には術者からの教授が必要となるが、必ずしも口頭で行われる必要はないのだ。

だが――

「それも現実的に無理なのでは？」

「うん、そうだね」

高塚さんはあっさり同意してくる。

「簡単にできるなら、僕が後を継いでいるし。術理の継承には理解と信仰が必要不可欠とされているけど、意識はただの物理現象に過ぎないと言い切る根幹の理念を受け入れられる人間は少ないだろうね。適性のある人間を探そうにも、声をかけられる人間は限られているし」

「そうですよね」

「かといって、一般に言われている『極端な手段』を取るのはリスクとコストから考えても、現実的じゃないし、人道的にも許されるものではないしね」

彼の言う手段とは、適当に用意した子どもを専用の環境下で育て上げることだろう。

しかし、そんなことは普通の人間には不可能だ。

それでも不老不死だのコストをかける価値があると判断した人間が、たまにそういうことをしたりもするらしいが、基本的には失敗しているとのことである。

いつだったか何かの機会で浩一からそういう環境から保護された子どもの話を聞いたことがあった。

基本的には人道主義を謳《うた》う機関なので、この場合も証拠隠滅に殺処分されるようなこともなく、記憶を消されて最低限度の教育を施され、社会復帰することになるらしいが。

と、高塚さんが迂闊さに気付いたように七瀬に言う。

「すまない。気を悪くしないでほしかったんだが」

「いえ、もう気にしていませんから。それに、説明の上では必要な情報だったと思います」

二人の遣り取りに七瀬の過去を思い出して、横目に七瀬の顔を見る。

「まあ、そういうことです」

そういうことだったらしい。

「彼はまだ知らなかったのか。本気でダメだな。いや、申し訳ない」

言って高塚さんは七瀬に改めて謝罪する。

「大丈夫です。タイミングは逃していましたが、別に彼には伝えてもよかったので」

「そう言ってもらえると助かる」

どうやら高塚さんは、相手が年下であっても素直に謝れる人であるらしい。

ついでに、それなりに通じ合っている二人の様子を見て、今までにどんな付き合いがあったのか気になってしまう。それはわずかな胸の痛みを伴うもので、その意味を考えようとしたところで、高塚さんが話を振ってきた。

「ただ、話を戻させてもらうけど。君はある程度素養はあるタイプだと思うな」

「そうなんですか？」

「君の使う術だって、現代科学の常識からはかけ離れているだろう？　それでも、普通に学校に通っている君が術を使えているのはなぜだと思う？」

その問いの意味するところは理解できた。

芦屋流陰陽術の基礎理論は簡潔で現代人にも一定の受け入れやすさはあるにしろ、現代科学の知識とは大きく矛盾している。

例えば、万物の構成元素は「気」ではなく原子であるし、生気論——生命は物質とは別のエネルギーで動いていると言う思想——は誤りで、生命活動に必要なエネルギーもまた、化学反応によるものでしかない。

では、何故それを理解した上で、この術を信仰できているのかと言えば——

「それはそれ、の精神ですかね」

大抵の日本人なら神道や仏教、キリスト教などの教えの矛盾に気付きながらも、それぞれを程々に信じ敬っている。それと同じ感覚である。

「そういうことだ。術の継承には程々に疑問はあっていいらしい。その上で、君はこういう知識にある程度の耐性と適性もあるみたいだから、全く可能性がないとも言い切れないだろう」

それはそうかもしれないが。

「ただ、即座にとはいかないだろうね。この術理は大脳生理学等の専門的な知識をベースにしているから、その基礎理論を学ぶだけで大変な作業になるだろう。それに、残された資料が本当に秘儀書の役割を果たすのかも確実ではないから、その可能性も覚悟した上で、だ」

「……それなら、あまり意味がない気がしますが」

この状況で、そんな確証のない手段で美咲達を何年も待たせるのは難しかった。

話を纏めると、二つの僅かな可能性は無視していいレベルで、結局自分が何者か確認する手段は、高塚さんにも思いつかなかったことになる。

期待してしまっていただけに、失望も大きい。

さらに、ここまで聞いて浩一がこの話をしなかった理由も察することができた。要するに、時間がかかりすぎる上に不確かな案なので、俺が珠雄だったなら簡単かつ即座に確認できて、後味の良い結末を迎えられる例の手段だけで十分と判断したのだろう。

「となると、君が自分が何者か確かめるには、一族の誰かに遮断器を使って確認するしかないことになるけど——そういう意味では、君は七瀬君に信頼されているんだろうね」

と、浩一さんは七瀬の方に視線を向けて言う。

「君が手を汚さずに、それを確かめる一番の方法は、忠光氏に本命に使わせてみることだろう。そして、君が内側から気付かれないように邪魔をすれば、その目的は果たすことができる」

「しませんよ、そんなことは」

いきなりとんでもないことを言ってきた。

確かに、その方法でも確認は可能だ。だが、それは自分がされた理不尽をそのまま別の誰かに行うということで、絶対に許されるものではない。

「わかっているよ。少し話しただけだが、君がそんな人間じゃないということはわかる。七瀬君も同じ考えなんだろう」

「まあ、そうですね」

七瀬に言われて普通に嬉しく思う。

「そんな君にお勧めの仕事がある。できれば聞いていってくれないか？」

「まあ、それくらいなら」

もとよりそういう話だと聞いていたので、それについては素直に同意する。

「ありがとう。それじゃ場所を移そうか」

「それでは、私はここで待ってますから、後はお二人でどうぞ」

ただ、どことなく敬遠している七瀬の態度に気になるものはあったが、親身に相談に乗ってくれた相手であるし、あらかじめ七瀬からも受けても問題はない仕事だと聞いていたので、結局は問題ないと結論づけた。

3

案内されたのは地下室だった。

機密性の高そうな分厚い金属のドアを開けて階段を降り、一目で高級品とわかる木製のドアを開けると、まるで美術館の一室のような空間が広がっていた。

天井には小型のシャンデリアがあり、正面の壁には何やら高価そうな宗教画が納められていて、右手の壁にはもう一つドアが見える。

そして、部屋の中心には宝石でも納められそうな台座が鎮座していた。なんとはなく、怪盗が奪いに来そうだと益体もない感想を抱く。

許可を得て近づくと、ガラスケースの中には黒曜石を思わせる漆黒の直方体が正六角形の頂点を描く位置に置かれていて、その間は黒い導線で繋がれていることが確認できた。どうやらこれは美術品ではなく何かの装置であるらしい。

「この部屋は？」

「父のパトロンだった人物の寝所だよ。そして、それが彼の寝台である、この世に唯一の装置――『電子化した意識の維持装置』だ」

言われてもすぐには理解できないでいると、高塚さんが説明してくれる。

「その装置は人間の意識を移し、電源が入っている限りは永遠にその連続性を保つことができるんだ。自分の意識が無に返ることを恐れたパトロンのために父が作り上げたもので、末期がんで余命幾ばくもなかった彼は肉体を捨て、この装置に意識を移すことになった」

「結構まともな装置もあったんですね」

嫌がらせのような装置しか遺していないとのことであったが。

「その判断は人によって分かれるだろうけどね。この装置、あくまでも意識だけを移行するもので、電子化された意識に対しての入出力機関は未開発だから五感どころか思考機能さえない。記憶も脳髄に置き去りだから過去の思い出に浸ることも不可能だ」

前言撤回する。

これもある種の嫌がらせに過ぎないと思う。

「まあ、ものすごく優しい表現をするなら、夢も見ないで眠っている状態が続くといってもいいのかも知れない。それに、パトロンは全部理解して装置の使用を決めたそうだ」

と、高塚さんはフォローの言葉を口にする。

まあ、表の世界でもクライオニクスという、いつか科学が発展し蘇らされることを期待して、遺体を冷凍保存するサービスがあるし、自己責任で決めたことなら部外者が口出しすべきことではないのかも知れない。ただ、クライオニクスでは意識の同質性の保証は難しかったはずなので、そこは十分に理解した上で決めてほしいとは思うが。

しかし、ある意味でこの装置は遮断器と対極の存在だと思う。

遮断器の使用では意識だけが絶たれ肉体も記憶も人格も残るが、この装置は意識だけが残り、他の全てを手放すこととなる。

「僕は、父の遺産と共に、この部屋の維持管理義務も引き継ぐこととなったんだ。寝所の管理人と言ったところだね」

墓守の方が表現は正しいのではと思ったが、その言葉は飲み込んだ。

「仕事内容は大きく分けて二つ。一つは、彼が眠るにふさわしい環境を維持すること」

内装に力が入っているのも、その一環らしい。

本人は見ることもできないのだが、理解は示せる。

いくら五感がなくとも公衆トイレやゴミ捨て場の横には置かれたくはないだろうし、その延長に環境を整えるだけの財力が加われば、こういう部屋ができあがるのかも知れない。

「もう一つは、彼の眠りを少しでも長く維持すること。その手続きは契約書に明記されていて、一日に一度の点検の他、装置の機器劣化や自家発電装置の定期点検等が含まれる。ちなみに、この部屋はシェルターになっていて、業者の話を信じるなら核爆発が起きても問題ないらしい」

そのパトロンの意識の消滅を拒絶する執念には、ほんの少しだけ理解は示せる気がした。

小学校高学年くらいの頃、死んでも死後の世界はなく、物理現象に過ぎない自分の意識がこの世から消えてしまうだけなのではと考えて、怖くてたまらなかった記憶がある。

「君に頼みたいのは、この部屋の点検の臨時のアルバイトなんだ」

と、高塚さんがようやく本題に入る。まあ、話の流れから予想はついていたが。

「僕も街を離れざるを得ないときがあるけど、そういうときに、声をかけられる人間はできるだけ確保しておきたいんだ」

高塚さんは続ける。

「ただ、誰でもいいわけじゃない。装置の効果を正しく理解して、『彼』に敬意を抱ける人である必要がある。そういう意味でも、君なら問題ないと思う」

「……なるほど」

だが、正直あまり気乗りしない話ではあった。

気持ち的には霊安室の巡回バイトに近い。

「まあ、無理強いはできないけどね」

と、例によって顔に出ていたのか、高塚さんは特に拘ることなく逃げ道を示してくれた。

「この場で答えを出してもらう必要はないよ。気持ちが固まったら七瀬君を通して連絡してくれればいいから」

「すみません。前向きに考えてみます」

「うん、よろしく頼むよ」

と、高塚さんはさして気にした風もなくそう言った。

「おかしな話をして申し訳なかったね。でも、こうして話せるだけでもいい気分転換にはなったよ。大学の友人にも話せることじゃないし」

そして、高塚さんは今までより少しばかり親近感をこめて言う。

「この装置を維持することに、何処までの意味があるのかは、僕もたまに考えたりはする。もしも魂が存在するならば、この装置は次のステップに進む魂をこの場に止《とど》めるだけのものなのかもしれない、とかね」

そして、高塚さんはガラスケースに収められた装置に目を遣る。

「まあ、そんなふうに考えてしまうから、僕にはこの術理を引き継げなかったんだろうね」

そうは言うが、高塚さんの考えには理解を示せた。

確かに、意識の発生を物理現象と説く唯物論的な装置について考えているのに、魂の概念を持ち出すのは的外れな話のように思われるかも知れない。

だが、もし魂というものがあれば、それは意識の連続性と不可分なはずで、そういう意味では繋げて考えるのも不自然ではないと思う。俺も似たようなことは何度か考えたし。

それに、西洋では人間を肉体と精神と魂の三位一体《さんみいったい》で構成されると考える思想があるが、その考えでいくと肉体と精神を失った『彼』の状況は魂だけの存在に近いと言える。

そもそも、魂の存在が物理的な考察と全く無縁だったかと言えば、そうでもない。

例えば、アメリカ人医師のダンカン・マクドゥーガルは、人間が死ぬ際の体重の変化を観測することで、肉体から離れゆく魂の質量の計測を試みている。その結果出された『人の魂の重さは二十一グラム』という答えについては、いくら何でも重すぎるという感想しかなかったが。

そこまで考えて、何か引っかかるものを感じる。何かを掴みかけた気がする。

ただ、結局手繰り寄せきることはできず、その閃《ひらめ》きは思考の海に沈んだ。

# 第八章　語られる目的

## 1

「ご苦労だったな」

事務所に戻った俺は再び所長と応接室で話していた。

「ありがとうございます。成果は殆どありませんでしたけど」

「気にするな。この仕事は無駄足を踏むことの方が多い」

と、寛大な言葉を掛けてくれたりもする。

ちなみに、今回も七瀬は席を外していた。

夕食の手配等を理由にしていたが、何とはなく所長が一対一で話したがっていることは察することができた。その目的はまだ測りかねたが。

所長も即座に言葉を継いでくることはなかったので、何とはなく自分から話題を振った方がいいのではないかと考える。そして話題を探し、俺の視線が再び窓に貼られたシート――『犬飼探偵事務所』の文字で止まったところで、所長が口を開く。

「ああ、普通の探偵事務所も兼ねているんだ。ここ一年は休業しているが」

「……なるほど」

「昔はそれなりに人を雇っていたんだがな。この姿になったとき一度解散したんだ。その後に色々あって事務所は再開させたが、今の職員は由理だけだ。外れを連続で二回引いて諦めかけていたんだが、本当によくやってくれている」

まあ、そういうこともあるのかもしれないと思う。

この手の仕事の求人は関係者に限られるが、絶対数が少なく大抵は自分の身の振り方を決めているので、結果として何処も雇ってくれないような人間が応募してくることもざらららしい。

その上で考えると、七瀬は間違いなく当たりに分類されるだろう。

「だが、有能な人材は幾らでも欲しい。俺が元の姿に戻るまでの道筋は描けているが、そのためにもこの業界で仕事を続け立場を高めていく必要がある」

人の姿を失ってさえも、自分の進むべき道が定まっているのは、望ましいことだと思う。

今の俺は、自分が何者か確かめることが第一目標で、まだその先は定まっていない。

「そういうわけで、我が事務所は優秀な職員を求めているわけだが、お前もどうだ？　俺は今回だけの協力で終わるのはもったいないと思っているんだが」

「え？」

そう考えていた矢先なので、所長の勧誘は完全な不意打ちだった。

「もちろん、すぐにとは言わない。お前がオリジナルのままだったとしても、卒業後の進路に考えてくれてもいい。大学に行くつもりなら、通いながらでも問題ない。スワンプマンだったとして、行く当てに悩むならここを新たな居場所に考えてくれてもいい。そういう選択があるということは覚えておいてくれ」

なかなかに心動かされる提案だった。

現金な話だが、自分を評価してくれたことと、どちらでも受け入れてくれるという言葉は本気で有り難く、所長への好感度が急上昇していくのを感じる。

「ついでに言うと、ここは俺が稼ぎの大半をつぎ込んで購入した自社ビルで、その賃貸収入で財政的にも安定してるから、それなりの給料は出せるぞ」

それはそれで重要な情報だった。

「ありがとうございます。いや、本当に」

上手く伝えられる自信はないが、感謝の言葉を口にすると、所長は満足げに頷いた。

「それで、ついでに確認しておきたいんだが、由理のことをどう思う？」

「どう、とは？」

「答えなくてもいいんだが、一応助言しておこうと思ってな。聞きたいか？」

「……お願いします」

この手の話で聞き役に回るのは慣れているので、大人しく同意する。

「もし、あいつが気になっているなら、はっきりと伝えないと通じないぞ。例えば活躍している姿を見せて気を引きたいと思っているなら、無駄だから止めた方がいい」

それについては、なんとはなく察しは付いていた。

「さらに言えば、あいつの孤独を癒やして好かれることを考えているなら完全に的外れだ。あれで結構交友関係は広いみたいで、俺も心配していない」

それは少し意外だったが、納得できる話ではあった。

「あと、経歴は特殊だが一通りの常識は身につけているから、その辺の無知につけ込むという手も通じないぞ。まあ、お前はそういう奴には見えないが」

「……ありがとうございます」

確かに泊めたときの立ち振る舞いは鉄壁の一言だった。

「それに、過去の傷に寄り添うという選択肢も多分無駄だ。あいつは完全に自分で整理をつけている。人の助けを求めることはないだろう」

それも完全に同意である。

「ご慧眼《けいがん》だと思いますけど、何故そんなことを？」

「まあ、変なアプローチをして恥をかくのを見るのは忍びないからな」

それを聞いて思う。もしかして俺は、そんなにわかりやすい目で七瀬を見ていたのだろうか。

「いや、今のお前がどうこうという話じゃない。そうなったときのための助言として覚えていてくれればいい」

「……そうですね」

言葉を選んでくれた所長には感謝しかなかった。

しかし、と思う。本気でアプローチをかけるというのはまた、ハードルが高い話だった。


今は美咲を待たせているためそんなことは考えられなかったが、スワンプマンだったなら七瀬を選ぶことはできなくもない。だが、気持ちを固めた後でも、それを行動に移すというのは並々ならぬ勇気であることに違いはないだろう。それこそ、玉砕すれば合わせる顔はない気がしたし、実際、学校でも振られて部活まで辞めることになった奴の話も耳にしていた。

と、そこまで考えて、今更ながらに俺を選んでくれた美咲の行動のありがたみを——我ながら嫌な言い方だが——初めて理解できたと思う。

ようやく、実感を得られなかった色恋沙汰の端の部分に辿り着いた気がする。

逆にここまでこないと、そういうことにさえ気付けなかった自分の朴念仁さを軽く呪う。

というか、ここ最近のことを思い返すと、俺は自分があまり好きではないことに気付く。

重度のナルシストというのも問題だが、これはこれで困ったものである。

一体、美咲は俺の何に惹《ひ》かれたのだろう。

その質問自体が面倒臭さの極みに違いなかったので、

聞けるはずもなかったが。

「大丈夫か？　色々と考えているみたいだが」

「はい、多分」

「深く考えるなとは言わない。が、程々にしておけ」

「ありがとうございます」

シンプルだが、大人の頼もしさを感じる言葉だった。

今回の事件に巻き込まれてから――いや、それより以前、両親を亡くしてから、ずっと疲れていたのかも知れない。

この心を癒やすべく、所長のもふもふの毛並みに顔を埋《うず》めたいと思うが、思いとどまる。

その後は他愛《たあい》もない雑談を七瀬が降りてくるまで続けることになった。

七瀬が夕食に手配していたのは一目で高級店とわかる寿司屋《すしや》の特上で、自分を抱え込もうとする所長の本気度合いを感じるには十分なものだった。

とはいえ、悪い気はしなかったのは確かである。

色々と弱っているせいか、今の俺は七瀬と異なり、大分チョロくなっている気がした。


「それじゃ、会議を始めるか」

食後のお茶の時間を終えた後、所長が開始を宣言した。時刻は夜の七時を回っている。

位置的には七瀬と隣り合い所長に向き合う形で、先の話で意識してしまったせいか、少し胸がざわつく。七瀬は今までと同様、気にした風もなかったが。

「ひとまず、新村に装置の奪取を依頼した人物の特定には成功した。名前は芦屋忠光。芦屋家当主の長男だ」

改めて血縁上は従兄弟叔父《いとこ》である彼が呼び捨てされているのを聞いて、俺はなんと呼ぶべきか悩む。が、忠光でいいだろう。自分を陥れた黒幕である。敬意を払う必要はない。

「現在、件の装置を持っているのは忠光ではなく新村だ。しかし、新村に続く線が見えない以上は、忠光の方に当たるしかない。忠光の動向を把握しておけば、取引の現場を押さえて装置を回収することができる」

と、ここで言葉を切る。

「なお、本件については忠光個人の犯行の可能性が極めて高い。芦屋家と言えば機関直属の術者も何名か輩出している関西の中堅で、機関とトラブルを起こす理由はないからな。ここまでで何か質問はあるか？」

「できればでいいので聞かせてほしいんですけど。どうやって調べるつもりなんですか」

何処まで手の内を明かしてくれるのかは知らないが、ダメ元で尋ねてみる。

「まだ言ってなかったな。俺の超知覚系の能力は、過去視と遠隔視の二種類で、どっちも万能じゃない。過去視は二十四時間より前の情報を見ることはできないし、遠隔視と併用もできない。遠隔視は視点を飛ばすイメージで行使するんだが、その速度は時速にして百キロ程度だ。さらに一度解除すると視点がリセットされる」

意外と不便だった。

例えば兵庫県の状況を知りたいなら、約六百キロの距離なので単純計算で六時間かかる。過去視の制約もなかなかに重い。

それとは別に、結構踏み込んだレベルで手の内を明かしてくれたのも気になった。

それほど期待してくれているということだろうか。何となく蜘蛛《くも》の糸に搦《から》め捕《と》られるイメージが浮かんだが、一方で抵抗する必要を感じなくなっている自分がいた。


過去には何人もの部下を抱えていただけのことはあって、なかなかの人心掌握術である。

俺が単純なだけかも知れないが。

「ついでに言っておくと、サイコキネシスやテレポートなど一通りは使えるから、あちらが抵抗してきても、基本は俺の方で対応するから気にしなくていい」

人のことは言えないが、本当に多芸な人である。

「これからの仕事は忠光の監視がメインになる。日程は今日から余裕を見て十日を見込んでいるが、学校は大丈夫か？」

「はい、大丈夫です」

この状態で学校に通う気にはなれなかったし、今回は仮病を使えば大丈夫だろう。

「そうか。それでは、今後の流れをざっと共有しておこう。ひとまず明日の午前にはこちらでできる限りの準備をして、午後には現地に向かい、当日中に周辺状況の確認や監視方法の決定等を行う予定だ。この時点で何か質問はあるか？」

「もし、監視の過程で、手帳を覗けたりして、詳細な日時や場所の把握ができた場合は？」

「その場合も、監視の手を緩めることは考えていない。その前日の夜に別の場所に呼びだされる可能性だってゼロじゃないからな。ただ、確証が持てれば機関の応援を頼めるから、ほぼ確実に取引現場で新村もろとも一網打尽にできるだろう」

なかなかに心躍る未来図だった。

他に聞くべきことはないか考えていたところで、不意に呼び鈴が室内に鳴り響いた。

「誰だ？　こんな時間に。来客予定はないはずだが――」

それを受けて七瀬が席を立ち、壁に備え付けられたインタフォンのモニタを確認し、その表情が固まる。何事かと思い俺もモニタを見ると、その理由が理解できた。

そこには、年の頃三十程度の何処か茫洋とした空気を纏った男――俺に装置で処置を施した、新村の姿が映し出されていた。

2

突然の訪問から五分ほど後。応接用ソファに座らせた新村に俺と七瀬は向き合っていた。

ちなみに、所長は猫の姿を晒すつもりはないとのことで、新村の背後に置かれたトートバッグの中で待機中である。

能力射程は半径二メートルが限度だが、テレポートなら首だけの部位転送、サイコキネシスなら臓器への直接干渉も可能とのことで、必殺の配置だった。

そんなことはつゆ知らず――あるいは策を施してのことなのか、定型的な名乗りを終えた新村は、所長の指示で出すことになった紅茶に口をつけた後、おもむろに口を開く。

「実は、取引に来たんだ」

「取引？」

思わず胡散臭《うさんくさ》げに問い返してしまうが、それ以上態度に出すのは何とか自制する。

本音を言えば力ずくで取り押さえたかったのだが、新村の入室を許す前に行った打ち合わせで、それは最後の手段とされていたので従うしかない。

何処までも真意の読み取れない茫洋とした表情と口調で新村は続ける。

「うん。君たちが忠光氏に辿り着いたと知ってね。その後の調査も順調みたいだし」

「具体的には、どういった内容ですか？」

突っ込みどころ満載の発言だった。どうやってそれを知ったとか、妨害してきた人間の言葉ではないとか。

七瀬は流したが。それで正解だと思う。

逆さに振っても納得のいく説明はしてこないだろう。

「違ったら謝るけど、君たちは忠光氏の身辺調査を行って、取引の場所や日時を特定したら、機関の応援を呼んで僕もろとも一網打尽にしよう、なんて思ってるんじゃないかな？」

盗聴でもしていたかのように的確な予測だった。

「取引というのは、そこなんだよ。機関に報告するのは、僕との取引が終わってからにしてほしいんだ」

「理由は？」

「もちろん、僕が彼から安全に代価を受け取るためだよ」

七瀬の問いに新村は臆面もなく言い放つ。

「それだけだと、こちらにメリットがないように思えますが」

「もちろん、それは用意させてもらった」

言って鷹揚に構えてみせる。

「まず、忠光氏に装置が渡った後に、君たちが速やかに装置を回収できるように、できる限り協力することを約束する。彼との取引の日時や場所ならこの場で伝えよう。そして、その他の質問にもできる限り誠実に答えることを約束する」

「なるほど」

今までの刺客と違い、互いに許容できる取引にはなっていた。

「答えを返す前に、確認したいのですが——それは忠光氏にあまりに不義理ではありませんか？　簡単に相手を裏切るような人間と取引が成立すると考えるのは難しいです」

「うん、それは当然の考えだね」

それなりの急所を突いたかのように思えた七瀬の問いであるが、新村の余裕は崩れない。

「でも、先に約束を破ったのはあちらだよ。僕はそれでも誠実に対応しようとしたんだ」

大仰に肩をすくめ、新村は言った。

「本当なら最初の借受人から装置を奪ったその日に片付いたのに、彼が後出しで二度も条件を足したから、こんなことになったんだ。刺客の件でもあれこれ口出しする癖に責任はこちらに押しつけてくるし。無駄だと言ったのに金銭での懐柔を行えとしつこく言ってくるし。失敗したら資金の損失は僕にも負担しろとか言い出し始めるし。そろそろ見切りをつけたとしても、責められるものではないだろう」

一瞬納得しかけるが、忠光負担で雇った刺客に自分が一抜けするまでの足止めしか依頼していなかった時点で誠意など欠片《かけら》もなかったはずだと思い直す。

「……なるほど」

七瀬も若干呆れたように言うが、言い分を認めたかのようでもある。

「受けるのか？」

「やむなしと考えています」

所長に判断を任されている七瀬は、ポーカーフェイスを保ったまま言う。

「残念ながら、こうなった時点で取引を飲むしかないんです。私たちの主たる目的は、あくまでも装置の回収ですが、その装置は彼が所有しているので」

「この場で捕まえるというのは？」

「なしです。こうして姿を見せた以上、逃げる算段はあると考えるべきです」

この際なので最後の手段を提案するが、あっさりと却下される。

「理解が早くて助かるよ」

「礼には及びません」

ただ、本当にそれでいいのかと思う。

新村は決して万能の存在ではない。

もしそうであれば、取引に拘ることなく宗家の倉庫から目当ての品を強奪しているだろうが、実際には妨害にも中途半端な請負人を雇っている。ここで最善の手は、この場でこいつを取り押さえることではないだろうか。

だが、先走らないと約束してしまっていたこともあり、結局は思いとどまる。

「早速ですが、取引の日時と場所は？」

「前倒しになって、六日後の十月十四日金曜日の午後二時、松江《まつえ》市の松江城公園内で、詳しい場所は当日あちらから連絡がある予定だ。ちなみに、互いに一人という約束になっている。彼も家には内緒の取引だからね」

「その場所の意味は？」

「あちらからの指定だから想像に過ぎないけど、程々に人目につく場所を選んだんじゃないかな。それなら機関も目立つ行動はとれないし、地方都市なら足も鈍くなる。それに、出雲《いずも》には彼がよく息子の修行に使わせている霊場もあるから、そのままそちらに滞在するつもりなのかも知れないね」

基本的には納得の理由である。

ただ、芦屋流陰陽術は個人で完結していて地脈その他の概念もないので、余所の流派のパワースポットを修行の場に使うのにどれだけの意味があるのかは疑問だが。

「他に質問があれば受け付けるけど、どうする？」

七瀬が俺に確認するように目で尋ねてくるが——

「任せる」

ただ一言だけ返す。

無理を言ってついてきた身なので、まずは七瀬達の都合を優先してほしい。

「では、教えてください。忠光氏は、あの装置を使って何をするつもりなんですか？」

「ああ、そこか。やっぱり気になるよね。わかった。教えてあげよう」

あの手この手ではぐらかしてくると思ったが、核心である問いについて答えることを、新村はあっさりと許容してきた。

3

「忠光氏の目的はね——あの装置を使って息子の忠明《ただあき》君を一流の術者にすることだよ」

そして、新村は簡潔にその答えを述べる。

その目的は、こちらの手持ちの情報と矛盾がなかった。

だが——

「あの装置をどう使えば、そんなことが可能になるんですか？」

「魂を入れ替えることで、だよ。少なくとも彼はそう考えている」

「何を言っているんだ？」

「まさか——」

理解不能の言葉に眉をひそめるが、七瀬は何かに気付いたようである。

「そちらのお嬢さんは察しが付いたみたいだけど、君はまだみたいだね。少し複雑だから、順を追って話そう。お嬢さんは答え合わせのつもりで聞いてくれたらいい」

そして、新村は語り始めた。

「まず、ＦＩ場遮断器について考えてみよう。あの装置は意識の物理的本質であるＦＩ場に働きかけるという理屈で意識の連続性を遮断している訳だけど、この事実を持ってこの世界に魂という超自然的な概念が存在していないと言い切ることはできるだろうか？」

「できないな。それだけだと」

実際に動いていても、その理論が正しいと言えないのがこの世界の厄介なところだ。

「その通りだ。では、ここで仮定してみよう。もしも、この世界では生き物に魂が宿るのが正しい理であるとするならば、あの装置は魂にどんな影響を与えていると思う？」

奇妙な問いであったが、似たようなことは考えたことがあったので、即答できた。

「消滅させているか、あるいははじき出しているか、だろうな」

「そうだね。そう考えれば装置の効果と魂の実在は矛盾しない」

出来の良い生徒の回答を褒める教師のように新村が言う。全然嬉しくなかったが。

「そして、その後新たな意識が生じることは、新たな魂が宿るのと同義と捉えられる」

これも自分が考えたことだったので理解は示せた。

今回の事件で色々と経験して思い至ったが、もし魂という反則気味の概念を投入した場合、本家のスワンプマンの思考実験でも、火星転送装置の思考実験でも、そしてこの装置でも、比較対象との魂だけは別物と考えることができるのだ。

「さて、話を変えよう。呪術の話だ。東洋では術の素養に前世が影響を与えるという考えが古くから存在している。陰陽道でも安倍晴明の五代目の子孫である安倍泰親《やすちか》は占いの的中率の高さから安倍晴明の生まれ変わりと言われたというし、安倍晴明自身も師の一人である伯道上人《はくどうしょうにん》に阿倍仲麻呂《あべのなかまろ》の生まれ変わりと告げられたという逸話も残っている。何処まで事実かはわからないけれどね」

確かにそうした話は聞き覚えがあるし、俺も開祖の生まれ変わりと言われたこともある。

そこまで考えて、ようやく答えに思い至った。

遅まきながら理解の色が浮かんだのを認めたのか、新村がまとめに入る。

「もうわかったよね。あの装置で意識の連続性を遮断するということは、元々宿っていた魂を身体から追い出して新たな魂を宿らせることと同じと考えることもできる。その魂は何処から来るのかわからないし、由来もわからない。でも、もしかすると伝説級の術者の魂が身体に宿ることもあるかも知れない。そうすれば、今よりずっと術の扱いに長《た》けるようになるかも知れない。一度じゃ無理かも知れないけど、何十回でも何百回でも試せば、いつかは望む結果を得られるかも知れない。ほら、繋がっただろう」

つまり俗っぽい言い方をすれば、遮断器を前世ガチャの装置として使うということか。

だが、有効な魂を引き当てるまで何百回でも息子の意識の連続性を断ち続けるなんて正気の沙汰と思えない。

毒親ってレベルじゃないだろ。

「しかも、なかなかよく考えられているんだよ。この装置は主観的には気絶するだけで、息子君も本当の意味で自分の身に何が起きたか気付きようがないから逃げ出すことはない」

だからといって肯定的な評価を下す気にはなれないが。

「でも、本当にそんなことが上手くいくと思っているんですか？　仮定に仮定を重ねただけの、危うい理屈にしか思えないんですけど」

七瀬の指摘はもっともだ。

考えることもできる、かも知れない、可能性はある。論理的に話を進めていると評価するのは難しい。

そもそも、大前提となる魂の実在さえも仮定に過ぎないというのに。

「当然の指摘だね。でも、僅かにでも可能性があれば、忠光氏にはそれで十分なんだよ」

だが、何とでもないことのように新村は言う。

「彼は息子が一流の術者として評価を受けるためには、なりふり構わず色々と試してきたみたいだからね。中には意味があるのかもわからない、完全に別系統の術の修行法やその我流解釈も試させたらしいから。国内の霊峰と呼ばれる山々で修験者の真似事《まねごと》をさせて効果がなかったら、次はロッキー山脈で修行させてみるとか」

訳がわからないよね、と新村は肩をすくめてみせる。

なるほど、出雲の霊場を修行の場としているのも、その考えの一環だったようである。

だが、そんなことより大きな突っ込み所がある。

「そんなことして力を得ても、それは息子じゃないだろ」

少なくとも、それは今まで自分と過ごしてきた相手ではない。

「彼にとって重要なのは、一族の中で自分の息子が一流の術者としての評価を受けること、それだけなんだよ。息子の幸せを望んでるわけじゃない。それに、今までの自分の教育の成果は引き継がれるし、フィジカル面から見れば自分の血を引いた息子には違いない」

そこまで言った新村は、何かに気付いたように妙な間を置いて、

「――と、考えているんだろう」

そう付け足してきた。

それに違和感を覚えなかったわけではないが、そんなことより語られた忠光の考えに本気で怒りが湧いてきた。

又従兄弟とは十年近く疎遠で、親しくした記憶もない。だが、到底看過できるものではなかった。


「最低だな。反吐《へど》が出る」

「僕との取引が終わった後になら、そう言ってもらっても構わないよ」

俺としては、忠光の考えを理解しながらも装置を提供しようとした新村に向けた言葉のつもりだったのだが、彼はあっさりと躱してみせる。

そして、ようやく心の底から理解する。こいつには多分、何を言っても無駄だ。

一矢報いる手段といえば取引を台無しにすることくらいだが、それは封じられている。

「それで、あなたは忠光氏から何を得ようとしてるんですか？」

「ある術理の秘儀書とだけ言っておこうか。それ以上の詳細は控えさせてもらおう」

「それでは、彼に行った処置についてですが。取引を成立させるために、確実に意識を失わせるような細工を施したりはしませんでしたか？」

忘れず七瀬が聞いてくれたことに安堵する。

「もちろん細工させてもらったよ。あの場で実験が失敗したら全部台無しだから、土御門家謹製の呪符を使わせ

てもらった。それが通用するのは確認済みだったからね」

「では、その上で、装置のスイッチは押したんですか？」

さらに七瀬は核心となる問いを投げかける。

ここで否定してくれれば、この曖昧かつ複雑な状況から脱することができる。あの恐ろしい確認手段を行う必要もなくなる。否応《いやおう》なく期待してしまう。

「なるほど、それは大事なことだね。そして、僕にはスイッチを押さない理由もなくはない。人道上の理由はさておいても、重犯罪者になることや、余計な恨みを買うことを避けようとしたことは十分に考えられる。一方で、すぐ近くで経過を見守っていた忠光氏の疑いを招くような真似をできたかという疑問もある」

と、余裕の面で言う。顔面に拳を叩き込んでやりたい。

「だけど、今日の所は質問を締め切らせて貰おう」

そして、無慈悲にも新村は話を打ち切ってきた。

このまま答えが聞けるかも知れないと期待を抱いていただけに、失望も甚だしい。

「続きは取引が終了した後で頼むよ。その前に全部教えるわけにもいかないだろう。それじゃあ、邪魔したね」

と、それだけ言うと、最後に連絡用の電話番号だけ伝えて新村は出て行った。

入れ違いに犬飼所長がバッグの中から出てきて、俺たちの前に立つ。

「話は聞いたが、正気じゃないな。お前ら、大丈夫か」

「問題ありません」

「……同じく」

「そうか」

所長は、それだけ言って頷いてみせる。

「すみません、あなたの正体までは聞けませんでした」

「それはいい。多分どれだけ聞き方を工夫しても、今日聞き出すのは無理だったと思う」

ただ、それとは別に聞かなければ気が済まないことがあったので、所長に尋ねる。

「あいつを見逃して良かったんですか？」

「それで正解だ。あいつの身体、本体じゃなかったぞ」

「試したんですか？」

「ああ。髪の毛を数本回収しておこうと思ったんだが、身体から切り離した瞬間に消えてしまった。おそらく投影体の類いだろう。術の詳細は不明だが、この分だと指紋も期待できないな」

と、猫の鼻先を新村が触れていたカップに向けて言う。

「一応言っておくが、あいつに一泡吹かせたいなら、今後の人生全てをかける覚悟が必要だぞ。名前も顔も本物である可能性は低いから、本体を探すのも困難を極めるだろう」

「……そうですね」

本気で厄介な相手だった。だからこそ単身で乗り込んでこれたのだろうが。

「それで、これからどうします？」

ひとまず納得はできたので今後の展望を所長に尋ねる。

「どのみち裏をとる必要はあるから、現地での張り込みは行う」

「やっぱりそうなりますか」

「当然だ。あれは相手の無知と無警戒につけ込む詐欺師の類いだ。間違っても信頼できる相手じゃない。契約にだけは忠実な悪魔の方がまだ可愛《かわい》げがある」

「つけ込まれた身としては耳が痛いですね」

「責めてるわけじゃない。今後に活かせばいい」

何だかんだで優しい言葉をくれる所長である。

「所長、できれば忠光氏をもう少し念入りに洗っておきたいんですけど、大丈夫ですか。今の話でちょっと引っかかることがあったので」

提案してきたのは七瀬である。

「わかった。情報屋を使ってもいいが、収支のバランスだけは気にかけてくれ」

「ありがとうございます」

と、これもあっさりと認めたりするのは、二人の積み重ねた日々のなせる業だろうか。

「それでは、先ほど話したとおり、明日には現地に向かう方向で調整しよう。他に聞いておきたいことはあるか？」

「大丈夫です」

「問題ありません」

と、七瀬に続き所長に答えを返す。

かくして、忠光を確保する段取りは固まってしまった。

それは答えを出すときが迫っていることを意味する。

これから何が起きるかは定かではなかったが、もし新村から聞き出した真実が俺の望むものでなかったとき迫られる選択を考えると、逃げ出したいと思う自分が確かにいた。

## 第九章　芦屋沼雄、死すべし

### 1

そして——事務所への新村来訪から二日後の月曜日。

俺は地元に戻り、普通に登校することになっていた。

理由は忠光監視のための拠点の確保の関係である。

忠光が宗家本宅とは別のマンションに居を構えているのは把握できていて、七瀬と所長は新村が来た翌日には兵庫県に向かうことになったが、検討の結果、せめて拠点確保までは親戚であり忠光にも宗家の人間にも顔を知られた俺が周囲をうろつくのは望ましくないということで、一旦別行動を言い渡されることになったのだ。

これについては、俺の方から諸々の情報を提供した上での判断だったが——そもそもうちの術を納めても視線を察知することも人の存在を気配で察することもできるようにはならないが、近くで術を使えばアンテナに引っかかることもあるとか——まあ納得できないことはない。

諸々の行程の完了には二日は要するとのことで、合流は火曜日の予定になった。

それを浩一に報告すると——無論許可は得た——今日だけは登校しろと言われたのだ。

美咲にはしばらく家を空けると言っていての、短期間での帰宅である。こういう間の悪さのようなものは、宿命じみたものを感じる。まあ、美咲は別の女子校だし、浩一からも今日は会わないようにしておけと言われているので、それに従えば問題はないのだろう。

ちなみに、今日一日普通に学校で過ごしたが、もちろん違和感に気付いたものはいなかった。

それは俺がオリジナルだからなのかもしれないし、スワンプマンでも違いがわからなかっただけなのかもしれない。

ただ、よほど顔に出ていたのか、クラスメイトや担任からは何か悩みがあるのかとは心配された。もちろん事情を言えるはずもなく、適当な嘘で誤魔化すという心苦しい真似をすることになったが。

そうして今いるのは、部長を浩一が務め、俺も所属しているSF研究部の部室である。

部室の中央に据えられた長机を囲む椅子の一つに腰を下ろし、馴染みある——少なくとも記憶の上では——部室をなんとはなしに見回すと、様々なＳＦ作品の収められた本棚とか、壁に貼られた骨董品《こっとうひん》レベルの映画のポスターとか、棚に飾られた宇宙船の模型とかが目に入る。見慣れたその光景が、前に訪れてから一週間も経っていないのに、色々とありすぎたせいで妙に懐かしく感じた。

こんな状況で部室に来たのは浩一に呼ばれたからで、理由は単に部活動への参加らしい。

基本活動は自由だが、不定期に議題を用意して議論したりもするのだ。

ちなみに、直近のテーマは文章生成ＡＩで、実際に使いながらの話し合いは、興味がありながらも未使用だったこともあり、かなり新鮮かつ有意義なものだった。

実際に画面に表示された文章は堅かったが、普通に返事をしてくるので普通に驚いた。

その後、宇宙船の管理システムに文章生成ＡＩを組み込んだ場合のリスクとか、ＳＦ小説のような人工知能の反乱に文章生成ＡＩが与えうる影響について話したりもして、最後にＡＩに同じ内容を尋ねてみたら、俺よりよほど論理的かつ創造的な返事が返ってきて、感心するよりも軽い恐怖を感じた。中に人がいるのを疑うレベルである。

ＡＩは人間と全く違う学習方法と内部処理を行っているので意識は持たないらしいが、意識とは核のように独立して存在するものではなく高度な処理の末に偶発的に生じるものという考えもあるので、絶対ないとは言い切れないのかもしれない。

と、そんな風に考えていたところで部室の戸が開いた。

入ってきたのはぱっと見は文学少女な女生徒——後輩の鈴音《すずね》紅李《あかり》だった。受験勉強に専念するため二学期初めに引退した前部長が連れてきた彼女は、入部当初は借りてきた猫のように大人しかったが、半年ほど経った今では普通に馴染んでいる。

「先輩、お疲れ様です」

鈴音が鞄《かばん》を部室の隅に置いて俺の隣に座り——横から俺の顔を興味深そうに眺めてくる。

「あれ？　先輩、少し変わりました？」

「……変わったって、なんか悩んでる感じとか？」

「それもありますけど。なんていうか、ちょっと大人びたというか。覚悟が決まったというか、そんな感じです」

鈴音は直感の人間で、そういう風に感じられたなら素直に嬉しい。少しだけ調子に乗った質問をしてみる。

「ちなみに、浩一の大人っぽさを百としたら、今までの俺と今の俺でどれくらい？」

「……ごめんなさい。私の口からはなんとも。まあ、あの人は別格ですから」

何やらすごく気を遣わせてしまったらしい。反省する。

「あと、例の件ですけど。こちらでお願いします」

と、言われて渡されたのはＵＳＢメモリである。

中身は鈴音が年末締め切りの新人賞に応募する原稿で、感想を求められていたのだ。

「明日からはテスト週間なので、見てもらうのはその後でも全然大丈夫ですから」

来週火曜日からの四日間が中間テストなのは、今日の授業でも何度か触れられていたところである。

新村の告げた日は今週の金曜日なので、望ましい結果が得られた場合は即座にテスト勉強の追い込みとなる。

正直、この状況で勉強に集中できるかは怪しいところで、散々な結果は目に見えていたが、それで済むなら完全に許容範囲だった。

そう考えると、この約束を果たせるかも微妙ではあったが、重すぎるし正真正銘一般人の鈴音にそんなことを言えるはずもなく、普通に受け取る。

「わかった。なるべく早く読むようにするから」

と、そんな遣り取りをしていると、再び部室の戸が開き、浩一と後輩男子である相坂《あいさか》の二人が一緒に入ってきた。これで今日のメンバーは全員揃った形である。

「今日は『火星転送装置の思考実験』をベースにした法律制定について考えてみよう」

席についたメンバーを見回して浩一が言った。

何故、今このタイミングでそんな話題を取り上げるのだろう。

正面に座る浩一は俺の疑問には気付いているはずだが、取り合うつもりはないらしい。

いつも通りの様子で、本日の議題の前提となる『火星転送装置の思考実験』について、要領を得た説明をする。

そして、絶妙の間を置いて各々を見回し、浩一は尋ねてきた。

「皆、この時点ではどう思う？　転送先で再構築されたのは同一人物と言えると思うか？」

「ちょっと違うんじゃないでしょうか？　上手く言えないんですけど」

最初に鈴音が発言する。直感重視の鈴音はこういうときは一番に発言することが多い。

「最初はそんな感じでいい。言語化しにくいのはわかる」

浩一は鷹揚にそんな風に鈴音の意見を評価する。

「俺は――結構危険な装置だと思う。どう考えても同一人物じゃないだろう」

立場的にはそう言わざるを得なかった。なんとなく浩一の意図が読めてきた気がした。

これはアレだ。ダメな小学校教師とかが、特定の生徒を帰りの会とかで遠回しにつるし上げるような、そんな感じのやつだ。これから俺は後輩達から徹底的に存在を否定されることになるのだろう。例によって俺がスワンプマンだったときにだけ有効打となるものだが。

ただ、そこまで気付いていても既に逃げ道は存在しなかった。いや、普通に考えれば取り得る選択肢はいくらでもあるはずなのだが――無言で席を立ちこの場から走り去るとか――心理的には選ぶことができない。

そう考えている内にも議論は進んでいく。


「同じと考えていいのでは？　だって肉体も精神も同じなんでしょう？」

「それも一つの考えだ。考案者のパーフィットはその立場を示している」

最後に意見を述べたのは相坂である。

慎重派の理系眼鏡男子で、身長は浩一には及ばないが百七十センチ台。隣に並ぶのをさりげなく避けていたら浩一に指摘されたのは苦い思い出である。ついでに言うとSF愛好家ではあるが、こうした思弁的な内容よりは、派手派手しい宇宙開拓とかの話が好きだったはずで、今の回答は関心の薄さも影響しているのでは、とも思う。

「ざっくりと感想を聞いたところで、法律制定の流れに移そう」

ここからが本題とばかりに浩一が言う。

「現代日本では――というか大抵の国では、この手の画期的な発明品が出た際には、それをいちいち法律で合法か確認して、あるいは不明瞭な部分を審議してから市場に流す、なんてプロセスはとらない。先週話した文章生成ＡＩもそうだったろ。規制されるのは、現場で使われて問題が出てからだ。良くも悪くもな」

と、嘆息交じりに浩一が言う。その様は厭世的《えんせいてき》なものではなく、普通に当事者意識が感じられるもので、そうした姿勢は他のクラスの生徒より明らかに大人びて見える。そんな浩一の意見に付き従うことに、今までは特に疑問を持つこともなかった。

「そして、この装置も十分な議論も終えずに使われ始めた。そうした中で、事件が起きた」

ここまで誰も意見を口にしないが、真剣に浩一の話に聞き入っている。

「ある研究者が装置を使って南極の研究所への出張を言い渡されたが、装置の仕様に疑問を持っていたその研究者は抵抗した。それに対し、会社の上司は強引に装置を使わせようとした。結果、もみ合いになり、研究者は偶発的に上司を死なせてしまい逮捕されたが、正当防衛を理由に無罪を主張した」

嫌な話である。色々な意味で。

「こうして、法律が踏み込んだ判断をする必要がようやく生じた訳だ。前にも触れたが――正当防衛は刑法第三十六条で規定されていて、そのままの条文で言うと『急迫不正の侵害に対して、自己又は他人の権利を防衛するため、やむを得ずにした行為は、罰しない』とある」

常々思うが、浩一はどうしてこうした知識を当たり前のように話すことができるのだろう。法律の詳細な知識なんて大学の法学部で学ぶ内容のはずだ。まあ、それに付き合わされたおかげで、俺の知識が大分底上げされたのも事実だったが。

「それを踏まえた上で今回の話を考えると『この研究者は、人を一人殺しても許されるだけの権利の侵害を受ける状況に置かれていたか』が争点となる。そしてそれは『この装置を人が使用した場合に失われる何か』が法的に保護されるべきものなのか、という判断を国が下す必要が生じたことを意味する」

と、複雑な話をわかりやすく整理して説明してくる。

ふと、浩一と七瀬が本気で討論したらどちらに軍配があがるのだろう、と疑問がよぎる。少なくとも俺が割って入る余地がないのは確かだったが。

「さあ、ではこれから、この国での装置の在り方を規定する法律について考えてみよう」

浩一はこの場の全員を見回して言う。普段なら普通に興味深く話に乗れるところだが、今日それをするのは躊躇われた。

「この検討は慎重に行う必要がある。実はこの装置を人が使うことが重大な権利侵害に繋がるということになれば、今後は人に対する使用は不可能になるだろう。だが、人を一瞬で遠方に送れるメリットはあまりに大きい。例えば月面基地なんてものが完成すれば、その恩恵は計り知れないものになるだろう。月面に人を送るには片道四日はかかるし、人体への負担も大きい。また、その費用は数千億と言われている。そして法律は各国独自に定められるもので、独自の規制をすれば国際的な競争で大きく遅れをとることになることは間違いない」

ちなみに――この思考実験にあるような転送装置が開発される見込みは裏の世界でも殆どなかったりする。

その理由は単純で、開発者が早々に諦めてしまう可能性が極めて高いからだ。

この手の術理は『試行錯誤を繰り返しているうちに、本来は実践できないはずの理論が、ごく希な確率で何らかの影響により実践できるようになってしまったもの』であると言われていて、厳しい修行で神通力を獲得するとか、磁力を利用して永久機関を作るとか、そういう試行錯誤をそれなりに信じながら続けられることが大前提となる。

だが、この装置の場合、『分解』『解析』『データ化』『転送』『再構築』のどの段階でも現代科学では手がつけられないと、早々に気付く羽目になってしまうはずだ。

「さあ、改めて見解を聞こう。自身が装置に掛けられることを拒絶し、人を死に至らしめた研究者の行動は、正当防衛として認められるか否か」

「認められないのではないでしょうか。装置を使ったところで、客観的には社会からは何も失われません。一方で、研究者は貴重な人命を奪っている。罰せられるべきでしょう」

浩一の問いに最初に答えたのは相坂だった。

答えを出せば、そこからの理屈の展開は早い。が、考えの浅さを感じる。この感想は、見解の相違を受け入れられない俺自身の狭量さによるものかもしれないが。

そして、それを口にすると自分の首を絞めることは重々承知の上だったが――やむなく考えを口にする。

「そうかな。俺は正当防衛でいいと思う」

「何故そう思う？」

「それは――人の主観は、その人から見れば全てだし。お互いに尊重もするべきもので、法的に保護されるにも十分に値するものだと思うからだ」

浩一が俺の答えに口の端を歪めた気がする。

意地の悪さどころか邪悪ささえ感じる。

「それは装置のもたらす経済効果に勝るものだと？」

「そう思う」

念押しされたが、答えは変わらない。

「私も、先輩と同じ意見です」

続けて鈴音が意見を口にする。

「っていうか、相坂君、ちょっとおかしいよ」

そして、普通に相坂にダメ出しする。

それは単なる感情論による否定だったが、相坂は反論できず、普通に傷ついた顔をした。

ちなみに相坂は鈴音に好意を持っているようなのだ。

この件についてては俺に意見を言う資格はないような気がするので、それ以上は触れないことにするが。

「鈴音。批判するのは相手の出した意見だけにしておけ」

と、浩一は進行役の役目として鈴音をたしなめる。

鈴音はそれを受けて相坂に謝罪したが、空気が悪くなった感は全くなく、この辺りの手腕は本気で大したものだと思う。

ちなみに――浩一がそもそもどういう考えでこのＳＦ研究部の部長を務めているのかは完全には理解できていない。

趣味であることに間違いはないが、それでも裏の知識を十分に持った上で、一般生徒にこういう話題を振れる神経――というと失礼か――は本気で自分には縁遠いものがある。

一方で、浩一が当たり前に一般生徒と接しているのを、まるでお手本のように見せてくるから、俺自身さほど気にせず学校に通えていたのかも知れないとも思う。

もし周りに理解者がいない状況だったらという想像は、あまりしたくなかった。

そんな考えを余所に、浩一は話を進める。

「まあ、相坂の考えには、使われる側の視点がいまいち足りていないのも確か……」

と、浩一は独り言のように言って、その無駄に目力のある視線を相坂に向ける。

「相坂、お前妹がいたな」

「ええ、いますけど」

浩一の言うとおり、相坂には幼稚園に通う五歳の妹がいる。兄に懐いているようで、前に相坂の家に行ったとき乱入してきた。決して変な意味ではなく、普通に可愛い女の子だったが。

「じゃあ、本質はそのままにして、登場人物と状況設定を変えてみよう」

言って浩一は語り出す。

「お前の妹の通う幼稚園で、転送装置を使った遠足が行われることになった。それを使ってのドイツまでの遠足だ。妹はお城を見れるのが楽しみと無邪気に喜んでいる。だが、お前の両親はそうは思わなかったらしい。娘が分解消滅して再構築されるというプロセスに嫌悪感と危機感しか持たず、遠足への参加を禁じる。しかし、モンペ呼ばわりして娘を連れ去ろうとする教育熱心な幼稚園の教員が押しかけてきて、もみ合いの末にその教員を死に至らしめてしまった。さて、両親は娘を救おうとしただけの正当防衛と言い張るが、お前はどう思う」

と、恐ろしげな例え話を一瞬で組み立ててみせる。

「嫌な例えですね」

「これから将来的に全国民を拘束するルールを制定しようと言うんだ。身近な人物でも、というのは基本だろ」

そうは言うが、相坂の顔に不快感はなさそうで、ただ観念したような表情を見せる。

「それじゃあ、挙手に移ろう」

そして、俺を含めた全員が、正当防衛を認める方で手を挙げる。

それは後輩二人に存在を否定される感覚であり、自分で自分を否定する感覚だった。当初に想像していたとおりの展開だが、それでもダメージは普通に受けた。

沼雄であることが罪悪のように感じられて、自分が珠雄であってほしいという気持ちがより強くなる。ついでに、この状況から早く抜け出したいと本気で思う。居心地の悪さが半端ない。

「なるほど。こういう結論に至った訳か。まあ、俺もそう思う」

と、浩一は最後に自分の意見も足して俺の方を見る。

「まあ、そう決めたなら決めたで難しいんだよな。この方向で法制定に進んだとしたら、次は転送先の装置から出てきた存在をどう扱うかとか、法制定前に装置を使って出てきた人間をどうするか、という問題も出てくるだろう」

「別人と見なすのが妥当なのでしょうね」

白旗気味に相坂が言って、さらに続ける。

「でも、そう考えると、コピーって扱いに困る存在ですよね。人権は認められてしかるべきでしょうけど、オリジナルと同様に扱えと国が命じるのは無理があるのではないでしょうか。人によっては生理的な嫌悪感を覚えることもあると思います」

そこまで言うのは遠慮してほしかった。俺の境遇を知る術もない相坂に配慮を期待できるはずもなかったが、それでもこのもの言いは心にくるものがある。今日、寝る前にも多分思い出すことになると思う。普通に胸が痛いんだけど。

「でも、それはそれで割り切れるのかな」

鈴音は半ば独り言のようにそんな意見を口にする。

矛盾した考えではあったが、気持ちはよくわかる。

だが、浩一はそうは思わなかったようで、僅かに顔をしかめた。

「そうか？」

「だって、それって酷すぎませんか？　実際に家族と全くおんなじ見た目で、おんなじ性格なんでしょう。なのに、こいつは家族じゃない。お前の家族は死んだんだって言われても、多分割り切れないと思います」

「コピーでも、受け入れるべきだと？」

「そうじゃないんですけど。でも、きっと無理が出るんじゃないでしょうか？」

と、そんな意見を口にする。それは半ば支離滅裂な意見だったが、わからなくもない。

「多分、答えは出ない問題だろうな。正直、気持ちはわからなくもないし、なかなかに興味深い見解だ」

と、浩一からまさかの譲歩的な意見を引き出す。が、即座に切り替えて浩一が言う。

「じゃあ、追加の思考実験で、何処まで気にするべきかについて考えてみるか」

浩一は改めて皆に問いかける。

「まず、それぞれ大事な人間を想定してみてくれ。いや、俺が指定させてもらおうか。相坂は妹。鈴音は母親。珠雄——お前は俺ということで考えろ」

「え？　それでいいんですか」

何故か目を輝かせて問う鈴音に、浩一は僅かに意外そうな顔を見せた後、ものすごくイケメンな笑みを浮かべて俺に視線を向けてきた。

「不服か？」

「まさか」

「んまっ」

俺たちの遣り取りを目にした鈴音は冗談っぽく口に手を当ててみせるが、素で頬が赤くなっている。

勘弁してほしい。

「話を戻そう。この装置を巡る事故が起きたとする。詳細は長くなるし、本質ではないから省略するが、とにかく先ほど指定した人物が、オリジナルかコピーかわからなくなったとしよう」

なんか、似たような話をどこかで聞いた気がする。

「そんな中、天使か悪魔か定かではない存在が現れてこんなことを言い出す。『ここに一億円入った鞄がある。これは既にお前のもので、持って帰って好きに使ってい い。自分のために使うこともできるし、寄付でもすればそれなりの数の人間を救うこともできるだろう。しかし、その一億を置いて帰るなら、そいつがオリジナルかコピーか教えてやる』と」

そんな選択を迫っているのは、多分天使ではなく悪魔だと思うのだが。

「この場合、どうする？」

そして、浩一は改めて尋ねてくる。

「オリジナルとコピーを見分けることに、どれだけの価値がある？　同じだから区別は不要と、本当にそう思うか？」

嫌な話で、できれば回答は避けたかったが――それはできず、率先して答えを口にする。

「俺は――一億を諦めて、教えて貰う、かな」

「……私もです」

「僕もおなじですね」

浩一は満足げに言う。

「まあ、そういうものだろうな」

我が意を得たりと言わんばかりである。

再度、自分の存在が否定された感覚を味わう。

この曖昧なままでいることが許されないと、改めて思い知らされた気分になる。

「ただ、限度はあるかもしれない。例えば、その天使か悪魔かわからない存在が、ただ『人を一人生け贄《ささ》に捧げれば教えてやる』とだけ言ってきたら、脱落する人間も出てくるかもしれないが」

そういう取引を持ちかけてくるのは悪魔だろ。絶対。

それでも根が真面目なのか、この人格は素直に言われたとおりに想像してしまう。

要するに逆の立場で――浩一がオリジナルかスワンプマンか、わからなくなってしまったら。俺は、何処まで本気で考えて。何処まで親身になってやれて。俺自身が何処までの代償を支払うことができるのだろう。

すぐに答えを出すことはできなかった。

そして、恐る恐る、浩一に尋ねてみる。

「ちなみに、浩一。お前ならどうする?」

浩一はその問いには答えず――俺にだけわかる酷薄な笑みを返してきた。

2

俺は帰りの電車に揺られながら、部活の後に浩一と交わした会話を思い出していた。

最後の言葉はシンプルだった。

「実のところ、俺はお前が珠雄だと確信している。だから、背中を押してやりたいだけなんだ」

そう言ってきた浩一の表情には一分の隙もなく「それって何の根拠もないよな」とか「違ったらどうなるか本当に考えてくれてるのか」とか、そういった日和った台詞はとてもじゃないが言い出せなかった。

そうして部の後輩達からの存在レベルのダメ出し(ただし沼雄だったときに限る)と、浩一からの根拠のない後押し(ただし珠雄だったらとても有り難い)を受けて、今日のところは別れることになったのだ。

そんなことを思い返しながら、今まで何百回と見てきた窓の外の光景を見て――もしかするとこれで三日目なのかもしれないが――自宅の最寄り駅である吉野市駅が近いことに気付く。しばらくして、これまた何百回と聞いた車内アナウンス――以下略――も流れた。

やはりややこしい。

そして、これに付き合わされる側もたまったものではないと考えた。

確かにこの存在の不確かさはずっと付き合い続けるに

は重すぎると思う。

俺自身、かなりの負荷がかかっているのを自覚する。

気分転換に駅前のスーパーで何か買って料理でもしようかと思った。

そうして電車を降り、改札口を出たところで、ばったりと美咲に出くわした。

どうやら同じ電車に乗っていたらしい。


ほとんど同じタイミングでこちらを認めた美咲は、僅かに逡巡した後、覚悟を決めたような表情を見せてこちらに近づいてきた。

「一緒の電車だったんだ」

「……うん。奇遇だね」

平静を装って話しかける俺に、若干のぎこちなさをもって美咲が言葉を返してきた。

浩一からは今日のところは美咲と会わないように言われていたが、この流れで無視することはできなかったので、ここは自分の意志で動かせてもらうことにする。

ちなみに、浩一は美咲に「あまり知られてほしくないであろう父方の家の事情」とだけ説明しているらしい。


この「家の事情」というフレーズが最も美咲に効果的と判断してのものだろう。

それは裏の事情とは関係ない、家庭環境のせいである。

と、いうのも美咲のおばさんと浩一の親父《おやじ》さんは元は夫婦で、美咲がおばさんのお腹《なか》にいるときに、浩一を妊娠した愛人が現れ、入り婿だった浩一の親父さんは家を放り出され、愛人と結婚することになったと、そういう事情があるのだ。

その愛人は、当てつけなのか近所のマンションに居を構えたり、浩一に積極的・消極的な虐待を繰り返したり、三歳の浩一を残して失踪したりと大分問題のある人だったらしい。さらに美咲のおばさんの精神も不安定になったこともあり、二人の幼なじみだった俺の母が間に入らざるを得なくなって、俺たち幼なじみ三人はうちに集まることになったのだと、ある程度物心がついてから、言葉を選んで段階的に教えられたりもした。

その後美咲のおばさんは理解ある今の旦那さんと再婚し、美咲の妹も生まれ、気持ちの整理はついたらしいが、美咲はその辺りの事情に触れられるのを極端に嫌がるし、人の家の事情に踏み込むときは慎重すぎるくらいの態度をとったりもする。

そんな美咲相手に必殺のフレーズを使ったのは浩一にとっても愉快なことではないはずで、ことの発端が俺の油断だったにもかかわらず、汚れ役を厭わない浩一の対応には感謝するしかないと思う。

本当に、俺が珠雄であったなら、絶対に裏切らないはずの存在なのだ。

ただし、沼雄に対する愛や情は一切なく、むしろ存在を消しにかかってきているが。

「大丈夫？　本当に顔色悪いけど」

「……ああ」

隣を歩きながら尋ねてくる美咲に、どう返したものか悩み、曖昧に答えを返す。

「もう一回だけ聞かせてもらうけど、私は聞かない方がいいんだよね」

「ああ、悪いけどそうしてくれると助かる」

これについても言えるはずもなく、言葉を濁した。

「ごめんね。何度も同じことを聞いて」

「それはいいんだ。全然気にしていないから」

逆の立場でも、放っておくことはできなかったと思う。

気に掛けてくれることにも感謝しかなかった。

「この埋め合わせも、全部片付いたらさせてもらうから」

「うん、大丈夫。出かける前に言ったことも、落ち着くまでは忘れてもらって大丈夫だから」

そんな風に気を遣わせてしまうことを申し訳なく思う。

それからしばし美咲は何か考え込むが、なにがしかの答えを出したらしい。

その瞳に決意の色が宿る。

「浩一君から聞いたんだけど。今日戻ってきたのは一時的なもので、明日からは来週までは戻ってこない予定なんだっけ」

「ああ」

一番望ましいケースではそうなる。

そうでないケースは考えたくなかった。

「じゃあ、今日はもう用事はないんだよね」

「まあ、そうだけど」

少し悩んだが、正直に答える。

「これからどうするつもりだったの？」

「スーパーで何か買って、家で作ろうと思ってたけど」

「ねえ、珠雄君。私には言えないことがあって悩んでるみたいだけど、私に埋め合わせしたい気持ちもあるんだよね」

「それはもちろん」

「じゃあ、今ちょっとわがままを言っていい？」

「今の俺にできることなら、なんでも」

それこそ火の海に飛び込めと言われても応じられそうな気がする。

「夕飯、ごちそうになっていいかな。久しぶりにおばさんの酢豚が食べたいかも。今日は帰っても誰もいないし」

そうして、答えを待つ美咲が不安げな表情を見せる。

悩みを抱えている相手に、あえてわがままを言うという行為がどう転ぶかは美咲にとっても賭けなのだと思う。

だが、普通にありがたいとは思った。

このまま一人では余計なことを考えてしまいそうというのもあったし、今の自分にできることがあるなら、それをしたいと心の底から思う。

最近は殆ど人の役に立てる機会もなかったし。

だから、さほど間を置かず、言葉を返すことができた。

「それくらいなら喜んで」


そうして俺と美咲は二人、駅前のスーパーで二人、夕飯の買い物をすることになった。

俺が押すカートに美咲が様々な食材を投入していく。

ちなみに酢豚用の肉は早くも売り切れていたが、バラ肉を丸めることで対応することにした。母さんもたまに使っていた代用手段だが、これはこれで悪いものではない。

「酢豚と言えばさ。黒酢と黒砂糖を使った本格仕様のをちょっと前に作ったんだけど」

「今日は懐かしのでいいかな。ケチャップを使った甘めのやつで」

そう言って、美咲が悪戯《いたずら》っぽく笑ってみせる。

「今の、浩一君ぽかったかな」

「ああ、そんな感じだったな」

と、そんな言葉を交わしながら、自分が自然と笑っていることに気付いた。

今、この遣り取りに救われているのを感じる。

ネタにすると本気で嫌がったので、本人の前では二度と言わないことにしていたが、これくらいは許してほしいと思った。

「だけど、そっちも興味あるから。また今度作ってくれる？」

「ああ、もちろん」

美咲がさりげなく次の約束も取り付けてくるが、不快では全くなかった。

求められて応じられるなら、何処にも文句なんてあるはずがなかった。

「そういえば鮭《さけ》のフレークってあった？」

「この前なくなったままだったから、買っていこうか」

「いいの？」

「ああ。元々買い足す予定だったし」

勝手知ったるなんとやらで、俺はカートを右折させ、目当ての売り場に向かわせる。

ちなみに、持ち直した美咲のおばさんは専業主婦として家事はバリバリこなすが、拘りもそれなりに持っており、ふりかけや市販のご飯のお供は食卓に載せることを好まないタイプである。一方でうちの母さんは酢豚みたいに白ご飯に合わない主菜を出したなら、そういったものの助けを借りることに抵抗はないタイプだった。美咲は口には出さないにしろ後者の立場を支持していて、機会がある度にふりかけやら味付け海苔《のり》などを嬉しそうに選んでいたが、一番のお気に入りが鮭のフレークだった。

そんなことが自然と思い出されて、懐かしさを覚える。

逆さに振っても幼稚園の頃に戯れでキスしたとか、結婚の約束をしたとか、そういう色恋じみた記憶は出てこないし、今も恋愛対象として見られるかについては答えを出せなかったが、それでも大切な幼なじみであることに変わりはないのだ。

そして、過去を共有できて、今も気を遣ってくれる相手がいることの有り難みを感じる。

絶対に美咲のことを裏切りたくないと思う。

もちろん、今の俺は珠雄ではない可能性もあるのだが、今はこの好意を素直に受け止めるべきだと思った。

そして、口にしないと伝わらないと考え、照れくささはあったが感謝の言葉を口にする。

「美咲、ありがとう。正直、色々悩んでたんだけど、大分気が楽になったと思う」

「そうなんだ。よかった」

美咲はそれだけ言って、どこまでも優しく微笑んでみせた。

それからは普通に残りの食材を買い終えて、他愛ない話をしながら家路についた。

当然のことながら、その日は普通に夕飯だけ食べて帰すことになった。一応、家までは送っていったが。

その時点では自分がスワンプマンかもしれないことは、殆ど忘れかけていたのだと思う。

そして——別れ際の美咲の言葉で、一気に現実に引き戻されることになった訳だが。


その後、一人で家に戻ってからのことである。

俺は自室で美咲の別れ際の言葉を思い返していた。

「ごめんね。これは内緒にしてほしいんだけど。実は今日、浩一君から連絡があったんだ。落ち込んでいるみたいだから、都合が合うなら励ましてやってほしいって。それで何時何分着の電車で帰らせるから、ってとこまで書いてくるのが浩一君らしいけど」

そうして何も知らない美咲は無邪気に微笑んで言った。

「だから、何があったのかわからないけど、浩一君も珠雄君のことを心配してるんだよ」

その言葉が衝撃的すぎて、どう返したのか覚えていない。ただ、何とか動揺を悟られずに済んだとは思う。

そして、帰ってすぐに胃の中のもの全てを便器に吐いた。口の中に酢豚由来か胃酸由来かわからない酸味が残って無茶苦茶に気分が悪かった。目眩がしてそのまま卒倒しそうだったが、何とか自室に戻ることはできた。

美咲と話すことを選んだのは自分の意志だと思っていたのに、それさえ浩一の掌《てのひら》の上だったわけである。

その意図が、新村の言質を取れなかった場合の最終手段に向かわせるための布石だと理解できて、本気で背筋が凍る思いがした。

何より怖いのは、何も知らない美咲との遣り取りは、浩一の思惑に関わらず事実だったわけで、そのせいで半ば以上本気で、いざとなったら最終手段を試すこともやむなしと思えるようになっていることだった。

だが、それは途方もない恐怖を伴うもので、単純な自己保身から新村の発言が望むものであってほしいと願ってしまう。

ただ、そこまで考えても、やはり浩一の示した解決策を完全に拒絶することはできそうにはなかった。

3

色々と精神的な負荷を受けることになった登校日の翌日の、午後七時頃。

俺は芦屋家及び忠光の住居の存在する、兵庫県北部の地方都市——そこに確保された拠点で七瀬達と合流することになった。

そこは忠光のマンションの正面玄関が視認可能なワンルームマンションの一室である。

突貫工事的ながらも数日は不自由なく滞在可能になっていて、パーテーションでの簡単な仕切りをされた室内に、冷蔵庫や電子レンジなどの基本的な家電やソファ、テーブルなどが配置されている。

ちなみに、こうして拠点を確保しての張り込みは業界用語で「内張り」というらしい。昔の刑事ドラマとかでアパートの一室を借り切って見張っているのがこのパターンだ。その逆は「外張り」で屋外で張り込むことをい い、出会った当初に七瀬が俺の帰宅を児童公園で待ち構えていたのも、これに当たるという。車の中からの監視もこちらに当たるのだとか。

そんな業界の話もしてくれた所長は既に就寝中である。

成人男性としてなら大分早めだが、この辺りは猫の身体に影響を受けているような気もする。

ちなみに猫の平均的な睡眠時間は一般に十二時間から十六時間だ。

そして七瀬は本日の勤務時間は終了とのことで、ソファで読書中である。

容疑者の張り込みでそんな調子でいいのか疑問に思っていたところ、できる範囲で説明してくれた。それによると、監視は気力も体力も使うため、その辺りは判断の世界で、さらにこの二日の監視の結果、警戒レベルを落としたらしい。

とはいえ放置というわけではなく、部屋のほぼ中心に置かれたノートパソコンのディスプレイには監視カメラの映像その他が映し出されていて、これが設置した動体検知型の小型監視カメラとか、忠光所有の車両に仕込んだGPS装置とか、忠光が息子の逃走防止に仕込んだ位置情報アプリとかと連携していて、何かあればアラームで叩き起こしてくれるという。

そんな説明を聞きながら、これって住居侵入罪や不正アクセス禁止法に抵触するのではないかと疑問に思ったが、多分これは「法に抵触するけど、裁判の証拠に出す必要はないから関係ないよね」的な発想に基づいてのものと察して深くは触れないでおくことにした。

そんな俺も一応は待機要員としてこの場にいるわけだが、やはり夜間は対応外とのことで、自由時間を言い渡されることになった。

簡易ミーティングの後の食事に入浴、諸々を済ませて、時刻は既に午後九時を回っていた。だが、寝るには早すぎる時間で、俺は部屋の中央に置かれたテーブルの上で持ってきた参考書を解いていた。

基本、自由時間は中間試験の勉強に当てることにしたのだ。

周りに迷惑をかけ続けている状況で趣味に没頭する気にはなれなかったし、ちょうどいいと考えたのである。

今広げている参考書は数学。少なくとも自分にとってはパズル感覚で楽しむ要素はなく、初見の問題は自力で解けることはあまりない。だが、数列でも確率でも微分でも積分でも問題のパターンは知れていて、その解法さえ覚えれば試験はどうとでもなる。だからひたすらに問題を解く。不器用な脳みそに繰り返し問題を解かせることで、頭だけではなく手にも解き方を覚えさせる感覚だ。

この勉強も俺が沼雄だったなら無駄にはなるが、オリジナルの可能性にかけて、無心に問題を解く。解き続ける。これが自分はオリジナルだと言い聞かせる呪文のごとくに。

そうして十問ほど問題を解いたところで顔を上げ、なんとはなしに七瀬の方に目を遣る。

七瀬は今なお読書に没頭中だった。

カバーが掛けられているため本の題名もジャンルもわからない。同室の俺を全く気にした風もない態度は、何というか見事でさえある。

まあ、正しい行動だと思う。

あと三日はここで過ごす予定で、いちいち気にしてはいられない。

——と、七瀬が視線に気付いたように顔を上げてこちらに視線を向ける。

そして、僅かに視線を彷徨《さまよ》わせた後、何かを思いついたような表情を見せて、おもむろに口を開いた。

「今、大丈夫ですか?」

「ああ、問題ないけど」

「じゃあ、少しお話でもしませんか？」

「……話って？」

「いわゆる雑談です」

と、シンプル極まりなく用件を告げてくる。

そして、こちらの顔色を窺ってくる。

「嫌でした？」

「いや、全然」

「よかったです。では、こちらにどうぞ」

七瀬は僅かに表情を和らげ、少し横にずれて隣に座るように促してくる。

俺は言われるがままに横に腰掛けた。

これはどういう状況なのだろうと思う。

夜、狭い室内に肩を寄せて二人きりというシチュエーションは結構な緊張感をもたらした。ゆったりめの部屋着姿だし。相変わらず七瀬は気にした風もなかったが。

というか、よく考えたら所長はいるし、そこまで深く考えないことにする。あと、この状況を美咲がどう思うか気にはなったが、やましいことは何もないからと、心の中で謎の弁明を図った。

「思えば、こういう機会ってありませんでしたよね」

感慨深げに七瀬が言う。

「そもそも交通機関とかだと踏み込んだ話もできなかったし、あなたからすれば事件に巻き込まれて、畳みかけるように色々な出来事が起きて、気持ち的にもそんな気分にはなれなかったと思います。まあ、それは今も同じかも知れませんが、ずっと思い詰めたままでいるのもどうかと思って声を掛けさせてもらったわけです」

「それは――ありがとう」

素直に言葉を返す。

何処まで伝わっているかは判断ができかねたが。

良くも悪くも基本的には以心伝心の美咲とは全く異なる感覚だったが、不快感はなかった。

「どういたしまして。それで、話したいこととかありませんか。悩みとかあれば聞かせてもらいますけど」

「……いや、特にはないかな」

嘘は苦手で、若干声が裏返った気もする。

だが、今の自分を悩ませる、浩一の示した最終手段は言えば確実に引かれるだろうし。まだ確定ではないので黙っておくことにした。

「そうですか」

七瀬はそれだけ言って、深く踏み込んでくることはなかった。

「じゃあ、次はちょっとした身の上話を聞いてもらえませんか？」

「ああ、歓迎する」

あいかわらず切り替えがすごい。

だが、気にはなっていたことではあった。

「初めて会った日にも話しましたが、私は記憶がなく、周りに誰も以前の自分を知る人がいない状況から今の人生をスタートしたんです。お箸やフォークやナイフは使えても、エアコンの点け方はわからない、みたいな、そういう何が無自覚に出来て何が出来ないか、という自分の性能把握も出来てない状態だったので、本当に厄介でした。まあ、機関もそういう人向けのノウハウはあって、一ヶ月程で最低限度の知識は身につけて独り立ちの許可は得られることになったわけですが」

「それは――想像するしかできないけど。大変だったんだろうな」

「まあ、そうだったんですよね」

共感の言葉を口にすると同時に、これが何かの前振りであると察することができた。

ただ、着地点はまだ見えない。だが、普通に興味はある話だったので今は聞く側に回る。

「ほぼ一から色々な知識を身につけるというのは結構新鮮な出来事でした。何しろただ街に出ただけでも知らない情報に圧倒されるわけです。それがどうやってできたのか。いつなのか。当時はこの国が百年前にできた移民の国で、それまではここら一帯は草原だったとか、そう言われても信じるレベルでした」

なかなかに斬新な視点である。

「それで、まあ色々あって、知らないことを調べるとか、自分の置かれた現状を把握するとか、そういうことには力を入れるようになったわけです。将来的には高卒の資格はあった方が良いと考えて、高等学校卒業程度認定試験の勉強なんかもしているわけですよ」

言われて微妙に見えなかったこの話の着地点が『勉強を教えて』なのかも知れないと考えたが、それは違う気がする。というか、七瀬なら必要ないのではと思う。まあ、別に目的があるということ自体勝手な想像だし、もしそうならこのまま話を聞けばわかることなので、傾聴させてもらうことにする。

「ちなみに、特に興味を持ったのは歴史ですね。どういう流れで今の社会が形成されたかわかるのは、とてもありがたかったです」

「もしかして、今読んでるのも歴史の？」

「いえ、これは普通の推理小説ですが」

盛大に外してしまい、少し気まずい。

「話を戻しますけど。ある意味で一番興味深かったのは、第二次世界大戦関係でしたね」

良かった。知っている話だった。その単語だけで年表や各国の重要人物の名前、主だった事件等の断片的な情報が頭に浮かぶ。

「それは今から八十年くらい前に起きた、世界の大半を巻き込んだ大きな戦争で、一説によると、全世界で五千万、この国では三百万の死者が出たそうですね」

七瀬の把握の仕方は自分とは全く異なっていて、結構新鮮に感じる。

「そのきっかけは当時のドイツで、それを実施した政権のトップって、普通に国民に選挙で選ばれて、合法的に独裁権を得たそうです」

「確かそんな話だったな」

「はい。それで、なんでそうなったか後に考察したフロムという人がいるんですが、彼が本で纏めた内容は、ざっくり言うとこんな感じでした。要するに、自由というのは与えられて無条件で人を幸せにするものでは決してないのだと。一部の――というか、選挙で過半数を占める程の、結構な割合の人にとっては、自分の判断と責任で生きることは負担でしかなくて、その責任から逃れるために全てを委ねられる誰かを求めてしまうことは十分にあり得て、それが最悪の形で実現したのが当時のドイツ政権だと、そう言っているわけですよ。私は自分のことは自分で決めたい性格みたいなので、それが結構驚きでした。そういう知見を得られるのも歴史のいいところです」

しみじみと七瀬は言う。

歴史科目は暗記と割り切っているので、そういう考えはしたことがなかった。

ついでに、着地点がようやく見えてきた。

「ちなみに、ですけど。あなたはどうでしょう？」

そして、ものすごくストレートに質問をぶつけてきた。

「……どうなんだろう？」

なんとも言えずに曖昧な言葉を返す。

俺は本当に自分で選べるのか。選択できる自由を持て余していないか。重要な選択を人に委ねていないか。

普通に刺さった。それも、結構深いところに。

「どうしてそんなことを聞くんだ？」

「いえ。今までは自立を促す方向で助言とかをさせてもらってたんですけど。もしかしたら別の方向で考えた方がいいのかも、と思いまして」

相変わらず、ものすごくシンプルに意見を伝えてきた。

もし無理だと言ったらどうなるのだろう。見切りをつけられるのか。あるいは代わりに考えてくれるのか。どちらかと言えば後者の方が恐ろしい気もしたが。

「多分、俺は自分のことは自分で決められる、と思う」

色々と考えた末に——俺はそう答えた。

おそらく、嘘ではないと思う。

「そうですか。すみません。失礼なことを言ったかも知れません」

「いや、べつに。不愉快じゃないし」

事実である。何故だかわからないが、七瀬には不思議な人徳のようなものがあった。

「それじゃあ、話題を変えましょう。次はあなたの話を聞かせてもらえませんか？」

それは続くんだ。

「まあ、いいけど。何から話せばいいんだろ？」

「なんでもいいですよ」

言われて言葉に詰まる。

選択肢が多すぎて逆に定まらない。

というか、これはつまり——

「ええと。皮肉とかじゃないですよ。本当に」

珍しく焦りをにじませて七瀬が言う。

その慌てた表情は年相応以上の幼さが見えて普通に可愛らしく、もっと色々な顔を見たいと思った。

ただ、ここで変にいじってもしようのないことはわかっていて、あと、できれば普通に笑わせてみたいとも思った。いや、決して変な意味ではなく。と、何とはなく思い出された美咲に再び心の中で詫びる。

ただ、どの道そこまでの甲斐性《かいしょう》はなさそうだったので、単純に理解だけを示した。

「いや、わかるよ」

「よかったです」

言って七瀬は僅かに表情を和らげた。

「そうだな、えーっと、決めた。それじゃあ、幼なじみ二人の話をしようか」

「すみません、それは却下で」

「え？」

いきなりのダメ出しに思わず間の抜けた声を出す。

「あなたの話にしてください」

「――なるほど。ええと、ちょっと待ってくれ」

困った。全然出てこない。思えば今の趣味も部活も通う学校も、基本浩一や美咲の影響を受けたもので、それを取り除いて俺という人間を語るのは難しいことのような気がした。

長考に入ってしまう。数秒の時間が経過する。

「わかりました」

言って七瀬は脇に置かれていたバッグから本を取り出し、俺に差し出してきた。

それは結構有名な推理小説の、第一作だった。

「読んだことありますか？」

「いや、ないけど」

「じゃあ、感想を聞かせてもらえませんか？　連作短編形式で区切りがつけやすいし、そんなに重い話じゃないので、気分転換にはなると思います。試験勉強の経験はないのですが、ずっと根を詰めるのはよくないそうですし」

「そうだな。読んでみる」

そうして、その日の七瀬との話は終わった。

翌日には読んだ本の感想を伝えて、意見を交換し合った。そこからは他愛のない雑談をする機会も増えたが――まあ、それだけの話だ。

あと、どうでもいい話ではあったが、俺がこの事件を最後に七瀬達と別れて、別の誰かが――想像したのは同世代の男だった――いつかどこかで同じように、こうして七瀬と同室で時間を過ごしているのを想像すると、何故か胸の辺りがモヤモヤとしてしまい、考えを途中で止めたりもした。

何とはなく滝に打たれたいと思った。宗家の所有する裏山に、よさげな滝があったのも思い出す。いや、本当にどうでもいい話だったが。

# 第十章　何もわかっていなかった男

## 1

　そして兵庫の拠点で監視を始めてから三日後。

　俺と七瀬は取引現場である島根《しまね》県は松江城の城山《しろやま》公園のベンチで待機していた。

　忠光が松江市に到着しているのは別行動中の所長からの連絡で把握できていたので、ここまでくれば間違いはないはずである。

　結局、新村の情報は正しかったようだ。

「それで、あちらはどんな感じですか？」

「見たところ、まだ動きはないな」

　隣に座った七瀬が、監視用に放った鳩《はと》の式神の視界に切り替えた俺に、問いを投げてくる。間違っても見つからないように離れた場所に待機しているので、七瀬には現場の様子を把握する術はない。

　ただ、まだ予定の時刻まで三十分はあるので、いささか気の急《せ》いた問いではあると思う。

　ちなみに、兵庫に移っての数日間を結構な近距離で過ごしたが、もちろん特別な進展はなかったりする。ただ、七瀬なりに俺の扱いには慣れてきたようで、さらに言えば隣に座る際の距離も若干縮まったような気がしないでもない。だからといってどうなるわけでもなかったが。

　そんなことを考えながら監視を続ける。

　なお、所長が教えてくれたことだが、この仕事の一番大事なことの一つは「待つこと」であるという。

　そして、それは簡単に携帯端末で暇を潰せる現代人には失われがちな素養だが、俺は比較的向いているらしい。兵庫の拠点滞在時には、地味で退屈な仕事を文句も言わずこなす俺を普通に所長は褒めてくれた。器用貧乏の俺が便利使いされるのははまりすぎのような気もしたが、それでも全く嫌な気分にならなかったのは所長の人徳故か、あるいはこの素直すぎる芦屋珠雄の人格故か。

　もちろん、この思考の間も意識の半分以上は視界に割いていて、それは決して言い訳ではなく、二十分ほど時間が経過したところで、場の変化を確認できた。

「新村が来た。予定通り黒のバッグを手に提げてる。装置が入っているとみていいだろう」

　七瀬向けに実況を開始する。

「忠光も出てきた。先に来て様子を窺っていたのかもしれない。同じ黒のバッグを持っている」

言いながら安堵する。取引は問題なく行われるようだ。

「どっちも約束の五分前。律儀だな」

思わず皮肉な声が漏れる。

新村は裏切る気満々なのに、忠光は何も知らずのこのこと出てきた形だった。

さらに言えば、所長は万が一に備えて本命である忠明の側に張り付いている上、この後に親子が向かう予定の修行場の所在地まで押さえているので、情報面では完全に掌の上である。

万全の情報が揃ったこの状況に、七瀬は満足げな表情を見せていた。

「早速交換を始めた。半径十メートルには他に人はいない。互いに品を検めている。新村が持ってきたバッグの中身は装置で間違いない。忠光が持ってきたバッグの中身は——英語の本みたいだな」

「タイトルは？」

「『ケイヴァーリット合金の製法について』、だな」

「私は知らない単語ですけど、もしかして知っていたりします？」

「ああ、百年以上前に出版されたSF小説に登場する、重力遮断物質の名前だったはずだ」

「博識ですね」

「いや、たまたま知っていただけだ」

と、七瀬の言葉を流す。実は結構喜んでいたりするが。どうしてそんなマイナーな書物が宗家の倉に納められることになったのか気にはなったが、今は目の前の状況に集中する。

新村の話だと、交換が済めば解散するだけのシンプル極まりない取引らしい。

こちらも新村との約束を守り増援は呼んでいないので、自分達だけの対応になる。

「取引が終了した。俺たちも行くぞ」

「了解です」

正直なところ、意識は既に装置を回収した後のことに移っていたのだが、油断大敵と自分に言い聞かせた。

## 2

取引を終えた忠光は、去りゆく新村の背を見届けた後、手にしたバッグに目を落とした。

取引成功の感慨に浸っているのだろうか。

その無防備な背に向けて歩み寄り、三メートルほどの距離で足を止める。

「芦屋忠光さんですね」

いきなり七瀬に名前を呼ばれ、びくりと背中を震わせ、慌てたように忠光が振り返る。

そして、俺の顔を認めて、その目が驚愕《きょうがく》に見開かれる。

なんとも小物っぽい反応だった。

「私は機関から依頼を受けて、ある装置の行方を追っている者なのですが――お手元のバッグを検めさせてもらってよろしいでしょうか？」

「投降してくれ。身内の見苦しい姿は見たくない」

十代の男女が中年の男を問い詰める様子を、周囲の観光客が怪訝《けげん》な表情で遠目に囲っている――などということはない。

幻術で何事もないように見せかけているのだ。

ここ数日はなんだかんだでこの術が役に立った。

さらに気を練り上げて不測の事態に備える。


「何故ここが？」

「何故でしょう。知り合いの占い師に聞いてみたのかも知れませんね」

忠光の問いを、七瀬はとぼけて返す。

「盗んだのはあの男だ。追わなくていいのか？」

「うちの事務所が引き受けた仕事は装置の回収ですので」

苦し紛れの忠光の言葉を七瀬があっさり受け流す。

「あの、裏切り者め」

どうやらおおよその事情は察したらしいが、丁寧に教えてやる義理はない。

「もう一度言う。大人しく装置を渡せ」

「そうはいくか。あと少しなんだ。貴様らに邪魔されてたまるか」

悪あがきそのものといった様子の忠光に七瀬が言う。

「無駄な抵抗はやめてください。あなたの考えは知っています。でも、その装置であなたの願いを叶えることはできません」

「可能性が低いことは知っている。だが、知ったことではない。あいつを一流の術者にしなければ、私の人生に意味はないのだ。貴様らにはわかるまい。私がどれだけの屈辱を受けてきたか。それを覆すためにどれだけの苦労を重ねてきたか。知っているぞ。貴様も内心息子を馬鹿にしていただろう」

なんだその卑屈な被害妄想は。

「それが俺を実験に使った理由か？」

「そうだ。いい気味だった」

「俺はそんな風に考えたことはない」

「とぼけても無駄だ。だが、もう許した。私たちを侮辱した馬鹿なガキは、もうこの世にいないのだからな」

そのあまりに身勝手な言葉に、人生で初めて本気の殺意が芽生えかける。

「スワンプマンである貴様にはもう用はないが、邪魔をするなら仕方ない」

と、未だに新村に欺かれたことを知らず、俺がオリジナルの可能性があることも知らない忠光は、そんな的外れなことを言って、懐から古びた札を取り出した。

って——

「正気か？」

「正気だとも。こうすれば、お前達は私を見逃すしかなくなる。まさか、真っ昼間の観光地でことを起こすわけにはいかないだろう」

まずい。脅しにはなっている。

この場で事を構えて全部秘匿できるほど俺の幻術は便利なものではない。七瀬達にとっても、そんな事態になれば致命的な減点のはずだ。

正直、相手の手札は未知数だった。

忠光との距離は三メートルほどで、常人なら三秒以内に意識を刈り取れる距離だが、札に自動防御の効果でもあると致命的な失態に繋がる。

挽回《ばんかい》の機会はある以上、この場は見逃さざるを得ないのかも知れない。

「私には成すべきことがある。そうして初めて息子にも生まれた意味が生じる」

半ば自分に酔っているように言葉を継ぐ忠光を見て、七瀬が哀れむような目を向ける。

「私がその装置であなたの願いを叶えることはできないと言ったのは、確率が低いという意味ではありません」

いつも通りの落ち着いた声で七瀬が言った。

忠光が眉をひそめ、自分に注意が向いたのを確認し、七瀬は忠光に向き合い、言葉を続ける。

「あなたが装置を使うつもりだった相手——忠明さんは、あなたの息子ではありません」

その言葉に、場の気温が五度くらい下がった気がした。

「あなたは子どもが作れない身体です」

追い打ちをかけるように七瀬が言う。

「あなたの家がとった診断書も見ました。忠明さんは、本当は、あなたの弟の子です」

忠光は札を手にしたまま固まっている。

娘ほどの年齢の七瀬に、こんな事実を突きつけられるのはどういう気分なのだろう。

「当主も知っていました。というより当主の指示でした」

さらに七瀬は嫌な事実を突きつける。

「だから、自分の子どもを一流の術者にして、一族の人間を見返すというのは、そもそも不可能なんです」

そこまで言って、七瀬は相手が理解するのを待つように、忠光を見る。

忠光の顔面は蒼白《そうはく》で、額には脂汗が浮かんでいる。

もしかすると、心当たりはあったのかも知れない。

「投降してください」

そう告げた七瀬の口調は、穏やかなものだった。

「あなたも、そんな扱いをした一族の価値感に縛られる必要はないし、そんな相手の評価に拘る必要はないんです。趣味や夢があるなら、そのために生きればいいし、ないならそれを探すことを目的にすればいいと思います。そのためにも、まずは罪を償ってください」

どうやら本気で言っているらしいが、絶対に受け入れられないと思う。

忠光が自暴自棄になって暴走してしまうことを警戒して、力ずくで取り押さえることも想定し身構えた。

「違う。違う。私は」

だが、それは無用な備えだったらしい。

忠光の手から札がこぼれ、膝から崩れ落ちる。

完全に抵抗する意思を失っている様だった。

憎い相手ではあったが、これ以上の醜態は見かねたし、気が変わるとも限らないので、距離を詰めて手刀を首筋に叩き込んで意識を刈り取る。

さらに変な姿勢で倒れ込まないように身体を支えると共に、装置の入ったバッグを掴む。

そして、七瀬に向けて問いかけた。

「今の話、本当なのか？」

「もちろんです」

「いつから知ってたんだ？」

「昨日です。情報屋に身辺調査を依頼したのは新村氏が去った後すぐですが」

「なんでそんなことを調べたんだ？」

「新村氏が『自分の血を引いた息子』と口にしたところで不自然な間と補足があったので」

確かにそんなこともあった気がする。

「あなたにはあえて言う必要はないと考えたんですけど――聞きたかったですか？」

「いや、それでよかったと思う」

知らずにいられたら、その方が良かった。

父が宗家と距離を置いていた理由がわかった気がした。

七瀬がぽつりと言う。

「何もわかっていないのって、怖いことですよね」

「確かにな」

それについては素直に同意する。

そして俺は同じ轍を踏まないようにと、自分に言い聞かせた。

3

そこから先は淡々としたものだった。

忠光をベンチに寝かせて装置を検める。

バッグの内側は謎の銀色の素材が貼られていて、これが発信器の作用を阻害していたようだ。発信器の仕様も妨害の理論も気にはなったが、それは今考えることではない。

そして、その品が紛れもない本物であると七瀬が確認したところで、新村が現れた。

「どうやら、お互いにいい取引ができたみたいだね」

「そうかもしれないな」

自分のことを完全に棚に上げての発言だが、言っても意味がないので触れないでおく。

「それでは、こうして君たちと話すのは最後になると思うけど、聞きたいことはあるかな？」

「あなたは、それを使って何をするつもりなんですか？」

新村が手に提げたバッグを目で指し、七瀬が問う。

「前にも言ったが、それは回答を控えさせてもらうよ。

個人的なことだからね」

「そうですか」

七瀬は答えが返ってくることを期待していなかったようで、あっさり諦める。

「他には？」

「前回の話の続きですが――結局、あなたは装置のスイッチを押したんですか？」

「押したよ。怪しい動きを見せると疑われるからね」

俺にとっての致命的な情報を、新村はあっさりと言い捨てる。

「では、実際にあの装置が効果を発揮したかは、あなたもわからないということですね」

「残念ながらそうなるね」

と、なると俺の存在は、やはり不確かなままらしい。

この回答は覚悟していたが、それでも堪えた。

「他に質問は？」

「私にはありません。あなたはどうです？」

「……いや、ない」

「そうか。では、僕は退散するとしよう」

新村は種明かしに拘る様子もなければ、こちらの反応を楽しむ様子もなかった。

劇場型の犯罪者の素養はないようで、あっさりと背を向けて去って行く。

その背を見て本気で思う。

あの、すかした顔に全力の一撃を叩き込みたい。

今の姿が幻影の類いだとしても、もし痛覚が本体に届くなら実行する価値はあると思う。

だが、そんな生産性のない妄想は程々にして頭を切り替える。

それより遥かに大事な仕事が待っていたからである。

# 第十一章　たった一つの確実な確認方法

## 1

装置の回収に成功したその日の夜は、事務所の仮眠室に泊めてもらうことになった。

机と椅子とベッドしかない四畳半ほどの部屋だが、今の俺には十分すぎた。

ベッドに腰掛け、新村と別れてからのことを思い出す。

忠明には、忠光の携帯端末を使いそのまま兵庫の家に戻るように連絡しておいた。結局彼は父親の企みを知らないままで済んだが、それが幸せなのかはわからない。

忠光については、所長が現当主と話をつけた結果、宗家に身柄を預けることになった。今回の任務には犯人の逮捕までは含まれていなかったから、らしい。ただ、芦屋の家も機関の不評を買ってまで忠光を庇《かば》うことはないので、身柄の引き渡しを求められれば、あっさり突き出すだろうとのことだ。

そして、肝心の回収した装置については、今、俺の手元にあった。

東京に戻ってきた時点で機関の対応窓口の開庁時間を過ぎていたため、一晩事務所に保管されることになったそれを拝借することができたのだ。

その理由はもちろん、自分で使うためである。

色々と悩みはしたが、最終的には浩一の示した、血も涙もない確認手段を採用した形だ。

結局、自分が何者か確かめるには、これしかないのだ。

小細工のない状態で使用して意識を失わなければ、俺はオリジナルだったことになる。

意識を失ったなら、俺は沼雄だったことになる。

浩一の言うとおり、とてもシンプルな話だ。

もっとも後者の場合には、その瞬間に今こうして考えている自分の主観が消滅してしまうので、その結果を認識することはできない。

そのときは、新たにこの身体に芽生えた意識――沼次郎（暫定）が、オリジナルの記憶に加えて、沼雄だった俺の十日分の記憶を引き継ぎ、生きていくことになる。

その恐ろしさは重々承知の上で、浩一も自分で提案して、きっといい気分にはならなかったのだと思う。

それでも浩一がこの方法を選んだ理由は理解できる。

浩一はオリジナルを大事にする気持ちはあるが、スワンプマンは守備範囲外としている。

そしてこの方法だと、今の俺がオリジナルだった場合、いかなる損害も被らずに済む。

そう考えると、一見妥当に思える『他の親族で試す』が告げられなかった理由もわかる。

その場合、オリジナルと証明できても、オリジナルは犯罪者の仲間入りとなってしまうからだ。

当然ながら恐怖しかなかったが、逆にそれをしないという選択はどうか考えてみる。

例えばこうだ。

自分で試すのは無理だけど、小細工の可能性があるなら俺は珠雄ってことでいいじゃないか。そうだ、俺は珠雄なんだ。え、自信があるなら装置を使えって？　嫌に決まってるじゃん。もし通用したらどうしてくれるんだ。

――却下。

オリジナルの可能性はあるけど、意識が消滅するリスクは冒せないからスワンプマンだということにしてさよならするよ。多分、二度と会うこともないだろう。え？　美咲を待たせたまま？　いや、俺はスワンプマンってことにしたから関係ないし。

――却下。

新村は眠らせる細工だけしてスイッチは押していなかったと言っていたよ。だから俺はオリジナルだ。よかったよかった。え？　その目は嘘を吐いている目だって？　何でそんなこと言うんだよ。

――却下。

装置を試したけど、何も起きなかったよ。よかったよかった。いや、本当に。以下同文。

――却下。

と、なると、やはり自分で使って白黒つける、という答えしかなかった。

そうしないと待たせている美咲に顔向けできない。それに浩一だって、決して悪い奴ではないのだ。危ういところはあるが、物心ついたときからの親友である。縁を切ることなんてできるはずがない。

ただ、それでも実行するには勇気が必要だった。

できれば先送りしたくなる。装置を被ることさえできず、無意味な思考を繰り返す。

そうして、迷っているうちに三十分が過ぎ――不意に事務所側の電気が点《つ》いた。

そして軽い足音が近づいてきて、仮眠室のドアをノックする音が聞こえた。

相手は一人しか思い浮かばなかった。

傍らの装置を隠そうと掛け布団に手をかけようとする。

「失礼します」

だが、それより早く、七瀬がドアを開ける。

普段着の七瀬に対し、既に寝間着姿だったため少し気恥ずかしくなる。

まあ、七瀬はいつもどおり顔色一つ変えなかったが。

「まだ入っていいとは言っていないが」

「それについては謝ります」

言って七瀬は俺の傍らの装置に視線を向ける。

「やっぱり、そういうことだったんですね」

「ああ」

七瀬は一瞥《いちべつ》しただけで俺が何をするのか察したようだ。

「本気ですか？」

「本気だ」

スイッチを押す覚悟はできず、ぐたぐたと時間を潰してしまった人間が言える台詞かはわからなかったが、それでも本気なのだ。

「もしかすると、あなたの意識が消えてしまうかも知れないんですよ」

「わかってる」

その怖さは自分が一番よく理解している。

「それは友人達のためですか」

「そうだ」

「そこまで重要なことですか」

「ああ」

それは間違いなかった。

そして、それを確認するタイミングは今しかない。

後で申請しても、こんな理由では貸し出してはくれないだろう。

俺の答えを聞いた七瀬は、難しい顔で黙り込み、ため息を一つ吐く。

「これは一般論ですけど。子どもの頃の友人というのは、社会に出れば殆ど会わなくなることもざらだそうですし、その後に出会う沢山の人の中には、それ以上に大切な相手が見つかることも普通にあるそうです。そういう考えもある中で、自分が消滅するかもしれないような手段を採るのは、行き過ぎた考えではないですか？」

「悪いが、俺にとってはそれだけの価値があるんだ」

ずっと昔から一緒に過ごしてきた。あいつらがいない人生なんて考えられないし、それは向こうも同じだという、自惚れではない確信もあった。

「そうですか」

どうやらそれについては認めてくれたらしい。

だが、それだけで諦めるつもりはないようで、何かを決意したかのような目で口を開く。

「では、これは私の個人的な考えですが、聞いてもらえますか？」

「ああ」

その言い方に、七瀬と初めて会った日のことを思い出した。

それが、俺がオリジナルでもスワンプマンでも関係ない、今の自分自身の経験に基づいた記憶であることに、奇妙な感慨を覚える。

「私は、あなたに泣いて縋って止めてほしいと懇願することはできません」

「……だろうな」

「それに、あなたが珠雄さんだったならこの確認方法で全部解決するわけで、その機会を無理矢理《むりやり》に取り上げることもできません」

「……」

「でも、それでも私は、あなたにそんな危険を冒してほしくないと思っています」

「……そうか」

そこまで言ってくれるのは予想外だったので少し驚く。

「私が会ったのは、装置を使われた後なので、私が知っているのはあなただけですから」

確かにそうだ。七瀬にとってこの選択は知人が消滅する可能性が生じるだけのものだ。

「それに、ちょっと前のめり気味で空回りもしてたけど、真剣に考えて周りに誠実に向き合おうとする姿勢は嫌いじゃありませんでした」

その言葉は完全に予想外で、心が強く揺さぶられるのを感じる。

「あなたは今こうして生きて、考えているんだから、ここは自分本位になっていいと思います」

思い返せば、常に自分本位な考えを示してきた七瀬だが、それは俺に対する助言であって、いつも彼女は俺を気遣ってくれていたし、我が儘を言ったことなど一度もなかった。

「それにもし、今でも自分を理由にできないなら、ここにあなたを引き留める人間がいることが理由になりませんか？」

そして、七瀬は自分の本質が変わっていないことを見通しての言葉をくれた。

さらに七瀬は一歩踏み込んで来て、俺に向けて右の手を伸ばしてきた。

「こういうことは頭の中で悩んでも堂々巡りになるので、行動に結びつけた方がいいそうです」

そして、今までで一番優しい声で言う。

「もし、私の考えを尊重してくれるなら、私の手を取ってください。そして、もっと安全な確認方法を一緒に考えましょう。私にも生活があるからつきっきりとはいかないし、何年かけても見つからないかも知れませんが、そのときはそのときです」

語られる言葉は何処までも七瀬らしいものだった。

俺の視線はしばらく差し出された七瀬の白く細い手に固定される。

そして見上げた七瀬の姿が救いの女神のように見えた。

このまま考えるのを止めて、全てを委ねたくなる。

「……ありがとう」

そうして気にかけてくれていることが嬉しかった。

同時に、ここまで七瀬に言わせる前に、さっさと決断しておけば良かったと思う。

七瀬の言葉に魅力を感じたのも確かだった。

だが――

「でも、やっぱり俺はあいつらに不義理はできない。それに、自分事だとしても、こんな曖昧な状態でいることには耐えられないんだ」

それを口にしたことで答えは固まったのだと思う。

「――そうですか」

七瀬はそれ以上何も言わず手を引っ込めて、踵《きびす》を返し部屋を出て行った。

できればもっと気の利いた言葉を伝えたかったが、そこまでの甲斐性はなかった。

ついでに、もう少し粘ってくれてもよかったのではないかという軟弱極まりない思考が脳裏をよぎったので全力で否定にかかる。

その思いをバネにして行動に移る。

装置の電源を入れると、鈍い駆動音を発し始めた。

そしてリモコンを確認し、見えなくなっても問題ないように配置を覚える。

装置を被ると、視界が闇に閉ざされる。

躊躇いはあったが、振り切って覚悟を決める。

俺を待つ未来は二つ。

何も起きず、自分は珠雄のままだったと証明されるか。

今の俺の意識が消滅し、後の全てを新たに生じた沼次郎（暫定）に任せることになるか。

それを確定させるため、閉ざされた視界の中でさらに固く目を閉じて、右手の感覚だけを頼りに――スイッチを押した。

エピローグ

真っ暗な視界の中、思考を巡らせる。

俺は確かにスイッチを押した。

両のこめかみに、ばちりと電気が走った。

だが、何も起きない。意識がある。意識が、ある。

良かった。賭けに勝ったのだ。

俺は——芦屋珠雄だ。

最初から沼雄なんて存在しなかったのだ。

そうなると七瀬に会ってから今に至るまでのほぼ全てが茶番だったことになるが、それはどうでもよかった。

さらに、意識交換や装置への意識退避といった恩恵を受けられないことも確定したが、もとよりそんなものに興味はなかったので、それも全く問題ない。

珠雄として元の生活に戻れることがわかったのだ。

ならば、それ以上何を望むというのだろう。

今となっては背中を押してくれた浩一には感謝しかなかった。

こんなことなら変に悩まずさっさとスイッチを押してしまえば良かったと思う。


中学三年のとき、高校受験の合格掲示をなかなか見ることができなかった記憶が思い起こされて、それが得体の知れない存在の薄気味悪い精神活動などでは決してなく、ただ当たり前に一人の人間として自分の記憶を呼び起こしていることに、奇妙な安心感を覚える。

大きく安堵の息をついて、頭に被った装置を外す。

すると目の前には——物音の一つもなかったにも拘わらず、七瀬と所長の姿があった。

「押してしまいましたね、所長」

「ああ、押したな」

困惑する俺を捨て置いて二人が言葉を交わす。

「ええと。これはどういう」

「それはレプリカです。こんなこともあろうかと、すり替えておきました」

確かにそんなものを発注していたけども。

そうして七瀬は淡々と告げてきた。

「情が移ったのは確かなので、今回は私が助けてあげますよ。私なりのやり方になりますけど」

そこまで言って七瀬は視線を落とす。

「所長。お願いします」

「ああ」

その言葉と同時に所長の姿がかき消えて——次の瞬間、何をされたか理解できないまま、俺の意識は闇に堕《お》ちた。


「起きましたか」

仮眠室を出ると、応接室のソファで本を読んでいた七瀬が顔を上げた。

窓の外を見て、その眩《まぶ》しさに目を細める。

日の高さからすると昼前かも知れない。

「所長、彼が目覚めました」

その言葉に、ソファの陰から眠たげな所長が姿を現す。

「で、これはどういう状況なんだ？」

彼らの意図を読みかねて、そのまま疑問をぶつける。

「どうと言われましても」

七瀬は何を当たり前のことを、と言わんばかりの顔で、

「止めさせてもらったんです」

「認めてくれたんじゃなかったのか？」

「そんなことは言ってませんよ。泣いて縋って止めることはできないとは言いましたけど」

確かに正確にはそう言っていたけども。

「なら、無理矢理に機会を奪うことはできないって言ってたのは？」

「それは嘘です」

悪びれもせず七瀬は言う。強い。

俺は彼女に一生勝てない気がした。

「レプリカなのに、なんで止めてきたんだ？」

「できれば納得して考えを改めてほしかったんですよ。強引に止めるのとでは、こちらが感じる責任が全然違いますから」

と、七瀬が本当に厄介ごとを押しつけてくれたものだと言わんばかりの口調で言う。

「でも、どうして？」

「どうして、と言われても——」

七瀬はソファに上がっていた所長と顔を見合わせて、

「あんな自殺同然の確認手段を黙認して何かあったら寝覚めが悪すぎるでしょう」

「うちを二分の一の確率で事故物件にされても困るしな」

「そもそも機関所有の物品の無断使用は禁止ですし」

「あんな捨て犬みたいな目をして、構うなと言うのも無理だと思うぞ」

と、口々に言ってきたりもする。

そして、二人とも示し合わせたように同時に表情を少し和らげて、

「要するに、あなたを放っておけなかったんですよ」

「そういうことだな」

そんな言葉をくれた。

でも、そのせいで——と言いかけた言葉は飲み込んだ。

実際そう言われて嬉しいと感じていたし、消滅の恐怖は今思い出しても震えがくるくらいで、そこから抜け出せた安堵もまた大きかった。

「とにかく装置は返却してきたので、あれを使っての確認はもう不可能ですよ」

その言葉に安心してしまう自分の弱さが恨めしい。

「と、いうわけで確認したいなら他の手段を探してください。それが見つからなくても責任はとれませんが」

「それは——そうだな。気にしないでくれ」

それ以上求めるものではないので、そこは自分で何とかすることにする。

かつてのアドバイスを思い返し、若干生き汚くても、自分に都合のいい可能性を挙げる。

「もしかしたら、高塚さんが言っていたように、確認に使える装置がどこかに残っているのかも知れないから、その可能性を本気で追ってみるのもいいかもしれない」

「そうですね。その意気です」

言って七瀬はわずかに微笑んでみせた。

「そういう非破壊検査的な手段なら、程々に協力してもいいと思っています」

「……ありがとう」

直前の言葉だけではなく、諸々の全てに対しての感謝の気持ちを込めて告げる。

とはいえ、根本的な問題は解決していない。

結局、俺は珠雄なのか沼雄なのか定かではない中途半端な存在のままだ。

そして、それを誰にも迷惑をかけない形で確かめる手段があるかはわからないし、あったとして何年後になるかもわからない。

今回の顛末《てんまつ》を浩一や美咲にどう伝えたものか悩む所だ。

だが、それはこれから向き合えばいいだけの話で、今は自分の意識が連続している事実の有り難みを噛み締めることを許してほしかった。

# 第二話

## プロローグ

気がつくと奇妙な場所にいた。

見渡す限りの全てが白で、地面も空も存在しているのかさえわからない。

この場で色を帯びた存在は、高校の制服を着た自分の姿だけだった。

一体ここは何処《どこ》だろう。

頭に霞《かすみ》がかかっていて、どうやってここに来たかも思い出せない。

そうして困惑していたところで――

「気付きましたか？」

唐突に背後から声がかけられた。

その声に振り向くと、そこには一人の女の子がいた。

年齢は十二歳くらいだろうか。幼くも完成された美貌の持ち主である。身に纏《まと》っているのは黒の着物だが、冗談のように丈が短い。ただ、そんなコスプレじみた格好も、何故《なぜ》だか妙に堂に入って見えた。

「君は？　ここはどこなんだ？」

「私は転生を司《つかさど》る女神、ミギリです。そしてここは死後の世界です」

「え？　何それ」

当たり前のように意味不明のことを言われて混乱の度合いがさらに上がる。

「ええと、自分の名前は言えますか？」

「芦屋珠雄《あしやたまお》、だけど」

問われた俺は、今まで何百回と名乗ってきたその名を口にした。

いくら混乱していても、流石《さすが》に自分の名前は言える。

「では、珠雄さん。あなたの最後の記憶は？」

言われて記憶を呼び起こす。

「確か、学校の帰りに、怪しげな男から怪しげなバイトに誘われて、怪しげな装置の処置を受けたところ、かな。金策に悩んでいたとはいえ、何でこんな怪しげな話を受けたのかわからないけど」

「それがあなたの死因です。あの装置は意識の連続性を遮断する装置で、その処置を受けたあなたの魂は肉体から放逐されることになったのです」

「いや、言っている意味がわからないんだけど」

俺がそう言うと、ミギリ様は装置の効果について懇切丁寧に話してくれた。

その説明はわかりやすく、特に苦労せずに話の内容を理解することができた。

「それで、俺の肉体は今どうなってるんだ？」

「現世では結構時間が経《た》っているみたいですが——今はこんな感じですね」

ミギリ様が指を鳴らすと、目の前に映像が展開される。

場所はどこかの探偵事務所のようで、俺は——俺の全てを引き継いだスワンプマンは、見知らぬ女の子と並んで、向かいに座った黒猫と何やら話し込んでいた。

全く状況が理解できず、ミギリ様に尋ねる。

「これは、どういう状況なんだ？」

「あなたのスワンプマンは、装置の行方を追う女の子——七瀬由理《ななせゆうり》さんに事情を知らされて、彼女と行動を共にすることになったのです。今いる場所は七瀬さんの所属する探偵事務所で、向かい合っている猫は彼女の上司の犬飼《いぬかい》所長です」

よくわからないが、そういうことらしい。

気になる点は多々あったが、今は説明を最後まで聞くことに努める。


「そして、あなたのスワンプマンの行動原理は少し複雑です。彼も最初は自分をスワンプマンとしか思ってなかったのですが、あなたの幼なじみの佐倉浩一《さくらこういち》さんにオリジナルの可能性もあることを指摘され、自分がオリジナルかスワンプマンなのか判断が付かない状況となりました。そして、それを確定させるのが、事件の真相を追うよりも優先される、彼の目的となったのです」

「オリジナルの可能性って？」

彼らは装置の効果を十分に理解しているはずなのに、どうしてそんな話になるのだろう。

その質問にもミギリ様はわかりやすく説明してくれた。

件《くだん》の装置も俺が扱う術と同じく、この世ならざる理《ことわり》に属するものであること。この手の術理は互いの世界観が異なると通用しない場合があること。あの実験はまさに自分と同系統の術者に装置が通用するか確かめるためのものであったこと。その判定条件は意識の喪失——即《すなわ》ち気絶であること。その確認は主犯が実行犯に依頼したが、実行犯は実験成功の報酬を取りっぱぐれを防ぐため、俺が確実に意識を失う細工をしたのではないか、と浩一が主張したこと。また、その確認手段として、浩一から回収した装置を使うことを提案されたことも、併せて説明してくれた。

「大分苦しい理屈だとは思うんだけど」

「多分、大切な幼なじみが死んだことを受け入れたくないという願望が、こんな苦し紛《まぎ》れの仮説を生み出したんじゃないでしょうか？　愛されてますね」

「それは——どうなんだろう」

ミギリ様の言う愛という言葉の定義がわかりかねて、曖昧に言葉を返す。

ただ、今はその話題より気にするべきことがあった。

「一応の確認だけど。答えは、オリジナルは死んでいて、あれはスワンプマンということでいいんだよな。現に俺がここにいるわけだし」

「そうなりますね」

「夢枕にでも立って、このことを知らせたりとかはできないの？」

「申し訳ありませんが、そういうサービスはありません」

「まあ、そうなるよな」

そんなに簡単に現世と交信できたら大混乱だろう。

「ちなみに、あのスワンプマンの中身ってどういう存在なんだ？　オリジナルの俺がここにいるなら、あの肉体にも別の霊魂が宿っていると考えての質問なんだけど」

「魂管理番号ろ－068－0987888、直近の固有名は羽柴《はしば》トメ蔵《ぞう》さん、二年前に亡くなって転生の順番待ちだった人です。死因は老衰で、享年九十一歳。山形《やまがた》県の老人ホームに入居していました」

「うわあ」

具体な中身を知ると乗っ取られ感がより実感できて、結構な忌避感を覚える。

「それで、ここにいる俺はどうなるんだ？」

「同じく転生待ちになります」

「それって異世界にも行けたりするの？」

「そんなものがあるかは知りません。私が所管するのはこの惑星だけです」

この星が遠い未来に太陽に飲まれたら、この場所はどうなるんだろう。じゃなくて。

「それで、女神様がなんでわざわざ来てくれたんだ？」

「説明しないと自分の死を理解できないと思ったので、サービスです。先に言っておきますけど、転生に際してチートな能力を与えたりとかも無理ですよ。十年くらい前からやたらと聞かれるようになりましたけど、私は転生の管理しかできないのです」

それならそれでよかった。

今の話を聞いて、俺はある策を閃《ひらめ》いていた。

「そんな能力はいらないけど、頼みがある。あのスワンプマンは、多分自分が何者かを確かめるために装置を使うんだよな。そして、俺はあの装置が俺に通用すると知っている。この場合、俺の肉体から今の直近トメ蔵の魂がはじき出されて、また新たな魂が宿るわけだよな？」

「そうなりますね」

「なら、その肉体に宿る魂を、俺にしてもらえないか？」

「へえ」

ミギリ様が感心したような声を漏らす。

「それができれば元通りだろう。順番飛ばしになるが、特例で何とかできないか？」

「まあ、できなくもないですけど」

「なら、頼む」

土下座せんばかりの勢いで頼み込む。

芦屋珠雄としての生を取り戻せるなら何だってできる。

何かの間違いであのスワンプマンが美咲《みさき》と付き合い始めて深い仲になるとか、そんな未来は絶対に阻止しなければと思う。俺には寝取られ的な趣味はない。

「でも、残念なお知らせです。この場の記憶は現世には持って行けません。あの肉体にあなたの魂を再び宿らせることはできても、その記憶は今のスワンプマンが次に装置を使った時点のそれを引き継いだものになります。そうなると、あなたは芦屋珠雄さんの肉体に生じた、二人目のスワンプマンとして扱われることになるでしょう」

「……肉体も精神も魂も俺なのに？」

「そんなのわかるはずないです。一応、『判《わか》る人』もいるにはいますが、その場に居合わせる可能性は皆無ですから。スワンプマン二号と自覚するあなたも、周りの人も、そんな可能性を追及しようとはしないでしょう」

「……確かに」

悩める俺に、上目遣いにミギリ様は尋ねてくる。

「それでもいいなら、してあげますけど。どうします？」

「やってくれ。今の記憶が残る奇跡に賭けるから」

「わかりました。原理的に無理だと、転生の女神の名の下に断言しますが」

「……ちなみに原理って？」

「霊魂についての仮説は数多《あまた》ありますが、一番正解に近いのは肉体と幽体と魂の三位一体《さんみいったい》論なのです。そして、今のあなたは魂を内包する幽体で、この場では生前の外見と精神を保てているわけですが、転生に際しては――」

と、ミギリ様が手をかざすと、青い炎が灯《とも》った。

「この転生の炎で、精神を司る幽体を跡形もなく焼却して、残った魂を現世の肉体に宿らせるので、前世の情報は欠片《かけら》も引き継がれないのです」

そんなシステムだったのか。だが――

「それでいい。魂の奥底に記憶が残るように頑張るから」

「わかりました。では、やれるだけやってみてください」

そうして俺はミギリ様と共に、この世界から現世の様子を見守ることになった。

ミギリ様によると、着替えだの入浴だのトイレだの夜の営みだの、本人が見られたくないような状況を除けば、基本は見守り放題なのだという。また、生者の思考は死者に向けられたものだけは聞き取れる仕様なのだとか。

俺は俺のスワンプマンが己は何者か悩むたびに、『お前はスワンプマンだ』と叫んだり念を送ったりしてみるが、通じた様子は全くなかった。とてももどかしい。

だが、それでも自分がスワンプマンである可能性を考慮した上で、死んでいるかもしれないオリジナルに気を遣う発想を持っている点については評価できなくもない。

そして、その考えは正しかった。

俺は確かにここにいる。

お前の乗っ取りを認めるつもりも決してない。

そんなことを考えながら動向を見守ることしばし。

ようやくチャンスは訪れた。

七瀬とかいう女の子が止めに来たが、余計なお世話だった。トメ蔵もさっさと断れよ――と、念を送ったのが功を奏したのか、彼は七瀬を拒絶し、装置に手をかけた。

そこまで時間がかかりすぎたのは減点要素だったが、スワンプマンに搭載された思考回路は他ならぬ俺が培ってきたものなので、責めるのは控えておく。

今はスイッチを押してくれさえすればそれでいい。

結構残酷なことを願っている気もするが、装置の効果が唯物論的な主観の消滅ではなく、死後の世界を前提としての魂の放逐であると理解してのものなので、まあ許してほしい。

そう考えて、念を送り続ける。

さあ、悩んでないでさっさとスイッチを押せ。

……押した。

だが――

「なんでそうなる？」

まさかの展開だった。装置は七瀬によってレプリカとすり替えられていたのだ。

「残念でしたね」

「お前の正体はスワンプマンだ！　前世はトメ蔵だ！　身体《からだ》を返せ！」

俺はこの場からあらん限りの声でそう叫ぶが――

「届きませんよ」

うるさげにミギリ様が言う。

その声で、若干の落ち着きを取り戻す。

「まあ、待ってみるのもいいかもしれませんね」

「……そうなの？」

「下界の様子を見て、興味深い状況になっているのがわかりました。チャンスはまた訪れそうです」

「なら、それを待つか」

「結構先になりそうなので、その頃に来ますよ。では、また」

そう言うと、ミギリ様の姿はかき消えた。

ミギリ様の力がなければ下界の様子はわからないため、本気で手持ち無沙汰になる。

だが、それは大した苦痛ではなかった。

俺にはもう一度珠雄として現世に舞い戻れる可能性があるのだ。

そのためなら何だってできるし、いつまでも待てる。

だから、それまでにくれぐれも余計な真似《まね》はしてくれるなと、現世の俺のスワンプマンに、無駄だとはわかっていながらも、頭の中で語りかけた。


目を覚ますと犬飼探偵事務所の仮眠室の天井があった。

窓に目を向けるとカーテンの隙間から柔らかな陽《ひ》の光が差し込んでいる。

枕元の携帯端末で確認すると、時刻は午前七時半。

俺はベッドの上でおもむろに身体を起こした。

どうやら夢を見ていたらしい。

やたらと長い夢だった。

あと、妙にリアルな夢だった。

本気で寝ている間にあの世のオリジナルと思考が繋《つな》がってしまったのではないかとさえ思えた。

だが、転生を司る女神が何日も俺につきっきりというのは特別扱いが過ぎたし、やはり夢なのだろう。多分。

そう考えると魂管理番号という自分の知識に存在しない概念が登場したのは気になるところだったが、ベンゼンが環状構造を持つことを夢の中で閃いたケクレの例なんかもあるので、そういうものもあるのかもしれない。

まあ、それはよく言いすぎとしても、これは結構斬新なアイディアの気がする。

スワンプマンの思考実験でも、火星転送装置の思考実験でも、固有の番号で識別可能で転生の履歴も確認可能な魂の存在を仮定すれば、新たな視点での議論が可能になるのではないだろうかと思う。ただ、この手の思考実験に魂の概念を持ち込むという発想自体は直近で関わった事件で得たもので、自分の閃きの要素は大分低めなのかもしれないが。

と、このまま夢の件で現実逃避気味の思考を巡らせるのは程々にして、現実に意識を切り替える。

今日は十月十六日の日曜日。


七瀬達に俺の決死の確認作業の強制中止を説明された、その翌日である。

あの後、二人から一日頭を冷やすように言われ、その日も泊めてもらうことになったのだ。

そして今日は地元に戻り、浩一と美咲にことの顛末《てんまつ》を説明することになっている。

この、自分がオリジナルかスワンプマンかわからない状況で、どんな顔をして二人に向き合えばいいのかは悩ましいところだったが、避けては通れない道であることには間違いない。

また、強引に止めた責任ということで、七瀬も同行してくれることになっていた。

だが、それでもどう説明したものかは本気で悩ましい。言い方を間違えると、浩一の告げ口をするような形になったり、七瀬達に責任転嫁するような形になったりしてしまうが、それは避けたかった。でも、事実重視で説明すると、どうしてもそういう聞こえ方になってしまう。

ただ、これはしばらく時間があるので、しっかりと考えればいいとは思う。

はっきりとした答えが出せるか、自信はなかったが。

# 第一章　ことの顛末

## 1

「――と、いうわけで彼は自分で確かめる気だったのですが、こちらの判断で強引に止めさせてもらったのです」

芦屋家のリビングで、浩一と美咲を前に事件の経過を報告していた七瀬は、そう言って話を締めくくった。

いつも通りの事務的な口調ではあったが、その服装はゆったりめのニットセーターに丈の長いスカートと、普通に女の子らしい格好だった。共に事件を追っていた際はスカートを穿《は》いているのを見たことはなかったが、それはあくまでも仕事用とのことである。

休日にわざわざ俺のために時間を割いてくれたことには感謝しかない。

そんな七瀬の話を聞き終えた浩一は――ただただ不服そうだった。

汚れ役を買って出た浩一の思いを知る身としては、その気持ちに理解を示せなくはない。

そして、初めて事情を知った美咲の表情は――よくわからなかった。

心情を察することができないのではない。角度的に確認することができないのだ。

何故と言えば、俺は今、布団で簀巻《すま》きにされて床に転がされているからである。

どうしてそんなことになったのかと言えば、結局二人を家に迎える直前まで答えは出せず、どう説明するべきか七瀬にぐだぐだと言っていたところ、背中に何かを貼られた感覚の後、急な睡魔が襲ってきて、意識を取り戻したときには、こんな状況になっていたのだ。

そうして、そのまま大人しく聞くことになり、今に至るわけである。

使われたのは、以前回収していた呪符だろう。長く持ち続けるつもりはないとのことだったが、こんなタイミングで使われるとは思わなかった。七瀬は想定していたようだが。

というか、そろそろ解放してほしかった。

一応は、世の理から外れた術理を引き継ぐ身である。

本気を出せば自力で脱出できなくもないが、それをすると布団をダメにしてしまう。

なので、普通に言葉での解決を提案しようとするが――それより早く浩一が口を開いた。

「余計なことをしてくれたもんだな」

浩一の身長は百八十弱あり体格もよく端正な顔立ちの持ち主である。

ラフな私服に身を包んだ浩一が圧を滲《にじ》ませる様には、傍《はた》から見ても結構な迫力があった。

だが、それを真っ向から受け止める七瀬の表情には、微塵《みじん》の怯《おび》えも見られない。

「はい。私もそう思ったので、こうしてお詫《わ》びに伺った次第です」

そうして直球で言葉を返した。メンタル強いなと思う。

それを受けた浩一は、どうしたものか判断が付きかねたようで、そのまま黙り込んだ。

七瀬もこれ以上は何か言うつもりはないようで、沈黙をもって浩一を見つめる。

その様はどこか浩一を責めているようにも見えた。

基本、敵も味方も人命優先の価値観の持ち主だし、浩一が示した最終プランは力ずくで潰しているので、否定的に捉えているのは間違いなかった。

あまりよくない流れなので、口を挟むことにする。

格好は付かないが、何もしないよりはましだろう。そうして言葉を探すが――

「ねえ、浩一君。ちょっといいかな」

それより先に、美咲が話に割って入った。

「何だよ」

浩一は頭に血が上っているらしく、身体を七瀬に向けたまま、ぞんざいに言う。

だが、これは悪手だと思った。

美咲はたっぷりの間を置いて、続く言葉を口にする。

「私、そんなこと言ったっけ？」

「え？」

妙に冷めた声で尋ねるその声に、ようやく浩一が美咲の表情を視認するに至る。

そして、見てはいけないものでも見てしまったかのような顔をした。

「浩一君、珠雄君に解決策を伝えたときに『私も待ってる』って言ったんだよね。私、そんな記憶ないんだけど」

「え？　いや、お前も話を聞いたら、そう思うんじゃないか、と……」

言いながら浩一の声は尻すぼみになっていく。

「なんで？」

再び感情の宿らない声で美咲が再び問う。

浩一は答えない。

その表情には純粋な恐怖だけがあったりする。

本気で止めた方がいいと思い、身をよじり、美咲の方に顔を向ける。

そうして本日初めて美咲の顔を見て――いつものギャップに言葉を失う。

普段の美咲は、見るものを和ませる柔らかな笑みを浮かべているのだが、今はその顔は能面のように完全な無の表情だった。普通に怖い。

「浩一君。ちょっと来て」

立ち上がった美咲が廊下の方を目で指し歩き始めると、浩一がすごすごといった感じでついて行く。抵抗する様子がないのは、それが無駄だと悟っているからだろう。

浩一の足取りは刑場に向かう囚人のそれを連想させた。

ドアの向こうに二人が消えてから、何やら派手な音が時間差で二度聞こえた。

多分、一度目は平手打ちの音で、二度目は浩一が廊下に倒れ込んだ音だろう。

「浩一君。言っていいことと悪いことの区別が付いてないの？」

廊下の方から美咲の声が聞こえてくる。

「こんなことしたくないけど。私が叱《しか》らなかったら、誰が浩一君を叱ってあげられるの？」

さらに布団叩《たた》きを力一杯振るうような音がする。多分、尻でも叩かれているのだろう。

まあ、言わんとしていることはわかる。

下手をすれば人命が失われるような確認方法を授けてきた浩一を、俺はそんな奴《やつ》だと受け入れてしまっていたが、そのままでいいはずがないと考えるのはもっともな話で、しかしそれを誰が言うかと言えば、母親は失踪しており、父親は完全に信用を失ってしまっている。

なので、浩一が本気で道を間違えたとき、それを正す役割を腹違いの妹である美咲が担おうとするのはわからなくもないのだ。

そんなことを考えている間にも、美咲が浩一を折檻《せっかん》する音が止《や》むことなく廊下から響く。

「あの」

七瀬が床に転がされた俺に視線を落としてきた。

その表情は本気で困惑しているようである。

「止めに行った方がいいんでしょうか」

「……いや。ここは落ち着くまで待っていいと思う」

過去に何度かこういうことはあったが、護身術の心得もある美咲は良くも悪くも加減を心得ているし、浩一も受け入れているようなので、割って入りにくいのだ。

「色々と複雑なんだ。それ以上は聞かないでくれ。多分大丈夫だから」

「……わかりました。聞きません」

と、それで納得したように七瀬は言った。

それからしばらくして、すっかり大人しくなった浩一を引き連れて、美咲がリビングに戻ってきた。

「それで。何か言うことは？」

その目は厳しいが、身内の更生を願う妹の期待も含まれてはいるようには見えた。

「……悪い。やり過ぎた」

言って浩一は俺に頭を下げてきた。

「わかった。水に流した」

さらに悩んで言葉を付け足す。

「そもそも、俺の不注意で始まったことだし」

美咲は俺の言葉に何やら複雑な表情を見せるが、俺には何も言わず、七瀬に向き直る。

「ごめんなさい。見苦しいところを見せて」

「いえ、気にしないでください」

その声はいつも通りの平坦《へいたん》なものだったが、若干引いているように感じた。

とにかく、これで一段落と言ったところだろう。

なので、ずっと言いたかったことを提案してみる。

「話が落ち着いたところで頼みたいんだが——そろそろ解放してくれないか？」

2

ようやく簀巻き状態から解放された俺は小休止を提案してキッチンに向かい、人数分のお茶と適当な茶菓子を持って席に戻ってきた。

俺が座ったのは元々空いていた七瀬の隣で、テーブルを挟んで美咲と浩一と向き合うと、それが今の二人との立ち位置を表しているようで複雑な気分になる。

そんなことを考える俺に遠慮気味に美咲が尋ねてくる。

「多分、話は理解できたと思うけど――私は珠雄君って呼んでもいい？」

「……ああ、問題ない」

その言葉にどう返したものか悩むが、結局は肯定することにした。

「うん、きっと珠雄君だから、大丈夫だよ」

どちらかと言えば自分に言い聞かせるように、美咲は言う。

だが、それを責めるつもりは全くなかった。

だって『知らない間に幼なじみが死んでました。目の前にいるのは肉体と記憶と人格を引き継いだスワンプマンです』なんて話は重すぎるし、可能性が残っているならそちらに希望を託すことは当たり前の感情だと思う。

だから、俺もそうであってほしいという思いを込めて、美咲に言葉を返した。

「ありがとう。きっとそうだ」

「うん、そうだね」

美咲はそれを受けて微笑《ほほえ》んでみせたが、不安の色は隠しきれていなかった。


この幼なじみの悩みを取り去るためなら何だってできる――と言いたいところだが、もし俺がスワンプマンだったとするならば、事実を明らかにすることは、美咲に引導を渡すことと同義というのが悩ましいところだった。

だから、その話を切り出すのは抵抗があったが――

「だとしたら、それを確認しないとな」

その嫌な役回りを、浩一はあっさりと引き受けてきた。

美咲は咎《とが》めるような目を浩一に向けるが――

「いや、反省した。もう無理をさせるつもりはない。でも、避けては通れない話だろ」

と、言うべきところはしっかり言ってみせる。

「あんたも元々、その話もするつもりだったんだよな？」

「ええ、そうですね」

水を向けられた七瀬が浩一に答える。

「……うん、わかった」

美咲はそれを受けて、覚悟を決めたように言う。

さらに隣に座る浩一に顔を向けて続ける。

「でも、浩一君。女の子に『あんた』はどうかと思うよ」

「……そうだな。悪かったな――七瀬さん」

「いえ、気にしてません。佐倉さん、でいいですか？」

「ああ、問題ない」

名字を呼ばれ、浩一がぶっきらぼうな感じで答える。

「私は美咲って呼んで貰えるかな？」

「はい、美咲さん。私は七瀬で結構です」

そこまで話が進んだところで、三人の視線が俺に集まり、浩一が言う。

「お前は――この場では珠雄にしておくか」

「……皆がそれでいいなら」

浩一も七瀬も、今の俺のことは暫定的に沼雄《ぬまお》と呼んでいたが、美咲の手前、それは控えたのだろう。

元々勢いでつけた名前だったので、拘《こだわ》るつもりはない。

そうして互いの呼び方が定まったところで、俺の今後の行く末を決める話し合いが始まったのだった。


「ひとまず、話は俺の方で仕切らせてもらうが――大前提として、初動については俺達で考えるべきことだと思っている」

と、本当に基本的な部分から浩一は押さえてきた。

「まず、機関への単純な相談は不可だ。あれは俺たちにとっては、良くも悪くも役所のようなものだが、対応も似たような感じだからな」

「……確かにな」

行政で対応できることはする。できないことは個人で。これは表も裏も同じである。

「あと、これは七瀬さん向けの説明になるが。こいつの保護者に頼るのは無理だ。後見人は母方の叔母なんだが、一般人でそもそもの事情も説明することはできない」

さらに俺の方に視線を向ける。

「それから、父方の術者家系の方に頼るのも無駄のはずだ。そもそも疎遠という以前に、あっちの感覚だと、優秀な術者であれば他には何もいらない考えみたいだからな。事情を説明しても、気にしない方向に説得してきそうだ。そうなると余計に話がややこしくなる」

「多分、その感覚は間違ってないな」

浩一の意見に俺は同意する。

「そして、俺たちの親に相談するのも難しいんだが――」

と、ここで浩一は七瀬に視線を向ける。

「理由は省かせてもらっていいか？」

「ええ、結構です」

浩一の確認を、七瀬はあっさり認めてみせた。

「ごめんね」

「いえ、気にしないでください」

「……ありがとう」

七瀬の良くも悪くも本気で気にしていない様子に、美咲は好感を抱いたようだった。

こういう事情に下世話に踏み込んでくる相手を美咲は本気で嫌っていたりする。

「それじゃあ、その前提で考えてみよう。一応は、今のこいつがスワンプマンである可能性を受け入れた上で、今まで通り接していく選択肢もあるにはある。だが、俺は否と言いたい」

力強く浩一は断言した。

「規則でもオリジナルとスワンプマンは別人として扱うものだとされているし、俺個人の考えとしても、その考えに異論はない。だから、可能性が僅かにでもあるなら、それを追求して白黒つけるべきだと思う。この考えに異議はあるか？」

浩一は問うが、誰からも声は上がらなかった。

それを見て浩一は満足げに頷《うなず》く。

「じゃあ、実現可能かはさておいて、考えられる解決策を挙げてみることにしよう。ただ、最初の案は既に廃案済みだと先に言わせてもらう」

と、美咲に恐れるような目を向けてから、右手の指を一本立てる。

「まず、プラン一。何とかして機関から『意識の連続性を遮断する装置』を借り受けて、珠雄か、あるいは珠雄と同系統の術者に通用するか確認する。ただ、これは――人道上の問題で許されるべきものじゃないから、選択肢から外すことにする」

どの口で、という突っ込みは誰からも入らなかった。まあ、一応の禊《みそ》ぎは済んだし。

そして浩一は二本目の指を立てる。

「次にプラン二。件の装置と同系統の装置を使う。ただ、現存する中では確認に使える装置はないみたいだし、役に立ちそうな未発見の装置が新たに見つかる可能性も望み薄だ。また、術理の継承は絶えているそうだから、新規の装置開発もほぼ不可能となっているしな」

そこまで言って浩一は大きく嘆息する。

「先に言っておくが、ここから先は大分荒唐無稽なものになる。覚悟してくれ」

そうして三本目の指が立てられる。

「プラン三。これは魂関係のアプローチになる。例えば、前世がわかる異能者がいて、そいつが今の珠雄の前世を三年前に死んだ人物のものだと判定した場合、スワンプマンだったことになる。そういう類いのものだ」

前置きの通り本気で荒唐無稽な話ではあったが、理屈にはなっていた。

直近で似たような夢も見たし。

そして、浩一は四本目の指を立てる。

「最後にプラン四。超常の存在に助言を求める方法だ。例えば、願いを叶《かな》えてくれる悪魔を呼び出して、答えを教えてもらえれば、それでもこの問題は解決するだろ」

これも反則気味ではあるが、あり得ない話ではない。

「今挙げた中だと、プラン三か四になると思う。プラン二は一番現実的だが、可能性は低いからな。プラン四で特定に使えそうな装置の在処《ありか》を聞くというのもあるが」

そこまで言って浩一は七瀬に視線を向ける。

「ええと。七瀬さん。ここまでで補足とかはあるか？」

「いえ、特には。概《おおむ》ね私が考えていたことと同じです」

「なるほど。俺も捨てたもんじゃないらしい」

と七瀬を持ち上げるようなことを言うが、対抗心が見て取れるのは気のせいだろうか。

「それじゃ、この方向で続けるが。今のプランを実現に移す手段としては、合法的なものに限るなら、大きく分けて三つあると思う」

浩一は、もう一度指を一本立てる。

「まず、一つ目は機関の貸し出している道具を使うパターン。ただ、目録を見るための閲覧権限を得るのは厳しいし、既に相応の権限を持っている人間を頼るのもなかなかに難しい。それに貸出料も決して安くはない」

そして、二本目の指を立てて続ける。

「二つ目は、機関の斡旋《あっせん》所の利用だ。直接目当ての人材や道具を求めるだけじゃなく、請負人を雇って探すことそれ自体を依頼するのもここに含まれる。ただ、募集をかけても不調に終わる可能性はあるし、結構な金額を用意するのが前提となる」

最後に、と言って三本目の指を立てる。

「三つ目は個人的な伝手《つて》だな。直接の知り合いはいなくても、さらに紹介を受けて、と繰り返していけば、そのうち行き当たるかもしれない。これも可能性は低いし、あまり広めるべきでない珠雄の現状を知る人間がどんどん増えるのも気になるところだ。あと、この場合でも無償とはいかないはずだ」

と、ここまで言って改めて皆に問いかけた。

「ここまでで質問や補足はあるか？」

浩一の問いを受けて、七瀬が軽く手を挙げる。

「一つ目の選択肢ですけど。ここに来る前に所長に確認してもらったのですが、うちの事務所の閲覧権限だと使えそうなものは見つかりませんでした」

「閲覧権限は？」

「二種です」

「それでか……」

二種と言えば、常識的なレベルで辿《たど》り着《つ》ける権限としては最高だったはずで、その方面での対応はほぼ潰《つい》えたと考えていいだろう。

「それで、二つ目か、あるいは三つ目の選択肢になりますけど。これも所長に確認してきたのですが、うちでは『珠雄さんがオリジナルかスワンプマンか否か確認する』という依頼は受けられないそうです。依頼達成の見込みが立たないので」

「なるほど」

七瀬の言葉に、責めるような視線を浩一が向ける。

「大したご身分だな。強引に――」

と勝ち誇ったように言いかけて、

「じゃなくて。俺の言い出した無茶《むちゃ》な確認方法を止めてくれたことには感謝しかないし、その判断にも不満はないんだ。答えが出るまで事務所を閉めて全面的に協力しろとも、無理な依頼に付き合えとも言えるはずがない。おたくの所長の判断は極めて妥当だと思う」

と、慌ててものすごい早口で訂正に入った。

そして隣に座る美咲が軽く頷いたのを確認して、あからさまに安堵《あんど》した顔をする。

躾《しつけ》の効果がすごい。やはり暴力ほど効果的に人の心を変える手段はないのだろうか。

いや、あるいは肉親の情が届いたと考えることもできるかもしれないが。

「そう言ってもらえると有り難いんですけど」

七瀬も浩一が言いかけた言葉は流して言葉を返す。

「ただ、調査期間を定めて具体的に『こういう道具を所有する人物を探してほしい』と依頼されたら、引き受けられるそうです」

「依頼料は？　ただじゃないよな？」

「はい。内容によりますが、一週間二十万、一ヶ月で八十万くらいでしょうか。ただ、もし依頼を受けるとなったら、二週間はサービスできるとのことです」

「……そうか」

軽めに言うが、四十万円分の仕事をただでしてくれるというのは、結構なことだと思う。

「ただ、これはあくまでもうちの経費で、見つけた相手への報酬は別になりますけど」

「そっちの相場は？」

「不明です。基本、相手の言い値なので。一千万を超えても不思議ではないと思います」

再度の浩一の質問に七瀬が答える。

「でも、もし仮に『悪魔が願いを叶えてくれる魔導書』なんてものがあったら、億は超える値が付くでしょうね。どう考えても一庶民に手が出せるものじゃないです」

そう考えると、最大のネックは資金だろうか。

一応、両親の保険金等で大学を卒業するまで生活できるだけの貯金はある。さらに言えば、この家を土地ごと売り払えば、まとまった金額が手に入るだろう。

ただ、それは本気で最後の手段だった。

使いどころを間違えて資金が尽きればほぼ手詰まりになるし、生活基盤を失うレベルの資金投入はできる限り避けたい。

そう考えると、次の一手としてどう動くかは悩ましいところだった。

そうしてリビングに沈黙が降りる。

「もしかしたら、何とかなるかも」

そんな中、声を上げたのは美咲だった。

「おじいさまに相談していい？　七瀬さんの職場とは別のところにお願いすることになるけど、お金の件も何とかなると思う」

「え？」

美咲の申し出に、俺は間の抜けた声を上げてしまう。

さらに大人しく厚意に与《あずか》っていいものか悩む。

「……頼らせてもらえ。向こうも大人だし、無理なら無理と言うだろ」

戸惑う俺に、浩一が言った。

「――そうだな、頼んでいいか」

「うん、任せて」

何やらわからないが、そういうこともあるのだろう。

美咲の家も色々と複雑で、かつ本人がそうしたことを聞かれるのを好まないため、物心ついたときからの幼なじみとは言え、知らないことは多かったが、母方の実家は結構な資産家だったはずである。

さらに言えば、美咲の祖父は、一時期のうちの母の対応に相当な恩義を感じていたようで、両親が亡くなったときには、そっち方面の手続きは全部手を回してくれた人でもあった。

そういう意味では最初から彼に頼る方向で話を進めることもあったのかもしれないが、それは諸々《もろもろ》の事情から難しかったであろうことにはすぐ気付いた。

とにかく、一つの方針が立ったところで、浩一が七瀬に目を向ける。

「それで、あん――七瀬さんはいつまでいるんだ？」

「浩一君。どういう意味で言ってるの？」

尋ねたのは美咲である。

「いや、心配しているんだ」

浩一が慌てて補足する。

「七瀬さんの事務所に頼むことはなくなったのに、これ以上なし崩しに付き合わせるのもどうかと思ってな。家も遠いみたいだし、フルタイムで働いているんだろう？今日も日曜なのに、わざわざ来てもらったわけだし」

「そうですね。必要な話はできたし、明日からは仕事なので、そろそろお暇《いとま》させてもらおうと思います」

「……そうか」

と、あっさりと返した七瀬に浩一が拍子抜けしたような顔をする。

「ただ、結果は教えてもらえると有り難いです。あと、できるレベルでは相談には乗りますから」

その口ぶりに名残惜しさは皆無で、それを少し残念に思う自分がいたりもする。

浩一は少し考えた後、口を開いた。

「わかった。それじゃあ連絡先を聞いてもいいか？」

「ええ、お願いします」

連絡先を尋ねる前に間があったのは、多分彼女のことを気にしてのことだろう。

浩一の彼女は徹底的な管理型で、女子と連絡先を交換したときは報告義務があるらしい。

「私も聞いていいかな？」

「ええ、大丈夫です」

そうして各々が携帯端末を取り出し、操作を始める。

そんな中、何かを気にするように美咲が俺の方をちらりと見てくる。その意味することを察して説明する。

「いや、俺はもう済んでるから」

「……そうだよね」

連絡先の交換が終わると、七瀬はあっさりと帰り支度を始めた。

見送りは玄関までとなって、幼なじみ三人が集まる。

二人の手前、特に踏み込んだ話題もできず、簡単な礼を述べるだけとなった。

シンプルすぎたが、それが七瀬との別れだった。

それに思うところもあったが、今は気にするべきではないと自分に言い聞かせる。

美咲の祖父がどういう対応をしてくれるのかは現時点では不明ではあったが、せめていい報告はできればとは思った。

## 第二章　降霊実験と託宣とスワンプマン

### 1

そうして芦屋家での会議から六日後の土曜日。

俺と美咲と浩一の三人は、長野《ながの》県の野能《ののう》村に向かうための新幹線の車内にいた。

ちなみに、並びは、三人掛けで窓際から美咲、浩一、俺の順になっている。

寝不足気味だったという美咲は早いうちから寝息を立てていた。

浩一はタブレット端末に視線を落としている。これは部の後輩の鈴音《すずね》から依頼された原稿を読んでいるらしい。俺は酔いそうになったので途中で止めたが、浩一曰《いわ》く今回の件で説明に使えそうだから、遅くとも明日には読んでおくようにと言われたりもした。

そういうわけで、今のところ会話はないが、これは関係が悪いとか、そういう話ではなく、沈黙が気にならない間柄、ということでいいと思う。

そもそも四時間にも及ぶ移動時間の間ずっと会話を途切れさせないとか、普通に無理だし。

——と、少なくとも今回の騒動に巻き込まれる前は、自信を持ってそう言い切れたが、今の関係はやはり微妙であるような気もした。

美咲は——結局、あれから俺を珠雄として扱っている。

そしてそれは、浩一曰く、俺のことを珠雄と信じていたいという願望と事実認定がごっちゃになっている、あまりよろしくない状況であるとのことで、これ以上負荷をかけないためにも早めに白黒つける必要があるとのことだった。また、保留にしている件についても、完全に流れたわけではないのだから、心に留《とど》めておけとは言われている。

そんな助言をしてきた浩一は、以前に言っていた『証《あかし》が立てられるまでは沼雄として扱う』という方針は緩和する姿勢を見せていた。

これは、前の方針は完全に短期決戦向けの追い込み用で、状況が長引きかねない現状では、珠雄だったときに備えて程々に優しくする方針に切り替えたとのことである。この言いぶりは若干気になったが、気を遣ってくれていることに間違いなく、それが普通に有り難かった。

そうして色々と考えさせている己の曖昧さが心苦しい。

この曖昧な立場で数日過ごすことになったが、自分はもちろん、美咲や浩一にも結構な負担を強いているのはことあるごとに実感できて、浩一の提案した手段で一気にケリをつけることのメリットを実感することになってしまったのも確かだった。

正直なところ、この状態が年単位で続くのは、あまり想像したくない。

そんな事態にならないように、この旅で何らかの成果を得られればと、心の底から願う。

今回の旅の目的は、検証に協力してくれるミコサマ――詳細は聞かされていないがイタコのようなものらしい――に会うことだった。

そして、その検証手順は、ざっと次のようなものだ。

まず、口寄せでオリジナルの珠雄の呼び出しを試みる。

もし、あの装置が有効だったならオリジナルの珠雄は死んでいるはずとの考えで、呼べてしまえば悪い方の結果となるが、それで検証は終了となる。

そして、呼べなかった場合は、それが相性の問題かもしれないので、死亡が確定している芦屋家の人間の呼び出しを行うことで、それを確認する。

呼び出す相手は――中途半端な親戚に迷惑はかけられないとの判断で父になった。

そして、これも無理だったなら、せっかく手配してもらった霊媒師は検証に不適格だったということになる。

ただ、その場合でも完全に無駄足になる訳ではない。

件のミコサマは占いも請け負っていて、そちらも対応してもらえるらしい。

これで有効な助言の一つでももらえれば、それはそれで解決の目処《めど》が立つ。

この段取りを整えてくれたのは、関係者相手のコンサル業を営む美咲の祖父である。

だが、コンサル業者が仕事で知った顧客の情報を元に頼み事をするというのは本来のルールから逸脱したもので、その辺りの整理には大分苦労をかけたのだという。

だがそれでも、何とか相談料は無償で話が付いたとのことだった。

ただ、色々と条件は提示されていて、気をつけるべきことは多いらしい。

特に、先方の担当者とは余計なことを話すな、と念押しされたことは気になるところだ。

基本、術者家系の後継者育成は最重要課題であり、同時に最大の懸念事項となっている。

そして、イタコの修行法にはかなり厳しいものもあると聞いたことがあった。

様々な経文の暗唱や滝行は軽い方で、酷《ひど》いものになるとあの世を垣間《かいま》見《み》せるために気絶するまで修行者を殴りつけたりもするのだとか。また、修行が済めば後は自由に暮らせるわけでもなく、精進潔斎など様々な制約を課せられることもあるらしい。

また、そこまで厳しくないにしても、物理的な影響手段を持たない術者の場合、親族の食い物にされるのもよくある話で、何となく嫌な想像をしてしまう。

が、考えすぎのような気もするし、何があっても自分のするべきことを選べば問題ないのだと、そう自分に言い聞かせた。

2

目的地である野能村は、長野県中西部にある、四方を山に囲まれた村だが、長野市と名古屋《なごや》市を繋ぐ鉄道の沿線にあって、僻地《へきち》と言えるほどの立地ではない。

長野駅から各駅停車のワンマン列車に乗り込むと、車両は十五分ほどでトンネルに入り、さらに二十分ほどで目的地の駅に着いた。

ここまでの感想は、正直に言って普通の一言だった。

村を囲む山々は、如何《いか》にも普通の里山と言った感じで、アルプスっぽさは皆無である。植生にも目立った違いはなく、紅葉の度合いも地元と殆《ほとん》ど同じだった。渓谷ではなく盆地にある村なので、視界も普通に開けている。

駅前の町並みも極端な田舎のそれではなかった。

確かに年季の入った個人商店も多かったが、普通にコンビニもスーパーもあったし、新しめの低層集合住宅もちらほらあったりする。

また、気候も普通で、本日は雲一つない晴天ということもあり、地元より少し涼しく感じる程度だった。これは天気予報で確認したとおりで、浩一に言われるまでは結構な厚着をしてくるつもりだったが、そうしなくてよかったと思う。

ただ、それでも俺達の服装は、普通よりは大分違ったものになっていた。

それは先方の事情を考慮したためである。

向かう先は結構なお屋敷で、客層もそれなりの身分の人間ばかりのため、安いトレーナーにジーンズなんかの格好は論外とのことだった。

美咲の服装は、白のニットセーターに黒のロングスカート。一目見ただけで生地と仕立ての良さがわかって、値段も結構張るのではと思う。ただ、美咲本人の器量はもちろんのこと、立ち振る舞いも綺麗《きれい》なため、違和感は全くなかった。まあ、母方の実家は結構裕福な方とは理解していたし、そういう服を着て出かける経験もそれなりにあるのだろう。

ただ、そんな機会もない俺と浩一は、美咲の祖父の秘書さんに連れて行かれた店で服を選ぶことになったのだが、正解を選べたのかは気になるところだった。

浩一はシャツもジャケットもスラックスも靴も全部黒で統一している。若干の悪乗りも感じられるが役どころも心得ている感じで、美咲と並べばお嬢様とお付きと言った感じに見えなくもなかった。

そして、俺の服は、悩んでいたら浩一に決められてしまったのだが、これもまた悪乗りのような気もする。白シャツに黒のベストに茶のパンツの組み合わせは、確かに良家の子女っぽく感じられなくもなかったが、鏡で見ると馬子にも衣装といった感じで、着られている感がすごかった。美咲と並ぶと、お嬢さまに拾われた従僕っぽい感じはあるとは浩一の言である。

ただ、本日の正客は美咲ということになっていて、俺と浩一はそのお供という扱いなので、そう見られるのは問題ないのかも知れなかったが。

まあ、それはともかくとして。

現在の時刻は十二時半過ぎで、約束の時刻は午後一時。昼食は長野駅で済ませているので、速やかに目的地に向かうことになった。


村の中心部を離れると目に入るのは山と田畑と点在する民家だけとなり、その風景の中を地図アプリを頼りに歩いて行く。しばらくすると道は杉林の中に入り、その先を進むと視界が開け、高い塀に囲まれた大きな純和風の屋敷が姿を現した。

その威容を見て、確かにこれは普段着で来なくて正解だったと素直に思う。値が張るだけのコスプレ衣装のように思えた服に、今は頼もしさを感じた。

ただ、美咲は特に気にした風もなく、普通に門の横の呼び鈴を鳴らす。

すぐに女性の声が応じ、美咲が名乗り、用件を伝えた。

それからしばらくして一人の女性が現れた。

年齢は俺たちの一つか二つ上だろうか。動きやすそうな和装に身を包み、腰まで届く黒髪は無造作に一本結びにしている。結構な美人だが気の強そうな印象を受けた。

「お待ちしておりました。私は本日の案内を務めさせていただく柊《ひいらぎ》伊予《いよ》と申します」

言われて美咲も名乗りを返し、俺、浩一の順に続く。

それを受けて伊予さんは改めて一礼し、俺たちを敷地に招き入れた。

敷地内に入ると、広い庭とその向こうに立つ屋敷の全貌が確認できた。塀の外から見たときはわからなかったが、最近改築したのか屋敷自体は結構新しいように見える。ただ、訪れるものを納得させる風格のようなものを十分に備えてはいたが。

俺たちは先頭を歩く伊予さんに続き、敷石を踏みしめ、純和風の庭園を進む。それから結構な距離を歩いて玄関に到達し、屋敷に上がった。

もちろん、脱いだ靴を揃《そろ》えるのも忘れない。

余談だが——今回は美咲の素性は明かしていないにしても、家と家との付き合いというか、この場で通すべきマナーというものは厳格に存在するとのことで、これについては事前に結構厳しく注意されていたりもする。

例えば、今歩く順番も美咲が一番で、それから俺、浩一と続いているが、これも並びは客側の序列順というルールを守ってのことだ。ちなみに浩一が最後なのは、末客の方が守るべき作法が多いとのことで、自分から引き受けてくれたからである。今の立場ではこの気遣いが、有り難くもあり申し訳なくもあった。

そうして板張りの廊下をしばらく進み、応接用と思《おぼ》しき部屋に通される。

部屋は畳敷きだが、置かれているのは低めのガラステーブルとソファで、正座せずに済んだことに安堵する。

伊予さんが奥の方の席——上座に座るように促してきて、美咲、俺、浩一の順に座る。

ここでミコサマの登場を待つのかと思いきや、伊予さんは立ったまま咳払《せきばら》いを一つする。

「——さて」

と、伊予さんが険しげな視線をこちらに向ける。

「それでは、ミコサマにお会いいただく前に、私から幾つかお話をさせていただきます」

なんだか雲行きが怪しくなってきたが、まだ決定的でもないため、様子を窺《うかが》う。

「お話は私も伺っておりますが——なかなかに複雑な経緯がおありのようですね」

と、いかにも厄介ごとを持ち込んでくれたものだと言わんばかりに彼女は言う。

「ですが、正直なところ、そういった検証作業に使われることは不本意に思います。今までも、関係先の研究者から検証に協力を求められることはありましたが、そういった申し出は全て断っていました。死とは、もっと厳粛に扱うべきものでしょう」

もっともな話ではあった。

ちなみに——死後どうなるかについては、機関は不明との見解を示している。

死者との交信を扱う術理は幾つも存在するが、相互に矛盾していて、どう整理していいのか判断が付かない為《ため》である。

ただ、仮説は色々あって、一番優しいのは死後の世界は宗派ごとに異なるというものだ。

そして一番怖いのは、この手の死者との交信だのはアカシックレコードのような超常的記録媒体を元に、術の設定に即した情報が提供されているだけで、死後の世界は存在しないというものである。この仮説では、機関はこの仮説を証明済みだが、社会の混乱を避ける為に、それを隠しているのだ、という都市伝説じみた話もセットで語られることも多い。

そんな状況の中、関係者の間で最も支持される考えは、程々に距離をとれ、というものである。

これは一般社会とそう変わらない扱いで、俺もできればこの説を肯定しつつも半ば忘却し、平穏な日常を過ごしていたかったと心の底から思う。

だが、今はそんなわけにはいかないため、伊予さんにどう言うべきか言葉を探すが——

「ただ、今回は当主の決定ですので、私からとやかく言えるものではありませんが」

それより早く伊予さんはそんなことを言ってきた。だったら言うな、と言いたくなるが言葉を飲み込む俺の代わりに――

「はい。ご理解いただき、感謝しております」

と、余所《よそ》行き仕様の美咲が答える。

品の良さを感じさせる涼やかな声であったが――これがある種の見切りをつけ始めた態度であることがわかってしまい、少し背筋が寒くなる。

「結構です。それでは、準備に移らせていただきます」

そんな美咲の考えに気付いているのかいないのか、伊予さんは粛々と部屋の隅の文机《ふづくえ》から二枚の用紙を取り出し、ペンと共に俺達の前に置く。

「それでは、こちらに呼び出す方のお名前、享年、命日、呼び出される方との関係、お亡くなりになった理由をお書きください」

そして、いかにもな指示を下してきた。

「……俺が書こう」

迷いを見せた美咲に変わり、浩一がペンを手に取る。

そして、大人びた字で必要な情報を記載していく。

一枚目――氏名、芦屋珠雄。享年、十七歳。命日、十月五日――装置の処置を受けた日だ。関係、幼なじみ。死因――意識の連続性を遮断する装置の処置を受けたことによる。

……こうやって文字に起こされると、もの凄《すご》く重い。

美咲はあからさまに目を背けたし、書いている浩一も決していい気分ではないはずである。

呼び出しは失敗してほしいと、心の底から思う。

そして二枚目の父の分についても浩一はそつなく書いていく。命日の確認で出番があるかと思ったが、浩一は当たり前のように俺の両親の命日を記してみせた。

「お疲れ様でした」

言うだけ言って気が済んでいたのか、一応の労《ねぎら》いの言葉を伊予さんが口にする。

「それでは、幾つかの注意点について説明させていただきますが――まず、ご質問いただくのは、ミコサマに降りた霊が何者か私が確認させていただいた後となります」

いわゆる審神者《さにわ》というやつだろうか。

神主や巫女《みこ》に霊的な存在が降りてきたとき、その存在の正体を見極める役割を持つ人物がそう呼ばれる。

詳しい術の背景は聞かされていなかったが、どちらかと言えばイタコよりは歩き巫女に近いのかもしれない。こちらも口寄せや占いを行うし、場合によっては審神者《さにわ》を置くこともあったらしい。

「そして、ご理解いただきたいのですが、死後の世界というのは俗世の悩みや苦しみから解き放たれた、安らぎに満ちた場所です。このため、呼び出された方も生前よりも穏やかな性格になっている傾向がありますが、それは必然的なものなのです」

その言いぶりはインチキ霊能力者の誤魔化《ごまか》しのようにも聞こえたが、ミコサマが本物であるのは間違いないとのことなので、気にしないことにする。

「また、ミコサマが死者を降ろせる時間は長くはありません。質問は手短にお願いします。今回はさほど気にすることではないかもしれませんが」

いや、どうだろう。もし珠雄の霊が呼べてしまったら、言いたいことは浩一も美咲も山ほどあると思う。

「最後にですが――ミコサマには決して余計なことは言わないでください」

と、今までで一番厳しい声で言う。

「俗世との折衝役を務める私どもと違い、ミコサマは本当に最低限のことしか存じません。今回の検証作業の件は説明しておりますが、それとて大分譲歩してのことなのです」

言っていることは理解できなくもなかった。

基本、術理の習得には信仰と理解が必要不可欠とされているし、習得後も信仰心の多寡が術の行使に影響を与えるケースは普通にある。

ただ、それを理由に術者を囲い続けるのが正しいのかは悩ましいところだったが。

「時代錯誤と思われるかも知れませんが、私にはそれを守る意義があると思っています」

伊予さんはそういう考えらしい。

「もしこの約定を違《たが》えた場合は、あなた達はもちろん、あなた方の家にも責任を取っていただきます。家同士の関係とは、そういうものでしょう」

と、そこまで言って俺達を見据える。

「失礼ながらお尋ねしますが、その覚悟はおありですか？」

「もちろんです。よろしくお願いします」

美咲が代表して答え、男二人も後に続く。

「わかりました。それでは、ご案内しましょう」

ようやくミコサマとの対面である。

もしかすると、これで芦屋珠雄の死亡が確定するかもしれないが、この場で答えが出ずに長期戦に突入することを考えると、それも一つの救いかもしれないと思えてしまう自分がいた。

3

案内されたのは屋敷の北側に建てられた離れだった。

窓はなく蝋燭《ろうそく》だけが光源で、何が焚《た》かれているのか独特の香気が部屋を満たしている。

室内は板張りで、敷かれた座布団に俺達は正座する。

その向かいには巫女装束の少女が座していた。

年齢は多分十二歳くらい。年にそぐわない厳かな雰囲気を身に纏っている。その容姿は驚くほどに整っていたが個人的な主張は皆無で、屋敷と共に一つの舞台装置として機能しているように感じた。

その印象に違わず、少女は淀みない所作で深々と一礼してきた。

「遠路はるばるよくお越しくださいました。本日のお勤めをさせていただく柊伊月《いつき》と申します」

たどたどしさなど一切なかった。幼いのに大したものだと素直に感心する。

伊予さんと名字が同じなのは姉妹だからだろうか。だとすれば、先の物言いは余所余所しすぎるように感じたが。

「萱野《かやの》美咲です。本日はよろしくお願いいたします」

「芦屋――珠雄です。お願いします」

「佐倉浩一です。よろしくお願いします」

と、美咲が丁寧に挨拶を返し、俺と浩一がそれに続く。

伊月はそれを受けて再び恭しく一礼して顔をあげる。

そして、一息ついて――その表情が一気に崩れた。

「と、堅苦しい挨拶はこれくらいにしておきませんか？」

そう言って、伊月は年相応の砕けた笑みを浮かべて尋ねてくる。

「ミコサマ。ご客人の前です」

隣で影のように付き従っていた伊予さんが咎めるように言うが――

「あれ？　今回の人たちは、そこまで重い話じゃないから大丈夫、って言ってなかった？」

「……」

その言葉に伊予さんが黙り込む。見事なブーメランだ。

「そもそも、お客様用の対応はものすごく気を遣うのよ。お迎えからお見送りまで、一挙手一投足の作法があるし。でも、今回は特例の検証実験なんでしょう？　いちいち作法通り行うのも変だし、それならこっちのほうがお互いに楽じゃない？」

と、高めのテンションで伊月が続けて――

「ねえ、そうでしょう？」

と、こちらに向かって問いかけてくる。

それを受けて俺達三人が計ったかのように同じタイミングで伊予さんに視線を向けると、

「……そうですね」

彼女は何かを諦めたかのように言った。

「じゃあ、それでお願いします」

「もっと砕けた感じで」

美咲の言葉に、伊月があっさりとダメ出しをする。

「じゃあ、それでお願いしていいかな？」

「うん、よろしくね」

美咲があっさりと切り替えて言い直すと、伊月は満足げに頷いてみせた。

「それで、美咲さん達はどこから来たの？　東京？　私、一回行ってみたいんだけど」

「ミコサマ。客人の事情を詮索するものではありません」

その言葉に、伊月があからさまに不満げな顔をする。

「どの立場で言っているの？　妹の私が今日のために断食とかしてるのに、好きなもの食べて生きている立場？」

「家を守る立場です」

伊予さんはそれでも平静を保って言うが――

「だったらさっさと結婚して子どもを産めばいいんじゃない？　十人くらい。それだけいれば誰かが後を継げるでしょ」

伊月の棘《とげ》のある声に黙り込む。なんだか雲行きが怪しくなってきた。ただ、心底憎んでいるわけではなく、ギリギリのラインで姉妹喧嘩《げんか》の枠に収まっている感じもあって、どうしたものか対応に悩む。

浩一がわざとらしく咳払いして手を挙げる。

「申し訳ない。もとよりお互いのため手短に済ませるという約束だったはずだ。それに、うちのお嬢は外泊厳禁で、帰りの電車に余裕もない。そろそろ本題に移ってくれないか」

「むう。仕方ないね」

浩一の言葉には気を悪くした風もなく、納得した感じで伊月が言う。

「じゃあ、早速だけど呼びに移ろうか」

そして、俺のほうに視線を向けて言う。

「そっちのお兄さんがオリジナルか複製かわからなくなったから、死んでいるかもしれないオリジナルの魂を見つけることで、オリジナルかどうか確かめたい、だっけ」

好奇心を隠し切れない様子ではあったが、それでも最低限の職業意識は発揮されたのか、それ以上踏み込んで来ることはなかった。

そうして、先ほど応接室で浩一が書いた資料を伊予さんから受け取り目を通し始める。

「わかった。それじゃあ、始めましょうか」

伊月は居住まいを正して、数珠を持った手を合わせ、顔をうつむけ、読経を始める。不思議な韻を踏んだ声が、じゃらじゃらと音を立てる数珠の音と併せて場を満たす。


同時に伊月の扱う力の流れが場を満たしていくのが知覚できた。うちの術とも土御門《つちみかど》流とも異なる、不可思議な気配である。力は伊月を中心に渦を巻き、ここではないどこかに向けて広がっていく。

そして——伊月がゆっくりと顔を上げた。

そこから漏れ出る言葉次第で、俺がスワンプマンか確定することもあり得る。

美咲は無言。浩一の息をのむ音が聞こえた気がした。

「——ダメね。呼びかけても引っかからない」

「それじゃあ——」

美咲が希望に顔を輝かせる。

浩一が水を差すように、先を促す。

「次だな」

そうして伊月が俺の父の呼び出しに移る。こちらはどう考えても死亡が確定していた。

これで呼べてしまえば、俺はオリジナルであると考えて差し支えないだろう。

それが今回の検証で得られる、最も望ましい結果だ。

そして、そのときはこんな訳のわからない事情で呼んでしまった父に何と言おうか考えるが——

「やっぱりダメみたい」

再度顔を上げた伊月が端的に結果を口にした。

「ということは、相性の問題で、どの道呼び出し不可だった、ってことになるな」

「うん、そうなるね」

浩一の言葉を伊月があっさりと認める。

検証は失敗した形だが、珠雄の死亡が確定しなかったのも確かで、美咲は少し安堵したような表情を見せた。

「それじゃあ、最後に占いをお願いしていいかな」

「うん、任せて」

美咲の言葉に伊月が応じる。

「確認だけど。必要なのは珠雄さんがオリジナルか否かを確かめるための助言で、占うのは珠雄さんでいいの？」

「ああ、頼む」

実は占いの対象を選ぶのに、地味にもめたりもした。

理由は、占いそのものが結構なデメリットを持っているかもしれないからで、それを浩一が自分で被《かぶ》ることを申し出てきたためだ。

助言を得られるなら幼なじみを救うという目的を持った浩一であっても問題ないはずで、それなら前回の選択肢の押しつけの詫びもかねてとのことだった。

ただ、迷惑をかけている認識があるのは俺も同じで、こればかりはどちらも折れず、最終的にはジャンケンという運任せの手段で決めることになったのだった。

「じゃあ、占う前に簡単に説明させてもらうね」

伊月の声は、砕けた様子ではあったが、結構な真剣さを帯びてもいた。

「まず、大前提だけど、うちの教えでは確定した未来はないと言われているの。例えば、占いの結果で当選確実とか合格確実とでても、それはその人の今の頑張りも考慮して神様が判断したものだから、いい結果が出たからって努力をするのを止めると、普通に落選したり不合格になったりする、みたいな」

「なるほど」

言っていることは理屈になっていたので素直に頷く。

「あと、助言や忠告が出たら守ってね。破るとよくないことが起きると言われてるから」

「それは破滅するレベルの罰が当たるとか？」

浩一が硬い声で尋ねる。

「さあ。でも、そこまでの苦情が来たことはないから、大丈夫じゃない？」

その返しを聞いて思い出したのはあるアメリカンジョークだった。『このパラシュートは絶対に安全なんだな？』『もちろんです。開かなかったという苦情は一度も来たことがありません』と、そんな感じの。

「というわけで、最後の確認だけど、本当に大丈夫？」

「……大丈夫だ。お願いする」

直前で言われて怯《ひる》んだのは確かだったが、ここで躊躇《ためら》うと浩一が自分を占えと言い出しかねないので、俺は若干無理してそう言った。

「わかった。それじゃあ、お姉ちゃん、準備をお願い」

砕けた物言いに何か言いたげな伊予さんだったが、結局は何も言わず準備を始める。

硯《すずり》に墨に水に半紙に下敷きと、小学校の習字の授業を思い出す定番セットを部屋の隅の物入れから取り出し、慣れた手つきで伊月の前に並べていく。

準備が整ったようで、伊月が硯で墨をすり始め、部屋を満たす香りに墨の匂いが混じる。

そして、伊月は筆先に墨をつけ、再び読経を始める。

やがて――場の空気が変わった。何か異質な気配が伊月の身に降りたように感じる。

そして筆が半紙の上を滑り始めた。結構な達筆だが、何とか読めるレベルではある。

間もなく文章が完成し、存在していた何かの気配がこの場から去って行く。

伊月は顔を上げ半紙に視線を落とし、初めて見るような表情でそれを確認した。

そして、丁重な手つきで向きを変え、こちらに見えるようにしてくれる。

自分についての予言なので、代表して読み上げてみる。

「待つが吉。困《こう》ぜしときは正道を選べ。さすれば道は開ける」

「微妙だわ」

と伊月。かなり厳しめの自己評価である。

まあ、気持ちはわからなくもない。

特に後半は当たり前のこと過ぎて、何も言っていないに等しいと思う。

「ごめんなさいね。せっかく来てもらったのに」

「――ミコサマ」

伊予さんが咎めるように言う。

客相手に勝手に評価を下げるなということだろうか。

美咲も伊月に気を遣うような目を向けるが――

「気にしなくていいの。うちは私が今は一番の稼ぎ頭なんだから」

そして、ごく当たり前の調子で、続く言葉を口にした。

「今日だって二千万の仕事をこなしたんだから、これくらい言う権利はあるはずでしょ」

「え？」

「あ」

思わず漏れた言葉は俺のもので――続く言葉は伊月のものである。

無料で話はついたから気にするなとのことだったが。

そんなにかかってたの？　マジで？

「……やってくれたな」

浩一が重々しい口調で伊予さんに言う。

その様子だと浩一も知っていたらしい。

「確か、お互いに余計なことは言わない約束でのこの金額だったはずだが」

完全に黙り込んだ二人に向けて浩一は言う。

取りなすように伊予さんが言う。

「申し訳ありません。そもそも私が余計なことを吹き込んでしまったのが悪かったのです。ミコサマに非はありません」

「それなら伊月にはどうこう言うつもりはないが」

ものすごく厳しい目で浩一は続ける。

「あんたはどう責任を取ってくれるんだ？　あんたの考えだと、家としても責任を果たしてくれるらしいが」

伊予さんにとってはまたものブーメランだった。

そのまま結構な時間、この場に沈黙が降りる。

「それで、どうしてくれるんだ」

浩一は容赦なく、簡潔に伊予さんに回答を促す。

が、伊予さんは何も答えない。

嫌な流れだったので、やむなく割って入る。

「特に考えがないならこちらから提案させてもらいたいんですが――いつかサービスでもう一度だけ対応してもらえる、というのでどうでしょう？　もちろん、お互いの家に知られないように気を遣うというのが大前提で」

具体的に何を頼むかは考えてもいない。

ただ、落とし所は必要と思っての発言である。

伊予さん達は今回の不始末を家に知られることを恐れ

ているように思えたので、それも条件に加えてみた。

もちろん、この提案で全部解決するとは思えない。

だが、この案が否定されれば代案の検討に移るはずで、それでこの嫌な流れが変わるなら、それだけでも価値があるとの考えである。

その発言を受けて、一同の視線が俺に集まる。

結構な負荷を感じるが、狼狽《うろた》えても仕方ないので、正した姿勢のまま、それを受け止める。

「……まあ、妥当な所かもしれないが、そっちはどうだ？」

浩一の提案を受けて、姉妹が顔を見合わせる。

「私は大丈夫。ただ、精進潔斎とかの都合があるから、三日前には連絡貰わないと、対応できないけど」

「私も問題ないと思います。ただ、他の家の者は大抵東京の別宅にいますが、戻ってくる場合もありますので、やはり事前にご連絡いただければと思います」

そうして柊姉妹の同意も得られた。

「美咲も、これでいいかな？」

「うん、これでいいと思うよ」

最後に美咲に尋ねると、何やら感心したような表情を浮かべ、同意してくれた。

「それじゃあ、事務的な話になるが、連絡手段とかについて決めさせてもらおうか」

そうして手早く質問し、必要事項を確認する。

連絡の交換先は伊予さん。予約があればそちらを優先。準備の都合もあって必ずしも指定の日に対応できるとは限らないが、できる限り誠意をもって対応するとのことであった。

その後はほんの少しの雑談をして、屋敷を後にすることになった。

そして——駅を目指し、来た道を戻る中で、気まずそうに美咲が口を開いた。

「黙っててごめんね」

「……いや、いいんだ。こっちこそ余計な気を遣わせて悪かった」

既に払ってしまっている以上、こう言うしかなかった。

しかし、どうしたものだろう。

いくら何でも二千万は厚意で受け取るには大きすぎる。

かといって、働いて返すにも無理がある金額だが。

一ヶ月五万円という厳しめの返済プランでも三十年以上はかかる計算だ。ちょっとしたマンションのローン並みである。

「まあ、そこまで気にすることでもないだろ」

と、浩一が取りなすように言う。

「あのじいさんは、お前のおばさんのことは小さい頃から知ってるし、俺たちが生まれた後も娘が世話になったことも理解はしているから、これくらいは出せるだろ。例えば、お前に心臓移植が必要になったら、ぽんと億でも出したと思うぞ」

「うん、そうだよ」

浩一と美咲の母方の祖父の関係がどういうものかは知らないが、そこまで嫌ってはないような口ぶりで言い、美咲も同意した感じで続ける。

「ああ、そうだな。それじゃあ、ありがたく世話にならせてもおう。流石にこれ以上は申し訳ないから遠慮させてもらうけど」

これ以上拘っても二人を困らせるだけだし、何も言わなければ残り八千万円を引き出す算段が始まりそうな気がして、そんな風に言ってみる。

「うん、ごめんね」

「いや、本当にいいんだ。一応、助言も得られたわけだから」

「まあ、そうだな」

と、浩一が同意する。

「あの場では言えなかったが、そこまで悪い内容じゃないだろ。『待つが吉』と言ってるんだから、今は切り替えようぜ」

「確かにな」

実はそう単純な話ではないことには気付いていたが、浩一がそれに言及しなかったのは美咲に負担をかけないためだとわかったので、話を合わせる。

しかし、いつまで待てばいいのだろう。

それが一週間後なのか一ヶ月後なのかはわからないため、結構神経をすり減らしそうな気がする。だが、今は浩一の言うとおり、いったんは切り替えるしかなかった。

## 第三章　未来予測とその類型

### 1

「それで、どうでした？」

長野県の一件から二日後の月曜日。その放課後のＳＦ研究部の部室にて。

部の後輩である鈴音は神妙な顔をして、向かいに座る俺と浩一に尋ねてきた。

聞かれているのは彼女から渡されていた、新人賞向けの原稿の感想についてである。

結局浩一に言われたとおり昨日中には原稿を読み終えて、早速書評に移ることになったのだ。

なお、本日の部活は相坂《あいさか》が不参加の非正規のものとなっていて、その理由は流石に同級生に見せるのは恥ずかしいからとのことである。

ただ、こちらも気恥ずかしさはあった。ラストは普通にキスシーンとかもあるし。

鈴音の小説の内容は、簡潔に言えば、予知能力を持った少女と、その理解者となる少年の、ＳＦ風味のボーイミーツガールものだった。

オチまで読んだ感想はよくできているな、というもので、予知絡みということで浩一はこの小説の書評を早めに済ませたいと考えたようだが、具体的にどう繋がるのかはよくわかっていなかったりする。ただ、これは話を聞けばわかることなのだろうが。

そうこう考えているうちに、浩一が口を開いた。

「まず、文章力や構成は問題はなかったと思う。登場人物も適度に個性的で好感が持てた」

「ありがとうございます」

「ただ、肝心の予知の扱いが微妙に思えたな。なんというか、シーンごとで予知の扱いがバラバラで、いまいちルールが見えなかった」

「……と、言いますと？」

鈴音が前のめり気味に浩一に尋ねる。

「まず、ヒロインの過去パートだが——ここでは、たまたま占ったクラスメイトが交通事故に遭うことを知ってしまい、これを防ごうとして失敗している。しかも立て続けに。それから、序盤で主人公とヒロインの出会いのきっかけとなる事件。これは原因を特定することには苦労しているが、それを取り除いたらあっさり事件は解決できている。最後は本作の中心となる事件で、これは原因を特定して対策を取っても、別の問題が発生して、主人公の死という結末を回避するのに苦心することになっているわけだが――」

と、ここで浩一は間を置いた。

「どれも物語上の都合としてはわかるんだ。最初のはヒロインに未来は変えられないという悲観的な認識を持たせるために必要だったんだろうし、序盤の事件は主人公とヒロインに早めに同盟を結ばせるために易しめの難易度にしたんだろう。最後の事件も、山場を作るために、ちょっとやそっとでは解決できないものにしたと推測はできる」

「……そのとおりですけど。予知の扱いがバラバラというのは？」

「俺なりの解釈だが、予知の原理は基本的には三つのパターンに分けられると思う。それぞれ、運命読み取り型、単純演算型、予言成就型とでも名付けようか」

そうして浩一は説明を始める。

「まず、運命読み取り型は、その作品世界で運命というものが実在していることを前提とする。このタイプの予知で、ある人物が死ぬ予知がなされた場合、その根拠は『そういう運命だったから』だ。この場合、結果を変えるのは運命を変えるのと同義で、それには結構な労力が必要になるだろう」

「……そんな昔の映画もあったな。死を予知して回避したら、その後に無茶苦茶《むちゃくちゃ》な偶然が働いた事故が起きて、どう足掻《あが》いても結局は死んでしまうってやつ」

「ああ、イメージはそれに近いな」

俺の言葉に浩一が同意を示す。

「次の単純演算型に移ろうか。この代表格はラプラスの悪魔だろう。これはフランスの数学者、ピエール＝シモン・ラプラスによって提唱された概念だ。『ある瞬間における、この世の全ての粒子の状態を知ることができて、かつ、それらの情報を元に完全な演算を行える存在がいるとすれば、その存在は未来の全てを予測できるだろう』、ってな」

そう言って浩一は小難しげな理屈を語るが――

「ただ、この型は必ずしもそこまで万能である必要はない。火山の活動状況がわかれば噴火の時期は予測できるし、意中の相手の自分への好感度を把握できれば告白が成功するかは予測できるだろう。そうした『得られた情報を元にシミュレートする形で未来を予測する』という原理で働く予知を、単純演算型と名付けてみたわけだ」

と、最終的にはシンプルに纏めてきた。

「この型の特徴は、結果を変えるのに超常的な修正力が働くことがないってことだ。例えば、このタイプで何百人も死ぬ飛行機事故を予知した場合、それには必ずその原因が存在する。部品の不具合の単純な見落としとかな。そして、その原因を取り除けば、それで事故は防げる。火山の噴火なら止める術はないが、その場合でも事前に逃げるだけで死ぬ未来は回避できる。これは単純なケースだが」

「複雑なケースというのは？」

「原因が人の意思による場合だ。さっきの例で言うと、もし部品の不具合の原因が人為的だった場合、その対策が取られたと知られたら、当然に別の手段を取ってくるだろう。ただ、この場合でも犯人を排除する妨げになるのは犯人の力量だけだ」

「なるほど」

浩一の説明に、鈴音の顔に理解の色が浮かぶ。

「そして最後の予言成就型は、正確には未来予測じゃなく、予知した内容を現実にする呪いじみたものだ」

「呪い、ですか」

「ああ。このタイプの予知で、ある人物が死ぬ予知がなされて死んだ場合、その原因は『予知されてしまったから』だ。昔話の悪い魔女の予言もこのタイプに分類できるかもな。『姫は糸紡ぎの針に刺されて死ぬだろう』とかな。このタイプも結果に対する修正力が働くから、運命読み取り型と外観的には見分けが付きにくいが、作者としてはどっちの原理で動いているかは理解しておかないと、ブレが生じると思う」

と、そこまで言って浩一は鈴音に目を向ける。

「で、一通り説明した上で、お前の小説の話に戻ろうか」

そう言って浩一は語り始める。

「ヒロインの過去編では、占ったクラスメイト二人が事故に遭う未来が見えて、しかも警告したにも拘《かか》わらず回避に失敗している。これは予言成就型のように思える。たまたま二人とも事故に遭う運命だった、なんて出来過ぎだからな。正直、俺はこの時点でこの作品のオチは

『全部ヒロインが占ったから事件が起きてました』なのかと思ったぞ」

「むう」

「で、序盤の事件は単純演算型のように思える。連続通り魔殺人事件の次の犯行を阻止するため予知で先手を打っているが、それで普通に犯行は止められているからな。ちなみに、この時点で俺はヒロインとの過去との予知の扱いの差に違和感を覚えつつも、画期的なアイディアでラストに纏めてくれるのかと期待もした」

「うう」

「そして物語の山場となる事件は運命読み取り型のように見えた。回避しても回避しても死の運命が変わらないわけだからな。最初に見えた交通事故に遭う未来を回避したら、次はガス爆発に巻き込まれる未来が見えたりというのは、予言成就型には当てはまらないし。そうして、俺はお前が予知の扱いを深く考えてないだけだったんだと理解したわけだ」

「……そういうことですか」

「そういうことだな」

鈴音は難しげな顔である。

「だから、その辺りを統一すると違和感はなくなるんじゃないか？　ただ、それだけだと無難に纏めただけでSFとしては新規性は薄いから、受賞は厳しいだろうが」

「それで、アイディアとかは？」

「甘えるな。作家を目指すなら自分で考えろ」

そして浩一は厳しめの言葉を鈴音にぶつける。

「じゃあ、芦屋先輩はどうです？」

そうして鈴音は俺に尋ねてきた。

そもそもの本題として浩一が言いたいことは理解できたが、この場は鈴音の書評のためのものでもあるので、役に立つことを何か言えたらと思う。ただ――

「難しいな。あえて言うなら、浩一が言っていた『全部ヒロインが占っていたから事件が起きていた』というオチに向けて全体的に改稿する、という手もあるにはあるけど――」

と、鈴音の顔色を窺いながら言う。

「でも、俺としては主人公とヒロインの掛け合いとか、二人の間に流れる空気感とか、ヒロインが未来は変えられると前向きな考えに変わっていく様子とかが丁寧に描かれているところが普通によかったと感じたから、それが台無しになるのはどうかと思うんだよな」

「……ありがとうございます」

鈴音は若干照れたように礼を述べてきた。

そうしていい感じにまとまりかけたのだが——

「いや、アリじゃないか？」

「え？」

浩一がそんなことを言い出した。

「俺も珠雄の感想には同意見だ。この小説の良さはそこに尽きると思う。だからこそ、最後にそれをひっくり返すことでインパクトは出せるんじゃないか？　結構前にあっただろ。最後の五行で全てが覆る、みたいなキャッチコピーの小説」

「嫌ですよ、そんなの」

ほとんど間髪を容《い》れず鈴音が言った。

「受賞したくはないのか？」

「私は私の書きたい小説で受賞したいんです」

鈴音は迷いのない口調できっぱりと言う。

「……まあ、そこまで言うなら好きにすればいいが」

「はい、そうします。でも、ありがとうございました。

参考になったし、やる気出てきました。今日は帰って原稿を書きます」

「おう、頑張れ」

「お疲れ」

そうして足早に出て行く鈴音を見送る。

その様は、素直に好ましいと思った。

自分のやりたいことがあって、そのために努力できるというのは、羨ましささえある。

以前の俺は、進路は決めかねていたし。さらに言えば今は己が何者かさえわからず、その結果如何《いかん》で将来が大きく変わるという中途半端な存在だし。

そんなことを考えながら、浩一に本日の本題に入るように促す。既に浩一がこのタイミングでこんな話をした意図は理解できていた。

「それで、今の話だと、あの予言はどうなるんだろう？」

2

「難しいところだな」

俺の問いに、浩一は顔をしかめてそう言ってきた。

ちなみに、予言の件を浩一と話すのは、今が初めてだ。

帰りの電車の中で話せる内容ではなかったし、地元に戻れたときは結構な時間になっていたので、そのまま解散となっていたのだ。翌日の日曜は浩一が彼女と終日の予定をいれていたこともあり、このタイミングとなってしまったわけである。

「ひとまず、さっきの話をベースに、現実の予知につい て話そうか。これも正式な見解はなく、俺が知ってる話を纏めたレベルになるが」

そういって浩一は説明を始めた。

「まず、この世界に運命と呼ばれるものはない、らしい。少なくとも、寿命を定める蝋燭とか、運命を記した椰子《やし》の葉とか、そういう全人類の運命を定めるものは確認されていない。だから、基本は『単純演算型』と『結果拘束型』の二種類と思っていいはずだ」

「『結果拘束型』もあるんだ」

「ああ。実際にそれを規定する規則もある。悪い結果が出ることが予見できて、特定の人物を加害する目的で占った場合、傷害や殺人の故意犯になるそうだ」

「……なるほど」

確かにそれが可能なら、法規制は必要だろう。

「注意点としては、その複合型もあるということだな。現在の情報を読み取っての予知に加えて、回避条件等を設定してくるタイプだ。というか、伊月の予知はまんまそれだな」

「まあ、そうなるな」

「その前提で、この予知について考えてみるが——『単純演算型』として考えると、この予知をした何者かは、超越的な視点でこの世界の情報を読み取り、結果そういう判断をしたということになるが、何をもって『待つが吉』としたかだな」

気になる言葉が出てきたので尋ねてみる。

「そもそも『何者か』ってどういう存在なんだ？　伊月は単に神様と言ってたが」

「さあな。この手の予知だの託宣だのの主体は完全に不明だ。本当に術理ごとに別々の上位存在が背後に控えているのかもしれないし、この世界の『試行錯誤を繰り返しているうちに、本来は実践できないはずの理論が、ごく希《まれ》な確率で何らかの影響により実践できるようになる』という奇跡を起こしている、全術理共通の運営主体が、術理の世界観に見合った形で結果を提供しているのかもしれない。まあ、考えても無駄だろ」

そういうものかもしれない。

後者なら大分SF寄りの解釈だが。

「話を戻そう。『待つが吉』いうことは、手がかりとなり得る何かが既に何処かで進行中で、それがいずれ関わってくる、という風に考えられるな。ただ、それとの接触が本当の意味でいいものかは不明だが」

「と、いうと？」

「尋ねたのはあくまでも『お前がオリジナルか確認する手段』についてだからな。極端な話、美咲のじいさんの秘書だかが気を利かせて例の装置を持ち出している最中で、近い未来にお前に処置をかけて残念な結果に終わる場合でも、答えがわかるという意味では吉と言えなくもない」

「……なるほど」

その可能性は確かにあるのかもしれない。

「ただ、その場合だと『困ぜしときは正道を選べ』という助言の出番がないから、多分違うんだろうが」

「……まあ、そうだよな」

九割方願望混じりでそう答える。

「まあ、今は待つしかないだろ。『待つが吉』って言われたんだから、積極的にこちらから動けば予知の前提が崩れかねない」

「そう考えると、七瀬の事務所の依頼と並行して、というのもやめた方がいいんだろうな」

「そうなるな」

と、浩一が言いにくそうに付け加える。

「お前がどう思っているのかわからないが、ああいう職種の連中とは距離を置いた方がいいぞ。基本、法律スレスレだか、軽犯罪上等の思考じゃないとやっていけない業界らしいからな。変に付き合えば、お前まで変な事態に巻き込まれかねないぞ」

「言っていることはわかるけど……」

確かに前に関わった事件を通じても、浩一の評価は間違っていないとは思うが、それでも素直に頷く気にはなれなかった。色々と世話になったのは確かだし。

「俺もこんな過保護な親みたいなことは言いたくないがな。まあ、すぐには納得できないだろうから、いったん頭を冷やして考えてみろ」

と、諭すように浩一は言う。

「予知については、いつまで待てば何が起きるのか、明言されていないのがつらいところだが、恐らく年単位とかはないだろ。その状況は『吉』とは言えないからな。まず一ヶ月は待つ覚悟でいて、何もなければもう一度考えてみる、くらいでいいだろ。ただ待ってるだけなのが不安なら、新しい術の一つでも覚えてみるのもいいんじゃないか？　中間テストも終わったことだし」

「そうだな、そうしてみるか」

その日の結論はそういうことになったのだった。

ただ、一ヶ月後だと、来月二十日の美咲の誕生日を超過してしまうのが気にはなるところである。

一応、美咲からは落ち着くまでは忘れてほしいと言われたままだが、だからと言ってそのまま流すのは違う気がしたし。

なら、どう動くべきかと言われると判断がつかないのだが。

# 第四章　新たなる装置、新たなる事件

## 1

　そして——長野県での一件から丁度一週間経った、十月二十九日の土曜日の午後。

　俺は再び犬飼探偵事務所を訪れていた。

「ご無沙汰でしたね」

　向かいに座った七瀬が、やや感慨深げに言う。

　長野の一件は報告していたが、実際に会うのは自宅で別れて以来である。

　およそ二週間ぶりに会った七瀬に、特に変わった様子は見られなかった。

　服装は白のニットセーターに黒のチノパンといつも通りの中性的な感じで、髪型も変わらぬ肩までのショートカット。そして、変わらない整った涼やかな目鼻立ち。

　何となく、会っていないうちに彼氏ができていたらどうしようという謎の考えが頭に浮かぶ。そこで初めて俺が他の女子と話しているのを見ていた美咲の気持ちというものが実感できた気がして、この気付きのタイミングの最低さにうんざりする。

　そうした諸々の考えは一旦締め出して、なるべく簡素に言葉を返す。

「……そうだな。結構久しぶりな気がする。想定よりは大分早い再会だけど」

「確かにな。ここまで早いタイミングとは思っていなかったが」

　これは七瀬の隣の所長の台詞《せりふ》である。

　その姿は変わらず猫だった。しっとりとした漆黒の毛並みで、体重は多分五キロくらい。元は人間だったらしいが、何故そうなったか、理由は聞かされていない。

　そんな彼はソファに積み重ねたクッションの上で横座りの姿勢になっている。

「あれからどうだ？」

「何とかなっている——と思います。学校には通えているし、幼なじみ二人とも話はできています。距離感は模索中ですが」

「……そうか。まあ、気にするのは程々にしておけ」

　普通に心配してくれている様子で所長が言う。

「あの、その節はお世話になりました」

「気にするな。こちらが勝手にしたことだ」

そのせいで延長戦に突入したわけだが、下手をしたら文字通り人生終了だったわけで、今のところは感謝しかなかった。

「それで、早速だが本題に入ろうか」

「お願いします」

俺がここにいる理由は、昨日の夜に七瀬から連絡を受けたためだった。

その内容はシンプルだったが、非常に興味深いものだった。

装置の関係で依頼が舞い込んできた。未知の装置が関わっている可能性がある。必要経費はこちらで負担できるので、良ければ関わってみないかと。

早速予言が当たった形である。

この展開の都合の良さに、自分の運命が変なレールに乗ってしまったような、奇妙な引っかかりを覚えないでもなかったが、それでも動かない選択肢はなかった。

そうして、はやる気持ちを抑え、浩一と美咲にはざっとの説明だけして、馳《は》せ参《さん》じたわけである。

ちなみに、依頼人の家には本日のうちに行くことになっているらしい。

今日は土曜日なので学校は休みだったが、時間を要するなら、再び長めの休みを取ることも辞さない覚悟だ。

「それでは、概要をお話ししましょうか。所長、私からで大丈夫ですか？」

「ああ、任せた」

鷹揚《おうよう》に所長が言う。

「とは言っても、現時点ではあまりお話しできることはないんですが」

そんな前置きをして七瀬は話し始めた。

「ことの始まりは、高塚《たかつか》さんからの電話でした。高塚さんは覚えてますよね」

「もちろん」

高塚さんは、意識の連続性を扱う装置の開発者である高塚恭一郎《きょういちろう》の息子だ。

術理は引き継げていないが知識は豊富で、前回の事件でも相談に乗ってもらった。

「彼の話では、件の装置に関わる直近の事件を解決した人間を紹介してほしいと、知人から頼まれたとのことでした。ただ、詳細は高塚さんも聞かせてもらえなかったそうです」

どうやらあまりオープンにできない類いの話らしい。

「それで先方に連絡してみたところ、口外無用という条件で、話を聞くだけで五十万円、依頼を受ければ前金で百万、成功報酬が三百万円と、金額だけ示されまして。ひとまずは実際に会って話を伺うことになったわけです」

余計なお世話かもしれないが、結構怪しい話だと思う。

「それで、未知の装置が関わっているというのは？」

「これは相談者から直接聞いたわけではないのですが、高塚さんが相談を受けたとき、件の装置で新しいものは見つかってはいないか尋ねられたそうなんです」

「なるほど。そういう話だと、相談者が未知の装置による、人に明かせない事情に悩まされているみたいだな」

「そういうことですね」

高塚恭一郎が発明した、意識の物理的本質であるとされるＦＩ場に干渉する装置群の中で現在把握できているのは『意識の連続性を遮断する装置』の他は、『意識だけを入れ替える人生交換装置』、『人を哲学的ゾンビに変える装置』、『意識を機械媒体に移し、その連続性を維持させる装置』の三つだけだったはずだ。

それ以外となると、どんな装置になるのか見当もつかなかったが、俺の役に立つ可能性も全くないわけではないはずだった。

七瀬達もそう考えて声をかけてくれたのだろう。

「悪い。助かる」

「いえ、これくらいは全然大丈夫です」

と、七瀬は本当に気にしていないように答える。

「ちなみに、高塚さんの知人ってどういう人なんだ？」

「表では某国立大学法学部の教授職に就いていて、機関にも専門家の立場で様々な貢献をしてきた人で、件の装置の規則制定のために設置された有識者会議でも座長──その会のトップですね──を務めています」

「結構な立場だな」

そんな人物がどんな事件に巻き込まれたのだろう。

「あと、彼は他人説を支持したそうです」

「なら、価値観はそこまでずれていないかもな」

前に聞いた話だと、装置を巡る規則の制定は、今から五年前に行われたそうだが、その際には意識の連続性が絶たれた人間を同一人物として扱うか否かが争点となり、結果は八対七という結構な僅差で他人説が採択されたのだという。

　俺としては、たとえ自分に不利でも他人説を支持している身で、同一人物説を掲げる人間とは一生わかり合えないと思っているので、これは望ましいことだと思う。

「それで、他に聞きたいことはありますか？」

「いや、これで十分だ」

「よかったです。それでは、これから移動となりますが、その前に改めて参加の意思確認をさせてください」

　と、かしこまった声で七瀬が言う。

「前回は事件に巻き込まれた被害者という形で捜査に同行してもらいましたが、今回は扱いが全く異なります。確認ですが、今も仮登録ということでいいんですよね？」

「ああ、変わりないけど」

　仮登録とは、管理の限界から苦肉の策として定められた制度で、『神秘の存在を秘匿する』『法律を犯さない』『公序良俗に反しない』という基本方針さえ守れば、関係者でありながら機関の定める保管規則の影響を受けない立場をいう。正式には丙種登録というらしいが、関係者は普通に仮登録と呼んでいて、俺もそれに倣っている。

「前にも言いましたが、仮登録者を正式に雇うことはできません。なので、今回は本登録を検討する仮登録者向けの職場体験、という体で整理させてもらえればと思います」

「それで大丈夫なのか？」

「叱られても、謝ってすぐ止めれば一回目はセーフだろうとの判断です」

「なるほど」

　なかなかにグレーな対応ではあった。

　が、確かにそういう体でないと関わっていけないのなら仕方ないのかも知れない。

「大丈夫だ。それでいい」

「書類の作成も省かせてもらって大丈夫ですか？」

「ああ、問題ない」

　そのくらいには信頼はできていたので、そう答える。

「では、口頭での最終確認ですが。この世に絶対はありません。なので、死んだり大怪我《おおけが》したりすることもあるかもしれません。また、仕事を進める上では危ない橋を渡ることもあり得ますが、同行しておいて全く自分は関係ありませんでは済まないかもしれません」

　そこまで言って、俺の目を正面から見据えてくる。

「その上で、本当に大丈夫ですか？　もちろん、私も所長も本気で気を遣いますけど」

と、変わらぬ事務的な口調で物騒なことを尋ねてきたりもする。

この質問には真剣に考えることになった。

前回の事件では、全然覚悟ができてなかったことを、相手の雇った非合法の請負人に骨を折られ地面に転がされて思い知らされた苦い経験もある。軽犯罪上等のスタンスを目の当たりにすることは多々あった。そんな連中との距離感を考えろと言っていた浩一の警告もある。

だが――

「大丈夫だ」

悩んだ末に、そう答える。

虎穴に入らずんば虎児を得ず、である。

自分の事情なのだから、後は全部任せて結果待ち、というのは避けたかった。

それに、器用貧乏ではあるが一通りの術は使えるので、どこかで役に立てるかもしれないとも思う。

「わかりました」

それから七瀬は相談者の氏名を明かし――沢木《さわき》一郎《いちろう》さんと言うらしい――続いて相談者の自宅までの経路について説明してきた。家は都内にあり一時間程《ほど》で着くとのことである。

そうして、説明を終えた三十分後には準備を終え、事務所を出ることになった。

依頼人の話がどういったものなのかは全くの未知ではあったが、自分の正体を知る手がかりが得られることに期待する。これが予言に言う『待てば吉』の状況なら、その公算は決して低くないはずである。

そうして、俺は再び、件の装置を扱う事件に関わることになったのだった。

2

道のりは極めて順調だった。

いつかのように邪魔が入ることもなく、相談者の家があるという住宅街を歩き進んでいく。

町は清潔で緑に溢《あふ》れ道幅も広く、見上げれば青く澄んだ空が視界に広がる。周りの家はどれも結構な敷地面積を誇り、適度に個性的だった。何というか、勝ち組な感じの人たちが住んでいるところという印象である。

国立大学の教授と聞いていたが、そんなに儲《もう》かるのだろうか。あるいは機関絡みの仕事をしているからなのかもしれないが。

やがて七瀬が示した家の表札に、沢木の文字が確認できた。住所からも間違いないようである。

立派な門の横の呼び鈴を押して名乗ると、奥さんと思しき年配の女性が出てきた。

ただ、なんというか——ものすごく怪訝《けげん》な表情である。

「あなた達が？」

と、顔に出した表情と同じく、胡散臭《うさんくさ》げに尋ねてくる。

「はい。七瀬と申します。本日はよろしくお願いします」

と、七瀬は謎の説得力を纏った声で、言葉を返す。

「芦屋珠雄です。よろしくお願いします」

僅かに遅れて俺も名乗る。

「……わかりました。どうぞ上がって」

「お邪魔します」

七瀬に続いて家に上がり、奥さんの案内で二階に続く階段を上り、右手にある部屋に通された。

奥さん——主人を呼んでくると言ったので確証を持てた——は部屋を出て行き、待ち時間を部屋を眺めて過ごすことになる。

調度品はどれも立派で、壁には絵画が掛けられ、棚には高級そうな洋酒が飾られていたりもする。やはり結構儲かっているらしい。

と、不躾《ぶしつけ》なことを考えていたところで、廊下から足音が近づいてくるのが聞こえた。

ドアを開け入ってきたのは、髪に白いものが混じり始めた痩せぎすの男性だった。年は五十代後半程だろうか。大学教授という肩書きのとおり理知的な雰囲気の持ち主である。

彼は俺達を見て驚いたような表情を浮かべた。

多分、俺達が予想より若すぎたのだろう。

だが、すぐに表情を引き締めて俺達の正面に座して、低く落ち着いた声で言う。

「急な話にも拘わらず、早速来てくれたことに感謝しよう。沢木一郎だ。本職は大学教授で、機関との付き合いもあり、ＦＩ場関係の規則制定にも関わっていた」

「犬飼探偵事務所の七瀬由理です。よろしくお願いします」

「助手の芦屋珠雄です」

「うむ。よろしく頼む」

沼雄という名前はややこしくなるので、ここでは珠雄と名乗ることにした。

助手という肩書きも前もって決めていたことである。

「ところで――ずいぶん若く見えるが。失礼だが、君のところの所長は？」

沢木さんが平静を装いながら、この話題に触れてくる。

「今、所長は別の仕事に対応中となっております。お急ぎとのことなので、私達だけで伺わせていただきました」

「……そうか」

彼は気を取り直すように言う。

「高塚君からも聞いている。若いのに非常に優秀で、装置についての理解も十分にあると」

淡々と返した七瀬に、沢木さんがほどよくこちらを持ち上げるようなことを言う。

そうして彼が続けようとしていたところで――不意にノックの音がした。

沢木さんがはじかれたような動きで、ドアの方に体を向ける。


その視線の先で、許可を待つことなくドアが開き、お盆に三人分のお茶と茶菓子を乗せた奥さんが入ってきた。

「……お茶をお持ちしたんですけど」

沢木さんのただごとではない様子に目を丸くして奥さんが言う。

「不要だと言ったはずだ」

「そういうわけにもいかないでしょう？　せっかく来てくださったのに」

「お前もわかったと言っていただろう！」

沢木さんは癇癪《かんしゃく》を起こしたような声を上げた。

だが、すぐに我に返り、宥《なだ》めるような声で言う。

「いや。大きな声を出して悪かった。しかし、今日は彼らの悩みを聞くために足を運んでもらったのだ。誰にも言わないし、聞かせないという約束だった。お茶はありがたくいただこう。だが、後のことは気にしないでもらえるか」

「まあ、そういうことなら……」

奥さんはそう言って、卓上にお茶と茶菓子を並べ、そそくさと出て行った。

どうしたものだろう。ものすごく気まずい。

沢木さんはドアが閉まるのを見届け、さらに奥さんの足音が遠ざかるのを確認してから、ようやくこちらに向き直った。

「すまない。見苦しいところを見せた」

「気になさらないでください。大分お悩みのようですね」

「ああ、そうだな」

彼は大きくため息を吐《つ》く。

それからたっぷり五秒ほど間を置いて口を開いた。

「それで、高塚君からは何処まで聞いている？」

「詳細は何も。ただ、ＦＩ場関係の装置の事件を扱った事務所として私どもをご指名とのことでしたので、おそらくはその関係だと推測しております」

「他に彼は何か言っていたかね？」

「未発見の装置について質問があったので、その関係ではないかとの話はありました」

「――なるほど、理解した。それでは、本題に入る前に、改めて確認させてもらおう」

と、咳払いを一つして沢木さんが切り出した。

「ここからの話は他言無用だ。話した上で依頼を断られるのは仕方がないと思うが、それだけは絶対に守ってもらう。それは信じてもいいな」

「はい」

「問題ありません」

七瀬に続き、俺も同意の言葉を口にする。

「わかった。それでは、これを渡しておこう」

そう言って彼が渡してきたのは分厚い茶封筒である。

「検《あらた》めてくれ」

「では、失礼します」

七瀬は封筒から紙幣を取り出し、慣れた手つきで枚数を確認する。

「それでは確かに五十万、頂戴しました」

ここまでは約束通りだった。これは手間賃であり、同時に口止め料でもあるらしい。

七瀬がそれをバッグに仕舞《しま》うまで、沢木さんは視線を外さなかった。

「では、これで一旦の契約成立ということだな」

「はい、仰《おっしゃ》るとおりです」

七瀬の言葉に沢木さんは満足げに頷いた。

「では、話すとしようか――」

大分長い前置きとなったが、ようやく本題に入ってくれるようだった。

3

「私は現在、ある男から脅迫を受けているのだ」

そうして沢木さんは端的に話を切り出した。

「初めて会ったのは二ヶ月ほど前だろうか。奴は戸村《とむら》と名乗っていた。年の頃はおそらく三十前だろう。一見したところでは、ごく普通の男に見えた。そして、自分が意識の連続性を遮断する装置の被処置者——通称スワンプマンとして施設に収容され、今は別の身分を得て暮らしているのだと話してきた」

彼の口から関係する用語が出てきて、彼も関係者なのだと改めて実感する。

「一体何処で私のことを知ったのかはわからん。奴は要求を突きつけてきた。制度の再検討を国に提案しろと。やはりスワンプマンはオリジナルと同等の扱いを受けるべき存在であると、そう言ってきたのだ」

その主張に俺は驚く。

まさか、規則そのものを変えようとする人間がいるとは思わなかった。

「私は奴に助言した。そんなことはできない、正規の手続きで対応を求めろと。すると奴は言ってきた。既に手は尽くしたと。請願は行ったが梨《なし》の礫《つぶて》で、費用を貯《た》めて裁判を起こしたが敗訴した。だから、これくらいしか手段は残っていないのだと」

「……」

「もちろん、私は断った。不躾な話だったし、何より無理な相談だった。この手の手合いはたまに現れる。だから私もそれ以上は気にしていなかった」

そこで、忌々しげに顔をしかめる。

「だが——それから一ヶ月ほど経ち、存在さえ忘れていたところに奴は再び現れた。自宅前で待ち構えていた奴の手には見慣れない、バトン状の装置があった。そして奴は私に再び要求を突きつけてきた。そして私が断ると——奴は手にした装置を頭に押し当ててきた。私は気絶したらしい。目を覚ますと、自宅の前の道路に寝かされていた。時間はほとんど経っていなかった」

なんだろう。すごく嫌な予感がする。

「奴は私に説明してきた。この装置は『意識の連続性を遮断する装置』の改良版で、ただ頭部に押し当ててスイッチを押すだけで、意識を遮断することができるのだと」

それは改良版というより改悪版なのではないだろうか。

確かに既知のヘルメット状の装置と比べると、使い勝手は向上しているようだが。

ていうか、待ってほしい。と、いうことは——

隣の七瀬の顔色を確認したくなったが、沢木さんの視線はこちらに固定されているため、それは躊躇われた。

「そして、奴は私を残して去って行った。一週間ほどして、また来ると言ってな」

そこまで言って彼は手元のお茶にようやく手をつける。

「それからまた一週間後、奴が来た。夜間の来訪だった。そのときはやむなくこの応接室に通した。そうして再度要求を突きつけてきたが——私は要求を突っぱねた。そして、奴は再び装置を振るった。そうして意識を失った私は奴に起こされた」

まさかの二回目だった。

「奴は言っていた。通報したければすればいい。一週間後にまた来ると」

そこまで言って沢木さんは本日最大のため息を吐いた。

そして奇妙に淀んだ目を、ぎょろりと向けてくる。

「依頼というのは、私の護衛だ。戸村の手から私を守ってほしいのだ」

私って誰のことだろう。

正直、どう言えばいいのかわからない。

だって、色々とおかしいのだ。

そもそも彼は国の検討会に参加して、意識の連続性を断たれた後にオリジナルの肉体に発生した意識の持ち主は別人であるとの判断を支持し、それをもって関係者を縛る規則とすることを是としたはずの人間なのだ。

だったら最初の時点で出頭するべきだったのではないだろうか。

この場で彼が沢木一郎として振る舞っていることが、酷く矛盾している。

「誤解がないように言っておくが——私は自分をオリジナルだと考えている。何しろ、そんな装置など存在が確認されていないのだ。それならば、あれは気絶させるだけの効果を組み込んだ偽物と考えるのが妥当だろう。それを作ることはそう難しくはないはずだ」

「……仰るとおりですね」

気を遣うかのように、しかし硬い声で七瀬が言う。

だが、その言い分はもっともだった。

術理は失伝しているため、新しい装置など作れるはずがないし、未発見の装置が出てくる可能性も極めて低いはずなのだ。そのこと自体は十分に承知している。

「秘密の依頼としたのは、余計な誤解を生まないためだ。家族にも機関にも。一度そういう疑いをかけられると、払拭には時間がかかるのだ」

そうしてこちらが抱きそうな当然の疑問も先手を打って説明してくる。

「そして、護衛を雇いたいのは、奴の手口がエスカレートしないとも限らないからだ。今は気絶させて満足しているようだが、それで望みが叶わないと知れば、どういう手を取るかわからない」

「なるほど」

流石というか、制度制定に関わっただけあって、理解が深い。

ただ、ある種の欺瞞《ぎまん》を感じてしまうのは何故だろうか。

「それで――次の指定の日はいつになるんですか？」

「今日だ。今日の午後八時。それが指定の時間だ」

「……」

いくら何でも寝かせすぎではないかと思う。今からだと二時間と少ししかない。

それは彼の葛藤を意味するのかも知れなかったが。

「急な話で備えの時間もないだろうが――奴は装置を持っているだけの一般人のようだ。君たちのようなプロなら十分のはずだろう」

と、やや尊大なものの言い方をする。

七瀬は――無言だった。

戸惑いと諸々の何かを浮かべて沢木さんを見つめ返す。

彼は僅かに考えこんで、口を開いた。

「もちろん、何事にも例外はある。君たちを安く買い叩くつもりもない。だから、相応の金額を提示させてもらった。これは誠意と受け取ってほしい」

意図的に言わせたなら大したものだと思う。

七瀬はそれを受けて神妙な表情を浮かべて見せた。

「大変な状況であると理解できました。一通りの事情は伺った上で、他言無用との約束を守る意志に変わりがないことを、改めてお伝えさせていただきます」

「うむ。話が早くて何よりだ」

沢木さんは満足げに頷いた。

「それで、どうだろう？　依頼の方は」

「前向きに検討させていただきたいのですが——一つ気になることがあります」

「どういうことかね？」

平静を装うように言う沢木さんに、七瀬が続ける。

「脅迫者の身柄はいかがいたしましょう？」

それを受けて沢木さんの顔色が変わった。

「こちらではこうした場合、原則的に犯人は機関に突き出すことになっています。ですが、これは秘密裏に解決をしたいという要望と一致しないように思えます。また、回収した装置の扱いも気になるところです。この手の拾得物は機関への届出義務もあったはずですので」

と、流れるような口調で言う。

七瀬の言っていることは正しい。

この手の超常の物品の所持は許可制で、偶発的な事情で手にした場合も速やかに機関に報告する義務があり、隠匿はもちろん無断の破棄も結構な罪となる。

そこまで知った上で加茂《かも》から呪符を接収し、人に使っていながら、この場で当然のルールとして指摘できるのは大したものだと思う。決して皮肉とかではなく。

「なるほど、確かに、押さえておくべきことではあった」

そう言って沢木さんは考え込んだ。

もしかすると、この点は本気で失念していたのかもしれない。

そうして、結構な間を置いて彼は口を開いた。

「これは冗談と思って聞いてほしいのだが。先ほど原則的な対応と言っていたが、例外的にはどこまでできる？金に糸目はつけないものと考えてくれていい」

「同じく冗談で返させていただきますが、こちらでは秘密裏に殺人を請け負ったりもしておりませんし、人を何十年も監禁できるような施設も保有してはおりません」

沢木さんは——無言。

眉間に皺《しわ》を寄せて考え込む。

明らかに装置が偽物と考えているなら悩む必要のないことで悩んでいる。

「君のような年の相手に聞くのも躊躇われるのだが、いいだろうか」

「ええ、何でもお尋ねください」

「先ほど殺人は請け負わないと言っていたが、事故は起こり得るものではないか？」

「確かに事故は起こり得ますが、万が一のことなので、それを元に計画を立てるのは非現実的と思われます」

本当に聞くべきではないことを聞いてきた沢木さんに、殆ど間を置かずに七瀬が返す。

意訳としては、受ける気はない、と言うことだろう。

それを受けて沢木さんはさらに考え込む。

優に三分は経過してから彼は口を開いた。

「戸村を機関に突き出す以外の選択肢は、本当にないのかね？」

「取り押さえて説得した後、依頼人が彼の改心を認めて解放すると仰るなら、私どもはそれに従います」

「他には？」

「戸村氏を拘束した後、あなたが夜を徹して説得したいと仰るなら、お役御免となった私どもが意に反してご自宅にお邪魔し続けることはありません」

何やらものすごく物騒なことを言っているように聞こえるのは気のせいだろうか。

「仮に、機関から事情聴取を受けたらどうする？」

「守秘義務は厳守させていただいておりますが、これには限界もあったと記憶しております」

「……なるほど。よくわかった」

沢木さんは再度長考に入り、しばらくして口を開く。

「先の話で訂正したいことがある。かまわないかね？」

「もちろんです」

「そうか」

そう言って沢木さんは確かに言質は得たぞと言うような表情を向けてくる。

「では訂正しよう。私も脅迫を受けて混乱していた。だからあんな訳のわからない、誤った説明をしてしまった」

そして沢木さんはその皺の寄った顔に、どこか開き直った表情を浮かべる。

「私が奴の装置で処置を受け、気絶したというのは、誤った説明だった」

一体何を言い出すのだろう。

「実際には、奴はそう脅してきただけだった。そして、二度目の脅迫のとき、今度こそ本当に装置を使うと脅してきた。私はそれを警戒して、事情を知る君たちに助けを求めることにしたのだ。だから、もし奴が所持していた装置が本物だったとしても——」

と、それ以上は言わず、沢木さんはかぶりを振った。

「とにかく、君達は戸村を捕まえて機関に突き出してくれればそれでいい。装置も当然、機関に引き渡すべきだ。誤ったことを言って混乱させたことは謝罪しよう。どうか引き受けてくれないか？」

と、沢木さんはまくし立てるように言う。

「そこまで認めたなら機関に通報しろ――とは言わないでくれ。あんなものは役に立たん」

さらに吐き捨てるように彼は言う。

そのあたりのさじ加減はよくわからないが、一般の警察準拠なのだろうか。

具体的な被害がないと動けないとか、見回りを強化しますと言われて終わるとか、そんな感じの。もしかすると、そうした光景を目にしたこともあるのかも知れない。

「ただし――依頼を受けるなら、先の訂正を受け入れることが絶対条件だ」

そうして、彼ははっきりと己の主張を口にしてみせた。

なんというか――結構な態度だった。

前の事件では七瀬からもう少し生き汚くなれと言われていたが、もしかするとここまでの態度を推奨されていたのだろうか。

今の七瀬が沢木さんのことをどう考えているのか気になって、横目で確認して見るが、そのポーカーフェイスからはいかなる感情も読み取れなかった。

それからしばらくして七瀬は口を開く。

「申し訳ありません。お時間いただけますでしょうか？私の判断を超えるところなので、上司に相談させていただきたいのです。すぐに済みますので」

「……わかった。他言無用の約束だが、職場の長なら問題ないだろう。ただ――」

「もちろん、他にはどこにも連絡しません。約束します」

気にしているのは機関への通報だろうか。

ただ、証拠はないはずで、その辺り本気で混乱しているのかもしれない。

というか、彼の頭の中でどういう整理がされているか、本気でわからない。

「では、私は今から手付金を取りに自室にいく。戻ってくるのは十分後だ。そのときに返事を聞かせてほしい。ただ――できればこの憐《あわ》れな男を助けてやってほしい」

と、そう言って彼は頭を下げ、部屋を出て行った。

その少し前に廊下で物音がしたのは気のせいだったのかもしれない。

それから間を置いて、七瀬が脇に置いていたバッグのジッパーがひとりでに開き、所長が顔を出した。

「なんていうか、またややこしいことになりましたね」

「全くだ」

所長はうんざりしたように言って、体を伸ばす。

もとより重要な判断が求められそうな話だったので、所長も同席していたのだ。それを伝えなかったのは、所長が猫の姿を晒《さら》したがらないためである。

「それで所長、どうしましょう？」

「——受けよう」

七瀬の問いに、所長は簡潔に判断を下した。

どうやら答えは出ていたらしい。

「この件、確かに色々と思うところはある。だが、二つの理由から受けることにした」

その複雑な心情を反映してか、所長の尻尾が左右に悩ましげに振られる。

「一つは彼の安全確保のためだ。こちらが受けなければ、また同じ目に遭うだろう。装置が本物ならそれで死亡確定だ。それを理解した上で見捨てるのは忍びない」

その考えは素直に肯定できた。仮に生後一週間の命であっても、守られるべきだと思う。

もしかすると生後一ヶ月に満たないかも知れない俺としては、そう考えるしかない。

「もう一つはお前の正体特定の手がかりの確保のためだ」

と、猫の鼻先をこちらに向けて所長は言う。

「前回の件は、強引に止めたのはこちらの判断で、一定の責任があると思っている。だから、できる限りのことはするつもりではいる」

「……ありがとうございます」

本来そこまでの責任を感じてもらう必要はないはずで、これには感謝するしかなかった。

「それで、異議はあるか？」

「——ありません」

「お願いします」

もちろん、異議などあるはずはなかった。

沢木さんの考えは気になるが——やはり舞い込んできた手がかりを手放すことはできない。

直接の確認手段には使えないが、出所を知れば有力な情報に繋がるかも知れない。

例えば、未発見の装置がいくつも眠る未知の研究施設を見つけたのだとか。

もちろん、偽物というオチも存在しているが。

しかし、と思う。

もし、今回の件で装置が本物で、実際に二度処置を受けていたなら、どれくらいの罪になるのだろう。障がい者や高齢者が犠牲になったとき、賠償金の額で命の重さが議論になるが、生後一週間のスワンプマンを殺した罪はどの程度のものなのか。一般人と同じくらい重いのか。あるいは、特別な事情で軽く判断されるのか。

さらに息子のスワンプマンを何百人単位で殺すことも辞さない計画を立てていた男のことが思い出される。あれも実現できてしまってたらどうなったんだろう。

まあ、そのあたりは国のお偉いさんなり裁判官なりが考えるべきことなのだろうが。

そんなことを考える間にも、所長は細々とした指示を七瀬に下していく。

一段落したところで、七瀬が俺の方に顔を向けてきた。

「ところで、沼雄さん。言うべきか悩んだのですが、いいですか？」

「ああ、何でも言ってくれ」

何か失敗をしたのかも、と気にしながらも答える。

「以前、あなたにもう少し生き汚くなった方がいいとは言いましたけど。あれは痩せすぎている人に、二、三キロ太った方がいいと言うくらいのものなので、加減は考えてくださいね。あまり太りすぎるのも考えものなので」

「……ありがとう。言っている意味はわかったと思う」

はっきり言わないのは、依頼人という沢木さんの立場を考えてのことだろうか。ただ、沢木さんの考えを全肯定しているわけではないことに普通に安心した。

そんなやりとりが終わると、残り時間は少しになっていて、所長は再びバッグに戻り、沢木さんが時間通りに戻ってきた。

依頼を受ける旨を七瀬が伝えると、沢木さんは完全に機嫌を直したようで、分厚い封筒を渡してきた。

これで百万円。前金と合わせて百五十万。成功すればさらに三百万。一晩の仕事としては破格の報酬だろう。

ただ、それでも伊月への報酬一回分に及ばないあたり、この業界の金銭感覚にはついて行けそうになかった。

そこからは今日の警備条件とか、その他諸々について話し合うことになった。

色々と思うところはあったが――沢木さんの安全を守りたいとは本気で考えている。

何しろ彼は――自身がオリジナルかスワンプマンか定かではない存在という意味では俺の同類なのだ（本人は否定しているが）。

その境遇には同情と共感しかなく、先の対応を目にしても嫌悪感は抱けなかった。

とにかくあと二時間程度で、指定の時間は訪れる。

どんな未来が待っているかはわからないが、それで今回の事件は区切りがつくはずだった。

4

そうして――応接室での話を終えた後、沢木さんから彼の奥さんについても話があった。

彼女は外に泊まってくるよう命じたとのことである。

なお、俺と七瀬は、沢木さんの先輩の孫で、今日はこのまま預かると説明したらしい。

去り際に挨拶したとき、犯罪者でも見るような目で見られたのが記憶に新しい。明らかに最初に会ったときより態度が悪化していた。理由は本気で不明だったが。

そして、最後に話したのが、俺達の扱いについてだ。

戸村が来るのは午後八時だが、機関に突き出した後の事情説明等で遅くなった場合には、部屋を貸してくれるとのことだった。

まあ、真夏でもないので着替えはなくても一泊くらいは何とかなるだろう。

そんなことを考えながら、前に七瀬を泊まらせたときも、こんな感じだったのかもと思い至る。

あのときは余りにも簡単に俺のうちに泊まると言い出して驚いたものだったが、こういう対応を何度も経験していれば、そこまでおかしな考えではなかったのかもしれない。

そうして一通りの話を終えたときは、午後六時を過ぎていて、夕食は出前をとってもらうことになった。

注文は沢木さんに任せることになって、届けられたのは結構なお値段がしそうな仕出し弁当だった。家庭料理とは別の次元の下処理がされた品々はどれも美味で、最近料理に凝っている身としては僅かばかりの敗北感を覚えた。まあ、それはどうでもいいことだったが。

全員が食事を終えたところで、七瀬が遠慮がちに沢木さんに尋ねた。

「参考までにお尋ねしたいのですが。戸村氏の目的は制度改正で、あなたを脅迫して目的を遂《と》げようとしているとのことですが、これはどのくらい現実的な試みなのでしょうか？」

「質問の理由を尋ねてもいいかね？」

圧をかけて撤回させたいわけではなく、単純な疑問のように沢木さんが問う。

「相手の性格の把握のためです。全く的外れな行動をとる人間なのか、ある種の合理に基づいた行動をする人間なのか、この質問である程度推測可能と考えました。それに、万が一の際の時間稼ぎにしろ、落とし所を探るにしろ、相手と会話できるレベルまでは事情を理解しておいた方がいいとも考えています」

「……なるほど」

如何にも七瀬らしい理由だった。

沢木さんも納得したような表情を浮かべる。

「簡潔に話すには限界があるが、構わないかね？」

「はい。お手数おかけしますが、お願いします」

沢木さんは俺にも視線を向けてきたので、七瀬に続き頼み込む。

「結論から言えば——私に制度見直しを提案させるという試みは、そこまで的外れなものではないのだ」

と、憎々しげに髭《ひげ》を蓄えた口の端を歪《ゆが》めて言う。

「そもそもの大前提として——規則は決して変更できないものではない。所定のプロセスを経て改正も廃案も可能となっている。そうでなければ社会情勢の変化に対応できないからな。この辺りは一般の法律と同じだ」

そこまで言って、沢木さんは教師が生徒に向けるような視線を七瀬に向ける。

「君は個人が法律を変えようとする場合、どのような手段があるか知っているかね？」

「はい、大体は」

「簡単に説明してもらえるだろうか」

こちらの理解度を測るためかそんな風に聞いてくる彼

に、七瀬は頷いて見せた。

「法律は、国会に法案が提出され、議決されて成立します。なので、法律を変えたい個人ができることは、大きく二つに分けられると思います」

と、いったん言葉を切る。

「一つは、法案を提出し議決させることが可能な人間――与党の有力議員や大臣に働きかけることです。直接口説き落とすか、あるいは世論を操作して間接的に働きかけるか。どちらにしても現実的ではないくらいに大変でしょうが」

「……」

「そしてもう一つは、裁判所を利用することです。憲法違反の法律は無効となるため、裁判でそれを主張して認められれば、国は是正措置を取らざるを得なくなります」

と、ここまで言って七瀬は沢木さんの方を見る。

「ものすごくざっくり言えば、こんな感じでしょうか。拙い説明で恐縮ですが」

「いや、悪くない」

と、沢木さんは肯定的な評価を下した。

「基本的には、補完規則も同じなのだ。規則を定めている機関の委託元の官庁に改正の必要性を認識させること、あるいは裁判所の違憲判決で改正が可能となる」

沢木さんが説明を始める。

「後者の勝手はそう変わらない。機関絡みの案件を扱う裁判所はあるからな。ただ、前者の条件はずっと厳しいのだ。そもそも担当大臣の名前どころか委託元の官庁の所在地も連絡先も一般の関係者には知らされていない。一応、機関への申立制度はあるが、基本的には『貴重なご意見ありがとうございました』で終わる」

嫌な話だが理解はできなくもなかった。

「だが、規則制定に関わった私が、再検討の申し立てを行った場合、本気で取り上げられる可能性はなくもない。もちろん、脅迫されたことがわかれば相応の対応をとるだろうが、奴は口止めしてきている。そういう意味では、ある程度の理性は残しているのだろうな」

ただし、と沢木さんは付け加える。

「実際に見ればわかると思うが――おそらく奴に話し合いは通じないだろう。これは私の感覚に過ぎないが。おそらく君も同じ感想を抱くことになるはずだ」

「……ありがとうございます。参考になります」

最後の沢木さんの感想には、七瀬は否定も肯定もせずに曖昧な言葉を返した。

それから少しばかりの会話の後、応接室での準備に移ることになった。

5

呼び鈴が鳴ったのは、約束の時間の少し前だった。

沢木さんが戸村を出迎えるため応接室から出て行く様を、俺と七瀬は見送った。

そして気を練り幻術を行使して、俺と七瀬の姿を見えなくする。

相性の問題で七瀬に幻を見せることはできないが、術が効く相手に七瀬の姿を見えないように見せるのは可能である。戸村は一般人とのことなので、問題なく通用するだろう。

ここに来て初めて役に立てたようで、少し嬉《うれ》しい。

そんなことを考えているうちに、二人分の足音が近づいてきた。

そして、沢木さんともう一人の男性が入室してくる。

彼が戸村その人なのだろう。

年齢は二十代半ばくらいだろうか。第一印象は慣れない肉体労働に励む元サラリーマン。言うのも失礼だが服装は安っぽく感じられて、日焼けしているのに妙に血色は悪かった。

こちらに気付いた様子は全くなく、ひとまず安心する。

沢木さんはドアを閉めると、ソファに腰を下ろし、戸村にも座るように促した。

戸村は言われるままに腰を下ろし、今から脅迫しようとしている相手に向けるものとは思えないほど明朗な笑みを沢木さんに向ける。

「それでは改めまして。本日はお時間いただきありがとうございます」

「本題に入れ。私は忙しい」

「では、早速お返事をいただきましょうか。こちらの要望に応じていただけますか?」

戸村は懐からバトン状の装置を取り出し、これ見よがしに振りながら言う。

これが件の装置らしい。

見た感じの印象はドラマか何かで見たスタンバトンに

近かった。

ただ、持ち手もバトン部分も一回りは太く感じる。そこから小型化の限界といった技術的背景のようなものが感られて、何となく本物ではないかと思えてしまう。

沢木さんは装置を前に怯んだ表情を見せたが——

「断る」

はっきりと拒絶の言葉を口にした。

その言葉を受けても、戸村はすぐに襲いかかるような真似はしなかった。

ただただ不思議そうな表情を浮かべる。

「何故です？」

そして、幼子に言い聞かせるような声で、

「あなたも同じ立場になってわかったはずです。記憶も人格も肉体も同じ。ならば受け入れられなくて当然。それで正しいのです。それが正しいのです。なぜなら、別人として扱われ排除される、今の社会のルールの方がおかしいのですから」

そんなことを言ってきたりする。

「正直——私には意識の連続性と言われても、何のことやら理解できない。でも、私自身は何も変わっていないのはわかる。なのに、誰もそれを理解できない。この理不尽を味わってもらうために、装置の処置を受けていただいたのです」

その様子を見て、事前に沢木さんが言っていた言葉の意味を理解できた気がする。

彼の言葉の端々から、狂気じみた何かを感じる。

「本当に——お前は本当にわかっていないのだな」

「ええ。学がないもので。ただ、物事の本質は理解できているつもりです」

いや、できてないだろ。と、俺は内心突っ込む。

「過ちを正したいなら、ルールに則《のっと》るべきだった。もっと真っ当な方法があったはずだ」

「ええ、ありました。ですが、試しても失敗に終わりました。私を拘束した機関の職員に言葉で訴えたし、無一文の状況から弁護士費用を貯めて、抗告訴訟や国家賠償請求で争いました。それでも認められないので、制度見直しを求めて機関に訴え出たりもしました。ですが、やはりただの個人では相手にされなかった」

その辺りは聞いたとおりである。

「だから、次に自分にできることを考えてみたのです。

投票で八対七で終わった有識者会議の座長自ら制度の見直しを求めたならば、真剣に検討されるのではないかと」

表面的な理解だけで、ここまで的を射た行動がとれるのは大したものなのかもしれない。

目をつけられた側はたまったものではないが。

「お前も、本当は装置を使う前と後で別人とわかっているはずだ」

「私はそうは思いません。何度も言っているし、あなたもそう思っているはずです」

「その装置、お前も自分には使えないだろう。そういうことだ」

沢木さんの言葉に、戸村が何か思いついたような顔をする。

ものすごく不穏な何かを感じる。

「使ったら、わかってもらえますか？」

「使わなければ認められない」

「なるほど。わかりました」

そう言うと戸村は懐から携帯端末を取り出し、何やら操作する。

そして、手にした装置を自らの頭に押し当て――持ち手近くにあるスイッチを押した。

彼はその場に昏倒《こんとう》するが――すぐに携帯端末のアラームが鳴り響き、それをもって意識を取り戻す。

戸村は慣れた手つきでアラームを止めて、沢木さんに柔らかな笑みを向ける。

「ほら、これで理解できたでしょう？　私は何も変わっていません」

「……」

どん引きである。

そんな冗談じみた言葉を使わないといけないくらいに、怖い。

何の義務もないなら、即座にこの場から逃げ出したい。

彼の行動は、俺にとっては完全に逆効果だった。

これは絶対に、法律で規制が必要なやつだ。

隣の七瀬の表情を窺うと、少なからず動揺しているように見えた。

「偽物だ！」

沢木さんが声を上げて否定する。

そう言いたい気持ちは痛いほどわかる。

というか、そうじゃないと怖すぎる。

「本物ですよ。出所は明かせませんが」

あっさりと、戸村は答える。

「そもそも、偽物と思っているなら、何故そこまで怯えるのですか？　支離滅裂です」

と、大きくかぶりを振る。

まあ、これに関してはどっちもどっちではあるが。

「どうやら今回も話し合いは成立しなかったようです」

そうして、心底残念そうに戸村が言う。

そもそも話し合いの余地はあったのか疑問だったが。

俺は戸村に絡まれた沢木さんに心の底から同情した。

「続きはまた今度。あなた方の言う、四人目とお話させてもらうことにしましょう」

その言葉と同時に戸村が立ち上がり――俺は自分の出番が来たことを理解した。


次の瞬間――不可視の状態で配置しておいた人型の式神が、背後から戸村を羽交い締めにした。

長野から戻って覚えた新技である。

選択できるのは俺の姿だけで、自律動作時は言葉も話せず複雑な命令もこなせないが、この程度なら問題ない。


ちなみに初動対応を俺が任されたのは所長の判断だ。

相手の出方を窺うには式神はうってつけなのだ。

ただ、戸村は無能力者らしいので、仕事をくれただけなのかもしれないが。

これで大人しく投降してくれればいいのだが――

「まあ、そうなりますよね」

戸村に動揺した様子は見られなかった。

彼は自らの首に回された式神の腕を、まるで見えているかのように正確に掴《つか》んで――そのまま握り潰した。

あれ？

一瞬遅れて、彼が馬鹿げた握力でそれを成し遂げたのだと理解する。

応用性・判断力ゼロの式神はそのまま動かず――戸村はその間抜け面を片手で掴み、一捻《ひね》りする。嫌な音を立てて式神の首が曲がった。なかなかにグロい。

致命傷を負い形を保てなくなった式神が形代の紙切れに戻り、その場にはらりと落ちる。

そして、戸村の目がはっきりと俺を捉えた。

どうやら最初から見えていた上で無視していたらしい。

そして彼は、先に邪魔者を排除することにしたのか、装置を構えて、あっという間に距離を詰めてくる。

装置を握った右手を戸村が振り上げる。回避を試みるが間に合わない。

走馬灯じみた思考で思う。

この装置が本物なら。

この一撃を受ければ、あるいは——

もしかすると、予知されていたのはこの状況だったのかも知れない。

そんな思考が中断されたのは、いきなり視界が切り替わったためだった。

何故か急に背を向けた戸村が、何もない場所に装置を振り下ろしているのが見えた。

いや、違った。俺が彼の背後に移動したのだ。

理解が追いついていないのは戸村も同じのようで、戸惑う彼の頭上に網が現れた。

虚空から出現した網は重力に引かれ落ちる間さえ待てないとばかりに素早く戸村を包み込み、さらに何重にも巻き上げる。

これには戸村もたまったものではないらしく、その場に倒れ込んだ。


その傍《かたわ》らには黒い猫の姿——犬飼所長である。

俺を移動させたのも、彼の能力によるものだろう。

人命がかかっている話なので、所長は当然同席することになっていたのだ。

ちなみに、この網も俺が所長の指示で用意したもので、強度は普通の投網レベルだが、ここまですれば、どれだけの怪力の持ち主でも抜け出すことは困難なはずだった。

万が一の備えだったが、まさか使うことになるとは。

ついでにこの転移能力の原理はものすごく気にはなったが、所長のすることに危険はないと信じて、今は深く考えないことにする。

所長が戸村に向けて言う。

「大人しく投降しろ。これ以上の抵抗は無意味だ」

「ああ、なるほど。どこまでも、本当にどこまでも欺瞞ばかりだ」

床に転がされた戸村の声には、明確な怒りの感情が込められていた。

「あんな訳のわからない規則を作っておいて。それで人の生活を奪っておいて。自分が同じ立場になったら人を雇ってもみ消して。今まで通りの生活を続けると？」

普通に耳が痛い。沢木さんも居心地は悪そうである。

「……私が彼らに頼んだのは、お前を無力化するまでだ。その後はお前も装置も機関に引き渡し、判断を委ねるつもりだった」

沢木さんからのフォローが入るが、それは彼自身の正当化のためだけのものかもしれない。

「まだ言いますか。どうせ、大人しく認めるつもりはなかったのでしょう？」

まあ、それはその通りなのだが。

そんな企てに協力してしまった手前、俺も彼に対する結構な罪悪感を覚えることになった。

「ただ、今回言うべきことは言ったので、今日はこれまでとしましょうか」

だが、拘束された戸村はそんな言葉を口にする。

「次は来週の土曜の午後八時に伺います。請負人の君達。次は本気で排除させてもらうから、邪魔立てするなら覚悟してください」

俺には彼が何を言っているのか理解できなかった。

網で何重にも巻かれたこの状態から脱出する術《すべ》などないはずである。


だが――次の瞬間、戸村の姿が乳白色の霧に変じた。

身につけた服も、手にした装置も含めて。

そして霧は自らの意志を持つように動き、窓の隙間から出て行って、そこで再び人の姿をとる。そして、彼は夜の闇に身を躍らせた。

まさかの展開だった。

しばらくの間、誰も反応できなかった。

「俺が見る。沼雄は周囲を警戒してくれ」

「……了解です」

本日何度目かの予想外の事態に呆気《あっけ》にとられていたが、所長の具体的な指示で我に返る。

所長は遠隔視も扱えるが、その間は視界が完全にそちらに移るとのことで、仲間の協力は必要だった。

そうして辺りを警戒することしばらく――

「ダメだ。見失った」

所長が悔しげに言う。

まあ、仕方のないことだと思う。この状況に対応しきるのは無理というものだろう。

ただ、それに沢木さんが納得してくれるかは、微妙なところだったが。

## 6

戸村が去った応接室で、俺達は今後のことを話し合うことになった。

沢木さんは結構な精神的負担を受けたようである。

戸村に話が通じないのはわかっていたようだったが——それでも自分に装置を使うとまでは思っていなかったはずだし、いきなり怪物じみた膂力《りょりょく》で暴れ、謎の能力で拘束から逃れるし、急に猫の姿の所長が現れて俺達に指示をするし、ここまで来れば混乱するなという方が無理だろう。

ただ、所長のことは、七瀬が『故あって猫の姿にされたうちの所長です』と簡潔に紹介すると特段の追及はなく、そのまま話に参加することとなったが。

「さて——まずは、戸村を追い払ってもらったことに感謝しよう。私が無事でいられたのは、君達のおかげだ」

沢木さんはどちらかと言えば自分に言い聞かせるような感じで、そう切り出してきた。

「捕らえきれなかったことにもそちらに非はないと認識している。私も安易に一般人に違いないと言ってしまったことに責任を感じているところだ」

若干の早口で彼は続ける。

「その上で、改めてお願いしたい。奴は来週また来ると言っていた。それに備えての対応をお願いしたい。もちろん、本日の依頼料は満額支払わせていただく」

と、沢木さんはそこまで言って言葉を切った。

飲み込むべきことを飲み込み、言うべきことを言った形である。

「そう仰っていただけるとありがたい。もちろん、次についてもお力になりたいと思います」

所長が代表して答えた。

「ただ、取り逃がした状況で満額いただくのも申し訳ない。それは奴を捕らえたときにいただければ結構です」

「それでは私の気が済まない。せめて、本日の報酬として百万は受け取っていただきたい。残りは仰るとおり、次に奴を捕らえていただいたときにお支払いさせていただく」

そうして二人の視線が交錯する。

どうやら単なる謙遜ではなく、何らかの打算だか計算だかが走っているらしいが——

「わかりました。では、お言葉に甘えさせていただきましょう」

「無理を言ってしまったようで申し訳ない」

今回は所長が折れることにしたらしい。

沢木さんが百万円分の札束を渡してくると、七瀬が代表して受け取りを済ませた。

沢木さんはそこでようやく一息吐いたような顔をする。

「ところで、犬飼さん。その姿は『そういうこと』でいいんですか？」

「どういうことかはわかりかねますが。察していただければありがたい」

「いえ、失礼しました」

沢木さんは所長の状況に何か心当たりがあるようだ。この場で聞ける流れではないが。

「それで——対応としては、本当に奴を迎え撃つ形でよろしいのですか？」

「どういう意味ですかな」

所長の問いに、沢木さんが問いで返す。

「状況は変わりました。戸村は物騒な装置の他、厄介な異能を持っているようです。こうなると、言われるがまま指定の日を待つよりも、もっと安全な方法もあります」

「それは、どのようなものです？」

「あなたにはしばらく身を隠していただき、その間にこちらから仕掛ける、というものです」

「なるほど」

言って沢木さんは少しの間考え込んだ。

「——申し訳ないが、できれば当初にお話ししたとおり、奴が指定した日に、この場所で奴を捕らえる方向でお願いしたい」

そして、そんなことを言ってくる。

「恐らく奴は、今度も律儀に約束を守り、指定の日に訪ねてくることでしょう。それならば、この対応が一番妥当と思えます。私も日々の仕事を投げ出すわけにはいかないし、こちらから仕掛けることで相手の動きが読めなくなることも避けたい」

と、そこまで言ってこちらの様子を探るような目で見てくる。

「……了解しました。依頼人がそう望まれるのであれば、それに従いましょう」

「ご理解頂いただき感謝します」

「それで、日々の護衛はどうされますか？」

「それも結構です。先ほども申し上げましたが、奴は指定の日までは仕掛けてこないでしょう。それならば、その時間は次に向けての備えに注力する形でお願いしたい」

「わかりました。もとより、奴の調査や能力把握、その対策をとることは考えておりました。仰るとおり、そちらに注力することとします」

「お願いします。ただ、余計な誤解を招きかねないので、可能な限り機関との関わりは避けていただきたい」

「承知しました」

この注文も、所長はあっさりと認めた。

「では、よろしくお願いします」

「了解しました」

その後は契約書の更新や連絡先手段の調整など、細々とした確認を終え、沢木邸を辞することになった。

泊まりも可とは言われたが、まだ十時前で電車も普通に動いているためである。

俺と所長は事務所に戻ることになった。

所長は自宅が事務所の上の階にあるためで、俺は事務所の仮眠室に泊まるためである。

そして七瀬は自分の家に帰るとのことで、途中で別れることになった。

そうして、目まぐるしかった一日は、こうして終えることになった。

# 第五章　脅迫者の過去

## 1

色々と密度の高すぎた沢木邸での出来事から一夜が明けた、その次の日の朝。

犬飼探偵事務所の仮眠室で目を覚ました俺は、身支度と簡単な朝食を済ませて、事務所のソファに腰掛けて所長達が来るのを待っていた。

現在の時刻は午前八時四十分。

事務所の開業時間は九時からで、それは日曜日の本日も変わらないとのことである。

その待ち時間に、俺は新たに抱えるに至った問題に、どう対処するべきか考えていた。

それは今回の事件とも、俺を継続して悩ませる自己のアイデンティティに関わる問題とも関係がない、昨晩に気付いてしまった突発的な問題である。

一応の解決のリミットは今晩までと思うが、早めに何とかしておきたいところであった。

だが、解決策は見つからないまま、事務所のドアが開き、七瀬が出勤してきた。

「おはようございます」

「ああ、おはよう」

挨拶もそこそこに、七瀬は荷物を置きにロッカーに向かい、すぐに戻ってきた。

「コーヒーを淹《い》れますけど、いりますか？」

「頼む。ありがとう」

少し悩んだが、お言葉に甘えさせてもらうことにする。

そうして二人分のコーヒーをトレイに乗せて戻ってきた七瀬が俺の向かいに座る。

「なんか疲れてないか？」

「わかりますか」

その理由を想像して気付く。

今日は日曜で、昨日は当然土曜日だ。

「ちなみに、今日で連勤何日目なんだ？」

「八日目ですね」

結構な数字が出てきた。

「まあ、それだけなら平気なんですけど。先週は結構立て込んでいたんですよ。色々あって何日か泊まり込みになりましたし。まあ、ギリギリで片付いたからよかったんですけど」

七瀬はそう言って気付けのようにコーヒーをあおった。

このタイミングしかないと思い、話題を切り出す。

「あのさ、聞きたいことがあるんだけどいいかな。事務所のことなんだけど」

「いいですよ。何でも聞いてください」

少し悩んで、もうワンクッション置くことにする。

「今回は結構長居させてもらうことになりそうだから聞かせてもらうけどさ。洗濯ってどうすればいいんだ？　シャワールームに脱衣かごはあったけど」

「ああ、それは三階の所長の家の洗濯機を使わせてもらうしかないんですよ。洗濯物を干すのも所長のところのベランダを使わせてもらうことになってます」

「なるほど」

そこまで言って俺は七瀬の方を見る。

この思いが伝わってほしいと思う。

「──あ」

そして、七瀬も気付いたらしい。

どういうことかと言えば、昨日、事務所に戻り、シャワーを浴びようと服を脱ぎ、脱衣かごに自分の下着とかを放り込もうとして、先客の存在に気付いたのだ。

青のチェックのとか、真っ白のとか。タオルと一緒になっていたせいで、それらの全貌を窺い知ることはできなかったし、もちろん手に取って確かめたりとかそういうこともしていないが、それはともかくとして。

多分、本来であれば仕事が落ち着いた昨日あたりに洗濯していたはずだが、高塚さんの急な連絡を受けたり依頼人の家に向かったりで、失念してしまったのだろう。

ただ、それを切り出すのは悩ましいところで、七瀬が反応するかも全くの未知だった。

可能性の一つとして、表情一つ変えることなく返してくるかもしれないとも思っていたのだが──少しの間を置いて、七瀬の顔に朱がさした。普通に恥ずかしそうだ。

普段とのギャップもあって下着を見たとき以上にドキリとした。こちらの頬《ほお》も熱を帯びている気がして、ここから何と言うべきか本気で悩むが──

「失念してました。だらしないところを見せてしまって申し訳ないです」

七瀬はそんな風に返してきた。

どうやら恥じているのは洗濯物をため込んでいるのを

見られていたことらしい。

いや、どうなんだろう。単に誤魔化しているだけという可能性もあるが。

ただ、その可能性を追及する勇気はないし、気は遣いたいので話を合わせる。

「まあ、仕方ないいんじゃないかな。俺も一人暮らしだけど、流石に毎日洗濯はしていないし。っていうか、そんな奴いないだろ」

「そう言ってもらえると有り難いんですけど」

どうやらそれで正解だったらしく、七瀬が気を取り直したように言う。

「ええと。今回は私が対応しておくので、使い方とかは明日にでも説明しますよ。それでいいですよね？」

「わかった。一応、俺のはよけてるから、そのままにしておいてくれ」

「了解です」

そうして七瀬は席を立ち、脱衣かごを持って事務所を出て行く。

戻ってきたときどういう顔で迎えたらいいのか悩む。

あと、かごから見えた青色とかが再び脳に焼き付いたので、その記憶を振り払うべく瞑目《めいもく》する。例によって美咲の顔が思い浮かんで思考がよくわからない方に流れる。この雑念を取り払うべく読経でもしたくなる。暗唱している経文などなかったが。

さらに脳内が混乱してきたので、もっと気にするべきことがあるはずだと言い聞かせる。

沢木さんを悩ませる脅迫者への対応とか、装置の真贋《しんがん》とか、より根本的な自分が何者であるかという問いについてだとか。

だが、切り替えは上手《うま》くはいかず、こんなことで悩む己の思考回路に久しぶりにケチをつけたくなった。

「それでは、今後の動きについて話し合うとしようか」

九時ちょうどに降りてきた所長は、横に並ばせた俺と七瀬を眠そうな目で見て、そう言ってきた。というか、本気で眠そうである。あくびしたし。そして普通の猫なら決してしない、前足で口元を押さえる仕草に普通にときめいたが、顔に出さないように努める。

「まず、前提として、日程には余裕はある。次の指定の日まで六日はあるわけだからな。情報収集の最優先は戸村の能力の詳細確認だが――おそらく吸血鬼だろうな」

「まあ、そうなりますよね」

これは七瀬である。

怪力を発揮したり霧になったりしていたが、そういう存在の心当たりはそれくらいだ。

「ただ、実際に関わったことはないから、情報屋を使って詳細を調べることにする。その後、必要な道具があれば手配することになるな。それはこちらで対応しよう」

相変わらずテキパキと話を進める所長である。

「由理は、戸村の情報を集めたいと言っていたが、どうするつもりだ？」

「金井《かない》さんに尋ねてみようかと思います」

「なるほどな」

「どういう人なんだ？」

二人の会話について行けず、七瀬に尋ねる。

「初期スワンプマンの一人ですよ。戸村氏の話が本当なら、同じタイミングで施設に収容された金井さんは彼のことを知っているはずです」

「そういうことか」

確かにそういう人ならうってつけだろう。


「高塚さんとも面識のある人で、私が一度研究所の留守を預かったときに、お会いしたこともあるんですよ。もう一人、玉置《たまき》さんという人もいるのですが、高塚さんに聞いたら、金井さんは今、ちょうどサークル旅行中の高塚さんに代わって研究所の留守番をしているそうなので、こちらにお話を聞きに行けたらと考えています」

既にそこまで確認済みらしい。準備のよいことだった。

そこまで聞いて疑問が浮かんだので尋ねてみる。

「でも、そういう人があの地下室の対応をするのってどうなんだ？　普通、あまりいい印象を持たないいんじゃないか？」

「どうなんでしょう？」

「もしかすると、それを狙ってのことかもな」

これは所長の発言である。

確かにそういう事故でもあれば、高塚さんがあの研究所にとどまる理由はなくなるのかも知れないが。

「怖いことを言いますね」

付き合いが浅い俺としては、笑っていいか判断が付かない。

「冗談だぞ」

「面白くなかったです」

「……確かにな」

七瀬が突っ込むと、所長は気を悪くした風もなく非を認めた。

「それで、いかがでしょう？　多分、参考にはなると思うのですが」

七瀬としては、その方向で動きたいらしい。

あの分だと流石に今回は望み薄のようには思えたが、その背景を探ることには意味はあるのかもしれないと思う。

「わかった。そうしてくれ」

「ありがとうございます」

「うむ。戸村のスケッチがあるからコピーして持って行くといい」

昨日のうちに、そんなこともしていたらしい。準備のいい人である。

それから、と猫の鼻先を俺に向けて言う。

「沼雄、お前も付いていってくれるか。多分、何も起きないとは思うが」

「はい、わかりました」

そういうことになったのだった。

2

そうしてその日の午後二時。

俺と七瀬は、つくば市にある高塚さんの研究所を訪れていた。

およそ二十日ぶりで、一度来ただけのはずなのに奇妙な懐かしさを感じる。

ついでに、オリジナルでもスワンプマンでも変わらない、今の俺の経験に基づく記憶がどんどん蓄積されていることに奇妙な感慨を覚える。

もし俺がスワンプマンだったら、走馬灯にはこうした記憶がよぎるのかもしれない。いや、やはりオリジナルとごちゃ混ぜになるのだろうか。

まあ、それはさておき。

俺は研究所の応接スペースで相対することになった、初期のスワンプマンの一人であるという金井さんの様子を窺う。

見た目は結構若い。多分、高塚さんと同じくらい――二十代前半だと思う。短く切りそろえた黒髪に彫りの深い顔立ち。体つきは筋肉質で、なんとなく山男っぽい印象を受けた。

「それじゃあ、用件を聞かせてもらおうか」

挨拶もそこそこに、金井さんが切り出してきた。

七瀬はバッグから写真と見紛《みまご》うばかりの似顔絵を取り出し、金井さんの方に向ける。

「ご存じであれば、この方のことを教えていただきたいんです。戸村と名乗ってました。おそらくは、金井さんと同じ時期にスワンプマンとして収容されていたはずの人です」

「理由は？」

「お伝えできません。申し訳ありませんが」

「そうか」

七瀬の簡潔な物言いにも、金井さんは特に気を悪くした様子はなかった。

「それで、俺が話すメリットは？」

「情報料なら気持ち程度ですが、ご用意させていただいています」

「なるほどな」

と、これについては興味なさげに金井さんは言う。

「――俺のことは以前、どこまで話したっけか」

「以前お会いしたときは、最初期のスワンプマンであるとだけ伺いました」

急な話題転換に気にした風もなく七瀬は言葉を返す。

「そうだったな。そして、俺はあんたのことも、連れのこともよくは知らない。聞かせてもらってもいいか？」

「ええ、もちろんです」

言って七瀬は淡々と話し出した。

「年齢は登録上は十七歳。一年ほど前に記憶喪失の状態で機関に保護されました。ただ、記憶を奪ったこと自体が機関のある種の救済措置だそうです。その後、機関から紹介された仕事から転職して、犬飼探偵事務所で働くことになりました。それから事務所で引き受けた事件の縁で高塚さんとも知り合うことになり、あなたとお会いすることにもなりました」

「――なるほど」

金井さんは七瀬の話に特に感想を述べることなく、俺に顔を向けた。

「で、芦屋だっけか。お前は？」

言われて俺も話した。ある流派の陰陽術《おんみょうじゅつ》の術理を継承していて、両親は他界していること。高額の報酬につられて怪しげな実験を受けたこと。それが機関から奪われた『意識の連続性を遮断する装置』で、その行方を追う七瀬と自分が何に何故巻き込まれたのか知るために行動を共にすることになったこと。主犯の狙いは『意識の連続性を遮断する装置』を魂を交換する装置と捉え、それを息子に使い、伝説級の術者の魂をその身に宿らせるためだったこと。俺が巻き込まれた理由は、本命である息子に使う前に、同系統の術者に使えるか確認するためだったこと。ただし確認作業は主犯が雇った請負人が担っていて、そいつは取引が台無しになるのを避けるために、確実に意識を失わせる細工をしていたこと。さらに本命に使われる前に装置を奪還したために、俺はオリジナルかスワンプマンかわからなくなったこと、その特定を行うための手段を探していること。

長くなったが、金井さんは口を挟まず最後まで真剣に耳を傾けてくれた。

「……なるほどな」

そうして、同情した顔で、そんなことを言ってきた。

そこから何やら考え込む。

「わかった。俺の知る限りのことは話してもいい」

そして、そんなことを言ってくれた。

「だが、金はいらない。代わりに、あの人に――戸村さんに気を遣ってやってほしい。彼は自分から同情を引くための身の上話をするような人じゃないからな。それでいいか？」

「はい。お願いします」

七瀬が答え、俺も続く。

それを受けて金井さんは話し始めた。

先に俺の話をしよう。いや、自分語りがしたいわけじゃない。

ただ、あの人との境遇の差をわかってもらいたいのさ。

俺は――俺のオリジナルは、元々人間関係が希薄だった。

家は修験道系の術を伝えていて、俺は術理に接続はできたが、実用レベルまでの術の習得はできず、結局は家を追い出された。十八の頃だ。

そうして適当な日雇いで生活していた。変わらなければという思いはあったが変われなかった。そうして借金もこさえて首が回らなくなった。だから、あの怪しげな実験を受けることになった。今思えば端金《はしたがね》だったが、当時の俺には魅力的な額だった。

結果として俺は――スワンプマンの俺は、オリジナルの抱えていたしがらみの一切から解放されることになった。この意識が別物だと言われてもピンとこなかったが、俺としては歓迎するべき事態だった。大人しくしていれば新しい戸籍が与えられて、新天地でやり直せるんだ。願ったり叶ったりだとさえ思った。

それで、今はまともに働いているし、婚約中の彼女もいる。

彼女も関係者で、俺の過去は理解した上で受け入れてくれた。

今の俺の生活には、特に不満はない。

だから俺としては、正直装置の件では別に何も悔やんじゃいない。

記憶にある全てが別人のものだというなら、それはそれで構わなかった。

そういう訳で、俺は装置の開発者を父に持つ高塚にも恨みはないんだ。むしろ、こんな研究所に縛り付けられて不憫《ふびん》だと思う。だから、こうして都合が付けば手伝いに来てやっているのさ。まあ、小遣い稼ぎになっているのも確かだが、金を受け取るのは変に気を遣わせないためというのもある。本当さ。

ただ、俺みたいなのは少数派だった。

収監されて長かったから他の奴らと会話する時間はいくらでもあったが、大抵の奴は戻るべき場所があった。戸村さんはその筆頭だったな。

彼は新婚で、大恋愛の末に一緒になった身体の弱い嫁さんがいた。彼はすぐに家に帰ると伝えていたらしいが――結果は知っての通り。処置を受けた人間はオリジナルとは別の存在――スワンプマンとして扱われることになり、嫁さんの待つ家に帰る機会を失った。いや、幸か不幸かは知らないが――嫁さんは戸村さんが収監後しばらくして亡くなったらしい。だから一緒の墓に入る権利を失ったと言った方が正しいのかもな。いや、この言い方はあの人が実際に言っていたんだ。俺の趣味が悪いわけじゃない。死に目にも会えなかったことを彼は悔いていた。

実際にはオリジナルは死んでいるのだから、その考えはおかしいんじゃないかって？

その通りなんだが、あの人は最後までそれを理解することはできなかったみたいだ。まあ、そういう奴らも一定の割合はいたから、そう珍しい話じゃないかもしれないが。

そういえば彼は、呼び名にも拘っていたな。

戸村というのは彼のオリジナルの名前だ。本来は収容者は新しく決められた名前を使うように言われていたが、彼は収容者同士の会話では、その名前でしか反応しなかった。

ただ、それでも彼は最低限のことは理解していた。機関の決め事には従う必要があって、それを破れば重いペナルティがあることをな。

実際、スワンプマンとして収容された後、脱走しようとした人間は結構いたのさ。良くも悪くも収容されるのは関係者だけだった。だから、異能持ちも結構な割合がいたんだ。これが刑事犯罪者の収容だったらそうはいかなかっただろうな。知っていると思うが、全ての異能者を無力化する術なんて機関でも持っていないから、面倒《めんど》そうな相手は捕まえるときに理由をつけて殺してしまうのさ。ああ、これは都市伝説じみた話だが、本当だ。まあ、信じなくてもいいがな。

とにかく、収容者側には強力なカードがあった。脱走組とでも呼ばせてもらおうか。彼らは念入りに準備していた。俺は無能力者に近かったが、それでも脱走に誘われた。脱走組はいい奴ばっかだったよ。だから、俺が一歩踏み出せるように、色々と教えてくれた。正直、成功する可能性しかないように思えた。俺にも帰るべき場所があれば話に乗ったのかもしれない。

そして脱走の日――彼らは全滅した。

異能者を含めた二十人ほどの連中が、たった一人の当直に皆殺しにされたのさ。正直、機関に召し上げられた異能者の化けものっぷりは聞かされてはいたはずだったが、逃げ出したいという思いが過小評価に繋がったのかもしれないな。

え？　何でそこまでしたのかって？　それは当然の話なんだ。あの時点で収容者全員は社会的に死んで三ヶ月経っていたんだ。なのに、そいつらが戻ったらどうなると思う？　大騒ぎだろう。機関は何より神秘の秘匿を重んじるのさ。それに、反抗の意志の認められた異能者を確実に無力化して拘留し続ける手段もない。だから、手加減なんて望むべくもなかった。これはどうしようもなくリスキーな賭けだったのさ。

ただ、彼らを決して愚かと考えてほしくはないんだ。スワンプマンは記憶も精神も同じだろう。だから、大切な人にもう一度会いたい、元の家に戻りたいという思いはオリジナルと同じなんだ。しかも、スワンプマンと認識させられるのは機関の与えてくる情報によってのみ。だったら、当初は納得した様子を見せても、時間をおいて自分がオリジナルと思い始めるスワンプマンがいたって、おかしなことは何もないんだ。当時は理解できなかったが、今ではそう思うことができる。

そして――こう繋がるわけだが――戸村さんは装置の効果は理解できてはいなかったが、脱走という試みの危険性は十分に認識していた。少なくとも、今は大人しくしておくのが一番確実だと判断するだけの理解はあったんだ。急ぐ理由もなくなっていたというのも大きいのかもしれないが。

その後、俺たちは模範的なスワンプマンとして社会に戻されることになった。それぞれ用意された生活基盤はバラバラで、携帯もその場で支給されるものではなかったが、再会を禁じられるものでもなかった。だから別れ際に、場所と時間を決めて、再び集まる約束を交わすことになった。

約束の日は――今から四年前の、五月だったか。

実際に集まったのは俺も含めて五人だけだったが、その中に戸村さんはいた。

彼は言っていた。正規の方法で、この取り組みを変えてみせると。そうして、嫁さんと同じ墓に入ることを世間に認めさせると。関係先の弁護士に見積もりを立てて、それを稼ぐのが目下の目標だとな。

俺も誘われたが――断ったよ。下手をすれば脱出よりも望み薄に思えたのもあるが――俺にはそこまでする理由はなかったからな。他の連中も、理由は様々だろうが、断っていた。彼は特段何も言わなかった。

そして、それ以降あの人の姿を見ていない。

――と、そう言って金井さんは話を締めくくった。

「多分、俺の予想通り、あの人は試みには失敗したんだろう」

と、悩ましげな表情を見せる。

「そうして、より危ない橋を渡ることになったんだろうが――最初に言ったとおり、彼の境遇を知ったあんたらには、手心とかそういうものを期待したいんだ」

「はい。どこまで可能かはわかりませんが、努力することはお約束します」

「そうか。よろしく頼む」

そう言って金井さんは頭を下げてきた。結構な重みを感じる。

「二点ほど確認をお願いしたいのですが」

「言ってみろ」

この後の綺麗な流れは礼を言って去ることかも知れないが、七瀬は普通に食い下がった。

「戸村さんの今の本当の名前はわかりますか？」

「確か――カトウリョウジだったはずだ。本来は本人が決めることもできるんだが、あの人は機関任せにしていたな。まあ、そういう奴も他にはいたが」

「漢字はわかります？」

「わかるさ。何ヶ月もお互いのネームプレートを見ながら生活したんだ。嫌でも覚える」

と、七瀬が差し出したメモ紙にすらすらと加藤亮二《かとうりょうじ》と書いてみせた。結構達筆である。

「もう一つ。彼は異能持ちでしたか？」

「いや、無能力者のはずだったが。なんだ、改造人間の手術でも受けてたのか？」

冗談めかして言うが、俺も七瀬も笑えなかった。

金井さんは気まずげに頭をかく。

「余計なお節介かもしれないが――あの人を止める側に回るなら、相応の覚悟はしておいた方がいいぞ。収容された当初はましだったが――嫁さんが死んだ後辺りから、明らかにおかしくなっていた。それは装置の効果を理解できないとか、そういう類いのものじゃない。少なくとも、お前らの年齢で相手にしていいとは思えない」

ごもっともである。

俺は純粋な感謝の気持ちで、金井さんに言葉を返す。

「ご忠告、ありがとうございます」

「まあ、お前らにはお前らの事情があるんだろうが――気をつけろよ。人生、どこに落とし穴があるかなんてわからないんだ」

「ええ、そうですね」

本当にその通りだと思う。

ただ、手がかりを求める身としては、ここで手を引くわけにはいかなかった。

それに、俺の同類でもある暫定スワンプマンの尊い命を守る必要もあったし。

ただ、金井さんの言うように、同情心が芽生えたのは確かだったが。

3

その日の午後五時。事務所に戻った俺と七瀬は所長に報告を行った。

所長は戸村さん——金井さんの話を聞いて一応敬称で呼ぶことにはした——の過去話については殆ど感想はなかった。ただ『そうか』と呟《つぶや》いただけである。

ただ、戸村さんの現在の氏名が確認できたことは大きな収穫として受け入れられた。七瀬もそれを理解して尋ねたのだろうが。

「それでは、俺の方で得られた情報も共有しておこう」

所長はそう言ってテーブルの上に置かれていた資料に視線を落とす。

「この手の情報はあるべきところにはきちんと収められていて、今回は情報屋に尋ねたら、ものの数時間で報告書が送られてきた」

仕事が早いのは結構なことだ。

ただ、量が多い。Ａ４用紙に細かい字で二十枚はある。

「その資料は後で目を通してもらうことにして、概要は俺から話そう」

そうして所長は説明を始めた。

「そもそも巷《ちまた》で語られる吸血鬼像は様々で、実在が確認された吸血鬼の種類もそれなりの数に上るらしいが、ありがたいことに、現在この国で確認できるのは渋川《しぶかわ》式吸血鬼と呼ばれる一種だけだった。他は滅びていたり、国外で徹底的な隔離処置がとられているらしい。そして、この情報が正しいという前提で話を進めることにする」

「……」

「吸血鬼は、元は東欧の伝承にある知性を持たない怪物だった。これが西欧に伝わった際に、その不死性に注目され、さらに何工程か経て『永劫《えいごう》の夜を彷徨《さまよ》う、人の血を吸う業を負った存在』という現在も主流となる吸血鬼像が確立されるに至る訳だが——それに魅了されたのが、旧華族の渋川という男だった。彼は吸血鬼になるための手段を模索し続け、それが術理として成立するに至り、これにより生じた存在が渋川式吸血鬼と呼ばれることになったわけだ」

「……なるほど」

この世界のルールとしては、あり得る話ではあった。

「この術理自体は失伝しているが、渋川式吸血鬼は『吸血され死に至った者は吸血鬼として蘇《よみがえ》る』性質を持つため、この方法で吸血鬼になることは今でも可能だ。戸村もおそらく現存する誰かの協力を得たのだろう。短期間で力を得る手段としては、悪くないのかも知れない」

だとしても実行するのは結構な覚悟が必要だと思うが。

「確認されている能力は、不老、再生能力、怪力、動物や霧への変身、簡易催眠。個人差で得意な能力は異なるらしい。また厳密には能力とは異なるが、基本は動く屍《しかばね》で化学的な生命活動は終えているため、薬物の類いは原則通用しないとのことだ」

「……なかなかに厄介な存在ですね」

「ああ、全くだ」

七瀬の言葉にうんざりしたように所長が言う。

「ただ、弱点も多い。日光、流水、ニンニク、銀、塩、白木の杭《くい》、その他諸々だ。ちなみに日光は当たれば灰になる訳ではなく、弱体化する程度らしい。なお、日光を苦手とするのは『陽の光には邪悪な存在を打ち払う力がある』との信仰に基づくものだから人工光で紫外線を当てたりしても効果はないそうだ。また、人の血を吸わなければ一週間ほどで休眠状態に陥る。ちなみに必要量は一度で最低二百ミリリットル程度とのことだ」

「よくここまで情報が整理されていますね」

俺は半ば感心するように言う。

「良くも悪くもだが——この渋川式吸血鬼は、合法非合法問わず、徹底した研究が行われた経過があるんだ。この方法で吸血鬼になるのは、寿命を克服する手段の一つとしては比較的現実的なものだからな。それで、自分がなる前に他人を使って諸々の性質を確認しよう、という発想になったわけだ。その結果、あまり望ましくない手段に分類されることになったわけだが」

「そうなんですか？」

「ああ。渋川の吸血鬼への憧れの源流の一つは『俗世からの離脱』だったようで、この方法で吸血鬼になると、どれだけ生への執着が強い人間でも、次第に欲が薄れていくらしい。これは『今の自分のままでいたい』人間には著しく不評だったようだ。人としての食事ができなくなることや、陽の光の下を歩けなくなること以上にな」

「そういうものですか」

まあ、人格というのは自己のアイデンティティの根幹をなすものなのでわからなくもない。

「さらに言えば、親族間のゴタゴタも影響しているらしい。術者だと同系統の使い手を失血死させて確認するというプロセスが必要となるが、その関係とかな」

やはりそういう話は何処でも出てくるようである。

「また、無能力者の場合でも、吸血による死亡から四十八時間程度で吸血鬼として目覚めるわけだが、この間を利用して、敵対する親族が医師に死亡届を書かせてそのまま火葬してしまうこともあったそうだ」

さらに嫌な世界を垣間見てしまった。

まあ、いつの時代もそういうことを考え、失敗する金持ちはいるのだろう。

死を克服する手段と言えば、高塚さんの研究所の地下の装置もそうだった。

今の話を思うと、あの装置に収まった後も研究所の維持費を提供し続ける、未《いま》だ名も知らない富豪の親族はしっかり義理を果たしている方なのだろう。

さらに気になったことを所長に尋ねる。

「これって人間に戻る手段はあるんですか？」

「ない。完全な一方通行だ」

「……そうですか」

これは半ば以上予想できた答えだったが。

「由理。色々と情報は手に入ったが――これでも戸村との交渉の余地はあると思うか？」

「……ない、と思います」

所長の問いに、七瀬は少し間を置いて答えた。

これについては俺も同意見である。

動機は死んだ妻のためで、計画のために人間を辞めていて、脅迫その他の犯罪行為に手を染めている。そして、そもそも向こうには話し合いをするための理解がない。

いくら七瀬でも説得は困難だろう。

「そういう訳で、当日は力ずくで取り押さえる方向で動くことにする。必要以上に痛みを与えることはしないことを以《もっ》て、金井の要請には応えたことにさせてもらう」

そうして所長はきっぱりと方針を示した。

「それから、これも決定事項だが――当日の対応は、俺一人で行う」

さらに所長は言う。

「相手は本気だ。邪魔者があれば本気で排除しにくると宣言しているし、それを可能にするだけの力を得てしまっている。おまけに持っている装置も本物なら致命的だ。だから、お前らは現場に立たせることは認められない。異論はないな」

「はい、大丈夫です」

「……同じく」

所長は俺と七瀬の答えを受けて満足げに頷いた。

それから壁の時計に視線を向け、口を開く。

「それから明日、沢木氏に一旦の報告はする予定だ。約束は取り付けていて、明日の午後二時からとなる。ひとまず今日はここまでにしよう。明日も午後からの出勤でいい」

「ありがとうございます」

そうして今日のところはお開きとなった。


丁度いい時間なので七瀬を夕食に誘うことも一瞬考えたが、疲れ気味のようなのでやめておいた。まあ、仮に元気そうであってもそれを実行できたかは怪しいところだったが。

# 第六章　急転する事態

## 1

事件に着手してから三日目の十月三十一日の午後。

俺たちは再び沢木邸の応接室に集まっていた。

二度目の対応をしてくれた奥さんの表情は、何故だかさらに厳しいものになっていた。

その理由は不明だが、直接聞くのも躊躇われたので、気づかないふりをすることにした。

ちなみに――今度は所長も最初から同席している。

そして事務所の代表として、昨日得られた情報を沢木さんに伝えた。

この手の情報は何処まで話すかは判断の世界だが、今回はほぼありのままに伝えることにしたとのことだった。

「――以上の話を元に、もう一度だけ提案させていただきますが。対応に変更はありませんか？　正直なところ、相手はかなり危険な存在です」

沢木さんはそれを聞き、神妙な顔で首を横に振った。

「変更はなしでお願いしたい」

「――了解しました」

何故そこまで拘るのか不明だったが、所長はあっさりと沢木氏の言葉を認めた。

「ご理解いただき感謝する」

「それでは、新たに得られた情報を元にした、当日の対策について移るとしましょう。あなたにもお願いしなければならないことが――」

と、そこまで言って所長の言葉が途切れる。

その理由は、いきなり応接室のドアが開け放たれたためだった。

それから、なだれ込むように三人の人物が入ってくる。

最初にスーツ姿の二十代後半と思しき男性、次が私服姿の二十歳くらいの女性で、最後は沢木さんの奥さんだった。

そして、スーツ姿の男性が懐から取り出した手帳を開いて見せつけてくる。

「動かないでください。私達は機関の捜査官です。こちらの沢木恵《めぐみ》さんの通報で伺いました」

奥さん――名前は恵だったらしい――は二人の背に隠れ、睨《にら》むような目で俺達を見てくる。

「伺ったお話では、ご主人のスワンプマンが請負人と共謀して、ご主人の身分の乗っ取りを企てているのだとか。現時点でも口座からかなりの額が引き出されているようですね」

と、機関の捜査官を名乗る男は淡々と告げてくる。

……あれ？

いや、待って。ちょっと待ってほしい。

確かに奥さんからしたら、そういう風に考えても仕方がないのかもしれないけど。

というか、どの段階でばれていたのだろう。

いや、その考えだと本気で乗っ取りに協力していたと認めたことになる。

多分そこまでの話ではなかったはずでは。

そもそも犯行の手口が凶悪化するのに備えてのことだと整理していたはずだし。

でも、彼の発言の撤回を受け入れたということは——

半ばパニックに陥りかけながらそんなことを考える。

「詳しいお話を伺わせていただいてよろしいですか？」

疑問形でありながら有無を言わさぬ圧を滲ませて、機関の捜査官は言った。

2

結構な緊張感がこの身を支配していた。

スーツ姿の男性は、先ほど示された手帳で確認できたが、名は山木《やまき》というらしい。

見た感じはくたびれた勤め人といった感じだが、服にはしっかりアイロンがかけられていた。左手の薬指の指輪から既婚者であることがわかって、立場に見合わない俗っぽさを感じる。おそらくは無能力者だ。

多分、荒事は女性職員の方が担当なのだろう。

一目見て東洋武術系の術理を振り切った練度で修めているのがわかった。なんというか、もし俺が術を使う予備動作を見せたら、その十分の一秒後に首の骨がへし折られてしまいそうな感じである。見た目は大和撫子《やまとなでしこ》な感じの美人さんだったが、それに気付いたのは結構後だった。散弾銃を手にした人物がいきなり現れたら、その人物の容姿に意識がいくのは大分後回しになるだろう。そんな感じである。

状況に耐えきれず、あちらから丸見えなのは理解した上で、こちらの面子《めんつ》の様子を窺う。

所長と七瀬は神妙な顔をしていたが、過度の緊張は見受けられない。ただこれは恐らく相手に表情を読ませないためのもので、実際どこまで追い込まれているのかはわからない。

一方で沢木さんはこの世の終わりのような顔をしていた。とてもわかりやすい。

自分より動揺している人を見て少しだけ冷静さを取り戻せた気がする。

それもどうかと思うところではあったが。

「――さて。本題に入る前に、ですが」

そうして山木さんは所長に視線を向ける。

「こんなところでお会いするとは驚きです。犬飼さん」

「俺もだ」

言葉少なめに所長が言葉を返す。

「お知り合いですか？」

沢木さんの奥さん――恵さんが山木さんに険しい声で尋ねた。

事情には理解があるのか、猫が喋《しゃべ》っていることはスルーである。


「はい。彼らはこちらの仕事を引き受けることもありますので」

「それは由々《ゆゆ》しき問題では？　機関の下請けが、犯罪の片棒を担いでいるなんて！」

「仰るとおりです。機関の職務を請け負う彼らに高い倫理感が求められることは言うまでもありません。ですが、顔見知りと言えども手心を加えることはありませんのでご安心ください」

山木さんはそう言って追従する形で奥さんを宥めた。

――ように見せかけて、機関の雇用責任を問うような奥さんの言葉を、さりげなく請負人の問題にすり替えたように見えなくもなかった。いまいち本心が見えない。

「皆さんには事情聴取をお願いしたいと考えております。車は用意してありますので、事務所にご案内しましょう」

いや、待ってほしい。これってかなり不味《まず》い状況では。

そのまま逮捕収監されることは、表の警察の対応でも普通にあったはずで、悪い方向に想像力が働く。

「任意だろう？」

「ええ、そうですね。ただ、正当な理由もないのに拒否するのはお勧めできません」

所長の問いに、山木さんは泰然と答える。

「一応言っておきますが、くれぐれも抵抗はしないでください。あなたの能力は十分に理解している。こちらも加減できるものじゃない」

意外だったのは、荒事になることを彼がそれなりに警戒していることだった。

体系が異なりすぎるため所長の力を推し量ることはできなかったが、もしかして機関のお抱え職員に対抗できるレベルだったりするのだろうか。あるいは機関職員の実力を俺が過大評価していたとか。それなら俺が隙を作れば――いやどうだろう。

「あと、君。芦屋君だっけ。君のことも聞いている。早まったことはしないでくれ」

「……はい」

どうやら俺の存在も把握されているらしい。

前回の事件の顛末は機関にも報告済みとのことなので、こういう事件で出張ってくる人間なら知っていても当然なのかも知れない。

一瞬で萎縮した俺に代わって所長が言う。

「事情聴取を受けるか否かは、もう少し話をしてからにしたい。そちらの話はこちらの認識とは全く異なるし、現時点では判断しかねる」

「……いいでしょう。ただ、虚偽があれば立場が悪くなることはお忘れなく」

脅し文句に臆した風もなく所長が続ける。

「それで、罪状は？」

「スワンプマン本人による詐欺の既遂と、請負人と共謀した詐欺の未遂です」

端的に山木さんは言った。

「訴えでは、旦那さんのスワンプマンが、自らがスワンプマンであると自覚し、かつ関係法令を十分に理解した上で、銀行窓口でオリジナルとして振る舞い、一千万もの大金を引き落としたことと聞いております。さらに彼はその下ろした額を請負人に支払い、自らがオリジナルとして振る舞うために不都合な事実の揉《も》み消《け》しを依頼し、最終的にはオリジナルの財産全てを手中に収めようと企てているとか」

確かにそういう見方もできなくはなかったが。

「そもそもだが。何故いきなり刑事部のお前が出てくる？　スワンプマンの収容は生活安全部の所管だろう？」

「身内の恥を晒すようで恐縮ですが。そちらに通報したら証拠も緊急性もないと断られたとのことで、奥様が刑事事件として整理し、こちらに訴えてこられたのです」

「……」

表の社会で言えば、単純な不法滞在で通報しても担当部署が動かなかったから、犯罪に関わっていることを強めに主張して別の部署を動かしたという感じだろうか。

というか、そんな整理を成し遂げた奥さんは何者なのだろう。単なる専業主婦と思っていたのだが。

「それで、その金額はあなた方に渡ったという理解でいいのですか？」

「二百五十万なら受け取ったが、それは成り済ましの幇《ほう》助《じょ》ではなく、護衛の対価としてだ」

「それにしては高額のように思えますが？」

「護衛は常に命がけだ。決して低いとは思わない」

「まあ、いいでしょう。それで、依頼の内容はどういうものだったのです？」

「沢木氏は、戸村と名乗る男から『意識の連続性を遮断するスタンバトン状の装置』と称するもので脅しを受けていて、その護衛を引き受けた。依頼の内容は本当にそれだけで、捕まえた脅迫者は装置と一緒に機関に引き渡すことになっていた。このことからも隠匿の意思はなかったと主張できるはずだ」

「それを証明するものは？」

「契約書の控えがある」

「拝見しても？」

七瀬がそれを受けて、山木さんに契約書を渡した。

「確かに、履行確認事項には、犯人と装置を機関に引き渡すことは明記されていますね」

それを読み上げる山木さんの思惑は、やはり読めない。

「ところで、ですが」

そして、明日の天気の話でもするように、何気ない口調で山木さんが言う。

「さっきの話ではわかりかねたのですが、実際の所、沢木さんはその装置の処置を一度でも受けたことはあったのですか？」

「……」

嫌なところを突かれ、流石の所長も言葉に詰まる。

山木さんの表情からは、どこまで知っていて、どんな誤魔化しがきくのか、如何なる情報も読み取れない。

そして、ここで言葉を間違えると大分不利になることは想像できた。

「見苦しいわ！　いい加減に認めたらどうなの？　私は全部聞いてたのよ」

その沈黙を破ったのは奥さんのヒステリックとも言える叫びだった。

「あのスワンプマンは、確かに二度処置を受けたって言ったし、その発言を取り消すと言ってあなた達もその場で否定しなかった」

なるほど、俺達の会話は全部聞かれていたらしい。

恐らく、最近の夫の行動を不審に思い、廊下で聞き耳を立てていたのだろう。

そういえば、あのとき沢木さんが退出する直前に廊下の方から物音が聞こえた気がする。

「ねえ、言ったとおりでしょう。彼らは絶対に認めないって。早く捕まえてちょうだい」

山木さんはそれを受けて、初めて本気で困惑したような顔を見せた。

「ちょっと待ってくれ」

その隙を突くように、今まで黙り込んでいた沢木さんが口を挟んできた。

「今の妻の話に嘘《うそ》偽りはない。確かに私は二度処置を受けたと彼らに話したし、その発言を撤回し、彼らにそれを認めさせようとした」

一体何を言い出すのだろう。まさかのこちらを巻き込んでの自爆だろうか。

「だが――彼らは考える時間がほしいと言った。そして、その間に私も考え直したのだ。やはりこのような対応は信義にもとると。そして契約の前に、発言の撤回を取り消し、もし装置が本物であれば、私はスワンプマンとして、自身のオリジナルが定めた規則に従うことを誓ったのだ」

いや、そんな遣《や》り取《と》りなどなかったはずだけど。

絶対に。記憶違いとかじゃなく。

「そうなんですか？」

「そのとおりだ」

だが、山木さんの問いに、所長がそんな言葉を返す。

猫なのでその表情から詳細を読むことはできないが、その声に一切の逡巡《しゅんじゅん》はなかった。

そうして、遅れて状況を理解する。

奥さんの叫びは、彼女にとっては明らかなマイナスだったのだ。

彼女はおそらく、沢木さんが離席した後の話は聞いていない。さっきも『その場では否定しなかった』とだけ言っていたし。

ただ、沢木さんが撤回を受け入れなければ依頼は受けさせないと言っていたにも拘わらず契約が成立している状況から、こちらが撤回案を受け入れたと判断したのだろう。

その考え自体は間違っていなかったが——後半の遣り取りは聞いていない以上、こちらはその内容の捏造《ねつぞう》が可能となる。ただ、その流れに身を任せていいのかは疑問だったが。

「なるほど。奥さん、どうでしょう。この会話までは聞いておられましたか？」

「……いいえ」

奥さんは本当に悔しげに言う。

「でも、そんなはずはありません。あの人は絶対にそんな潔い真似をする人じゃなかった」

その理解が間違っていないのは確かだった。

「そもそも、処置を受けたのが確かだと本人が認めているなら、収容してください」

「だが、装置が本物という保証はない」

奥さんの言葉に、再度沢木さんが割って入る。

「気絶させるだけの装置など、関係者なら用意するのは難しいことではない。一方で、失伝した術理に関わる未発見の装置が用いられた可能性は、極めて低いと言わざるを得ない」

「なんで私に言わなかったの？」

「余計な心配はかけたくなかった」

「嘘よ！　そんな人じゃないのは、私が一番わかってる」

再び奥さんは断言する。そして、山木さんに向き直る。

「ねえ、なんとかしてくださいよ」

「……この状況では何とも」

山木さんは奥さんの言葉に役所然とした言葉を返した。

さらに影のように控えていた女性職員に目を向けるが、そちらに文句を言うのは躊躇《ちゅうちょ》したようで、行き場のない怒りを抱えた奥さんはわなわなと身体を震わせる。

「実家に避難させていただきます！」

叫ぶようにそう言って、ドアに向かう。

それから部屋から出ようとしたところで、沢木さんの方に振り返り、言う。

「ねえ、スワンプマンかもしれない人。あまり無駄遣いはしないようにしてもらえるかしら。あなたの財産じゃないのかもしれないから」

「……わかった」

沢木さんは絞り出すように言った。

奥さんはそれに言葉も返さず、けたたましい音を立ててドアを閉め、去って行った。

残された俺たちが気まずそうに顔を見合わせる中、山木さんが言う。

「僕たちは奥さんに話があるので、いったん席を外させてもらいますが、戻ってきたら襲撃の件も聞かせていただきたい。そちらはそちらで把握しておきたいので」

山木さんはそれだけ言って部屋を出て行く。

一時はどうなるかと思ったが、どうやら切り抜けることはできたらしい。

ただ、さらに深みにはまってしまった気がしたが。

3

山木さん達が奥さんを追って応接室を出て行った後。

何とも言えない微妙な空気になった応接室で、沢木さんが声を落として切り出してきた。

「まず言っておくが――先ほど言ったことは、その場しのぎの嘘ではない。私は既に二回あの装置で処置を受けたことを認める。だから、装置が本物だったなら、私はスワンプマンだったことになる。それでいい」

そこまで言って沢木さんは大きく息を吐いた。

「最初からこうしておくべきだった。君達にも見苦しいところを見せた。すまなかった」

沢木さんはそう言って俺達に頭を下げた。

「そんなことを仰らないでください。こんな状況では仕方がないことです」

「そう言ってもらえるとありがたい」

所長がそう言うと、安堵したように沢木さんが言う。

「それでは、彼が戻ってきたら私の方からも正式に機関に被害届を提出させてもらおう。ただ、おそらく装置の効果が曖昧な状況では、どこまで真剣に対応されるかは不明瞭だ」

そうして沢木さんは覚悟を決めたように言う。

「だから――改めてお願いしたい。次の指定の日に、奴を捕らえて、真実を明らかにしていただきたい」

「お任せください。全力を尽くします」

所長が答える。

「それから――妻についてだが。いや、私がスワンプマンだったなら、そうとは呼べない関係であるが」

と、本人が認めたことで、本当に俺の同類になってしまった沢木さんは言う。

「あの態度に思うところはあったと思うが、彼女に一切の非はないのだ。私はそう思われても仕方のないことをしてきた」

そう、誰にともなく言う。

まあ、スワンプマンの疑いのある夫に対し、本人であることの希望を一切抱かず、むしろ積極的に切り捨てようとしてくるとは思ってもみなかったが、色々とあったのだろう。

俺は何も言えなかったが、所長が代表して言う。

「私達は気にしていません」

「そう言っていただけると助かります」


そんな遣り取りを続けるうちに山木さんが戻ってきた。

沢木さんは山木さんに一通りの事情を説明した。

そして俺達は当初の予定通り、次の約束の日まで、備えを行うことになった。

一時はどうなるかと思ったが――沢木さんが事実と向き合うのは望ましいことだと思う。

そうじゃなければ本気で裏切りの片棒を担いだことになりかねないし。

先の機関職員からの確認で嘘を吐くことになってしまったので、単純に雨降って地固まるとまではいかないが、それなりに真っ当な方向に進んでいるような気がした。

事務所に戻ると、所長が即座に今後の打ち合わせを行うことを宣言した。

俺と七瀬は所長に向き合う形で事務所の応接セットのソファに座る。

「……危ないところだったな」

「ええ、そうですね」

無事に事務所に戻れたことを本気で安堵しているように二人は言う。

「やはり危ない橋には違いなかったな」

「奥様があぁ動くとは予測できませんでした。今思えば、思い当たる節はありましたが」

と、口々に言ったりもする。

「沼雄も悪かったな。大丈夫か」

「ええ、何とか」

本当は精神的にかなり参っていたが、強がってみる。

「それじゃあ、今後の話に移るか」

所長は俺達を試すような目で見て、口を開いた。

「それで――先に聞こうか。由理、沢木氏の話を聞いてどう思った？」

「正直に言っていいですか？」

「ああ。この場に聞かれて都合の悪い相手はいない」

「では、言わせてもらいますけど――とても胡散臭いように感じました」

「まあ、そうだな」

「え？」

俺は二人の遣り取りを聞いて、間の抜けた声を上げてしまう。

「……気付いてなかったんですか」

「まあ、今はそれで十分だと思うぞ。そうでない可能性もあるし、依頼人を信じる気持ちは持っていた方がいい。ただ、今回は望み薄だが」

話に追いつけない。が、できれば自力で気付きたい。

「すみません、少し待ってもらっていいですか？」

二人は当然のごとく許容してくれて、俺は必死で思考を巡らせる。

だが、しばらく考えても答えは出なかった。

「すみません、ギブアップで」

悔しいが、これ以上話を止める訳にもいかない。

「では、私から話して大丈夫でしょうか。見落としがあるかもしれないので整理がてらで」

「ああ、任せた」

所長の言葉を受け、七瀬が言う。

「結論から言うとですね。多分、沢木氏は偽物の装置を用意して、機関に引き渡される直前にすり替えようとしているんですよ」

「え？」

いきなりの話に全く理解が追いつかなかった。

「でも、どの時点で？　当初はあんなに無茶な撤回案を受け入れさせてきたのに」

「多分、一度戸村氏を退けた後から、ですね」

七瀬は淡々と続ける。

「あれで一週間の猶予ができて、やっぱり装置が偽物であるに越したことはないと考え直したんでしょう。もし本物だったら戸村氏の証言と食い違うことになるし、どこの馬の骨とも知れない請負人に弱みを握られることになるわけですから」

「まあ、そういう考えもあるとは思うけど」

先ほどの沢木さんの発言に感銘を受けてしまった手前、若干抵抗するように言う。

「それに、そう考えると、違和感のあった沢木氏の対応方針にも納得できるわけです」

「と、いうと？」

「まず、護衛は次の約束の日までは不要と言っていましたけど。これは自分が自由に動くため、と考えることができます」

確かに四六時中付き纏《つ》《まと》われては、悪巧みにも苦労するだろう。

「それに、約束の日の前に、こちらから先手を打つことも禁じていましたよね。これは、こちらから前提を崩すと先が読めなくなるからと行っていましたが、自分を餌に目の前で取り押さえさせることで、すり替えのタイミングを確保するため、と考えることもできます」

「なるほど」

「そう考えると、山木さんも気になることを言っていましたよね」

「ええと。ちょっと待ってくれ」

流石に全部言われるがままというのは躊躇われるところで、本気で考える。

幸いにも、こちらは何とか自分で気づくことができた。

「下ろした金額か」

「そうです。私もそこが気になりました」

やっと話に追いつけて素直に嬉しい。

「私たちの現時点で受け取った報酬は二百五十万円。残りの成功報酬の二百万円を加えても四百五十万。でも、沢木氏が下ろした額の合計は一千万円とのことでした。何故か結構な余剰があるのですが、これはそういう装置の準備資金と想像することもできます。彼も言っていたとおり、外見だけ似せた、気絶させるだけの効果を持った装置を用意することは、それほど難しいことではないので」

確かにそんなことも言っていた。

「と、こんな感じでいかがでしょう？」

「ああ、問題ない」

七瀬に話を振られた所長はそれだけ言って満足げに頷いて見せた。

「その上での方針だが――」

と、所長が話を引き継ぎ言う。

「当然のことながら、依頼は果たす。彼が生後一週間のスワンプマンだろうと、尊い人命には変わりない。前金も受け取っているからな」

ただし、と所長は付け足す。

「装置の隠匿は認められない。もし装置をすり替えるつもりなら、それは防がせてもらう」

と、力強く断言する。

「これは二つの理由がある」

「二つ、ですか」

「ああ。一つはお前の正体特定の手がかりのためだな。もしあれが本物で、すり替えを認めたら、手がかりが絶えてしまう」

「……ありがとうございます」

こちらの事情を忘れず考慮してくれることは素直に有り難かった。あと、普通に申し訳なく思う。

「二つ目の事情があるから、気にする必要はない。それは――もしすり替えが成されたら、うちの立場が危うくなりかねないということだ。後で問題になったときに、加担したと疑われるような事態は避けたい」

「まあ、そうなりますよね。あの場では仕方のないこととは言え、沢木氏の作り話に話を合わせてしまったわけですし」

所長の言葉に七瀬が追従する。

「その上で当日の対応だが――戸村の確保は俺一人でする。その方針に変更はない」

ただし、と所長は続ける。

「沼雄。お前には沢木氏の監視を頼みたい。式神で応接室の監視は可能だな？」

「ええ、問題ありません。ネズミの式神なら目立たず配置できるはずです」

「なら、装置から目は離すな。俺も注意はするが、どうしても戸村の動きに注視せざるを得ない。もし沢木氏が交換するような動きを見せたら、後で知らせろ。その場合は、俺がすり替え直しておく」

「わかりました」

頼もしすぎる発言に、素直に応じる。

あと、役目をくれたことも普通に嬉しかったりする。

「もちろん、これは現時点では俺達の勝手な想像に過ぎない。もし彼が本気で真実に殉じるつもりなら、大変に失礼な考えになる。それは頭に入れておいてくれ」

「はい」

「了解です」

俺と七瀬が答える。

「だからこそだが——沢木氏の動向調査は行わない。残りの日は、彼の身を守るため、戸村を確保する備えに注力する。ここまでで異論はあるか？」

「いえ、ありません」

俺は殆ど反射的にそう言うが——

「少しよろしいでしょうか？」

七瀬が軽く手を上げて、言う。

「これは一応の提案ですけど。沢木氏の動向調査は行うべきではないでしょうか。純粋に彼を疑って、ということではなく、万が一に備えてとかの口実——もとい、別の理由は考えられると思うんですけど」

「なるほど、言いたいことはわかる」

と、若干硬めの声で所長が言う。

猫だから表情は上手く読み取れないが、部下が異を唱えてきて機嫌を損ねた感はゼロで、どちらかと言えば微妙に痛いところを突かれたような感じではある。

「悪いが、却下だ。判断が分かれる局面だとは思うし、目の付け所は間違っていない。だが、確たる根拠がない上に、報酬を受け取った上で、身辺警護はしないとはっきり約束してしまったわけだからな。責任は俺がとるから、今回は俺の判断に従ってもらう」

「わかりました。では、そのように」

七瀬も特に拘ることなく、あっさりと折れた。

二人の意見が割れるのは初めて目にしたが、見た感じこういう遣り取りは今までも何度かあったように思えて、かつ二人とも気にしている様子はないので、俺が気にすることでもないのだろう。

そうして、方針は固まり、時刻は五時を過ぎていたこともあり、今日のところは解散となった。

4

打ち合わせが終了した後。

七瀬の提案で、今日はこのまま夕食を共にすることになった。何を食べたいか問われ、悩む姿勢を見せたところ、七瀬から選んでいいかと言われ、そのまま任せることにした。七瀬はあっさりピザに決め、そのままアプリで注文を行って、それから三十分足らずでピザが届く。

ちなみに、所長は眠いからと離脱済みである。極力猫の姿を晒すことに抵抗を見せる所長が、猫的な食事シーンを見せることを嫌っているのはなんとなく察していたので、引き留めたりはしなかった。

そういうわけで、向かいに移動した七瀬と二人、適当な雑談をしながら食事をとる。

なんとはなしに、ピザを口に運ぶ七瀬を見て、食べ方が綺麗だな、と思う。あまりじっと見るのも問題がありそうなので、適当なところで視線を外したが。

あと、先ほどまで会議スペースに使っていた応接セットを、そのまま食卓代わりにするのはなんだか不思議な感じがしたが、当たり前のように振る舞う七瀬のおかげで、そこまで気にはならなかった。

ただ、今日も今日とて全額食費は事務所持ちなのは気にはなった。一応、負担は申し出たところ、所長の計らいなので甘えておけと言われ、引き下がらざるを得なかったが、そもそも純粋な善意で今回の事件に関わらせてもらっている手前、やはり申し訳なさは感じた。

「あの、勘違いだったら申し訳ないんですけど。なんだか居心地が悪そうに見えるのは、気のせいでしょうか?」

そんな風に考えていたところ、七瀬に考えを言い当てられ、普通に戸惑う。

どう答えたものか、少し悩んで口を開いた。

「正直、申し訳なさは感じているんだ。今回の事件に参加できたのも、色々気を遣ってくれたからだし」

親兄弟でもない所長や七瀬にそこまで求めるべきではないとの考えだったが――

「それは本当に気にすることではないと思いますよ」

七瀬は当たり前のように否定してきた。

「……そうかな?」

「そうですよ」

言葉が足りていないと判断したのか、さらに続ける。

「そもそも、今回の事件はあなたの事情に関係なく引き受けていたはずなんですよ。この事件の発端は沢木氏の話によると二ヶ月以上前で、交換機の事件を手がけたうちの事務所には、仮にあなたが途中離脱していても、変わらず高塚さんから話がきていたはずで、そうなると所長の性格上、引き受けていたに違いないんですから」

出てくるのはいつも通りの理屈の積み上げだった。

「それに、私は私で強引に止めたことは申し訳なく思っているんですよ。もしあの日の確認作業でいい方に答えが出ていたら、今頃は日常に戻れていたわけですから」

そして普通に俺を気遣う言葉も出てくる。

「……それこそ気にしないでくれ。ああいう方法で確認するって予想がついて何もしないのは無理があるだろ」

浅い考えで事務所を事故物件にしかけた身としては、そう考えるしかない。

それを受けた七瀬は何やら考え込む。

「それは――なるほど。確かに、そう言われて簡単に割り切るのは難しいですね」

と、何やら納得したように言う。

「では、お互い様で、遠慮するのは程々に、というのでどうでしょう」

「なるほど」

なかなかの落とし所だった。

そして、納得しかける自分がいる。

何故だか七瀬の言葉には不思議な説得力を感じる。

「それでも足りないなら、私が困ることがあったら、助けてもらっていいですか？　そのときには私も変に遠慮したりしませんから」

「……そうだな。それでいい」

その言葉が額面通りでも全く問題ないと考え、言う。

「では、そういうことで。期待してますね」

七瀬の言葉は相変わらず淡々としたものだったが、俺の考えに理解を示してくれたことや、期待すると言ってくれたことが、普通に嬉しく思えた。

さらに七瀬は思い出したかのように付け足してくる。

「ちなみに、所長にも必要以上に負い目を感じる必要はないですよ。良くも悪くもそういうのは気を遣いたい主義みたいなので」

「……良くも悪くも？」

少し言い方が気になったので踏み込んでみる。

「言うべきでないことは、はっきり止める人なので、私判断で話をさせてもらいますけど」

そうして前置きして、七瀬は続ける。

「所長は元々は機関の技能職採用で、捜査官の護衛を主として担当していたそうなんですよ」

「それは、今日来てた女性みたいな？」

「そうです。まさにそんな感じです」

結構な練度で東洋武術系の術理を極めていそうだった女性のことを思い出しながら尋ねると、肯定される。

結構な実力者とは思っていたが、そのレベルまでとは思わなかった。旧知の仲であるように話していた山木さんの言葉も、その時代を指していたのかもしれない。

「それで、その仕事って限りなく自由度が低いそうなんですよ。役目はあくまでも護衛限定で、捜査には口出しできない上に、特定の誰かと組むわけじゃなく、空いているシフトに指名される感じなので。事件への関わりも断片的になる上に、後から自分が関わった事件がどういう結末を迎えたか知る権利も認められていなかったそうです。さらに、機関の技能職に喧嘩を売る人間は極めて希で、必然的に技能を活《い》かす機会も殆どなく、そっち方面のやりがいも皆無とのことでした」

「……それは、なかなかだな」

機関への採用というのは相応の実力を持っていることが大前提のため、非常に名誉だったはずだが、その実態は思っていたのとは大分違っていた。

その辺りを知らずに就職したら大分後悔すると思う。

「それで、そういう生活を十年くらい続けて、流石に嫌気がさして独立することとしたんだそうです」

「……なるほど」

「そういうわけで、所長は結果はもとより、進め方にも結構拘るんですよ。関わる事件は多少無茶してでも納得する形で片付けようとしたり、依頼人だけじゃなく事件で関わった人に対しても、結構なレベルでフォローしようとしたりとか」

自分の扱いを思い返しても納得はできる話だった。

「その辺り、変に嫌らしかったり押しつけがましくなってないのは流石と思うんです。必ずしも私の感覚と一致しているわけでもないんですけど。今までにも本気で私が止めに回ったことが二度あって、一度は聞いてもらえましたが」

「そういうこともあるんだ」

「ええ。今日の件も、確実を期するなら、もう少し踏み込んでもいいと考えてのことだったんですけど。私が責任をとれるわけでもないので、引かせてもらいましたが」

「その辺は結構あっさりしてるんだな」

「そうかも知れません。もとより終身雇用は望むべくもない職場ですから、依存しすぎないようにという意味もありますけど」

「……なるほど」

「ただ、上司として尊敬しているし、職場環境に文句もないのは本心なんです」

「それは伝わっていると思うけど。俺もそう感じてるし」

「ならよかったです」

その言葉に七瀬は僅かに安堵したように言う。

ついでに話の流れで聞いてみる。

「ところで、なんで猫なんだ？　沢木さんは心当たりがあるみたいだったけど」

その言葉に七瀬は若干悩むような表情を見せる。


「それは私も教えてもらってないんですけど、こういう業界に身を置いていると、そういう都市伝説じみた話は耳に入ってくるんですよね」

「それってどんな？」

「機関は法治主義を謳《うた》って、罪刑法定主義の考えのもと、一般社会の常識外の出来事にも、明確に文章で何が犯罪かを示しているわけですけど。そもそも、本当の禁忌というのは、法律さえ制定できないんじゃないのかという話があるんです」

「初耳だけど、なかなかに難しそうな話だな」

一応、俺も関係者の端くれなので程々には情報が入ってくるが、そういう話は聞いたことがなかった。

「いえ、そんなに難しい話じゃないんですよ。例えば、この世界は実はシミュレーションで、内部からサーバの電源を落とす行為は予備罪でも死刑とか、そういう本当に知られるべきでないことを禁じることは、抑止の観点からもできないわけじゃないですか」

「なるほど」

そういう話なら、どっちかというとこの世界は神様の見る夢で、その眠りを覚ます試みを禁じる、という喩《たと》えの方が優しいので、そっちの方がいい気もした。

その場合、夢やシミュレート上の登場人物にも意識が宿ることの功罪について考えさせられたりもしたが。

「で、そういう禁忌に触れた人間のペナルティの一つに、『人の姿を失う』というものがあると言われているんですよ。あくまでも噂《うわさ》ですが」

「……」

「でも、所長なら引き際を間違えてそっち側に踏み込んでも不思議じゃないんですよね。そういう意味でも頼り切るのは危ういと考えたりするわけですが」

と、何処まで本気かわからない口調で七瀬は言う。

多分、本気なのだろうが。

「ただ、それが本当なら、本人に聞いてもはぐらかされる以外の答えは期待できないし、本人は戻る当てはあると言ってるので、これ以上踏み込む必要はないと判断しているわけです」

と、七瀬が言う。

「もしこの話から強引に教訓を得るとするなら、何処まで踏み込むかは間違えない方がいいということかも知れません。改めて言わせてもらいますけど、答えを探す過程で死んだりする可能性はあるにはあるし、それを最終的に踏みとどまれるのはあなただけなんですから」

「まあ、そうだよな」

「それで、これはただのお節介ですけど。今回の装置を自分に使うのはなしですよ。もう監視したりはしませんけど、もし同じことをしたら、多分本気で怒りますから」

「大丈夫だ。それは絶対にないから」

「安心しました」

その言葉で、本気で裏切れないなと強く思った。

ついでに、本気で怒る七瀬を見てみたいという小学生レベルの欲求が生じたが、それはそのまま封じ込める。

「今回の事件もどういう結末に辿り着くかは不明ですが、やるだけのことはしましょう。沢木氏には申し訳ありませんが、回収した装置が本物で、そこからあなたの正体を確かめる手がかりが得られたらとは思うんですけど」

その言い方は本気で沢木さんには申し訳ないものだったが、七瀬の中で俺の方が優先度高めに位置づけられていることに言いようのない価値を感じた。

さらに自分の中で七瀬の順位が何位くらいなのか考えかけるが、あえて対人関係に順位をつけることには危険性しか感じられなかったため、思考を途中で打ち切る。

久しぶりに実感するが、やはりこの人格の面倒さは相当なものだと思った。


その翌日からの対応は、順調の一言に尽きた。

機関に認知され、沢木さんの許可も得たため、機関への正式な問い合わせも可能になった。

結果、戸村さんが確かに異議申し立ての訴訟を行い敗訴したことが確認できた。それから現時点では無用の情報だが、現在の住所等の個人情報も把握できた。

また、白木の杭などの道具一式が早々に納品された。

そして所長懇意の情報屋の伝手で協力可能な吸血鬼を紹介してもらい、俺達三人に催眠が通じるかのチェックも行った。結果は全員不適用。知らない間に俺達の誰かが操られる可能性もなくなった。素晴らしい結果である。

さらに、催眠はどれだけの熟練者でもその場で簡単な命令を聞かせたり、短期の記憶を奪ったりで、根本的な意思を歪めたりはできない等の、資料では得られなかった詳細まで把握することができた。

こうして俺達は準備万端の状態で、指定の日を迎えることになった。

これから何が起きて、どんな決着を迎えるのか。

それは今度こそ明らかになるはずだった。

5

そうして指定の日である十一月五日土曜日の、午後七時五十五分。指定の時間の五分前。

今のところイレギュラーな事態は生じていなかった。

戸村さんの対応を一手に引き受けた所長は応接室で待機中である。

俺と七瀬は待機要員と説明して沢木さんに二階の客間をあてがってもらっていた。

だが、実のところは沢木さんの装置をすり替えを警戒するために動いている。

視界も応接室の隅に配置したネズミの式神に切り替え済みである。

この備えを行った上で何事もなければひどく気まずい思いをすることになるが、それはそれでいいと思う。できれば彼を信じたい気持ちはあるのだ。

そうしてしばらく経って――

「応接室に二人が入ってきた。何か話している。内容はわからないが」

七瀬向けに実況を始める。

そうしてしばしの間、二人は言葉を交わすが――

「交渉は決裂したらしい。戸村さんが立ち上がった」

そこから先はあっという間だった。

というか、何が起きたか理解できたのは、ことが済んだ後だった。

戸村さんが立ち上がった次の瞬間には、白木の杭が彼の両手足の関節に突き立っていた。

恐らくはテレポートの応用なのだろう。

戸村さんは、ひとたまりもなくその場に倒れ込んだ。

前情報によれば、杭の効果は『繋ぎ止める』イメージを体現したもので、これで再生も霧化も封じることができるとのことである。

そうして彼はあっさりと無力化された。

人間を辞めてまで力を得た男の末路としては、あっけなさ過ぎる結末だった。

そんなことを考えつつも、視線は彼が持っていた装置の行方を追っている。

装置は彼が取り落としてから、絨毯《じゅうたん》に転がったままだ。

その外観は事前に所長から渡された装置のスケッチ――最初の遭遇の際に戸村さんの似顔絵とセットで用意しておいたらしい――と比較しても全く同じものに見える。

沢木さんも元いた場所から動く気配はない。

「すみません、どうなったんですか？」

「あ」

目の前の光景があまりにもあっさりと進むものだから、実況が止まっていた。

「悪い。所長が確保に成功したみたいだ。装置の確認も続けてるけど、沢木さんが触れようとする気配はない」

「――なるほど」

七瀬の声は明るくない。

何か引っかかりを覚えているようにも思えた。

「それじゃあ、先に私が行って装置を回収してきますね」

「ああ、任せた」

式神に視線を移したままでは動けないので、そういう対応をする予定になっていた。

そして俺は応接室に辿り着いた七瀬が装置を手にした

のを見届けて、術を解いた。

それからの処理は淡々と進んだ。

回収した装置は改めて所長のスケッチと比較したが、寸分違わず同じもののようだった。

結局すり替えはなかったようで、依頼人を疑ったことによる罪悪感を覚えることになった。

機関への通報は沢木さんが行うことになり、一時間ほど経って山木さんが見知らぬ壮年の男性とともに現れた。真名井《まない》と名乗った彼も機関の護衛のようだった。

前に一緒だった女性と違うのは、今日空いていたのがたまたま彼だったということだろうか。

彼らは簡単に事情を聴取して、杭を打ち込まれ動けない戸村さんを車に乗せるべく運んでいく。吸血鬼の痛覚は鈍っているし、杭を抜けば持ち前の再生能力で傷は塞がるとのことだがそれでも痛々しいことに変わりはなかった。

この状況が金井さんとの約束を果たせたものになるかは悩ましいところである。

その車のライトが見えなくなるまで、俺はなんとはなしに見送った。

この後は結果待ちとなる。

所長によると、機関の特別な『鑑定手段』の使用のためには特定の場所に行く必要があり、事前手続きも煩雑で、数日はかかるとのことだった。

だが、俺には装置が本物であるという確信はあった。だって、託宣で『待つが吉』と言われて、図ったように巻き込まれた事件で関わることになった装置なのだ。これで偽物で手がかりなしというオチはないはずだった。

ただ、これが託宣の言う事態だとすれば、一つ気になることがあった。

正直、一波乱はあったが、それはなんだかんだで解決されて、特に俺の判断が求められるようなことはなかったのだ。これが未来が変わったからなのか、それとも何処かで対応に悩んだのがそれだったのか判断が付かなかったが、それでも引っかかりは消せなかった。

# 第七章　日常への帰還（半強制）

1

戸村さんの確保に成功したその日の夜。

俺は事務所の仮眠室で、浩一に結果報告を行っていた。

「――というわけで、何とか無事に犯人は捕えられて、装置も回収できたんだ」

「そうか。ご苦労だったな」

その日の報告を聞き終えた浩一は、そうして短めのねぎらいの言葉をかけてきた。

「危険な役目は負わされなかったんだよな？」

「大丈夫だ。さっき言ったように、別室で監視してただけだから」

さらに過保護気味の確認をしてきたりもする。

「そうか。ならいい。ところで、今の話だと明日は空いているんだよな？」

「ああ。月曜からは学校に行くつもりだから、適当に戻ろうと思ってたけど」

「それなら俺からの提案なんだが。明日は日曜だから、早めにこっちに戻って、午後から美咲を誘ってどこかに行ってこい」

提案なのに命令口調だった。

「美咲ともしばらく会ってないだろ。前に三人で帰ったときに、行ってみたいと言っていた映画があったよな？　今上映中だから、それに誘えばいい」

さらにものすごく具体的なプランも提示してくる。

「いや、ちょっと待ってくれ」

「……待ったぞ。それで？」

「二秒くらいしか経ってないんだけど」

「それ以上待っても無駄だろ。お前の性格的に考えて」

「そうかもしれないけど」

その判断は何処までも正しい気はした。

「まあ、お前が言いたいことはわからなくもない」

ため息を一つ吐いて浩一は続ける。

「今の曖昧な状況で、どういう立ち位置で話せばいいのか、気にしているんだろう」

「それは、そうだけど」

「その考えは間違っていない。実際、俺も今の曖昧な状況で、美咲とのそっち方面の進展を許すつもりもない。

だけどな。オリジナルの可能性があるのに、答えが出るまで美咲を放置する、というのはどうなんだ？」

「それは……そうだな」

そうして浩一は俺の考えに理解を示した上で、天秤《てんびん》の片方に重しを載せてきた。

確かに、この状況で、このまま疎遠になるというのは避けたいとは思っているのだ。

落ち着くまでは忘れていいとは言われていたけど、二人で過ごすことになっていた今月二十日の美咲の誕生日の扱いも、宙に浮いたままだし。

「まあ、美咲の恋愛感情的なものが事態をややこしくしているのもわかるんだが」

と、さらに理解を示してくれる。

ただ、その言い方がストレートすぎて、素直に同意するのは躊躇われたが。

「そういう考えで、これを機に美咲と距離を置きたいと考えても責めはしないけどな」

「え？」

一体何を言い出すのだろう。

「前に話しただろう。幼なじみとは言え、好きでもない相手と付き合う必要はないし、必要以上に気を遣ってやる必要もないと」

久方ぶりに大分厳しめの発言が飛び出してきた。

「美咲だって今まで俺の知る限り五人の思春期の男の純情を正面から切って捨ててきたんだ。なら、自分が失恋する可能性も受け入れて当然だろう。そう考えると、恋愛感情もない幼なじみへの対応としては、もう十分なんじゃないか？　あいつはお前が思っている以上に頑丈だし強か《したた》だから、最終的には自分で何とかするだろう。自然消滅させるなら、このタイミングは丁度いいのかもしれないな」

「……いや、そこまでとは思わないんだけど」

それに、恋愛面で上手くいかなくても、完全に縁を切る必要まではないのではと思う。

「じゃあ、どうするんだ？」

そう言われると、答えは一つしかないように思えた。

思い切り誘導されている自覚はあったが、美咲とは高校も別になってしまったので、明日の機会を逃せば、次に会うハードルが上がってしまうのは想像できた。

「わかった。この後、美咲を誘ってみる」

「そうか」

俺の短めの結論に、浩一もまた短めに返してきた。

「まあ、断られる可能性もあるが、そうなっても文句は言うなよ」

「わかってる」

そこで恥を掻《か》く側に回る分には何の抵抗もなかった。

「ならいい。健闘を祈る」

そういうことになったのだった。

しかし、これはどういう扱いになるのだろうか。

所謂《いわゆる》デートになるのだろうか。

あるいは今まで通り、単なる幼なじみと二人で遊びに行くだけと考えていいのか。

考えれば考えるほど、答えがわからなくなってくる。

誘い文句も含めてできればじっくり一日くらいかけて考えたかったが、流石に当日誘うのは急すぎるし、既に夜も遅いので、早ければ早いほどいいことは理解できた。

意を決して美咲に通話アプリで連絡を入れると——明日映画に行かないかとシンプルな文言にした——すぐに既読が付いて、三十秒ほどで了承する旨のスタンプが送られてきた。

そうして明日の予定が確定する。

ひとまず、今のうちに映画の後に寄れそうな店も、幾つかはピックアップしておこうと思う。その辺りのプランは固められても、何をどう話せばいいかは悩ましいところではあった。

ただ、その前に美咲のスタンプにどう返すか悩むことになったが。

2

今のところ、美咲とのデート的な何かは順調のように感じていた。

着ていく服でも大分悩んだが、結局は自分の持っている中で二番目に上等な服——一番は長野に着ていったものなので除外した——を着ていくと、小洒落《こじゃれ》たワンピースを着てきた美咲といい感じに釣り合っていて、初っぱなから幸先《さいさき》のいいスタートは切れたと思う。

資金的にも問題なく、事件で滞在していた際の食費等は犬飼探偵事務所負担だったため、その分余裕もあって、それを口実に基本は全部こちら持ちで対応させてもらうことになった。

映画は面白かったし、その後入った喫茶店もいい感じだった。

会話は弾んで、映画の感想や頼んだパフェの感想、美咲の家で飼っている三匹の猫たちの最近の話とか、話題は尽きなかった。

聞かれたので、話せる限度で事件の話もした。なるべくわかりやすく、興味を持ってもらえるように気を遣ってみた。ただ、奥さんがスワンプマン疑いの夫を積極的に追い出そうとしたといった話はやや受けが悪く、逆に七瀬との話は結構深掘りされたりもしたが。

ただ、それはそれとして、悪くない流れだと思う。

根底が微妙なので上滑り感を感じなくもないが、それが自分だけの錯覚であってほしい。

そう思って、向かいに座る美咲の様子を窺うと、美咲の顔が少し陰った。

七瀬と違い、美咲の考えていることは大体わかるし、それは向こうも同じで、しかしそれが今回はあまりよろしくない感じで発揮されてしまった感じである。

それを意識して、さらに態度がぎこちなくなった気がした。

「ごめん。無理してる?」

そう尋ねてきた美咲になんと返すか本気で悩む。

下手な誤魔化しは逆効果と考えて、本音を告げる。

「無理してでも、何かできればとは思ってる」

「……そうなんだ」

その気持ちは伝わったようで、美咲が言う。

「本当に、落ち着くまでは、前に言ったことは忘れてくれていいから。今、そんな場合じゃないことくらいはわかるし」

「……わかった」

意図的なのか大分はぐらかした言い方だったが、何を言っているのかは理解できた。

「あと、だけど。誕生日は一日ずっと家族みんなで過ごすことになったから。そっちも気にしないで」

そして、俺が気にしていたことについても、そんな風に気を遣われてしまう。

「そういうわけで、私は大丈夫だから。珠雄君は今、するべきことに集中してくれたらいいの」

「……ありがとう」

それが本気で言っているのもわかったので、素直に礼を言う。

さらに気を遣わせた分、俺も何かするべきだと思った。

そして美咲がこの場でどんな言葉を望んでいるかも理解できて、雰囲気に押し出されるようにそれを口にする。

「別に、だけど。七瀬とは何でもないし、何ともならないから。色々と世話にはなったし、借りは返さないと思ってはいるけど」

「……そうなんだ」

そしてそれは正解だったらしい。

美咲は安堵した表情を見せた。

「私、待っていていいの？」

「ああ、なるべく早くなんとかするから」

この流れに逆らえず、そんな言葉も口にしてしまったりする。

ただ、俺がオリジナルである証を立てられたとしても、その後美咲の満足する対応ができるかは、不安しかなかったが。

そんなことを考える俺に、美咲は躊躇いがちに尋ねてくる。

「ねえ、珠雄君。中学校のときの山田《やまだ》君の件、覚えてる？」

「ああ、一応は」

中二のとき、俺が美咲に好意を抱いているという噂が流れて、何故かそれが結構な広まりを見せたのだ。当然、そんな事実はなく、噂を広めたのは美咲に片思いしていたクラスメイトの山田で、奴は美咲の考えを知る為にそんなことをしたのだと、二日で噂の出所を突き止めた浩一に締め上げられ、白状したのである。

「あのとき、実は私、浩一君に相談したんだ。珠雄君のことは男の子としてどうとか考えたことなかったけど、もし本当だったらどうしようって」

「……そうだったんだ」

そんな相談をしていたのは初耳で、素直に驚く。

「だから」

と、そこで美咲が言葉を切る。

この時点で美咲の顔は真っ赤だったりする。

「今は私のことは女の子としてよくわからなくても、もしかするといつかは好きになってるかもしれないよ？」

「……そうだな」

言葉少なめに俺は言葉を返した。

俺も頬が赤くなっているのは自覚できた。

確かに、そうなればいいな、と思ったのは事実である。

その後は店を出て、美咲は別の用事があるからと逃げるように去って行った。

これがデートなら家まで送るまでがマナーのはずだが、この流れで電車で数十分の距離を一緒に帰るのはハードルが高すぎるのも確かだったので、深追いはしなかった。

そうして俺はこの曖昧な状況で、見事に首根っこを掴まれてしまったが、ここまで求めてくれるのなら、それはそれで問題ない気がする。

ただ、今の俺がオリジナルである保証がないのが、本気で申し訳ないところだったが。

# 第八章　忖度《そんたく》

## 1

「悪い。待たせた」

「いえ、無理を言って申し訳ないです」

美咲と映画に行ってから四日経った、木曜日の放課後。

校門を出て七瀬と合流した俺は、そんな風に言葉を交わしあった。

私服姿の女の子と校門前で待ち合わせというのは誤解を招きかねない行動ではあったが、緊急事態らしいので、今は気にしないことにする。

ちなみに『らしい』というのは俺もまだ事情を把握していないためだ。

装置の回収の後、地元に戻ってから、今週はずっと普通に学校に通っていたが、その間あちらからは何の連絡もなかったのである。

そして今日もSF研究部に顔を出したのだが――そこで携帯端末を確認し、初めて七瀬から連絡が三回も来ていたことに気付いたのだ。

一度目は正午過ぎ。至急の要件なので、連絡が欲しいとのこと。

二度目は午後一時前。直接会って話したいので、今からそちらに向かうとのこと。

そして三度目は校門前に着いたので、授業が終わったら合流したいとのことだった。

何やらただ事ではない様子だったので、それを確認してすぐ、浩一に事情を説明して部活を抜け出すこととなったのである。

「ひとまず、駅に向かいながらでいいですか？」

「わかった」

そうして俺と七瀬は、帰宅する他の生徒達の流れに乗って歩き出した。

「ごめん、確認が遅れた」

「急な話だったので仕方ないと思います。でも、何かあったんですか？」

「いや。うちの学校、携帯使用禁止なんだ。使っているのを見つかったら没収される」

「……そういうものだったんですね」

全然納得できてなさそうな感じで七瀬が言う。

「まあ、これでも大分緩くなったんだ。去年は持ち込みさえ禁止だったし」

と、何とはなく学校側をフォローしたりもする。

ただ、理解を得られそうにはなかったので、本題に切り込む。

「それで、何があったんだ？」

「簡潔に言えば、ですね」

と、言いにくそうに七瀬が切り出す。

「昨日、機関に呼び出された所長が戻ってこなくて、それから連絡もつかない状況です」

それって結構な大事ではないかと思う。

「……詳しく聞かせてもらっていいか？」

「はい。昨日の三時頃、所長あてに山木さんからの電話があったんですよ」

「山木さんって、奥さんが詐欺罪で訴えてきたときの機関の捜査官だっけ？」

くたびれた務め人と言った感じの、スーツの男性の姿が思い起こされる。

「そうです。それで、何を聞かされたのかは知りませんが、機関に行ってくると言い出したんです。珍しいことに一人で行くと。そして、その日は勤務終了ということで、帰宅するように言い渡されました」

「……」

「それで、今朝事務所に行っても戻ってなくて、ふと所長の机を見たら、私宛のメモが残されていました」

「どんな内容だったんだ？」

「いざというときの対応が書かれていました。余罪逮捕とかで拘束されたとき、そのまま行方不明になったとき、死体で見つかったときの三パターンがありましたが、基本的には打開策を託したものではなく、事務所の顧問弁護士への連絡方法とか、私への退職金の扱いとか、そういう終活じみた内容ばかりでした」

「……まじか」

「はい。困ったことに」

今回の事件は装置の鑑定結果待ちのはずだったが、その後どこをどうしたらこんな事態になるんだろう。

「正直、かなり参りました」

わかりやすく顔に出ているわけではないが、本気で困っているのは理解できた。

「職を失うのも結構な痛手なのですが、それはまあ仕方のないことと割り切れなくもないんです。それでも生活レベルを落とさずに三ヶ月は職探しに専念できるだけの蓄えもあるし、退職金が出ればさらに余裕はできるので」

ただ、と七瀬は続ける。

「普通に心配なんですよね。色々とお世話になった人なので」

その言葉は七瀬の本心のように思えた。

「それで、何とかできないか考えていたら、事務所の電話に山木さんから連絡があったんです。非公式だけど何があったか教えるから、時間をとれないかと」

「怪しくないか？」

沢木邸での山木さんとの遣り取りを思い出す。

どういう人かは理解できていないが、それが逆に不安要素ではあった。

「ええ。なので、あなたを頼らせてもらえないかと思ったわけです」

七瀬はストレートにそんなことを言ってきた。

「先方も、あなたなら同席しても大丈夫だと言っていたので、待ち合わせ場所もこの辺りにしてもらったんです。連絡がとれないうちに勝手に決めてしまって申し訳ないのですが」

「いや、そんなことはない。よく頼ってくれた」

本心である。今回は俺の事情もありながら、殆ど役に立てなかったし、事務所で交わした約束もある。

さらに七瀬の申し出に、僅かばかりの迷惑さも感じていないことに安堵した。

今までケチばかりつけてきた人格だが、この件については素直に褒めていいと思う。俺がオリジナルだったなら、ただの自賛ではあったが。

そんな俺の言葉を受けた七瀬は——何故だろう。少し戸惑ったような表情を浮かべた。

「お願いしておいてなんですが、もう少ししっかり考えた方がよくないですか？　本当に何が起きるかはわかりませんよ？」

「いや、問題ない。俺にも関わりがあるかもしれないし。頼ってくれて感謝してるくらいなんだ」

「——わかりました。ありがとうございます」

七瀬はそれを受けて安心したような顔を見せた。

「では、よろしくお願いしますね」

「ああ、こちらこそ」

七瀬の話によると、話し合いの場は学校の最寄り駅から二駅のカラオケボックスらしい。

未成年の女の子を一人で呼び出す場所でもない気がしたが、縁もゆかりもない地方都市で密談を行うには、悪くない場所なのかも知れなかった。

2

件のカラオケボックスは駅前の雑居ビルの三階に入っていた。

受付で山木さんの名前を出すと、七号室に向かうように案内される。

七号室は廊下の突き当たりで、ドアをノックすると山木さんが俺達を室内に招き入れた。

「よく来てくれた」

その声は潜められていたが、部屋の音源は落とされていたため、はっきりと聞こえた。

光源はディスプレイだけの室内は薄暗く、表情はよく見えない。だが、彼は彼で余裕のないように感じた。全体的に覇気がなく、心身共に疲れ切っているようである。

また、無能力者であろう彼一人であることにも引っかかりを感じた。

この話がどんな方向に向かうのか全然読めない。

「どういうことか説明してもらえるんですよね？」

「ああ、もちろんだ」

早々に本題に入ろうとする七瀬を宥めるような声で山木さんは言う。

「先に何か頼むかい？　もちろん、奢《おご》らせてもらうけど」

「結構です」

俺の意見も聞かずに言うところに焦りのようなものを感じて、少し心配になる。

「わかった。じゃあ、本題に入らせてもらおう。誤解を受けそうなことも話すが、君達にとっても悪い話ではないとは思うから、いったんは最後まで聞いてほしい」

「先に所長がどうなっているかだけでも教えていただけませんか？」

硬い声で七瀬が尋ねる。

「機関の留置施設に入ってもらっている。今のところは無事だ」

「何故、そんなことになったんです？」

「端的に言えば――忖度、かな」

「よくわからないんですけど」

「それでいいんだ。これから話を聞いてもらえれば理解できると思う」

と、どこか投げやりな感じをもって彼が言う。

頭を掻くために上げた左手の薬指の指輪に目が行く。

その視線に気付いた山木さんは自虐的な表情を浮かべて目を逸《そ》らした。

「では、状況を説明させてもらおうか」

そうして山木さんは語り始めた。

「あの後、戸村は収容され、装置は鑑定にかけられることになった」

そこまでの流れは聞かされている。

「結果は――偽物だった。回収された装置は呪符が組み込まれただけの張りぼてだった。うちの秘蔵の『鑑定手段』にかけるまでもなく、それが確認できた」

「……」

「そして『いつから装置は偽物だったか』という疑問も生じたが、これは最初から偽物だったという結論に落ち着いた。根拠は他ならぬ君達側の証言だ。すり替えはなかったとのことだったし、回収された装置は君達が初めて戸村に会ったときの装置のスケッチと外観が完全に一致しているとのことだったからね」

確かにそう考えると、それが妥当なのかもしれない。

「この結果、戸村の罪状は相当に軽いものとなった。脅迫と、気絶による傷害罪だけだ」

確かにそうなる。

それなら彼は誰も殺してはいないことになるのだから。

「そして、沢木氏はオリジナルと判断されることになった。当然、その結果は彼の奥方にも伝えられた。彼女は納得できていないようだったが、こちらは回収した装置が偽物であった以上は、そう判断せざるを得ないと説明させてもらった」

その言いようは如何にも役所じみているが、そういうものなのだろう。

「そうして、この事件は終わったはずだった。引っかかりを感じなかった訳ではないが、少なくとも僕はそう考えていた」

と、山木さんは深々とため息を吐いた。

「でも、そうはならなかったわけですよね」

「そのとおりだ」

七瀬の言葉に、山木さんは苦虫を噛《か》み潰《つぶ》したような顔で答える。

「その翌日。僕は上司から呼び出された。何でも、沢木氏が国の規則制定の担当者に、制度見直しの必要性を訴えたそうだ。聞いた話だと、自分が近い経験をしたことで、考えを改めたとのことだった」

と、本気で忌々しげに言う。

「人が考えを改めることは、確かに珍しいことじゃない。死刑廃止派の弁護士が、身内を殺されて死刑肯定派に鞍《くら》替《が》えした、なんてこともある。そして今回の件も、そういうものだと受け入れられて、制度の見直しが行われる――なんてことはならなかった」

「……」

「国の担当者は、沢木氏からの訴えの前から、今回の事件を把握していたみたいなんだ。刑事部で扱う事件で、既存の法解釈で対応できない要素がある場合は、早めに報告することになっているから。今回だったら、装置が本物だった場合、一週間で消された沢木氏の二番目の意識の持ち主を殺した場合の量刑について、検討が必要だった」

やっぱりそういう話はあるのか。

「それで、国の担当者はうちのトップを呼びつけて説明させた上で、こう尋ねた。本当に沢木氏はオリジナルなのかと。スワンプマンとして収容されることを避けるために、脅迫者と取引をしたのではないかと。そして猿芝居を打って別途用意した偽の装置をわざと回収させたのではないかと」

「……なるほど」

それは見落としていた、一番嫌な可能性ではあった。沢木さんの様子からして二人が手を組むとは考えもしなかったが、装置が本物だった場合、今の彼にとって戸村はオリジナルの仇《かたき》であっても、自分の敵ではないのだ。その折り合いのつけようによっては、二人が共謀する可能性は確かにあった。

そして、その推測が正しければ、全く同じ外見の偽物が用意できたことにも説明がつく。

というか、国の担当者とかいう人、頭が回りすぎだろ。まあ、エリート中のエリートの集まりだというから、これくらいは造作もないことなのかもしれないけど。

「それで、国の担当者は言ったそうだ。そんな疑いのある人物からの制度見直しの提案は絶対に認められないと」

「……」

「で、それ以上の具体的な指示はなかったが——なんとかしなければ、と上は判断した。大人の世界っていうのはそういうものなのさ。それが忖度と呼ばれたりもする」

最初に言っていたのはそういう意味だったらしい。

「この件の担当者は、現場で対応した僕になった。そして、限られた関係者の中で話し合った結果、こういう話になった」

そして彼は殆ど自暴自棄とも言える表情を浮かべる。

「やはり装置は本物で、沢木氏は国の担当者の懸念していたとおりの取引を脅迫者としていた。だから、今の沢木氏はスワンプマンで、国に意見を上げる立場にはない、と。そして、詐欺罪での告訴という形で沢木氏を逮捕拘留する形で、この件を片付けようと」

「それで、奥さんにはどう説明したんですか？」

「彼女に何かしてもらう必要はないんだ」

七瀬の問いに、山木さんはあっさりと答える。

「知っての通り、機関の刑事部の対応は、一般の警察と同じなんだ。そして、犯罪には親告罪と非親告罪がある。例えば親族間の窃盗は親告罪となって被害届がないと捜査機関は動けない。でも、詐欺は非親告罪なんだ。だから、発生を把握し捜査の必要があると判断すれば、捜査機関は被害者の意向に関係なく動くことができる」

何というか、公権力の暴走を目の当たりにしている気がする。

ただ、言っていること、流れは理解できたが——

「それで、所長が捕まった理由は？」

「それも忖度だよ」

七瀬の次なる問いかけに、山木さんは再びその単語を口にした。

「すごく嫌な喩え話をしよう。適当な中世の国を想像してほしい。その国の王様は結構な暴君として有名だったとする。その国の辺境の領主があるとき、王子を饗応《きょうおう》することになった。その王子は、城下町を視察し、お供につけた部下が止めたにも拘わらず屋台の食べ物を口にして——その日の晩に彼が食中毒と思しき症状を見せた後、死んでしまったとする。その場合、領主は中央から派遣された調査団が来るまでに、お供につけた部下や屋台の主人をどうしておくべきだと思う？」

「……」

「領主からすれば悩みどころだ。下手をすれば自分の首が危ない。そのままお咎めなしは論外だ。この場合、痛みもなく殺してやる方が優しさかもしれない。中央に引き渡されたら、きっと残酷な拷問の末に殺されるに違いない。そうだ、これは慈悲なのだ。その場合、対象は何処まで広げよう。自分の安全第一に考えると、念のために関わった人間全員を対象とした方が後腐れもないかも。みたいな？」

と、自分が話す内容に心底うんざりしているように山木さんは言う。

「まあ、そういうわけで。詐欺に加担した疑いのある犬飼さんも、放置しておくと後で色々と言われるかもしれないから、その前にこちらで対応させてもらうことになったわけだよ」

そこまで言って、山木さんは気まずそうに付け足す。

「一応、僕の最初期案だと彼は外したんだよ。ただ、上には受けが悪かったから、訂正せざるを得なかったけど」

「それで、証拠は？」

七瀬は山木さんの言い訳に取り合わず硬い声で尋ねる。

それはもっともな質問だったが――

「証拠の王様はなんだか知ってる？　自白だよ」

山木さんの答えは、あまりにもあんまりなものだった。

「それに所長が応じたんですか？」

「もちろん最初は難色を示された。だから、こう質問させてもらった。あなたは、本当に会話した沢木氏がスワンプマンの可能性は考えなかったのですか、と。そして、あなたも肯定した沢木氏の証言――奥さんが席を外した後、彼が潔く事実と向き合うと言った話は、本当に事実だったのですか、と」

山木さんの言葉に七瀬が反論する。

「……それは、仮にそうだとしても、万が一に備えて見捨てることになるのを避けるため、という善意に基づく行動のはずです。そもそもあの時点でどちらか確信を持って動くことは不可能でした」

「うん。彼もそんなことを言っていた。だから、それにはこう返した。それって要するに、スワンプマンの可能性を認識して協力したってことですよね、と」

「それで所長は納得したんですか？」

「それは重要なことかな？」

「はい、とても」

七瀬の言葉に山木さんは躊躇いがちに口を開いた。

「結論から言うと、それでも納得し切れていないみたいだった。だから、もう一つ、こちらから折れる形で、とてもお得な条件を示させてもらった」

「それはどういうものです？」

「今大人しく認めてくれるなら、あなたの事務所からの逮捕者は、上から何を言われようと、これ以上は絶対に出さないようにすると」

「……」

「……」

「僕もこの仕事に就いてから、色々と言われてきたけど。やっぱり未成年からの軽蔑の視線は堪《こた》えるね」

さらに皮肉の一つも言いたくなっていたが、それは彼の顔を見て控えることにした。

下手なことを言えば、嫌な方向に暴発しかねない。そんな気がする。

理不尽に付き合わされる側が何故気を遣わなければならないのかは疑問ではあったが。

「一応言っておくと、刑期自体はそこまで重いものじゃない。基本、機関の刑事部の扱いは表の警察準拠だけど、司法取引に相当する制度は別途採用しているんだ。大人しく罪を認めれば最長でも実刑一年という条件は示させてもらっている」

さらに居心地悪そうに、山木さんは続ける。

「まあ、法律違反と無縁の人にそんな扱いをするのは、いくら何でも理不尽と思うかもしれない。でも、あの人は最近ぎりぎりのラインを攻めていて、そろそろ釘《くぎ》刺しは必要と言われてたんだ。多分、余罪を全部纏めれば実刑一年は軽く超えるんじゃないかな。そっちの方も、心当たりはあるとは思うけど」

「それについては全く心当たりがないので、何とも言えませんが」

七瀬は見事なポーカーフェイスで返してみせるが――

「まあ、君がそう認識していたならそれでいいけど」

山木さんは、そんな七瀬の言葉をあっさり流した。

「とにかく、そんな話になっているわけだよ」

そうして山木さんが話を纏めると、七瀬は何も言えずに黙り込んだ。

国家権力の横暴は、しかし嫌なところで要点を押さえていて、切り込む隙は見いだせなかった。

「そして、本題はここからになる」

山木さんは気分を切り替えるように、わざとらしくぱちんと手を合わせて言った。

「今の話は確かに僕が主体で整理させてもらったが、あくまでも組織人としてのものだ」

だけど、と山木さんは言う。

「僕個人としては、なんとかしたいと考えている。そして、実現できれば上も納得できる解決策も考えた。それに協力してほしい」

「……それは、どういうものです？」

期待半分、警戒半分といった感じで七瀬が尋ねる。

「それは――本物の装置を手に入れることだよ」

山木さんの出した提案はものすごくシンプルだった。

「それが見つかれば、証言の強制の必要なく沢木氏はスワンプマンということにできる。疑いをかけられている君の所の所長も、彼の事務所がそこまでしたなら共犯関係と認めるのは不自然だと、そういう風に持って行ける」

「本物の装置を回収しても、それが自分に使われたとは沢木氏は認めないのでは？」

「そこは心配しなくていい。彼は装置が本物だったら大人しく自分はスワンプマンだったと認めると言っていた。その責任は絶対にとってもらう」

七瀬の疑念に、仄暗《ほのぐら》い感情を滲ませて山木さんは言う。

「協力と仰いましたが、具体的には何をすればいいんですか？」

「全部だよ。残念ながら、うちでは装置は探さないことになってる。見つからなかったときにどうにもならなくなる対応策ではなく、見つけなくてもどうにかなる対応策で整理することにしたからね。だから、この件では人も金も動かせない」

それと、と山木さんが付け加える。

「僕は本物の装置がどこかにある前提で話しているけど、それとて確証はない。もしかすると存在しない装置を探す徒労に付き合わせることになるかもしれない」

「では――山木さん。あなたがそこまでする理由も教えてもらえませんか？　正直、組織の方針に逆らってまで動く理由が見えないんですけど」

「ぶっちゃけると、保身かな」

山木さんは自嘲気味に、その言葉を口にした。

「今回の件は、基本は僕が起案したものを上が承認していく流れになる。だから、何かあったときは責任は僕が取ることになる。俗に言う起案者責任という奴だ」

「そういうものなんですか？」

「そういうものなんだよ。もちろん、上司も責任は取るが、それは監督責任で、僕に比べれば僅かなものだ。それでも上司が一人、体を壊して入院したけど。もとより承認行為にも関わらない腹づもりなんだろうね。素晴らしい判断力と実行力だ」

吐き捨てるように山木さんは言う。

「でも、後で問題になることなんてあるんですか？」

「あるんだよ。確かに機関は秘密組織で、警察のように国民やマスコミの目に晒されているわけじゃない。でも、内部監査はあるし派閥争いもある。上の勢力図が変わったときには、責任追及のため、使えそうな不始末は精一杯活用されることもある。何より厳しい国の監査もある」

未だかつてここまで正直に話してくれた大人はいただろうか。

「と、いうわけで、何もしなければ僕のキャリアに特大の地雷が埋まることになるんだ。できれば暴発したときの火薬量は少なくしたい。今のままだと、後で発覚したとき、遺書を書いて死ぬ未来も用意されかねない。それは絶対に避けたいんだ」

俺も気になることがあったので、尋ねてみる。

「俺達にそこまで言う意味も、聞いていいですか？」

「立場と倫理の折り合いの着地点だよ。未成年に無理をお願いするわけだし、そこで何があっても責任はとれないから、経過とリスクは正しく伝えておこうと思った次第だ」

「なるほど」

理解はできた。納得はできたか怪しいが。

「それで、手がかりはあるんですか？」

「ない」

続く七瀬の問いは力強く否定された。

「家捜しはしたし、携帯端末の中身も通話履歴も確認したけど、何も出てこなかった」

「拷問とかにかけたりはしないんですか？」

ものすごく怖いことを七瀬が言う。

「できないよ。そういう発想はない組織風土なんだ。多分、そこまで認めると収拾がつかなくなるからだと思うけど。同じような理由か、洗脳とかも無理だね」

「私たちが沢木氏や戸村氏に直接話を伺うことは？」

「できない。正規の手続きでも無理だし、僕が手引きすることもできない」

「……」

そろそろ七瀬が切れそうで怖いんだけど。

というか俺もどうにかなりそうだったりする。

「それで、期限は？」

「あと三日、かな」

おい。

感情を押し殺したように――だが、いつもより若干低めの声で七瀬が言う。

「……短すぎでは？」

「法律根拠だから許してほしい。留置期間の都合から、これが限界なんだ。ただ、装置の引き渡しの報告を得たら、なんとかするから」

取り繕うように山木さんが言う。

「所長と話すことはできますか？」

「できない。今の犬飼さんは接見禁止で、君達が面会することはできない。時間切れになった後なら、なんとかなるけど」

それではあまり意味がない気がする。

「他に質問は？」

「他に、あなたが私達に伝えておいた方がいいと考えることはありませんか？」

「……言うべきか迷ったけど。そもそも、この話は犬飼さんも知らないことだから。君達がこの話に乗らなかったからと言って、彼が何か思うようなことはないはずだ」

「……なるほど」

確かに言うべきか迷うべき内容ではあった。

というか、言わない方がよかったと思う。

「それで、他には？」

「ありません」

「……同じく」

七瀬に続き、俺も言う。

「それで、どうだろう？　引き受けてくれるかな？」

そうして、山木さんが聞いてくる。

結構な面の皮の厚さだが、僅かな不安も見て取れる。

彼にとっても色々と賭けではあるのだろう。

だが――

「受けます」

七瀬は俺の意見も聞かず即答した。

「……そうか。助かる」

それからは回収した装置の引き渡し手段等を整理して、話は終了となった。

さらに山木さんは一万円札を置いて出て行った。

この部屋は引き続き使っていいとのことである。

そうして、七瀬と二人きりになる。

言いたい言葉は山ほどあったが、最初にかける言葉は決まっていた。

「俺も参加させてくれ」

「……助かります」

僅かに安堵したように、七瀬が言う。

その言葉だけで、危険を冒す価値はあるように思えた。

「所長は全部の責任を負ってくれるつもりみたいだし、知ったら止めに入ってくるかも知れませんが――実際に止められたわけではないので、問題はないでしょう」

「まあ、そういう考えもできるな」

ただし、と七瀬は言う。

「状況次第では最悪撤退もありますけど」

どちらかと言えば俺を頼った者の義務としてか、そんなことを付け足してくる。

「……確かにな」

「その上で、全力を尽くすことにしましょう」

「そうだな」

それは俺も同感だった。

「それでは、今後の方針について話す前に、腹ごしらえと行きましょうか」

「……そうするか」

壁の時計を確認すると、時刻は午後六時前。確かに結構いい時間である。

そう言って手元にあったメニューを七瀬は広げる。

気分は切り替えたのか、物珍しげにメニューをめくり始めた七瀬を見ながら思う。

食欲があるのはいいことだと思う。

正直、胸やけはしていたが。

3

「それで、装置探しだけど、当てはあるのか？」

「いえ。全く」

食後に話し合いを再開し、七瀬の考えを伺うと、そんな言葉が返ってきた。

さらに七瀬は俺の目を見て口を開く。

「なので、あなたにお任せしていいですか？」

「え？」

まさかの丸投げである。

予想外の発言に、普通に戸惑う。

「別に無茶《むちゃ》振《ぶ》りしているつもりはないんですよ」

七瀬は続ける。

「聞いた話だと、託宣では『困ぜしときは正道を選べ。さすれば道は開ける』って助言があったんですよね。だから、それに賭けさせてもらおうかな、と」

「その理屈は無茶な気もするけど。そもそもこの助言、殆ど何も言ってないに等しいし」

溺れる者は藁《わら》をも掴むと言うが、目が曇ったりしていないだろうか。

「いえ、とても有り難いことを言ってくれていますよ」

「……そうなの？」

「そうですよ」

俺の再度の確認にも自信を持って七瀬は言う。

「だって、額面通りに読めば、この助言が活かされる場面は、決して八方塞がりな状況ではなく、正しい選択をすれば切り抜けられることを上位の存在が保証してくれてるわけですから。例えば、墜落寸前の飛行機でありもしない脱出方法を模索する一般人を占っても、こんな助言は出てきませんよね」

「……なるほど」

そう言われると理解はできた。

「と、いうことで、お願いします」

「わかった。考えてみる」

とは言っても、いきなり重要な責任が舞い込んできて普通に困惑する。

あと、その場合、助言を活かせず間違った道を選べば、変なペナルティが課せられそうで怖くもあった。

まあ、そんなものがなくても、ここで判断を誤れば所長を失う未来は確定するわけだが。

そうして結構な焦りを感じながら考えてみるが、何もアイディアは浮かばない。

「わかりました。では、僭越《せんえつ》ながら、あなたの考えをサポートさせてもらいましょう」

その役どころに拘るのは、託宣の趣旨を外させないためだろうか。一応、主体は俺ということになってるし。

「大前提として、託宣で言及されたのは、今の状況だとしましょう。そうじゃないと話が進まないので。あと、その選択肢は既にあなたの中にあると考えていいでしょう。もちろん、本物の装置は存在していることも前提とします」

前提の時点で希望が混じりすぎている気がしたが、装置の真贋については俺も何度か同様のことは考えたので、異議は唱えないことにする。

「その上で考えてみましょう。現状の打開策が『本物の装置を探す』ことなら、どうすればそれに辿り着けると思いますか？」

「今の前提に立てば、元々本物の装置は戸村さんが持っていて、後で別の場所に隠したはずだから、それが何処かわかればいいはずだ」

七瀬は満足げに頷いた。

「では、それを知るために、あなたには今どんな手段があって、どれを選べば一番しっくりきますか？」

「それは――ちょっと待ってもらっていいかな」

「はい、どうぞ」

言われて考える。

七瀬のおかげで思考の補助線は引けた気がする。

そうして今の自分に取り得る選択肢を整理する。

まず、自分の力では無理だ。俺に探知能力はない。

芦屋の宗家は――まあ、無理だ。そもそも理解を得ることが難しい。

美咲の祖父の伝手も、しっくりこない。再び頭を下げてどうにかなるかも不明だし、それができてもそんな短期間で装置を見つけ出せる未来が見えない。

戸村さん本人に話を聞くという選択肢も山木さんから否定されていた。強引に乗り込んで話を聞くというのは普通に命が危ないので、廃案とせざるを得ない。

可能性はどんどん潰えていく。

「一応聞いておきたいんだけど、実は七瀬の方で答えに辿り着いてたりしないかな？」

「ないです。あまり私を過信しないでください。記憶喪失の状態から半年程度の人生経験しかない人間です。それに、単純な推理にしても、あなたがオリジナルの可能性を見落としていたし、装置の応用方法も推測できなかったわけですから」

確かにそういうこともあったが、それでも俺より優れているのは確かなのだ。

なのに、七瀬が気付かないことを俺が気付ける道理はなかった。

と、そこまで考えて、ものすごく後ろ向きな方向に道が開ける。

この考えが正しかった場合、それでも俺が七瀬でもわからない解決策に辿り着けるとしたら、それはどういうことだろうか。単純に、俺だけ知っている情報があるのではないだろうか。

記憶喪失とかの問題ではなく、ごく最近の事情として。

そうして考えると、一つ候補が出てきた。

俺は七瀬に、長野での検証結果と占いの報告はしたが、その際のトラブルとそれに伴う再協力の件は話していない。言って回る類いのものではなかったし、こちらの事件に関わるものではなかったので、あえて言わず、そのままにしていたのだ。

そして、手段に辿り着けば、それをどう活用するかのアイディアも浮かんだ。

それはどうしようもなく荒唐無稽なものだったが、それでも有効な考えとは思えた。

それを七瀬に説明すると――普通に引かれた。

「よくそんなことを思いつきましたね」

「自分でも驚いてる。なんか知らない間に色々と毒されていたのかも」

「いえ、これは成長ですよ。多分」

そこはもう少し自信を持って言ってほしかったが。それはとにかく。

この案は伊月の力を借りることが前提で、それには浩一の協力が必要不可欠だった。

なので、通話アプリで浩一に連絡を取る。

返信はすぐに来た。

帰りの電車に乗ってはいたが、引き返してくるらしい。

俺は浩一に場所を告げ、到着を待つことになった。

「なるほどな。事情はわかった」

駆けつけてきた浩一に事情を説明すると、重々しい声でそう言った。

「俺達にもメリットはあるから、協力するのは吝《やぶさ》かじゃないが」

と、苦々しげに続ける。

「正直、もう少し何とかならなかったのか？　下手したらあんただけじゃなく、こいつも無事じゃ済まなかったんだぞ」

「その可能性は十分理解した上で同行してもらったと理解していましたが」

「……悪い。ただの愚痴だった」

冷静な七瀬の言葉を受けて、浩一があっさりと折れる。

「まあ、確かにそういう法律違反ギリギリの対応は控えた方がいいのは確かですが」

と、そこで七瀬は浩一に理解を示すようなことを言ったりもする。

「とにかく、先方に連絡すればいいんだな。だが、すぐに見てもらえるとは限らないぞ。色々と条件があると言っていたし、正直賭けだな」

「では、早速賭けに出てもらえますか？」

「わかった。ただ、先方との関係もあるから、あんたは同行できないぞ」

「問題ないです。私も別に寄りたい場所があったので」

「俺も同行させてもらうが、問題はないか？　こいつ一人だと心配なところはある」

「お任せします」

できれば俺の考えも聞いてほしかったが、今更言っても仕方ないと思うことにする。

確かに一人というのは不安ではあったし。新幹線の乗り換えとかも含めて。前回長野に行ったときも、切符の購入なんかは全部浩一任せだった。ただ、そろそろ自立した方がいい気はする。

浩一が携帯端末を取り出し操作する。

電話はすぐに繋がったらしい。

「佐倉だ。早速だが、約束を果たしてもらいたい」

そうして浩一はしばらく話を続け、二分ほどで電話を切った。

「どうでした？」

「何とかなった。明日の朝、十時からなら大丈夫らしい。

偶然にも明日の夕方に客が入っていたから、準備に問題もないそうだ」

「ずいぶん都合がいいな」

「これもお導きって奴かもな」

託宣のとおり、正しい選択がとれているなら、若干の補正が働いているのかもしれない。

「そうなると、今日中に長野市には着いておくべきだな」

そうして携帯端末を取り出す。乗り換え情報を調べているらしい。

「まだ問題ないな。ギリギリ家まで戻ることはできるし、そうするか。制服のままは目立つだろ」

俺の方からも疑問を口にする。

「それで、宿はどうするんだ？　未成年だと、借りるのは難しいと思うんだけど」

「私の方で手配できますよ。二十歳の免許もカードもありますから」

「舌の根も乾いてないだろ」

浩一が間髪を容れずに突っ込む。

確かに文書偽造は公私共に結構な罪だったはずである。

「でも、未成年だとネットカフェを泊まりに使うのも無理ですよ。誤魔化す当てがあるかは知りませんが、下手をすれば補導されますし、野宿にも肌寒い季節です。それでも拘るなら止めたりはできませんけど」

「……悪かった。頼らせてもらっていいか？」

「ええ、気にしないでください」

やたらと悔しげに言う浩一に、本気で気にしていないように七瀬が返す。

そうして、一時間半後の午後八時に吉野市《よしのし》駅前に集合することが決まった。

結構な突貫作業となったが、仕方ないことだろう。

ちなみに交通費と宿泊費は全額七瀬が出してくれることになった。

このひも的な扱いも気にはなるところだったが、七瀬が預かっていた必要経費用の口座はまだ十分な額が残っているとのことだったので、お言葉に甘えることにした。

# 第九章　装置の行方

## 1

七瀬と一旦別れ、長野市に向かった翌日。

市内のホテルを早々に出発した俺達は、時刻通りに柊家の屋敷に辿り着いていた。

前回の諸々で若干打ち解けたのか、あるいは単純にトラブル回避の手段としてか、対応してくれた伊予さんの態度は、以前よりは大分柔らかくなっていた。

そうして以前と同じ応接室に通された俺達は彼女にこの経過を説明した。

「なるほど、事情はわかりました」

話せることは多くなかったが、彼女の理解は早かった。だが、それは当然かもしれない。最近似たような依頼に対応したばかりなのだから。

「私から申し上げることはありません。ただ、約束は果たさせていただきます」

そうして伊予さんは前と同じく用紙とペンを用意する。

「では、こちらに呼び出す方のお名前、享年、命日、呼び出される方との関係、お亡くなりになった理由をお書きください」

その説明も前来たときと同じだが、今回ペンを握るのは俺の役目となっていた。

そして俺は呼ぶべき人物の名前を記す。

加藤亮二、と。

それは、戸村さんのスワンプマンとして施設に収容され、その後制度改正のために様々な試みを行い、最終的には脅迫相手の沢木さんの自宅の応接室で、自ら装置の処置を行い、意識的な死を遂げた人物の名前だった。

もし装置が本物だったなら、あのとき彼は死んでいたことになるはずである。それならば、相性の問題さえクリアできれば呼び出すことは可能となるはずだった。

そして、彼ならば装置の隠し場所に心当たりがあるのでは、というのが俺の思いついた打開策だった。

いや、無茶苦茶な考えであることは理解している。

だが、理屈としては破綻していないとも思う。

このあたりの理屈は以前に整理されたものであるし。

ただ、この手段で、この人選を思いついたときは、頭がどうにかなってしまったと思ったが。

七瀬に言ったように、本気で脳みそが怪しげな知識と常識に毒されているようだ。どんどん日常が遠くなっていく気がする。ただ、それでもこの閃きが所長を救い、かつ自分が何者か確かめるための手がかりとなることを強く祈った。


そうして、場所は柊家の離れに移った。

香の焚かれた薄暗い室内で向かいの伊月が呼び出しに移り、待つことしばし。

その場に超然とした気配が満ちて——何かが伊月の身体に降りるのを感じる。

伊月はうつむいたまま、声を発した。

「僕を呼ぶのは誰だ?」

……どうしよう。呼べてしまった。

念のためにと伊予さんに視線で確認すると、審神者《さにわ》を務める彼女は、間違いないと頷いてみせる。

さらに隣の浩一の様子を窺うと、このまま続けろと視線で促される。

とにかくこれで、この時点ではまだ不確定だったこと——装置が本物であること、故に機関に提出された装置が偽物だったことが確定した。

始まってすぐに得られた情報の多さに戸惑いながらも、さらなる情報を得るべく、俺は問いに答える。

「俺は——芦屋です。あの日、沢木邸の応接室にいた男の方と言えばわかりますか?」

「ああ、君か。どうした?」

当然ながら声は伊月のもので、口調も穏やかすぎるため、会ったときの彼のイメージと結びつかない。これが伊予さんの言っていた『俗世の悩みから解き放たれた状況』故なのだろうか。ただ、それでも故人——と言って差し支えないだろう。こうして呼べているのだし——を思わせる雰囲気も感じてしまう。奇妙な感覚だった。

ただ、今はそんな感想はさておき、本題に入る。

「聞きたいことがあります」

「いいよ。何が聞きたい?」

やはり穏やかな口調で加藤さんは尋ねてくる。

「……何でそんなに協力的なんですか?」

「わかったから。あの装置がどういうものか」

疑問をそのままぶつけると、彼は簡潔に答えてきた。

「あの晩、装置を使った後——気付いたらここにいた。

ここがどこかは何故か理解できた。だから妻に会いに行った。そうしたら――僕がいた。ずっと一緒にいたらしい。散々言われたとおり僕は複製だった。それが今更ながらに理解できた。もうどうでもいい」

「……」

どうしよう。かける言葉が見つからない。本気で同情する自分がいた。

ただ、その一方で、俺の中にある疑問が芽生える。

今、俺が話しているのは、本当にあの日会った加藤さんなのだろうか、と。

チューリングテストというものがある。

これは、イギリスの数学者にして哲学者であるアラン・チューリングが提案した、人工知能が『人間的』かどうかを判定するためのテストで、試験官となる人間が、人間を模倣する人工知能とモニタを通じて会話して、人工知能と気付かなければ合格とされる。

ここでのポイントは、『人間的』かどうかの判断基準は「もっともらしく振る舞えているか否か」だけで、内面的な処理――感情や意識を持っているか――は一切考慮されていないことである。

なんとなく、この状況に符合するものがあると思う。

実際、こうして会話しているのは、術理の元締めの謎システムにより構築された仮想人格の可能性もあるわけで、しかし伊月を介して会話している相手の正体が何者なのか、本質的な意味で確かめる術はなかったりする。

果たして、彼の意識は――魂は本当にそこに辿り着いたのだろうか。

ただ、今はそんなことを考えている場合ではない。

今必要なのは、『彼』から装置の行方を追うための情報を引き出すことだ。

「では、本題に入る前に、聞いてほしいことがあります」

目の前の対話相手がどういう存在であるにしろ、あの日装置を使った後の事情は知り得ないはずだ。

だからまず、それを理解してもらうべきと判断し、説明を行う。

あの後、俺達は三代目の戸村さん（と呼ばせてもらうことにした）を取り押さえることに成功し、装置ごと機関に引き渡したが、そのとき所持された装置は気絶させる仕組みを持っただけの偽物だったこと。それはどうやら沢木氏と三代目の取引の結果であると思われること。

そうして沢木さんは制度の見直しを提案したが、機関はスワンプマンの疑いのある人物からの上申は受け入れられないとして、証言を捏造してでも彼を収容しようとしていること。この流れに知り合いが巻き込まれて捕まってしまったが、装置の本物を手に入れてくれれば見逃してくれると言われたことを説明する。

「――と、いうわけで、装置は今どこにあるのか、心当たりがあれば教えてほしいんです」

そうして頼み込むことしばし。『彼』は口を開いた。

「……多分、彼女だ」

「彼女？」

「沢木さんに断られた後、僕に接触をとってきた。初期のスワンプマンの遺族の一人と言っていた。計画を立ててくれたのも、力を得るための手配をしてくれたのも、装置を用意してくれたのも、彼女だった。きっと彼女に返したんだろう」

まさかの大当たりだった。

上手くいきすぎていることに僅かに疑問が浮かぶ。

何故、ここまで素直に協力者の情報を伝えてくれるのだろう。いや、託宣通りの正解を選べているなら当然の流れなのかもしれないが。

手繰り寄せた糸が途切れないように、慎重に尋ねる。

「お願いです。その人がどこにいるか教えてください」

「……彼女とは、奥多摩《おくたま》の山荘で会っていた。会う前には必ず約束を取っていたから、いつもいるかはわからない。ただ、場所は伝えられる」

そうして『彼』が言う住所をメモに控えた。

「ありがとうございます」

「いいんだ。だって彼女は――」

そこまで言って『彼』の言葉が途切れた。

それから伊月がゆっくりと顔を上げる。

「時間切れですね」

伊予さんが言う。

なるほど、確かに時間制限はあるとのことだったが。

ただ、もう少し何とかならなかったのかとは思う。いきなり登場したキーパーソンなのに、全くと言っていいほど情報がないし。

ものすごく気になるところで話が終わったし。

だが――

「どうだった？」

「十分な収穫はあった。ありがとう」

伊月に聞かれると、そう答えるしかなかった。

「そう。よかった」

子供らしい無邪気な表情で伊月が言うのを見て、それでよかったと思うことにする。一部始終を聞いていた伊予さんは本気で引いた表情で、対比がひどかったが。

そして、俺も結構複雑な気分だった。

話の途中から、死者の霊と語らっているというよりは、昔見た映画のように、壊れたアンドロイドを再起動させて情報を引き出しているような感覚になってきたし。

何というか、禁忌に手を染めた感覚である。

あと少し踏み込めば、本気で知るべきではなかった何かに触れてしまいそうだった。

伊予さんが釘を刺したとおり、これは軽々しく検証に使っていいものではなかったのだ。

多分、今後十分な金が手に入っても、この術理には触れてはいけない気がした。

そこから例によって僅かばかりの雑談をした後、早々に柊の屋敷を出ることとなった。


その後、駅に向かう田舎道を二人並んで歩いていたところで——

「悪い。過保護すぎたな」

浩一がそんなことを言い出した。

なんだかんだで、今回の俺の対応には問題はなかったらしい。

それを受けて、言葉に悩む。

「いや、確かに一人じゃ心細かったのは確かだし」

さらに悩んで言葉を足す。

「ただ、次からは一人でも大丈夫な気がする」

「そうだな」

浩一はそれ以上言わなかった。

そんな浩一に純粋な感想として言う。

「でも、前の検証でオリジナルの珠雄が呼べるような展開にならなくってよかったよ」

「違いないな」

まあ、こういう感想を分かち合える相手がいるのは有り難いことには間違いなかった。

それから、七瀬に簡単に報告をすると、山荘に近い多《た》摩《ま》市《し》駅で合流することになった。

時間がないため仕方のないことではあったが、今日も密度の高い一日になりそうである。

2

「それでは、改めまして長旅お疲れ様でした」

「ありがとう。そっちもお疲れ」

多摩市駅前の喫茶店で合流した俺達はそんな風に言葉を掛け合った。

「改めてですけど。協力者の情報や彼らが会っていた場所が特定できたのは大きな成果です。ありがとうございました」

「……いや、俺の事情でもあるし」

褒められて悪い気はしなかったが、照れ隠しでついぶっきらぼうに返してしまう。

「では早速ですが、打ち合わせと行きましょうか」

そうして七瀬は注文した品が届くのも待たず、早々に本題に入る。

もう少し褒めてほしかった気がするが、その思いは顔に出さずに済んだと思う。

「ひとまずは山荘を目指す前提で、こうして近場での合流となったわけですが――実際に山荘に向かう前に、詳細について検討しておきましょう」

「具体的には？」

「まずは協力者の人物像についてですね」

そう言って七瀬は続ける。

「『加藤さん』の話では、初期スワンプマンの遺族の一人で、同じように制度改正のために動いているとのことでしたね。それで戸村氏と接触し、ブレイン役に収まって、どういう経緯でか手に入れた装置を提供したりしていたようですが――」

と、ここまで言ってため息を一つ吐く。

「やっぱり、情報は今一つですね。そもそも存在を隠すつもりで動いていたなら、仕方のないことですけど。あと、『加藤さん』にどこまで本当のことを話していたのかも怪しいところです。ただ、人を吸血鬼に変える手配をしたり、装置を使った脅迫計画を立案したりしていたのは確かなので、そういう人だと考えると、一般的な倫理観がどこまで通用するかは気になるところですが」

「確かにな」

相も変わらず七瀬の説明はわかりやすく、特に補足するところはなかった。

「ただ、それ以上はこの場で話してもわからないはずなので、この辺りにしましょう」

若干悔しげに七瀬はそう言って、この話を纏めた。

「次は、山荘に着いてからどう動くかですね。協力者がそこにいるかいないかで、こちらの取り得る行動は変わりますが——いない方が可能性は高いでしょうね。あくまでも用があったときに使う感じみたいですから」

と、そこまで言って俺に真《ま》っ直《す》ぐに視線を向けてくる。

「ちなみに、沼雄さん。不法侵入に抵抗は？」

「あるにはあるけど、気にしている場合じゃないことはわかる」

「わかりました」

なんだか深みにはまっている気がするが、嫌だからここで待つという選択肢はなかった。

協力者がいなければ、空き巣の真似事《まねごと》をしてでも手がかりを探すつもりである。

「それで、山荘に協力者がいた場合はどうするんだ？」

「まずは話し合い、ですね」

いかにも七瀬らしい言葉が出てきた。

「計画の失敗を伝えるのと一緒に、話せる限りの事情を説明して、装置を手放してもらうようにお願いしてみましょう」

「無理だったら？」

「一度は出直すことも頭に入れておきましょう。猶予はあと一日あるわけですから。ただ、その場合もできるだけの情報は得ておきたいところです」

「了解」

実は『話し合い以外の手段』が提案されないかと心配していたのでほっとする。

ただ、二度目の交渉でどう転ぶかは不明であったが。

「あと、相手が急に襲いかかってくる場合に備えてもらえると助かります」

「わかった。任せてくれ」

確かにこれも考えておくべきことではあった。

ただ、この流れからすれば何とかなりそうな気もする。

と、そんな気の緩みが顔に出たのを見咎《みとが》めたのか、厳しめの表情を浮かべ、七瀬が口を開く。

「ちなみに、ですけど。絶対に油断は禁物ですよ。今は託宣の補正を得られたのか、いい流れに乗ってますけど。そもそも求めたのは『あなたがオリジナルかスワンプマンかの答えを得るための助言』で、『待てば吉』で『正しい道を選べば道が開ける』と言ってくれたわけですが。この場合、辿り着いた結末が『謎の人物に冥土の土産に正解を聞かされて、そのまま始末される』でも矛盾はないわけですから。さらに言えば助言では『道が開ける』とだけ言っていて、ゴールに辿り着けるとまでは言ってくれてないので。その辺りも考慮して、流れに身を任せすぎないように、自分で状況をコントロールする意志は絶対に必要でしょう」

「……そうだな。そのとおりだ」

言われて身を引き締める。

「それで、移動手段はどうするんだ？　目当ての山荘は結構な山の中みたいだけど」

「店の前にレンタルしたバイクを駐《と》めてあるので、それを使います。普通二輪の免許は正規に取得しているので安心してください」

その言葉には本気で安堵した。

「沼雄さん、二人乗りの経験は？」

「ないけど」

「まあ、大丈夫でしょう。説明はしますから」

「……わかった。頼む」

そして、時間もないため打ち合わせはこれで終了となり、遅れて出てきたケーキセットを早々にかたづけて、店を出ることになった。

そうして店の駐車場に移動した後、七瀬から二人乗りについての説明を受けることになったが、例によってその説明は非常にわかりやすかった。

全然知らなかったのがタンデムバーなるものの存在で、これは後ろに乗る人間が振り落とされないように掴むためのものであるらしい。てっきり七瀬の身体に手を回すことになるとばかり思っていた俺は、普通に安心した。あと、もしバランスが悪ければ腰に手を回しても問題ないと七瀬に言われたが、それは丁重に辞退した。

また、渡されたヘルメットはインカム付きで運転中も問題なく会話できるとのことで、相変わらず装備は至れり尽くせりである。

少し気になったのは目的地となる山荘の詳細な場所が

備え付けのナビでは確認しきれなかったことくらいだったが、心配する程のことではないだろう。

そうして早々に説明を終えた七瀬はヘルメットを被《かぶ》ってバイクに跨《また》がり、俺もそれに続く。

テストがてらでインカムを使い、問題ないことを七瀬に告げると、七瀬はバイクを発車させた。

七瀬の運転に危うげはなく、バイクは順調に市街地を進んでいく。

最初はカーブの際の体重移動に戸惑いもしたがすぐに慣れて、エンジンの振動を感じながら風を切って進む感覚を楽しむ余裕も出てきたのだが、ふと嫌なことを思い出してしまい、一気に気落ちする。

と、言うのも以前見た暴走族対策の特番か何かで、二人乗りは免許の取得から一年以上の経過が必要といった情報を目にしたことを思い出したのだ。さらに言えば、このバイクは少し大きめな気がする。確か大型二輪の運転免許取得は十八歳からだったはずだが。

ただ、もしかすると二人乗りの条件は緩和されたのかもしれないし、このバイクは少し大きめの普通二輪かも知れないし、そう考えた方が幸せのような気はする。

というか、警察に呼び止められたらどうしよう。こんな所で学校に連絡がいくような事態は避けたいところだが。まあ、元々法律スレスレの立場で事件を追う身としては、今更過ぎる疑念かも知れなかったが。

そんなことを考えるうちにバイクは大通りを外れ、しばらくして曲がりくねった山道に入った。

そこから十五分ほど進んだところで七瀬がバイクを停車させる。

どうやら目的地付近に辿り着いたらしい。

鳥の式神を放ち、高空から見下ろすと、一軒の山荘がすぐに見つかった。外観は知らないが、他に建物はないので、これが目当ての山荘で間違いないだろう。

ただ、続く道は伸びた枝葉のせいで見えないため、方向だけを確認し、術を解いてそちらを探す。すると道のすぐに先に、山の木々に呑《の》まれかけた小道が見つかった。

その先をバイクで進むと、古びた山荘が姿を現した。

所々風雪に傷んだ様子はあるが、手入れは行き届いているように見える。周りは開けていて、子供が遊んだりバーベキューをしたりするには十分すぎるほどのスペースがあるのだが、今は車が一台駐まっているだけだった。

というか――

「車があるってことは、誰かいるってことなのかな？」

「普通に考えればそうなんですけど、結構な時間放置されているように見えますよね」

「確かに」

言われて見ると、フロントガラスには木の葉がたまり、土埃《つちぼこり》で車体全体が汚れているのに気付く。

では、実際に人がいるのかどうやって確認するかだが、山荘の窓を見ると、どれも分厚いカーテンが下ろされていて中を窺い知ることはできない。

玄関に近づいてみると、呼び鈴があったので押してみるが、何の反応もない。

七瀬は一分程経過したところでもう一度呼び鈴を押し、反応がないことに難しげな表情を浮かべ、俺の方に目を向ける。

「三分経ったらもう一度試しましょう。お手洗いとかで出れなかった場合もあるので」

「了解」

反応がない場合は、やはり不法侵入となるのだろう。

というか、この状況なら押し込み強盗でも助けは呼べない状況で、それを警戒して出てこない可能性もあるのでは、とも思う。

ケータリングとかを頼んでない限りは、相手からすればどう考えても招かれざる客の来訪になるわけだし。

と、そんなことも考えていたのだが――三度目の呼びかけに声が応じた。

「どちらさまですか？」

声は若い女性のものだった。

ただ、当たり前だが警戒心は透けて見えた。

その声に、七瀬が言葉を返す。

「加藤亮二さんからこの場所を教えていただいた者です」

「……お入りください。鍵は開けさせます」

結構攻めた言葉だったが、それで正解だったらしく、先方は応じる姿勢を見せた。

それからしばらくして、謎の駆動音と共に鍵を開ける音が聞こえて、外開き式のドアが開いた。

それを為したのは、執事服に身を包んだ男性――もとい、それを模《も》した人形だった。

ぱっと見の印象は、八頭身の腹話術人形である。

顔はプラスチック的な素材で、表情も固定されていた。

多分、西洋のオートマタだろう。

人の形を摸した存在を作り出し、それを動かすというのは、古くから人類が挑んできた課題の一つだ。

ゴーレム作成のような魔術面からのアプローチのみならず、機械装置としてそれを作り出す試みもかなり古くから行われてきて、後者が西洋で全盛を極めたのが、確か十八世紀後半から十九世紀後半。その頃には『チェスを指す自動人形』なども作製されたと言われているが、これは後世に土台部分に人が入って操作していたことが明らかにされている。

ただ、ここで重要なのは、当時はそういうものも作製可能と信じられていたということで、この関係で術理として成立した製法は数多あるらしく、目の前のこれもその類いだろう。

そして、この存在がこのタイミングで登場したことに、ほんの少しだけ考えさせられる。

件の装置群の開発者の本来の目的は、人の後継でもある、意識を持った人工知能の創造だったというし。

しかし、眼前の存在の開発コンセプトはどう見てもそっちにはなく、命令を忠実に実行する召使いっぽい感じなので、多分無関係ではとも思える。

その辺りの考えは何処まで行っても想像でしかないため程々にしておくが。

ここで考えるべきなのは、明らかに関係者しか持ち得ないものを所持していることと、その手の内をあっさり明かしてきたことで、それなりに腹を割った話し合いができるのかもしれないとは思う。

そうして若干長考気味に陥っていると、ギリギリとそれの内部で歯車が回るような音がして、ドアを押さえる手と反対の手が、仄暗い室内に差し向けられる。

どうやらさっさと入れと言いたいらしい。

それに素直に従うべきか、少し躊躇うが——

「……行きましょうか」

「……そうするか」

虎穴に入らずんば虎児を得ず、である。

どうにか装置を引き渡してほしかったが、どう話が転ぶか、本気で先は見えなかった。

# 3

人形の後に続くと、談話室と思しき部屋に通された。

そこには一人の女性がいて、おそらくは彼女が戸村さんの協力者なのだろう。

年齢は二十歳くらい。白い厚手のワンピースに身を包んだ、深窓の令嬢然とした美人さんである。ただ、何処か茫洋《ぼうよう》とした印象を受けた。しかし、それより特筆すべきなのは、その身を車椅子に預けているところだろうか。

スカートの裾から覗《のぞ》くのは左足だけだった。

様子を窺っている間にも歩き続けていた自動人形は、彼女の背後に辿り着き、そこで動きを止めた。

「予想しなかったお客様ね。どうしたの？」

「私は七瀬由理と申します。沢木一郎さんの護衛を引き受けていた者で、本日は相談があって伺わせていただきました」

「芦屋――沼雄です」

「内原《ないはら》加子《かこ》と申します。事情を伺っても？」

彼女――内原さんは余裕のある声で尋ねてきた。

「はい。まずお伝えしたいのですが、あなたが戸村さんに授けた計画は失敗しました。このまま待っていても、制度の見直しは実行されません」

そう言って七瀬は話せる範囲での説明を始めた。

回収された装置は偽物と判断され、オリジナルと保証された沢木さんが国に制度見直しの提案をしたこと。だが、国の担当者は沢木さんの存在に疑いをもち、機関はその考えを忖度し沢木さんを強引にスワンプマンとすることで、その流れ自体を潰そうとしていること。護衛を引き受けた自分たちの所長も捕まったこと。その解放条件として、『自白の強要よりも綺麗に事件を整理可能な、本物の装置の確保が必要となったこと。

話を聞き終えた彼女は、深々とため息を吐いて見せた。

「相変わらず、あの方々は強引な手段をとるみたいね」

「私は――まさかここまでとは思っていませんでしたが」

七瀬の表情は相も変わらず起伏に乏しいが、本気で苦々しく思っているように見えた。

「それで、加藤亮二さんにこの場所を聞いたというのはどういうこと？　彼は今捕まっているはずだし、面会も受け付けられないはずだけど」

「私が言った加藤さんとは、今拘束されている戸村さんの二人目のスワンプマンではなく、自らに装置を使ってこの世を去った一人目のスワンプマンの方です」

七瀬の言葉で彼女の余裕にひびが入ったように見えた。

「あの晩の装置の使用で加藤さんが死亡していると考えて、霊媒師に加藤さんの霊の呼び出しを依頼したら、何故か非常に協力的で、ここの場所を教えてもらうことができた訳です」

「……まさか、そんな方法でここに辿り着けるとは思わなかったわ」

呆《あき》れ半分、感心半分といった感じで内原さんは言う。

「そうしたわけで、私達はあなたが戸村さんに預けて、返却を受けたと思われる装置を必要としています。加藤さんが死亡判定を受けていることからも、あの装置は本物と考えて間違いないでしょう。条件があればできる限り応じますので、お渡しいただけませんか？」

単刀直入な七瀬の物言いに、内原さんは困ったような表情を浮かべる。

「その話が本当だとしても、はい、そうですかと言うのは難しいわ。あれは、かつての仲間が苦労をして手に入れたもので、今後の活動にも役立てられる可能性もあるから」

その発言で彼女への警戒心がかなり上がる。

あの物騒な装置を今後も役立てるとか言っているし。

まあ、足が悪く自分で動けなかったにしろ、黒幕ポジションに収まっている時点で単純にいい人のはずはなかったが。

「いくつか質問させていただいても？」

「答えられることであれば」

七瀬の問いに内原さんが答える。

「あの装置は何処で手に入れたんですか？」

「古い研究所を見つけて、そこで手に入れたと聞いているわ」

「場所は？」

「知らないし、知っている人ももういないわ」

「……そうですか」

そういうことらしい。これはかなり期待していた情報だったのだが。

ただ、そういう場所が存在するというのは、大きな収穫かもしれない。

「あなたは何故こんなことをしているんですか？」

「私の親族がスワンプマンとして扱われ、収容所で死亡った。それで十分じゃない？」

「なるほど」

七瀬は言うが、それで納得したのかはわからない。

「それで、交渉の余地はありますか？」

「さて、どうしましょう。正直、この状況は予想できなかったから、私も今悩んでるの」

まあ、確かに急な来訪になったので、仕方のないことかもしれないが。

七瀬はそんな内原さんをしばらく見つめ、やがて何かを決意したような顔を見せた。

「あの、ちょっと嫌な可能性に思い至ったので、試させてください」

そう俺に言って、七瀬は内原さんに近づいていく。

彼女は車椅子に身を預けたまま訝《いぶか》しげな表情を見せる。

七瀬は背後に控える自動人形の存在を気にした様子もなく、内原さんの髪に手を伸ばし——それを数本引き抜いた。今後の交渉が無になりそうなくらいの暴挙である。

だが、俺が七瀬を咎めるより前に、異常に気付いた。

七瀬が手にしているはずの髪の毛が、消え失《う》せていたのだ。

「すみませんが、今のままだとお互い遠回りになりそうなので、進め方を変えましょう」

そうして淡々とした口調で七瀬は続ける。

「今回の件で、協力者は想定していたので、収容された人物全員の名前と略歴は把握していました。時間はあったので。そして、内原さんという人もその中にはいましたが、彼に妹はいません。もちろん、あなたが警戒して偽名を名乗った可能性はありますが、それより気になるのは髪を引き抜いたときの現象です。似たような『体質』の人を一人だけ知っていますが、もしかしてお知り合いですか？」

俺にもその人物に心当たりはあった。

他ならぬ俺を罠《わな》にはめた人物——新村《にいむら》である。

だが、何故彼と同じ『体質』の人間がこの場に出てくるのだろう。

その指摘に感心したような顔を浮かべる内原さん——ではない別の誰か。

「それで、正体を暴いて、どういう風に交渉するつもり？」

「元々、渡すつもりだったのに機関が回収を諦めてしまった装置を、私達が機関に引き渡す。そういう整理で問題ないのでは？」

「どういう考えでそう言っているのか教えてくれない？」

内原と名乗る人物――ややこしいから内原でいいか――の考えに、俺も同意見だった。

話の持って行き方が全然理解できない。

「話を少し前に戻しましょう。調べてみたところ、この装置を巡るトラブルは、制度が制定された五年間でほとんど起きていませんでした。それが半年ほど前から、何故か立て続けに事件が起きています」

本気で話が前に戻った。

「うちの事務所が関わった、『意識だけを入れ替える人生交換装置』、そちらの沼雄さんが関わることになった『意識の連続性を遮断する装置』、そして今回の事件と続くわけですが――これだけ短期間に重なれば、何かの目的で暗躍している存在がいると考えるのは、それほど荒唐無稽な話ではないでしょう」

と、七瀬はそこで俺の方に視線を向ける。

「そう考えてうちの彼が巻き込まれた事件の件で、主犯の芦屋忠光《ただみつ》さんに話を聞いてきました。どうやら、あの計画を発案したのは、新村と名乗る人物の方だったそうですね」

別件で動いていたのは、そういうことだったらしい。

「それで、今回の事件も似た『体質』のあなたが暗躍していたので、そういうことではないかと考えた訳です」

「それで、あなたが考える目的って何？」

「それは、わかりません。できれば教えてほしいくらいですけど」

「本当にささやかなものよ。詳しく言う義理はないけど」

内原に要望を拒絶された七瀬は、かまわず続ける。

「それなら結構です。ただ、根本となる目的は理解できなくても、機関にこの装置群の存在を知らしめたい意図のようなものは感じました。そして、今回の事件で言えば、散々装置の真贋で引っ張ってきたので、それを機関に確認させることが一つのゴールのように思えたんです」

「苦しい理屈ね。あなたの願望も大分混じってない？」

「それは認めます」

「それで、私がそんな予想は見当外れだ、装置は渡さない、と言ったら？」

「別の方向で、装置を引き渡してもらえるように交渉したいと思っています」

「……なるほどね」

何がなるほどなのかわからなかったが、内原は何かに納得したような顔を見せる。

「持って行きなさい。そこのキャビネットの一番上の引き出しに入っているわ」

言われて探すと、確かに沢木邸で見た装置があり、俺はそれを手に取った。見た目以上の重量感に少し戸惑う。

引き出しには手帳やら別の装置も入っていて、手を伸ばしたい欲求に駆られるが――

「この山荘から持ち出しを認められるのはそれだけよ」

内原は絶対的なルールを敷く為政者のような口調で言ってきた。

「あとはまあ、証拠隠滅とさせてもらいましょうか。元々大したものはここにはないのだけど」

そうして、傍らに侍《はべ》らせていた自動人形に目を向ける。

「ジョージ。この二人が三分経って出て行かないか、この建物を出る以外の行動をとったら殺しなさい。その後は、前に下した命令の通りよ」

と、物騒な指示を下すと、内原の姿がかき消えた。


どういう術か知らないが、衣服に加え、車椅子までセットである。

そして、この場は俺と七瀬と、ジョージという名の自動人形だけとなる。

しばし相手の出方を窺うと――人形の腕や足の各所から物々しい音を立てて刃物が飛び出てきた。そして頭部は縦に割れて大口径の銃が顔を出して、その銃口は当たり前のようにこちらに向けられてきたりもする。

その如何にもな外見を見て理解する。

これは絶対に洒落《しゃれ》が通用しないタイプだ。

「引きましょう。本来の目的は果たせたので」

「……そうするか」

七瀬は即座に決断し、俺もその判断に従う。

そうして俺達は回収した装置だけを持って、山荘を後にすることになった。


そして――バイクまで戻った所で時計を確認する。

足早に出てきたので、指定の時間まで後二分はあった。

「一つ提案があるんだが。前に見せた俺の姿の式神なんだが、あれは自立動作だけじゃなく、遠隔操作もできる。

あれでギリギリまで山荘を探りたいんだが、どうだろう？」

「この場合、一番怖いのは分身を排除したあの自動人形が、本体も始末しようとこちらに向かってくることですけど、そのリスク的にはどうですか？」

落ち着いた声で言われ、若干頭は冷える。

「ごめん。やっぱりやめとく」

「というか、どの道その方向では無理だったみたいです」

そう言う七瀬の視線の先は俺の背後に向けられていて、その言葉の意味を確かめるべく振り向くと山荘から火が上がっていた。

元々そういう細工がしてあったのか、明らかに火の回りが早い。

山荘はあっという間に火に包まれ、煙が立ち上る。結構な距離はとっていたが、それでもかなりの熱を感じた。建物自体は元々広場の中心に建っていたので、山の木々に燃え移る可能性は低そうだったが。

「……命令ってこういうことだったんですね」

「……みたいだな」

自動人形とは言え、己を焼き尽くす命令にも従う様には色々と考えさせられたりもする。

そもそも『彼』に痛みを感じる主観がないなら、これも感傷に過ぎないのだが。

山荘が燃える様を眺めていた七瀬は、しばらく経って口を開いた。

「ひとまず、延焼の可能性がないか見てもらっていいですか？　私はナビの履歴が消せないか、試してみるので」

「……了解」

何処までも現実的な七瀬の指示が、混乱気味の脳みそには有り難かった。

## エピローグ

回収した装置を山木さんに提出して二日経った、十一月十五日の火曜日の午後二時。

ようやく鑑定の結果が出たとのことで、俺はその説明を聞くため、犬飼探偵事務所を訪れていた。

ちなみに学校には体調不良と説明したが、そろそろ抵抗がなくなってきた自分が少し怖かったりもする。

「待たせてしまい済まなかった。また、協力に改めて感謝させてもらおう」

応接用のソファの対面に座った山木さんがかしこまった声で言う。

あれから仕事は落ち着いたのか、今日のスーツはきちんとプレスがかけられていた。

「早速本題に入らせてもらうけど――君達が回収してくれた装置は、本物だった。あのスタンバトン状の装置は、確かに意識の連続性を遮断する効果を持っていた」

「……そうですか。よかったです」

「本当にな」

加藤さんが呼べてしまったので、あの晩に使われた装置が本物であることに疑いはなかったが、それでも山荘で回収した装置が本物の確証はなかったので安堵する。

「犬飼さんも今日の夕方には釈放できる見込みだ」

「見込み、ですか？」

七瀬がいつもより若干低めの声で問う。

「九割九分問題ないと思ってほしい。信じてくれ」

「……わかりました。よろしくお願いします」

「ああ、任せてくれ」

結構な無理を言った負い目があるのか、今日の山木さんは結構弱腰だった。

「それで、沢木さんと戸村さんはどうなったんですか？」

「ああ、あの二人か」

山木さんは軽くため息を吐く。

「どちらも大分ややこしいことになるけど。沢木氏は――装置が本物だったため、スワンプマンとして扱われることになった。ただ、収容所に行くことはないだろう」

「どうしてです？」

俺の問いに彼は気まずそうな顔をして言う。

「彼は色々と知りすぎているから、そのままスワンプマンとして放逐する訳にはいかないという意見が出たんだ。

おそらく遠い場所で、記憶を消された状態で、人生をスタートしてもらうことになる。記憶も貯金もなく年金も未納扱いの、六十手前の彼の今後は厳しいものになると思うが、公的な扶助は受けられるはずだから、野垂れ死ぬことはないだろう」

「なかなかに結構な扱いですね」

「そうかもしれないね」

俺の言葉に山木さんが同意する。

そうして考えると、沢木さんがオリジナルの立場に固執した理由がよくわかる気がした。

「それで、もう一人の方は？」

「彼は沢木氏以上に複雑な扱いになっている。だが、犯罪者として裁くのは難しそうだ」

「どうしてですか？」

「脅迫を行い、オリジナルの沢木氏と、その一人目のスワンプマンを意識の連続性を遮断する装置で殺害したのは戸村の一人目のスワンプマンである加藤だ。だから、二人目である彼にその罪は問えない。そして、その後の行為に犯罪性を認めるのも難しいところだ。彼は沢木氏――のスワンプマン二号と共謀していたわけだから、彼が実行した脅迫行為も何処まで追及できるか怪しい」

「なるほど」

死ぬほどややこしいが、確かにそういう話にはなる。

「そういうわけで、起訴するにしても、彼の扱いはしばらく宙に浮いたままだろう」

ただし、と山木さんは続ける。

「未だに名前のない、戸村の肉体に宿った二人目のスワンプマンである彼が、自身の立場を理解できるかはわからないけど」

と、さらに嫌な話に触れてきたりもした。

「まあ、この話題はこれくらいにしておこう。それより君達に聞いてほしい話がある」

そうして、ここからが本題と言わんばかりに姿勢を正して山木さんが言う。

「君達が遭遇した戸村――ややこしいからこう呼ばせてもらうが――の協力者についてだ。装置を受け取ったときは、余裕がなくて聞けなかったが、話を聞かせてもらっていいかな」

「はい、もちろんです」

言われて七瀬は話し始めた。

加藤氏の霊から聞き出した山荘で会ったこと。謎の自動人形を従えていたこと。最初に説明された嘘の身の上話の内容。直近の装置絡みの事件で暗躍している存在の仲間と思われること。俺が関わった事件の実行犯だった新村と同じ『体質』だったこと。目的については聞き出せなかったこと。

「……なるほど」

話を聞き終えた山木さんは、深々とため息を吐いた。

「まあ、彼らの目的はなんとなくわかるよ」

「そうなんですか？」

まさかの言葉に七瀬が意外そうに尋ねる。

「うん。多分、これから機関か国に、大がかりな交渉を持ちかけてくるつもりなんだろう」

「どうしてそう思うんです？」

結構な飛躍を感じて、そう尋ねる。

「短い期間に手を替え品を替え、件の装置群に関わる事件を起こすのは、単純に今の機関に装置群の存在を正しく理解させたいからと考えるのが最も自然だからだよ。元がわかりにくい概念を扱っていている上に、五年前からこの装置絡みの事件は起きていなくて、かつ当時の担当者は大概が異動しているわけだから。実際、最初の意識交換の事件が起きた際は、機関担当者でさえ殆ど一から制度を調べ直したわけだし」

「……」

「で、それを理解させて何をさせたいのかと言えば、交渉の持ちかけが最も妥当じゃないか」

と、山木さんは断言してくる。

「その上で、こんな回りくどい方法をとる理由は二つ考えられる。一つは、脅迫行為に装置群を用いるつもりであること。もう一つは、この装置群が関わる何かが過去にあって、その心当たりを今の担当者に自主的に調べさせること。もちろん、その両方という可能性もあるけど」

「そういうものなんでしょうか？」

「あくまでも想像だけどね」

山木さんはそれなりの確信を持って言うが、俺はまだしっくりこなかったりする。

隣の七瀬も似たような表情だ。

「どうやら、いまいちぴんと来てないみたいだから、想定できる一番ぐだぐだな展開を考えてみようか。例えば、脅迫者側が満を持してこんな風に取引を持ちかけたとしよう。『お前らが持っているあの資料をよこさないと、装置を使ってこんな恐ろしいことをするぞ、期限は三日後だ』、と。で、せっかくそこまでしたのに、判断を迫られた責任者に『そもそも要求に心当たりがない上に、言っていることも訳がわからない。けど、脅迫に屈するわけにはいかないから断ろう』なんて判断を下されると困るだろう。脅迫する側は、要求を飲ませたいんだ」

そんな風に言われると説得力は増した気がする。

「そう考えると、彼らの目下の目標は捜査本部の立ち上げかもしれないね。脅迫状が受取人不明で流されるなんて勘弁願いたいところだろうし。この予想が正しいなら、今回の件では、国を巻き込んだ騒動になったし、大分目的に近づいたんじゃないかな?」

「……なるほど」

若干の他人事《ひとごと》感があるのが気にはなったが、山木さんの展開する理屈に素直に感心する。

敵に回られると厄介だったが、味方としてなら頼りになりそうである。

俺は期待を持って、山木さんに尋ねる。

「でも、だとして、彼らは何者で、何が目的で、どんな交渉を持ちかけようとしているんでしょうか?」

「目的も、交渉内容も現時点では推測不能だ。ただ、彼らが何者か——というか、どういう存在かわかる情報が、回収した装置の分析で明らかになっている」

「と、いいますと?」

「あの装置には、今年製造された部品が使われていた」

「え?」

その意味するところを理解し、俺は思わず声を上げる。

「あの装置は、昔作られたものが、どこかの秘密の倉庫から偶然回収されたものじゃない。最近、何者かの手によって作られたんだ。彼らは——装置の術理を引き継いでいる」

背筋に嫌な汗が流れる。

望んでいた存在の、最も望まない形での登場だった。

「……このことって、職場には報告するんですよね?本当なら大事だと思うんですけど」

「いや、そのつもりはない」

そのまま機関がこの事件を解決してくれればと思うが、山木さんはあっさり否定してきた。

「するほどの確証はないからね。そもそも今回の件はあくまでも非公式なもので、報告書を書くこともないし。

今回職場が把握する情報は、装置が最近作られたこと、それだけだ。まあ、これだけの情報があれば、似たような想像をする人間はいるかもしれないけど」

その態度はどうかと思って、俺は言う。

「まるで他人事ですね」

「辞める職場だからね」

「え？」

「は？」

いきなりの言葉に俺と七瀬の言葉が重なる。

俺達の視線を受けた山木さんは心底うんざりした表情を浮かべて見せた。

「色々あったが、今度のことでいい加減愛想が尽きた。装置は回収できて、自白の強要だの、訳のわからない整理も不要になったし、この件ではお役御免となったから、このタイミングで辞めさせてもらうよ。残っていたら、直近の事件を担当した人間ということで、またお鉢が回ってくるかもしれないし」

と、吐き捨てるように言ってきたりもする。

「妻とも話したが、最終的には理解してもらえた。後は妻の実家の四国の市役所に転職しようと思う。僕もまだ二十代だし、多分何とかなるだろう」

堰《せき》を切ったように彼は続ける。

「そもそも仕事なんて日々の糧を得る手段でよかったんだ。余計なものを求めたから、こんなことになる。僕の今後は妻と子のためにあればいいし、それ以外の潤いもささやかな趣味だけでいい」

そしてついでとばかりに愚痴をこぼしたりもする。

何だろう。かけるべき言葉が見つからない。

ていうか、お子さんいたんですね。

「芦屋君。一つ警告しておくけど——もし彼らに協力を求めるつもりなら、覚悟した方がいい。彼らは明らかに機関に喧嘩を売りに来ている。そんな彼らと取引すれば、君も仲間と見なされかねない」

その忠告の意味するところは正しく理解できていると思う。

「ただ、それでも彼らに助力を求めたいなら静観は禁物だ。多分、機関は容赦しない。そして、そうなれば、今度こそ術理は絶えてしまうだろう」

なるほど。先ほどは機関が事件を解決してくれればと考えてしまったが、そう単純にはいかないようである。

「まあ、この忠告を聞くかどうかは君に任せるが」

「……ありがとうございます」

色々と思うところはあったが、何とか礼は言えた。

「と、いうわけで、僕にできることは何もないが――僕の予想が正しければ、待ってさえいればあちらが次の一手を打ってくるはずだ。良くも悪くもね。そのときにどう動くか、よく考えることだ。それでは、健闘を祈るよ」

最後にそう言って、山木さんは帰っていった。


山木さんが帰ってしばらくは、俺も七瀬も無言だった。主《あるじ》のいない事務所に静寂が落ちる。

得られた情報のインパクトが強すぎて、最初に聞いた二人の情報は完全に霞《かす》んでいた。

というか、地味に気になったのは山木さんが最後に言っていた言葉だった。『待っていれば』って――託宣にあったのは、もしかしてこのことだったのだろうか。

てっきり、今回の事件が舞い込んできたのがそれで、既に終了済みと思っていたのだが――実際に手がかりは得られたわけだし――その考えが正しい保証はないのだ。


何というか、元の問題に加え、さらによくわからないものを抱えてしまった気がする。

さらにややこしくなった事態に、頭を抱えたくなる。

あの日、雑居ビルでの処置を受けたせいで、己が何者かさえわからなくなり、それを確かめる手段を探し求めてきたわけだが、ようやく見つけた解決策は、機関に喧嘩を売ろうとしている連中の助力が必要という、どうしようもなくリスキーなものだった。

だが、この機会を逃せば、二度と自分が何者か確かめることはできない気がする。

焦燥感に身を焦がしながら、そんな風に考えていたところで、七瀬が話しかけてきた。

「一旦落ち着いた方がいいと思いますよ。一度に情報が入ってきて、混乱するのはわかりますけど。それでも適切に動くための情報が圧倒的に不足しているわけですから、この場は判断保留でも問題ないと思います」

確かにそれはそうだが――

「念押しですけど、関わり方を間違えたら、本気で死んじゃいますよ。彼らに助力を持ちかけるとして、示された対価が計画への協力だったりするなら、危険度は特殊詐欺の受け子のバイトとかの比じゃないです。簡単なお使いレベルの関わりでも、普通に粛正対象ですから」

そして、いつもの落ち着いた声で、諭すように言う。

「機嫌を損ねる覚悟で言わせてもらいますけど、あなたには自分の正体の確認を諦めるって選択肢もあるんですよ」

不思議と、その言葉にそこまでの反発は覚えなかった。

「結局、命あっての物種なんです。少なくとも私は、あなたがオリジナルでなかったことに絶望したりするとか、そういうことは置いておけば、どっちでも気にしないので。そこは安心していいし、判断材料にしてもらって結構ですから」

七瀬の言葉には、何故か不思議な説得力があって、怖いくらいに心に浸透してきた。

「それに、自分が何者かわからなくても、意外と何とかなるものですよ」

一年以上前の記憶がないにも拘わらず、しっかりと自分を確立しているように見える七瀬が言うと、結構な説得力があった。

だが――

「悪い。それでも、今は頑張らせてほしいんだ。忠告も説得も、有り難く受け取らせてもらうけど。さっき言ってたように、状況は不確かで、まだ諦めるところじゃないと思う」

「わかりました。では、私も応援させてもらいますよ。どこまで付き合えるのかはわかりませんが」

「ありがとう。それで十分だ」

道のりは険しいのは確かだが、今は前に進むしかない。

これからの選択の果てに、どんな結末に辿り着けるのかは全くの未知だった。

ただ、それはあくまでも俺の視点で、本質的には俺がオリジナルかスワンプマンは既に確定していて、その箱の中身を知る存在からすれば、この試みは不合格通知の中身を知る相手を前に、その中身が合格通知であることを祈る受験生くらいに滑稽な様であるのかも知れない。

だが、それでも俺は自分がオリジナルの珠雄として元の居場所に戻るために、あるいはスワンプマンとして正しい行動をとるために、今は答えを求める道を選んだ。

終

**杵刈湯葉（『横浜駅ＳＦ』『人間たちの話』）**

『スワンプマン芦屋沼雄（暫定）の選択』は、「意識の連続性を遮断する装置」を使用され、当人の身体と記憶を残したまま別人になってしまった高校生の物語である。

「意識の連続性」というのは有史以来の哲学者が擦りまくっている問題であり、大抵の方が人生のどこかの段階（おそらく中高時代）に考えたことがあるはずだが、物語のテーマとしてはかなり使い勝手が悪い。身体や記憶が入れ替わる話と違って外部からわかる影響が何もないので、「それは個人の考え方しだいですね」で話が終わってしまうからだ。

ところが本作では、いくつかの超常現象的なギミックを用いることで、この意識の問題をきちんとストーリーに乗せてくる。主人公の使う「芦屋流陰陽術」をはじめとする数々の異能が、人間の意識やそれに付随する「魂」にアクセスする手段を提供し、またこうした異能者たちを統括する「機関」と呼ばれる組織が、そうした意識の遮断に対する法制度を整備している。そういう世界観を作ることで、意識の連続性という扱いづらい哲学問題を、物語上の実際的な問題と結びつけることに成功している。

本作はこの「意識の連続性を遮断する装置」の行方を追い、異能バトルを繰り広げ、幼馴染との恋愛なども絡めつつ展開していく。異様な運命に巻き込まれながらも、きちんと現実の高校生として生きようとしているところに好感が持てる。捜索の最中にも中間試験の勉強をしたり、バイクに乗るときに運転免許を気にするところが可愛らしい。

印象的だったのは「意識を遮断された」という事実に対する主人公の態度だ。装置の機能を説明されたあとで「自分は別人になった」ということをやけにあっさりと受け入れ、それに応じて「沼雄」という新しい名前を自分につけてしまう。遮断される前の自分に対して「幼馴染の好意に最後まで応えることの出来なかった珠雄は本当に不義理な奴だった」と他人事のように言うし、別人である以上は幼馴染と付き合うべきではないと思っている。この割り切りの良さに読んでいてかなりの違和感があったが（作中の「機関」でもここは意見が分かれるらしい）、そうした価値観の相違もこの物語が包括する面白さのひとつなので、あわせて楽しんでいきたい。

**うえお久光（『紫色のクオリア』『悪魔のミカタ』）**

あまりにも斬新な殺人（人？）と、そこからはじまる犯人、というか被害者？　探し。ギミックを成り立たせるために現代を広げた世界観はＳＦファンタジーひとさじホラーを内包し、味のあるキャラクター達を導線としてみすてり……ミステリーへと突き進みます。バトルもあるよ！　みんな好きだろこういうの！

私も好きだ！　と叫びたいのを隠したい多感な少年少女を心に宿している方にはとくに突き刺さるでしょうスワンプマンという概念は、その哲学さゆえにともすれば人を選ぶ題材に思われるかもしれませんが、だいじょうぶ、これはいつでもどこでも普遍たる「自分探し」の物語。万人に通ずるテーマであり、選ばれていようがいまいが読後には、自分だったらどうするか――「自身の選択」を見つめ直すことになるでしょう。あるいは「よくもこんなの読ませてくれた」という気持ちになるかもしれません。少なくとも読了後すぐの私はいま、こんなの自分で書きたかったよ！とネタの奔流にのまれています。

スワンプマンからはじまる可能性、楽しませていただきました。

楽しませていただきましたよ！　くやしいけどね！

**大森望（『21世紀ＳＦ1000』『三体』『ＮＯＶＡ』）**

〝わたし〟って何？　意識をめぐる思考実験から、とんでもない物語の幕が上がる。ミステリーでファンタジーでＳＦで哲学な、いまだかつてないライトノベル。

**上遠野浩平（『ブギーポップ』シリーズ）**

これは解放の物語である。ただし本編中でそのことについては一切言及されない。自己同一性など無意味なのではないか。人間は成長しなければならない、だから自我を確立しなければといった〈正しさ〉など、どうでもいい幻想に過ぎないのではないか、その自己実現プレッシャーからの解放。しかしその先には何もない。自我の確たる証明さえも他人頼りで、永遠に合格通知の来ない受験勉強をただ続けるだけの、人生という監獄があるだけで、いつどんな議会で誰に決められたのかさえわからない法律がいつの間にか超自然的な出来事も含むすべてを規制してしまっているが、それにも反論は特にない。吸血鬼が出てこようが世の常識にはさしたる影響もなく、陰陽師の秘術でさえ限界があり、おのおのの世界観という檻に閉じ込められている。運命の女神も善悪を無視して救済を拒絶するし、唯物論を完全否定する魂の実存すら、それが存在しようがしまいが大差ない虚無感が全体を覆っていて、自分を無条件に慕ってくれる幼馴染みがいても、自我の安定を保証してくれる訳でもなく、献身的で見返りを求めない親友も生きる理由は教えてくれず、未来が予知できるとしても、そこに限られた制約を強引に当てはめずにはおれない無力感から逃れることはできず、メタ的に『第一話』と『第二話』が戦っても、どちらも正解には辿り着けないねじれきった挫折感だけが明確にある。DCコミックスの『サーガ・オブ・ザ・スワンプシング』の設定を借りての思考実験を行った哲学者の、さらにそれを援用するところから生まれた、何重にも屈折した物語の中からどんな〈答え〉を選択するかは、読者たるあなたに掛かっている。ちなみに——上に言及された諸々は作中にすべて登場する。いや喩えで、とかじゃなくて本当に全部出てくるんだってば。

**来栖夏芽（『人外教室の人間嫌い教師』）**

「スワンプマン」と聞いて、哲学系の難しい話なのかしら……！　と身構えていましたが、アクションあり、ラブコメありで、とても楽しく拝読させていただきました！

自分は一体何者なのか。これからどう生きていけばいいのか。迷いながらも進んでゆく沼雄（暫定）の選ぶ道をこれからも見届けたいです！

**甲田学人（『ほうかごがかり』『Ｍｉｓｓｉｎｇ』『断章のグリム』）**

この作品は、多分ＳＦとオカルトとミステリと論理と冒険と青春のカオスだ。どうなるのか、どういうことなのか、読み始めてほどなく、読み進めてますます、気になるところが多すぎて、しかもだんだん増えてゆく。我々はろくでもない予感を頭の片隅に置きながら、主人公と共に先へ先へと進んでゆく。

最終選考で落ち、いわば一度死んだのに、何故か生きてここにいる。この作者と私はスワンプマンだ。死（選外）にはもちろん理由があるが、しかし死してなお存在が続くには、それを上回る奇妙な理由（魅力）がある。私は同族としてそれを保証する。

**三枝零一（『ウィザーズ・ブレイン』）**

古典的なスワンプマン問題にこういう解釈が可能だとは想像もつかなかった。沼雄（暫定）が落ちた意識と存在の迷路はどこに向かうのか。続刊が楽しみでならない——というような堅苦しい話はさておき、ちょっと七瀬が可愛すぎませんか。

**志瑞祐（『聖剣学院の魔剣使い』）**

本作品を読んでいる間、あなたは現実を薄皮一枚剥がした下にある、精巧な悪夢の世界に迷い込んでしまったような、不思議な酩酊感に襲われ続けることになるだろう。語り口は王道のエンタメなのだけれど、主人公（スワンプマン）の設定に仕掛けがあって、読者は常に問われ続けることになる。あなたは何者なのか？　あなたは本当にあなたなのか？　フィリップ・Ｋ・ディックをはじめ、古今のＳＦ作家が描いてきたテーマだが、本作品はそれに真正面から挑み、ライトノベルの新たな可能性を切り拓いてくれている。

**駄犬（『誰が勇者を殺したか』）**

「これはラノベじゃなくてＳＦ小説だ」

この小説を読んだときの、というより読み始めた瞬間の感想である。

ラノベとSF小説にどんな違いがあるかというと、それは覚悟だと思う。

ラノベというのは、良くも悪くも軽く読めるところに特徴があると思うのだが、この作品は違う。何しろいきなり、「自己の同一性とは何ぞや？」という哲学的な話を、サイエンスフィクションにしてぶん殴ってくるのだ。

これを呑み込めるかどうかで、物語の没入感はまったく異なる。もっと言えば、「スワンプマンって同一人物では？」という立場にたって読んでしまうと、「主人公は何を一生懸命やっているんだろう？」と思ってしまうかもしれない。

だから覚悟が必要なのだ。これはSFで、ちょっと難しい設定を受け入れて、それを楽しむという覚悟が。

その覚悟さえあれば、この物語は面白い。物語は淡々としかしテンポ良く進み、個性的な登場人物たちの軽妙なやり取りが楽しい。SFとオカルトが混ざりあう設定は興味深くて、話もよく練られている。必要なのはちょっとした覚悟だけ。

ラノベとして気楽には勧められないけど、是非読んでみて欲しいと思える一作だ。

**にゃるら（『NEEDY GIRL OVERDOSE』）**

思考実験に次ぐ思考実験。哲学に次ぐ哲学。SFにオカルトに異能バトル。そこへ美少女との恋愛をひとつまみすれば、「ページを捲るたびにワクワクするライトノベル」の出来上がりです。

二転三転しながら謎を追い続けていくシナリオに、思わず自分の童心が目覚めていく。僕らは教科書代わりに、ライトノベルや美少女ゲームから知識を学んでいく。本書の物語は、そんな読者たちの脳味噌を刺激するフィロソフィーで溢れている。

スワンプマン。同一性。死んだ自分がそのまま生き返ったら、それは変わらず自分と言い切れるか。残念ながら、まだ現実世界において答えは用意されていない。幸運なことに、そんな非人道的な実験は行われていないのだから。いや、ひょっとすると本書の物語のように、僕ら一般人には与り知らぬところで既に……。こうして不確定な妄想を広げていくのが思考実験であり、そこへ物語を加えることで作品となる。

本書は壮大な思考実験の塊です。

妄想こそがライトノベルです。

良い本を読むと、読者の妄想も拡がっていく。

文字を追うたび、悔しいくらいに同一性について考えさせられる。妄想を促されてしまう。本書にはその力がある。


**藤原祐（『母をたずねて、異世界に。』『レジンキャストミルク』）**

これは、境界線を歩く物語だ。

生と死の境目。意識と無意識の境目。

虚と実の境目。恢復と喪失の境目。

日常と非日常の境目。人格と魂の境目。

感情と理論の境目。倫理と論理の境目。

有情と無情の境目。悲劇と喜劇の境目――。

歩いていけばいつか、境界線を踏み越えることになる。一度踏み越えてしまえば取り返しはつかなくて、反対側へは二度と行けない。

なのに、物語は霧の中にある。わからないのだ。一ページの先がどちらに転ぶのか、あるいは踏み越えないのか――踏み越えずに済むのかが。

それでも読み進めなければならないし、だからこそ読み進めたくなる。

これは、境界線に佇み、己を見定めるための物語だ。

**ぶんころり（『佐々木とピーちゃん』）**

ＭＦ文庫Ｊの単行本に新作が登場です！

「異世界ファンタジー？」「いいえ、違います」

「現代ラブコメですか？」「それも、違います」

なんと『伝奇ミステリー』作品でございます！

濃厚な会話劇は読み応えも抜群。「デカルト」「哲学的ゾンビ」「ウィグナーの友人」「チューリングテスト」

「ラプラスの悪魔」などなど。こういったワードにピンと来た方には特にオススメであります！

**三河ごーすと（『義妹生活』）**

圧倒的な筆力と先を読ませる物語の吸引力を兼ね備えた、珠玉の現代異能奇譚でした。

自分でも本物か偽物かもわからない曖昧な存在と化してしまった主人公の正体を究明していくという強固な軸を持ちながら、ＳＦ・青春・異能といった、ありとあらゆる要素が矛盾なく、いや、それどころか心地好く絡み合い、特別な読書体験をもたらしてくれます。

この作品の世界観は「ありそう」と思えるぐらい地に足がついていて、それでいて「なさそう」なことのオンパレードでもあるという、実在感とフィクションの狭間に位置しています。脇を固める登場人物たちも、絶妙に「いそう」と「いなさそう」の境界にいる感じで、個人的に最も魅力的に思える存在感でした。

それゆえに読んでいる私も、スワンプマン自身の悩みが真に迫ったものに感じられたし、謎の行く末に強い興味を持つに至りました。

「面白い」のは大前提、「エモい」だけじゃ満足できなくなってきた、そんな人にオススメな「興味深い」読書体験の急先鋒。ぜひ、皆さんも堪能してみてください。

**ヨコオタロウ（『ニーア オートマタ』）**

「スワンプマン」という奇妙な思考実験のアレンジバーションとして作られた本作は、超常現象や異能バトル、控え目な主人公と、寄り添う美少女、というライトノベル定食大盛りのような内容にもかかわらず、絶妙な不穏さが常につきまとう不思議な作品です。そのアンバランスさこそが、沼に引きずり込む為の罠なのかもしれません。

あとがき

皆様、はじめまして。小林達也《こばやしたつや》と申します。

第19回MF文庫Jライトノベル新人賞予備審査最終選考落選からの拾い上げという形で、デビューさせて頂くこととなりました。

この度は本書をお手にとって頂き、誠にありがとうございます。

読書以外の娯楽が世に溢《あふ》れ、また日々数多《あまた》の書籍が出版されていく中で、本書をお選び頂いたことには感謝の気持ちしかありません。

この物語が少しでも皆様の糧になれば幸いです。

ページ数が限られているので、このまま謝辞に移らせて頂きます。

まず、本書に推薦コメントを賜りましたクリエーターの皆様。引き受けて頂いただけでもありがたいのに、内容も素晴らしく、感謝と共に身が引き締まる思いです。

そして、みすみ様。素晴らしいイラストをありがとうございました。私のお気に入りは珠雄《たまお》（沼雄《ぬまお》）です。

担当編集のO様。受賞を逃した本作について、可能性を見いだし、出版までお付き合い頂いたこと、感謝に堪えません。副担当のI様、諸々《もろもろ》ありがとうございます。

また、この本の出版に携わって頂いた方々におかれましても、改めてお礼申し上げます。

次に、本書にて取り上げた題材の主たる出典元について紹介させて頂きます。

『主観的、間主観的、客観的』ドナルド・デイヴィドソン著、『理由と人格』デレク・パーフィット著、『方法序説』ルネ・デカルト著、『確率の解析的理論』ピエール＝シモン・ラプラス著。

また、この他にも様々な資料を参考させて頂きました。自己の同一性を初めとする、知的好奇心を刺激する様々な課題に挑んでこられた偉大なる先達に、ここに敬意を称します。

最後に、蛇足ながら、本書における各種思考実験等の扱いについては、出典元の記述ではなく、より一般に流布している内容を採用したもの、著者の解釈を反映したものもあることについて、ご容赦頂ければ幸いです。

それでは、続編でお会いできることを祈りつつ、この辺りで失礼します。

# スワンプマン
# 芦屋沼雄（暫定）の選択


2024年7月25日　初版発行

著者　小林達也
イラスト　みすみ
発行者　山下 直久
発行　株式会社 KADOKAWA
〒102-8177 東京都千代田区富士見2-13-3
0570-002-301（ナビダイヤル）
印刷・製本　株式会社広済堂ネクスト
デザイン　たにごめかぶと（ムシカゴグラフィクス）





ISBN 978-4-04-683799-8　C0093

定価はカバーに表示してあります。